EMILY GIFFIN | Wo die Liebe beginnt

Das Buch

Marian Caldwell ist sechsunddreißig Jahre alt, arbeitet beim Fernsehen und lebt in ihrer Traumstadt New York. Im Job erfolgreich und mit einem tollen Mann an ihrer Seite, ist sie überzeugt, so zu leben, wie sie es sich immer gewünscht hat. Bis eines Abends eine junge Frau vor der Tür ihres schicken Apartments in Manhattan steht – und ihre Vergangenheit Marian unaufhaltsam einzuholen droht. Kirby ist das Kind, das Marian vor achtzehn Jahren zur Adoption freigab. Damals war sie selbst noch ein Teenager und zum ersten Mal verliebt. Nur ein Sommerflirt, das stand für Marian immer fest, und daher hat sie Conrad auch nie von Kirby erzählt. Ein Schweigen, das jetzt wie eine Lüge aussieht. Zaghaft sucht Marian eine Beziehung zu der Tochter, die sie nicht kennt. Für Kirby, das wird schnell klar, ist es überaus wichtig, neben Marian auch ihren Vater kennenzulernen. »Du kannst vor deinen Problemen wegrennen, aber entkommen kannst du ihnen nicht.« hat Conrad in jenem Sommer einmal zu Marian gesagt. Nun scheint dieser Satz wie eine Prophezeiung. Entschlossen, alle Geheimnisse ans Licht zu bringen, macht sich Marian zusammen mit Kirby auf die Suche nach Conrad.

emily giffin

wo die liebe beginnt

Roman

Aus dem Amerikanischen von Stefanie Fahrner

Diana Verlag

Die Originalausgabe erschien 2012 unter dem Titel
Where We Belong bei St. Martin's Press, New York, USA

FSC
www.fsc.org
MIX
Papier aus verantwortungsvollen Quellen
FSC® C014496

Verlagsgruppe Random House FSC® N001967.
Das für dieses Buch verwendete FSC®-zertifizierte Papier
Holmen Book Cream liefert Holmen Paper, Hallstavik, Schweden.

Deutsche Erstausgabe 09/2013

Redaktion | Heiko Arntz
Umschlaggestaltung | t.mutzenbach design, München
unter Verwendung der Originalcovergestaltung von
Olga Grlic; Foto: © Buena Vista Images/Getty Images
Satz | Christine Roithner Verlagsservice, Breitenaich
Druck und Bindung | GGP Media GmbH, Pößneck

Printed in Germany

ISBN 978-3-453-35756-3

www.diana-verlag.de

Für Nancy LeCroy Mohler

1

Marian

Ich weiß, was man von Geheimnissen sagt. Ich weiß es nur zu gut. Dass sie einen verfolgen und Macht über einen bekommen können. Dass sie Beziehungen vergiften und Familien spalten können. Und dass einen letztendlich nur die Wahrheit erlösen wird. Das mag bei manchen Leuten und manchen Geheimnissen ja stimmen. Aber ich dachte immer, ich wäre eine Ausnahme, und darum habe ich über mein fast zwanzig Jahre altes Geheimnis nie auch nur ein Sterbenswörtchen zu irgendwem gesagt. Nicht mal im Vollrausch zu meinen besten Freundinnen oder in intimen Momenten zu meinem Freund Peter. Mein Vater hatte keine Ahnung davon, und mit meiner Mutter, dem einzigen Menschen, der im entscheidenden Augenblick dabei war, habe ich auch nicht darüber geredet. Es war fast so, als hätten wir ein unausgesprochenes Schweigegelübde abgelegt, als wollten wir uns dazu zwingen loszulassen und nach vorne zu schauen. Vergessen habe ich es nie, nicht für einen einzigen Tag, und doch war ich davon überzeugt, dass das Vergangene eines Tages wirklich vergangen sein würde.

Ich hätte es besser wissen sollen. Ich hätte mir die Worte zu Herzen nehmen sollen, die vor so langer Zeit, in einer heißen Nacht, alles ausgelöst hatten: *Du kannst vor deinen Problemen wegrennen, aber entkommen kannst du ihnen nicht.*

Aber diese Worte, diese Nacht, mein Geheimnis – das alles ist weit weg, als ich eines Abends mit Peter die Bleecker Street entlangschlendere. Wir waren essen im Lupa, einem unserer Lieblingslokale. Der Winter scheint endgültig vorbei zu sein, und die laue Frühlingsluft fühlt sich dank der Flasche Barolo, die Peter bestellt hat, noch ein bisschen wärmer an. Das mag ich an ihm: seinen guten Geschmack und dazu seine Ansicht, das Leben sei zu kurz für gewöhnlichen Wein. Überhaupt für alles Gewöhnliche. Er ist zu freundlich und fleißig, als dass man ihn einen Snob nennen könnte. Er schimpft immer über seine faulen Bekannten, die bloß von ihrem Treuhandvermögen leben und sich »noch nie etwas selbst erarbeitet haben«. Elitär ist er aber trotzdem, weil er in erlesenen Kreisen von Privatschulabsolventen verkehrt. Ich selbst fühle mich nicht unwohl in dieser Welt, habe aber eigentlich nie richtig dazugehört. Erst durch Peter bin ich in diesen Wirbel aus Jet-Sharing, Yachten und Ferienhäusern auf Nantucket und St. Barts hineingeraten.

»Endlich kein Schneematsch mehr auf dem Bürgersteig«, bemerke ich, froh, wieder hohe Absätze und eine leichte Strickjacke tragen zu können – nach Monaten in unförmigen Gummistiefeln und dick auftragenden Wintermänteln.

»Ganz deiner Meinung. *Quel soulagement*«, murmelt Peter und legt mir einen Arm um die Schultern. Er ist der einzige Mensch, den ich kenne, der einfach so auf Französisch daherreden kann, ohne schrecklich eingebildet rüberzukommen. Als Kind hat er lange in Paris gelebt – seine Mutter, eine Französin, war Laufstegmodel, und sein Vater, ein Amerikaner, Diplomat. Und sogar als er mit zwölf nach Amerika umzog, durfte er zu Hause nur Französisch sprechen. Darum ist sein Französisch genauso tadellos wie seine Umgangsformen.

Ich lächele und schmiege meine Wange an seine breite Schulter. Er küsst mich auf den Scheitel und fragt: »Und wohin jetzt, Champ?«

Mit diesem Kosenamen hat er angefangen, nachdem ich ihn bei unserem dritten Date in einer umstrittenen Partie Scrabble besiegt hatte. Danach ging ich aufs Ganze und machte ihn noch einmal fertig, worüber ich mich diebisch freute. Übermütig lachend beging ich dann einen fatalen Fehler: Ich erzählte ihm, dass wir früher unseren Hund, einen blinden, humpelnden Labrador, ironisch »Champ« genannt hatten – und damit hatte ich meinen Namen weg. »Marian« heiße ich seitdem nur noch, wenn wir in Gesellschaft sind oder im Bett oder wenn es, selten genug, zum Streit kommt.

»Nachtisch?«, schlage ich vor, als wir um die Ecke biegen. Wir liebäugeln mit den Cupcakes von Magnolia oder den Cannoli von Rocco, stellen aber fest, dass wir für beides zu satt sind und gehen daher einfach weiter, in angenehmer Stille, an Cafés und Bars und Horden von hochnäsigen Eingeborenen aus dem Village vorbei. Es ist der Wein, dazu noch das schöne Wetter und sein Aftershave – und plötzlich platze ich mit einer Frage heraus: »Sollen wir heiraten?«

Mit sechsunddreißig, nach zwei Jahren Beziehung mit Peter, beschäftigt mich die Frage schon eine ganze Weile, und auch meine Freundinnen reden gerne darüber. Aber heute Abend habe ich das Thema zum ersten Mal direkt angesprochen und bereue meinen Mangel an Beherrschung sofort. Ich stelle mich auf eine unbefriedigende

Antwort ein. Tatsächlich, die Stimmung kippt augenblicklich. Ich spüre, wie er seinen Arm anspannt. Ich sage mir, dass das ja kein schlechtes Zeichen sein muss. Es könnte einfach ungeschicktes Timing gewesen sein. Mir kommt sogar der Gedanke, dass er den Ring schon längst gekauft haben könnte – und dass ich ihm bloß den großen Auftritt vermasselt habe.

»Ach, vergiss es«, sage ich mit gekünsteltem Lachen, was die Sache nur noch unangenehmer macht. Das ist, als würde man ein »Ich liebe dich« zurücknehmen, oder als wollte man einen One-Night-Stand ungeschehen machen. Ein Ding der Unmöglichkeit.

»Champ«, sagt er und macht eine kurze Pause. »Wir zwei passen so gut zusammen.«

Was er da sagt, ist süß, ja, sogar vielversprechend, aber eine Antwort auf meine Frage ist es nicht, und das muss ich ihm gleich aufs Brot schmieren. »Okay. Und das bedeutet? Status quo auf ewig? Standesamt noch heute Abend? Oder irgendwas dazwischen?« Mein Ton ist scherzhaft, und er packt die Gelegenheit beim Schopf, um die Sache herunterzuspielen.

»Vielleicht sollten wir doch ein paar Cupcakes holen«, meint er.

Ich lächele nicht. Der Gedanke an einen hübsch geschliffenen Diamanten, versteckt in einem seiner italienischen Slipper, löst sich augenblicklich in nichts auf.

»Ich hab doch nur Spaß gemacht«, lächelt er und zieht mich zu sich heran. »Könntest du die Frage noch mal wiederholen?«

»Heiraten. Wir beide. Was meinst du?«, frage ich. »Hast du schon mal daran gedacht?«

»Ja, natürlich ...«

Ich spüre, dass ein »Aber« kommt, so wie man den

Regen bereits auf dem Gesicht spüren kann, wenn es gerade fürchterlich gedonnert hat. Und da ist es: »Aber meine Scheidung ist gerade erst durchgegangen.« Schon wieder eine schwammige Nichtantwort.

»Verstehe«, entgegne ich und fühle mich abgelehnt, während er in ein dunkles Schaufenster starrt, wie begeistert von dem Letterpress-Briefpapier und den Montblanc-Stiften, die dort ausliegen. Ich nehme mir vor, einen für ihn zu kaufen, denn so langsam gehen mir die Geschenkideen der Kategorie »Was schenkt man jemandem, der schon alles hat« aus. Und Peter ist ziemlich schwierig zu beschenken. Manschettenknöpfe, Unterhaltungselektronik, Wochenendtrips ins rustikale Neuengland, sogar mit einer eigens in Auftrag gegebener Lego-Statue eines Elchs (das inoffizielle Maskottchen seines geliebten Dartmouth College) habe ich ihm schon eine Freude gemacht.

»Aber deine Ehe ist doch längst Vergangenheit. Du lebst seit vier Jahren nicht mehr mit Robin zusammen«, gebe ich zu bedenken.

Dieses Argument habe ich schon oft gebracht, aber noch nie in diesem Zusammenhang, sondern nur, wenn wir mit anderen Paaren zusammen waren und ich den Eindruck vermeiden wollte, ich sei die Schuldige – die Geliebte, die einer anderen den Ehemann gestohlen hat. Wenn ich sehe, dass ein Mann einen Ring am Finger trägt, ist mir ein harmloses Zwinkern schon zu viel; und auch früher, vor Peter, hatte ich nichts übrig für Spielchen dieser Art, Heimlichtuereien und Bindungsängste – oder sonst ein Symptom des Peter-Pan-Syndroms, das anscheinend epidemische Ausmaße angenommen hat, zumindest in Manhattan. Teilweise ging es mir dabei ums Prinzip, um den Respekt vor mir selbst.

Aber es waren auch – ganz pragmatisch – meine Regeln für das Leben um die dreißig. Ich wusste genau, was ich wollte. Vor allem, wen ich wollte. Und ich glaubte daran, dass ich mein Ziel erreichen würde, so wie ich mein Ziel, beim Fernsehen Karriere zu machen, erreicht hatte: durch harte Arbeit und Entschlossenheit.

Dieser Weg war nämlich kein leichter gewesen. Direkt nach der Filmhochschule in New York zog ich nach L. A. und arbeitete als kleine Produktionsassistentin bei einer Teenie-Sitcom von Nickelodeon, die leider nur kurze Zeit lief. Nach anderthalb Jahren, in denen ich im Wesentlichen damit beschäftigt war, die Essensbestellungen der Chefs korrekt aufzunehmen, und kein Wort für die Sitcom schrieb, bekam ich eine Chance als Drehbuchautorin für eine Krankenhausserie. Das war ein klasse Job, ich lernte viel, knüpfte erstaunliche Kontakte und arbeitete mich zur Autorenredakteurin hoch. Aber mein Privatleben litt darunter, und eine richtige Leidenschaft für die Serie entwickelte ich auch nicht. Irgendwann setzte ich alles auf eine Karte, kündigte meinen Job bei einer erfolgreichen Serie und ging zurück nach New York, wo ich ein kuscheliges Apartment mit Gartenanlage in Park Slope fand. Um meinen Lebensunterhalt zu bestreiten, verkaufte ich ein paar eigene Drehbuchentwürfe und arbeitete auf Projektbasis bei anderen Serien mit. Am liebsten schrieb ich in einer kleinen Bar namens Aggie's. Die Inhaber waren vier Brüder, und sie hatten immer Zoff. Oft hatten auch ihre Frauen und die aus Irland stammende Mutter noch ein Wörtchen mitzureden. Bald ließ ich meine anderen Projekte einschlafen und dachte mir Hintergrundgeschichten zu dieser Familie aus, und eines Tages war *South Second Street* geboren (ich verlegte die Bar vom Brooklyn der Gegenwart in das

Philadelphia der siebziger Jahre). Ich hatte kein besonders ausgeklügeltes Konzept, das damals immer wichtiger im Fernsehgeschäft wurde. Meine Sitcom war bewusst alte Schule, denn ich glaubte daran, dass ich allein mit meinen Geschichten und Figuren ein überzeugendes Universum schaffen konnte – äußerliche Gimmicks hatte ich dafür nicht nötig. Auch meine Agentin glaubte an mich, und nachdem sie allen wichtigen Sendern die Pilotfolge präsentiert hatte, begann der Bieterkrieg. Ich entschied mich schließlich für ein Angebot, bei dem ich zwar weniger Geld bekam (aber immer noch genug, um nach Manhattan zu ziehen), bei dem mir aber ziemlich freie Hand gelassen wurde, was die kreative Seite anging. Voilà – mein Traum war in Erfüllung gegangen. Endlich war ich ausführende Produzentin. Ein Showrunner.

Nach einem intensiven Jahr lernte ich Peter kennen. Ich kannte seinen Namen schon aus dem Branchenblatt *Variety*, bevor ich ihn das erste Mal persönlich traf: Peter Standish, der hoch angesehene Fernsehmanager, den man gerade von der Konkurrenz abgeworben hatte. Er war der Messias, der unsere miesen Quoten verbessern und unserem Sender ein neues Image verpassen sollte. Als neuer Generaldirektor war er technisch gesehen mein Chef, und eine meiner Regeln lautete, sich nie auf ein Date mit dem Chef einzulassen. Doch an jenem Morgen, als ich ihn zufällig in dem Starbucks in unserer Lobby traf, genehmigte ich mir eine Ausnahme, weil ich ihm nicht *direkt* unterstand. Zwischen uns in der Hierarchie stand schließlich noch der Programmdirektor. Außerdem hatte ich mir schon einen Namen gemacht. Meine Serie galt als relativ erfolgreich, und das hieß etwas für eine Show, die erst zur Mitte der Saison angelaufen war.

Niemand konnte mir also unterstellen, ich würde ihn benutzen, um mich nach oben zu schlafen.

Als ich hinter ihm in der Schlange stand und mit anhörte, wie er einen »Double Tall Cappuccino, Extra Dry« bestellte, waren meine Überlegungen allerdings noch reine Theorie. Er trug keinen Ring (das sah ich sofort), sendete aber unbewusste Signale aus, die ich als »nicht zu haben« deutete. Ich tippte ihm auf die Schulter und stellte mich höflich vor. Aus der Pressemitteilung, die immer noch in meiner Inbox lag, wusste ich, wie alt er war (siebenundvierzig), aber mit seinem vollen, dunklen Haar wirkte er deutlich jünger. Er war auch größer, als ich mir vorgestellt hatte, alles an ihm war ein bisschen imposanter, sogar seine Hand an der Tasse Extra-Dry-Cappuccino.

»Nett, Sie kennenzulernen, Marian«, sagte er mit einem charmanten und doch ernsthaften Kopfnicken. Er wartete neben mir, während ich meinen Tall Latte bestellte, und blieb sogar noch, als der Barista meinen Kaffee zubereitete, um mir zu sagen, dass ich einen verdammt guten Job mache. »Ihre Serie hat schon eine ganz hübsche Fangemeinde, wie es aussieht.«

Ich nickte bescheiden, während ich versuchte, mich nicht auf seinen gut geschnittenen Anzug und das Grübchen auf seinem glatt rasierten, wohlgeformten Kinn zu konzentrieren. »Ja, bis jetzt haben wir Glück gehabt. Aber wir könnten noch mehr Zuschauer anziehen ... Haben Sie schon einmal reingeschaut?«

Es war ganz schön gewagt, den Chef des Chefs in Verlegenheit zu bringen. Ich ahnte die Antwort schon, als er kurz zögerte. Sicher überlegte er, ob er zugeben sollte, meine Serie noch nie gesehen zu haben.

Peinlich berührt sagte er schließlich die Wahrheit und

fügte hinzu: »Aber heute Abend. Das verspreche ich Ihnen.« Ich spürte, dass er ein Mann war, der zu seinem Wort stand – dieser Ruf eilte ihm nämlich voraus in einer Branche, die vor notgeilen, egoistischen, aalglatten Typen nur so wimmelte.

»Also, wenigstens wissen Sie, dass sie donnerstags läuft«, sagte ich und fühlte eine Anziehung, von der ich im selben Moment wusste, dass sie nicht nur einseitig war. Es war lange her, dass ich in Gegenwart eines anderen Menschen solche Gefühle gehabt hatte – jedenfalls bei Menschen, die rein theoretisch mein Typ waren.

Am nächsten Morgen trafen wir uns zu meiner großen Freude wieder um zehn vor acht bei Starbucks, und ich fragte mich, ob er absichtlich diese Zeit gewählt hatte – wie ich auch.

»Und?«, fragte ich mit einer gewissen Schüchternheit, die sonst nicht meine Art war, schon gar nicht bei der Arbeit. »Haben Sie sich die Folge angesehen?«

»Ja. Und ich fand sie fantastisch«, entgegnete er und bestellte sich den gleichen Kaffee wie am Tag zuvor, nur mit Schlagsahne, um zu zeigen, dass er auch spontan sein konnte. Ich bedankte mich strahlend.

»Gute Story. Und tolle Schauspieler. Diese Angela Rivers hat's wirklich drauf. Alle Achtung.« Er sprach von unserer Hauptdarstellerin, einem lebhaften, rothaarigen Nachwuchstalent, das oft mit Lucille Ball verglichen wurde. Beim Casting war ich das Risiko eingegangen, sie einer erfahreneren Kollegin vorzuziehen – es war eine meiner besten Entscheidungen als Produzentin gewesen.

»Ja«, antwortete ich. »Sie kriegt garantiert bald einen Emmy.«

Er nickte. »Ach übrigens«, fuhr er mit einem Lächeln in den Augen fort. »Ich habe mir nicht nur die Folge von gestern angeschaut, sondern auch die Pilotfolge. Und den Rest der ersten Staffel. Im Internet. Sie sind also schuld daran, dass ich kaum vier Stunden geschlafen habe.«

Ich lachte. »Ich empfehle einen Nachmittagsespresso. Funktioniert immer.«

Er zwinkerte mir zu und sagte: »Klingt gut. Gegen halb fünf?«

Mein Herz klopfte, als ich nickte und die Minuten bis zur verabredeten Zeit herunterzählte, und auch noch einige Wochen danach. Das gemeinsame Kaffeetrinken wurde zu unserem Ritual, auch wenn wir nach außen hin so taten, als träfen wir uns ganz zufällig.

Eines Tages dann, nachdem ich ihm irgendwann von meinem Hut-Tick erzählt hatte, brachte ein Kurier ein Päckchen von Barneys. Darin lag eine flotte, schwarze Baskenmütze aus grobem Stoff, und dazu eine Karte, auf der stand: *Für Marian, das einzige Mädchen, das eine solche Mütze tragen kann.*

Sofort suchte ich seine Nummer aus dem internen Telefonverzeichnis heraus und rief bei ihm an. Als er persönlich abhob, freute ich mich.

»Danke«, sagte ich.

»Gern geschehen«, erwiderte er. Ich hörte, dass er dabei lächelte.

»Ich finde sie großartig«, sagte ich und lächelte zurück.

»Was ist mit der Karte? War das mit dem ›Mädchen‹ okay? Ich habe lange überlegt, ob ich ›Mädchen‹ oder ›Frau‹ schreiben soll.« Seine Zweifel bestätigten mir, dass er sich Gedanken machte – und dass er verletzlich sein konnte. Ich spürte, wie ich mich noch ein kleines Stückchen mehr in ihn verliebte.

»Von Ihnen lasse ich mir das ›Mädchen‹ gerne gefallen«, sagte ich. »Und die Mütze ist wunderbar. Ich bin nur froh, dass sie nicht himbeerfarben ist.«

»Wie in *Raspberry Beret*, dem Prince-Song? Dann hätte ich sie im Secondhand-Laden kaufen müssen«, witzelte er. »Ich würde Sie gern mal darin sehen. Na ja, und wenn es warm wird ...«

Ich lachte und spürte, wie mir das Blut in die Wangen schoss. Gleichzeitig fragte ich mich, wann er mich endlich offiziell um ein Date bitten würde.

Drei Tage später flogen wir im Firmenjet zur Emmy-Verleihung nach Los Angeles. Meine Serie war zwar nicht nominiert worden, aber alle redeten darüber, und ich fühlte mich großartig. Inzwischen redeten auch alle über Peter und mich. Ein paar Gerüchte waren im Umlauf, was natürlich auf unser Kaffeepausengeplänkel zurückzuführen war. Aber wir blieben cool auf dem roten Teppich, und noch cooler bei den After-Show-Partys – bis wir beide es keine Sekunde länger aushalten konnten und er mir eine SMS schickte, die ich noch immer in meinem iPhone gespeichert habe: *Dieses Kleid ist umwerfend.*

Ich lächelte, froh darüber, dass ich mir das Alberta-Ferretti-Kleid gegönnt hatte, obwohl es mein Budget eigentlich sprengte, und mich auch noch für Smaragdgrün statt für mein übliches Schwarz entschieden hatte. Ich merkte, dass ich rot wurde und schaute in seine Richtung, da kam auch schon die nächste SMS: *Obwohl es auf dem Boden noch besser aussehen würde.*

Ich wurde knallrot und schüttelte den Kopf, als seine letzte Nachricht eintraf: *Ich verspreche, der Sache nicht nachzugehen, wenn du nachher zu mir kommst. Zimmer 732.*

Weniger als zehn Minuten später waren wir in seinem Zimmer, endlich allein miteinander, und grinsten uns an. Ich hatte geglaubt, er würde mich sofort küssen, aber er legte eine Zurückhaltung an den Tag, die ich unwiderstehlich fand – und dieses Gefühl steigerte sich noch mit jedem Glas Champagner. Wir wurden immer beschwipster und redeten über alles Mögliche: die Fernsehlandschaft im Allgemeinen, unseren Sender im Besonderen, meine Serie, Schauspieler-Klatsch und die Intrigen bei uns in der Führungsetage. Er erzählte mir von seinem dreizehnjährigen Sohn Aidan und seinen noch immer andauernden Scheidungsangelegenheiten. Obwohl er seine Exfrau scherzhaft als die »Klagepartei« bezeichnete, machte er sie zu keinem Zeitpunkt schlecht, was ich – nach meinen bisherigen Dating-Erfahrungen mit Geschiedenen – sehr erfrischend fand. Wir unterhielten uns über die Orte, an die wir schon gereist waren, unsere Lieblingshotels und Lieblingsstädte, und über die Orte, die noch auf unserer Wunschliste standen (sowohl reisetechnisch als auch karrieremäßig). Wir unterschieden uns da auf bestimmte Weise: Ich bevorzugte die Karibik und klassische Städtereisen, etwa nach Rom und London, während er mehr für exotische Abenteuer zu haben war. Einmal hatte er eine Radtour durch das Goldene Dreieck in Asien gemacht, ein anderes Mal den Pacaya in Guatemala bestiegen. Auch geschäftlich war er immer wieder gewisse Risiken eingegangen, was sich für ihn ausgezahlt hatte. Ich dagegen war eher der harmoniebedürftige Typ und blieb bei einer Sache, wenn sie auch nur annähernd funktionierte. Und doch hegten wir vom Grundsatz her ähnliche Überzeugungen: Wir strebten beide nach Höherem, gaben uns nie mit dem Erreichten zufrieden, liebten New York und alles, was dazugehörte, waren im Innersten konservativ und glaubten daran, dass man leben und leben lassen sollte, unabhängig von politischen oder religiösen Vorstellungen. Er war gut aussehend, selbstbewusst, intelligent und aufmerksam – einen solch perfekten Mann hatte ich bis dahin noch nicht kennengelernt.

Als der kalifornische Himmel die ersten rosa Streifen bekam, nahm er meine Hand, zog mich auf seinen Schoß und küsste mich, wie ich seit Jahren nicht mehr geküsst worden war. Ein paar Minuten später sagten wir uns gute Nacht, lachten und sagten dann guten Morgen.

Innerhalb weniger Wochen wurden wir ein Paar. Wir hatten sogar die klassische Unterhaltung darüber, dass wir kein Bedürfnis mehr hatten, andere Menschen zu sehen. Eines Abends wurden wir beim gemeinsamen Essen fotografiert, und am nächsten Tag erschien das Bild in der Klatschspalte der *New York Post* mit der Unterschrift: »Das neue Power-Paar: TV-Manager Peter Standish und Produzentin Marian Caldwell«. Als die ersten Anrufe von Freunden und Bekannten kamen, tat ich so, als wäre ich gleichzeitig genervt und amüsiert, genoss insgeheim aber die Aufmerksamkeit und schnitt den Artikel für unsere noch ungeborenen Kinder aus der Zeitung aus. Zu schön, um wahr zu sein – dieser Gedanke wäre mir gekommen, hätte ich nicht schon immer daran geglaubt, eines Tages jemanden wie ihn zu finden.

Aber vielleicht war doch alles zu schön, um wahr zu sein, denke ich jetzt, als wir Hand in Hand um die Ecke biegen und ich ihn von unten her mustere. Vielleicht haben wir uns festgefahren. Vielleicht war das schon das Höchste der Gefühle. Vielleicht bin ich doch eine dieser Frauen. Frauen, die ewig warten oder sich mit ihrer Situation zufriedengeben – oder eine Mischung aus beidem. Enttäuschung und verhaltene Wut brodeln in mir. Wut auf ihn, aber noch mehr auf mich selbst, weil ich mir nicht ausreichend klar gemacht habe, dass ein Mensch meistens einen Grund dafür hat, ein Thema zu vermeiden.

»Ich glaube, ich gehe nach Hause«, sage ich, um das Schweigen zu brechen. Dabei hoffe ich, nicht selbstmitleidig oder manipulativ rüberzukommen, denn diese beiden Dinge funktionieren nie in einer Beziehung, schon gar nicht mit Peter.

»Willst du wirklich schon nach Hause?«, fragt er. In seiner Stimme höre ich Resignation. Gehofft hatte ich auf Beharrlichkeit. Er ist immer so beherrscht, so bedächtig; normalerweise mag ich das, aber jetzt nervt es mich bloß. Plötzlich bleibt er stehen, nimmt meine Hände und schaut mich an.

»Ja, ich bin echt müde«, schwindele ich und ziehe meine Hände aus seinen.

»Marian, tu mir das nicht an«, protestiert er schwach.

»Ich tue dir gar nichts an, Peter«, gebe ich zurück. »Ich habe nur versucht, mich mit dir zu unterhalten ...«

»Na gut«, sagt er und seufzt tief. Fehlt nur noch, dass er die Augen verdreht. »Dann unterhalten wir uns eben.«

Ich schlucke den Rest meines Stolzes hinunter und fühle mich ganz klein. Dann frage ich: »Okay ... hm ... kannst du dir vorstellen, wieder zu heiraten? Oder noch einmal Vater zu werden?«

Er seufzt wieder, fängt an zu reden, hält inne und versucht es noch mal. »Mir fehlt nichts im Leben, wenn du darauf hinauswillst. Ich habe Aidan, und ich habe dich. Ich habe meine Arbeit. Das Leben ist schön. Wirklich schön. Aber ich liebe dich sehr, Marian. Ich bete dich an. Das weißt du.«

Ich warte darauf, dass noch mehr kommt. Immerhin könnte er mich ganz leicht mit einem schwammigen Versprechen abspeisen: *Ich weiß nicht genau, wie ich mir mein zukünftiges Leben vorstelle, aber du hast einen festen Platz darin*. Oder: *Ich will dich glücklich machen*. Oder sogar: *Ich würde nichts ausschließen*. Also, kommt jetzt noch was?

Nein. Er schaut hilflos drein, und nun erscheinen zwei Taxis wie aus dem Nichts, eins nach dem anderen – das muss ein Omen sein. Ich halte das erste an und ringe mir ein Lächeln ab. »Lass uns einfach morgen reden, ja?«, schlage ich vor. Ich halte mit letzter Kraft mein Image als starke, unabhängige Frau aufrecht und frage mich, ob das tatsächlich bloß ein Image ist.

Er nickt und gibt mir einen schnellen Kuss auf die Wange. Dann gleite ich in das Taxi hinein und schließe die Tür, darauf bedacht, sie nicht zuzuknallen und auch keinen Blickkontakt zu ihm aufzunehmen. Das Taxi fährt los, in Richtung meines Apartments an der Upper East Side.

Eine halbe Stunde später habe ich in meinen ältesten, gemütlichsten Flanellpyjama an und ergehe mich in Selbstmitleid, als es plötzlich klingelt.

Peter.

Mein Herz hüpft vor Freude und Erleichterung, und ich renne beinahe auf dem Weg in den Flur. Ich atme tief durch und drücke auf den Türöffner, dann starre ich auf die Tür wie mein Namensvetter Champ, wenn er auf den Briefträger wartete. Ich male mir aus, wie Peter und ich uns der Liebe – und vielleicht sogar dem Pläneschmieden – hingeben. Ich werde ihm sagen, dass ich keinen Ring, kein Babyversprechen brauche, solange ich mir sicher sein kann, dass er genauso empfindet wie ich. Dass er sich ein gemeinsames Leben für uns erträumt. Dass er sich uns nicht getrennt vorstellen kann. Und ich sage mir, dass ich mich nicht etwa mit dem, was ist, zufriedengeben werde. Nein, ich werde mich aktiv um unsere Beziehung bemühen …

Doch dann sehe ich, dass nicht Peter gekommen ist, sondern ein junges Mädchen mit schmalem Gesicht, kantigen Zügen und spitzem Kinn. Sie ist zierlich, blass, durchaus hübsch – in ein paar Jahren wird sie es jedenfalls ganz sicher sein. Angezogen ist sie wie ein typischer Teenager, bis hin zu ihrem riesigen Rucksack und der Halskette mit dem Peace-Zeichen, aber sie strahlt eine Gelassenheit aus, an der ich erkenne, dass sie nicht einfach bloß ein Schaf ist, das den anderen hinterherrennt.

»Hallo«, grüße ich und frage mich, ob sie sich verlaufen oder im Apartment geirrt hat oder mir etwas verkaufen will. »Kann ich Ihnen helfen?«

Sie räuspert sich, tritt von einem Fuß auf den anderen und fragt mit leiser, rauer Stimme: »Sind Sie Marian Caldwell?«

»Ja«, antworte ich abwartend.

»Ich heiße Kirby Rose«, sagt sie endlich und legt sich ihre langen, dunkelblonden Strähnen hinter die Ohren, die ein bisschen groß geraten sind oder zumindest in einem unglücklichen Winkel vom Kopf abstehen. Das gleiche Problem habe ich auch. Dann blickt sie auf ihre abgewetzten schwarzen Stiefel. Als sie wieder aufschaut, bemerke ich ihre Augenfarbe: blaugrau mit schwarzem Rand – und da weiß ich ganz genau, wer sie ist und warum sie gekommen ist.

»Bist du …?« Ich will den Satz beenden, kriege aber kein weiteres Wort heraus.

Ihr Kinn zittert, sie nickt zaghaft und wischt sich die Handflächen an der Jeans ab, die am linken Knie schon fast durchgescheuert ist.

Wie erstarrt stehe ich da und warte auf die Worte, die

ich mir vorgestellt und die ich gefürchtet habe, die durch meinen Kopf und meine Träume gegeistert sind – seit achtzehn Jahren. Und dann, gerade als ich glaube, mein rasendes Herz würde explodieren, höre ich sie schließlich sagen: »Ich glaube, Sie sind meine Mutter.«

2

14. Juli 1995

Es war der heißeste Tag seit Beginn der Wetteraufzeichnungen in Chicago. Das Thermometer zeigte vierzig Grad Celsius, aber die gefühlte Temperatur lag bei knapp fünfzig. Noch heute, fast zwei Jahrzehnte später, hat dieser Rekord Bestand. Die Hitzewelle war Gesprächsthema Nummer eins. Siebenhundertfünzig Menschen starben. Das Wetter machte größere Schlagzeilen als die Sanktionen gegen den Iran, der Krieg in Bosnien und der letzte Auftritt der Grateful Dead auf dem Soldier Field – wenigstens auf B96, meinem Lieblingsradiosender, als ich achtzehn war.

An diesem glühend heißen Morgen lag ich an unserem Pool. Ich trug meinen neuen weißen Stringbikini, den ich mir aus dem Katalog von Victoria's Secret bestellt hatte, und hörte die »Kevin & JoBo«-Show. Die beiden plauderten darüber, was die Hitze mit den Leuten anstellte: Sie verliebten sich, begingen Verbrechen oder rannten nackt durch die Straßen. Die beiden Moderatoren machten natürlich Witze, das ist man im Radio ja so gewohnt, aber im Rückblick glaube ich tatsächlich, dass die Hitze wenigstens teilweise schuld an dem war, was später an diesem Tag im Haus meiner Freundin Janie passierte. Mit Sicherheit wäre alles anders gekommen, wenn es Frühjahr oder Herbst oder einfach nur ein ganz normaler Sommertag gewesen wäre.

Es kamen natürlich noch andere Faktoren hinzu. Zum Beispiel der Alkohol. Ich hätte einfach nicht vier Gläser »Boone's Farm« (Geschmacksrichtung Erdbeer) auf nüchternen Magen trinken dürfen. Außerdem war da diese Aufbruchstimmung: Die Highschool lag gerade hinter mir, mein ganzes Leben noch vor mir, und meine Heimatstadt ödete mich an. Natürlich spielte auch der Zufall eine Rolle. Und schließlich die letzte Zutat: Conrad Knight selbst.

Genau genommen war Conrad eigentlich nicht mein Typ, aber alle himmelten ihn an. Auch ich war nicht ganz immun gegen seine verführerischen blaugrauen Augen, sein dunkles Haar (das gerade die richtige Länge hatte) und seine Wangenknochen, die Janie als »genial« bezeichnete – lange bevor das Wort so abgedroschen war. Er wirkte mysteriös und ein bisschen gefährlich, genau so wollten viele Jugendliche damals sein. Aber nur Conrad gelang es, dieses Image scheinbar mühelos zu verkörpern. Er hatte ein Tattoo auf dem Unterarm (man munkelte, es wären die Initialen seiner Mutter und das Datum, an dem sie bei einem Autounfall umgekommen war). Er rauchte selbst gedrehte Zigaretten, fuhr einen alten schwarzen Mustang und sang in einer Grunge-Band in der Innenstadt. Ein paar Mädchen, die sich mit gefälschten Ausweisen in ein Konzert der Band gemogelt hatten, behaupteten, er klinge wie Eddie Vedder und würde eines Tages berühmt werden. Conrads Vater, ein Schauspieler, der in einer abgesetzten Soap sowie einer aktuellen Magenmittel-Werbung zu sehen war, fuhr immer wieder nach L. A., um an Castings teilzunehmen. Seinen Sohn nahm er mit, deshalb war Conrad oft länger weg aus Chicago und fehlte in der Schule. Aber obwohl er keine besonders guten Noten hatte, wirkte er klug und irgendwie weltgewandt – jedenfalls schien die soziale Hackordnung an der Highschool für ihn nicht zu gelten, was ihm diesen Anstrich von Kultiviertheit verlieh. Kurz, er war ganz anders als die kumpelhaften Typen, mit denen ich bis dahin ausgegangen war – und übrigens auch ganz anders als ich. Das fand ich nicht schlimm. Wir lebten einfach in verschiedenen Welten. Wir grüßten uns manchmal im Flur, hatten aber seit der Grundschule kein Wort mehr miteinander gewechselt.

»Marian Caldwell«, sagte Conrad, als wir uns an diesem Abend in Janies Garten begegneten. Halb Glencoe war zu ihrer Party gekommen, nachdem sich die Nachricht verbreitet hatte, dass ihre Eltern für eine Weile weggefahren waren. Conrads Gesicht war ausdruckslos, aber irgendetwas in seinen Augen verriet mir, dass wir gleich eine bedeutsame Unterhaltung führen würden.

»Hallo, Conrad«, erwiderte ich und wiegte mich unsicher zu Sarah McLachlans »I Will Remember You«, das gerade im Radiorekorder in Janies Zimmer im ersten Stock lief.

Er lächelte schief. Und als würde er eine schon lang andauernde Konversation fortsetzen, sprach er dann die Worte aus, die mir noch jahrelang im Kopf herumgeistern sollten: »Du kannst vor deinen Problemen wegrennen, aber entkommen kannst du ihnen nicht.«

Während er einen Schluck von seiner Dr-Pepper-Cola nahm, betrachtete ich seine Bartstoppeln und nahm den Geruch seiner Haut wahr: eine Mischung aus Zedernholz, Salz und Calvin Kleins Eternity.

»Wer rennt wovor weg?«, fragte ich. »Und was machst du überhaupt auf so einer Party?«

Noch heute bin ich peinlich berührt, wenn ich an diese Frage denke. Ich hätte genauso gut fragen können: »Was machst du eigentlich auf dieser Party braver, wohlerzogener junger Leute«, und wir wussten beide, dass ich mehr als nur dazugehörte.

»Nach dir suchen«, meinte er, und seine Augen glühten so sehr, wie helle Augen nur glühen können. Ich blickte mich um. Er hatte bestimmt nur einen Scherz gemacht, und seine Bandkollegen oder seine Freundin würden gleich vom Klo zurückkommen. Ich hatte sie noch nie gesehen (sie ging auf eine andere Schule), aber Janie hatte sie einmal zusammen im Einkaufszentrum getroffen und verkündet, sie sei eine Doppelgängerin von Kate Moss, bis hin zu ihrem Rüschentop, dem langen geblümten Rock und den Birkenstocks.

»Okay. Dann hast du mich jetzt ja gefunden«, lachte ich und fühlte mich wagemutig, als ich seinen Oberarm berührte und über die eintätowierten Zahlen strich, die wie Blindenschrift auf seiner Haut lagen. Da merkte ich, dass er nicht nur vollkommen nüchtern, sondern auch ohne jede Begleitung war.

»Na, wie ist es dir so ergangen?« Er schaute auf sein Handgelenk, dorthin, wo seine Uhr gewesen wäre, wenn er eine getragen hätte. »In den letzten sechs Jahren.«

»Den letzten sechs Jahren?«, wiederholte ich und erinnerte ihn daran, dass wir seit der vierten Klasse zusammen in die Schule gingen.

»Vor sechs Jahren haben wir uns zum letzten Mal unterhalten«, sagte er und fuhr sich mit den Fingern durchs Haar, das sich in der hohen Luftfeuchtigkeit wellte. »Ich meine, richtig unterhalten. Das war im Bus auf dem Rückweg vom Klassenausflug.«

»Wir waren im Shedd«, ergänzte ich nickend und dachte

an den Ausflug zum Aquarium in der sechsten Klasse – und besonders an die Busfahrt zurück zur Schule.

Conrad lächelte und brach damit für eine Sekunde aus seiner coolen Pose aus. Plötzlich sah er wieder aus wie zwölf, und das sagte ich ihm auch.

Er lächelte noch breiter. »Du hast mir die Hälfte von deinem Twix abgegeben und verkündet, du wolltest Meeresbiologin werden.«

Ich lachte und verdrehte die Augen. »Ja. Aber heute will ich nicht mehr Meeresbiologin werden.«

»Ich weiß«, sagte er. »Du gehst nach Michigan aufs College, dann auf die Filmhochschule, dann nach L. A. oder New York, wo du tolle Sachen machen wirst und ganz groß rauskommst. Die neue Nora Ephron oder ... hm, das ist die einzige Regisseurin, die ich kenne.«

Ich schaute ihn überrascht an. Dann erklärte er, woher er so gut über mich Bescheid wusste. »Das Jahrbuch. Du weißt schon. ›Zukunftspläne‹.« Mit den Fingern deutete er Anführungszeichen an, um zu zeigen, wie albern er diese Rubrik fand.

»Ach so«, erwiderte ich. Dann wusste er wohl ebenfalls, dass man mich zu der Schülerin gewählt hatte, die am wahrscheinlichsten eine große Karriere machen würde. Ich wusste ja schließlich auch, dass er den Titel »Schönste Augen« gewonnen hatte.

»Und was hast du so für Pläne?«, fragte ich. Mir kam der Gedanke, dass er den Fragebogen fürs Jahrbuch sicher gar nicht erst ausgefüllt hatte, bis mir die drei Worte einfielen, die er als Antwort gegeben hatte: *Ich hau ab.*

Ich wollte von ihm wissen, was er damit meinte, und er antwortete: »Ich will einfach nur weg von hier. Das ist alles.«

»Andere Pläne hast du nicht?« Ich spielte natürlich

aufs College an. Aufs College zu gehen war für mich und meine Freunde einfach selbstverständlich.

»Nee«, sagte er und trank seine Dr Pepper aus. Dann zerquetschte er die Dose mit einer Hand und warf sie in einen zwei Meter entfernten Abfalleimer. »Das heißt, ich würde dich gern küssen heute Abend. Und morgen vermutlich auch. Und wenn du nicht aufpasst, vielleicht sogar übermorgen.«

Ich spürte, dass ich zitterte, obwohl mir der Schweiß über den Rücken lief, und ich wusste, dass ich ihn nicht daran hindern würde, mich zu küssen. Besser gesagt, ich gestand mir ein, dass ich ihm einfach nicht widerstehen konnte. Aber ich tat so, als hätte ich alles total unter Kontrolle, und griff mir in den langen, blonden Pferdeschwanz. Bei mir hatte die Luftfeuchtigkeit den gegenteiligen Effekt: Meine Haare waren jetzt glatt und hingen strähnig herunter. »Wie kommst du denn auf so eine Idee?«, fragte ich. Mein Herz klopfte, aber ich warf ihm einen neckischen Blick zu.

»Weil du mir gefällst.«

Das war ein kindischer Satz, aber aus seinem Mund klang er erwachsen.

»Seit wann?« Meine Stimme war fest – im Gegensatz zu meinen Knien.

»Schon immer. Vom ersten Tag an.« Das sagte er ganz lapidar, als teilte er mir die Uhrzeit oder die Temperatur mit – die sich wahrscheinlich noch immer um die vierzig Grad bewegte. Der Einbruch der Dunkelheit hatte keine Erleichterung von der quälenden Hitze gebracht. Conrad ließ die vergangenen vier Jahre im Zeitraffer Revue passieren, wie um jeden Zweifel an seiner Ernsthaftigkeit zu zerstreuen. Er erinnerte sich an alles: den Standort meines Spinds während der letzten vier Jahre; die Narbe auf meinem linken Knie, die er immer betrachtet hatte, wenn ich einen Rock trug; das lila Kleid, das ich zum jährlichen Schulball angehabt hatte, komplett mit passend eingefärbten Seidenpumps.

»Dass du mal bei einem Schulball gewesen bist, ist mir ganz neu«, japste ich.

»War ich ja auch nicht. Ich hab das Foto im Spind von diesem Typen gesehen.«

Ich starrte ihn an und dachte daran, wie ich das Foto in den Spind meines Freundes geklebt hatte, direkt über Rebecca Romijn und Angie Everhart, die sich für die Titelseite der *Sports Illustrated* am Strand räkelten. »Todd«, präzisierte ich.

»Ja, bei dem«, sagte er und verdrehte die Augen.

»Wir haben uns getrennt«, erklärte ich.

»Weiß ich. War auch Zeit.«

»Was ist denn mit deiner Freundin?«

»Wir haben uns auch getrennt«, sagte er. »Was für ein Zufall.«

Er ging einen Schritt auf mich zu, und wir fingen an, langsam zu Sade zu tanzen. Ich spürte seine Hand auf meinem Rücken und seinen Atem in meinem Ohr. Eine Haschwolke wehte in unsere Richtung. Ein paar Minuten später gingen wir unter den neugierigen Blicken der anderen Partygäste ins Haus. Wir fläzten uns auf das Tweed-Sofa im Wohnzimmer von Janies Eltern. Neben uns bewegten sich viele schweißnasse Körper, und wir redeten über eine Stunde lang über unwichtige Sachen – die sich aber trotzdem wichtig anfühlten. Zwischen uns floss eine Art elektrischer Strom; wir erlebten etwas Aufregendes, Neues, fühlten uns aber gleichzeitig sehr vertraut miteinander – schließlich waren wir sozusagen zusammen aufgewachsen, hatten uns jeden Tag im Schulflur gesehen.

Ich fragte mich, wieso wir nicht schon vorher miteinander geredet hatten – und wusste die Antwort doch genau.

»Lass uns ein ruhigeres Plätzchen suchen«, sagte er, als eine Pause in der Unterhaltung entstand.

Ich nickte, führte ihn in die Eingangshalle und die Treppe hinauf, dann über den Flur zum Schlafzimmer von Janies Eltern. Das Schild »Zutritt verboten!!!«, das Janie an die Tür geklebt hatte, ignorierten wir. Keiner von uns beiden sagte etwas. Nervös und doch entschlossen sperrten wir die Tür hinter uns ab, küssten uns, schälten uns aus unseren Kleidern und krabbelten unter die Decke des riesigen Himmelbettes. Irgendwann tastete er auf dem Boden nach seiner Jeans und zog sein Portemonnaie aus der Gesäßtasche. Ich wusste, wonach er suchte, schon bevor er das quadratische Folienpäckchen gefunden hatte. Ich schloss die Augen, ließ alles geschehen, wartete auf ihn, begehrte ihn.

Was als Nächstes passierte, war vorhersehbar. Aber wenn es einem zum ersten Mal passiert, nachdem man zuvor hundertmal Nein gesagt hat, dann erscheint es einem alles andere als vorhersehbar. Ich dachte an all die Gelegenheiten, bei denen Todd und ich uns nahegekommen waren, und überlegte, was jetzt eigentlich anders war: Ich spürte ein Verlangen, so stark wie noch nie, ein Verlangen, das praktisch ein Befehl war.

»Bist du dir sicher?«, fragte er, obwohl wir den Punkt, an dem wir noch hätten aufhören können, wohl schon überschritten hatten. Ich schaute ihm in die Augen, dann hoch zur Decke. Mir war schwindlig von meinen Gefühlen und dem Ventilator, der sich über uns drehte. Ich versuchte, eine Entscheidung zu fällen, während Conrad sich mit den Armen über mir abstützte, schwer atmend, wartend.

Die Gedanken wirbelten wild durch meinen Kopf. Alles wirkte verschwommen und doch seltsam klar. Ich sagte mir, dass es durchaus Einwände gab, dass ich es am nächsten Morgen vielleicht bereuen würde – wenn nicht schon früher. Dass er vielleicht nur vorgab, mich zu mögen, um mich ins Bett zu kriegen. Dass ich bestimmt nur eine von vielen war. Dass ein Mädchen wie ich solche Sachen eigentlich nicht machte, schon gar nicht mit einem Jungen wie ihm.

Aber meine Antwort hieß trotzdem Ja. Mit jedem Schlag meines Herzens hörte ich mein Ja. Und dann sagte ich es laut und unmissverständlich, während ich ihm in die Augen sah. Auch wenn man die Hitze, das Verlangen und den Alkohol außer Acht ließ, wusste ich genau, was ich tat, nämlich etwas Unauslöschliches, Unwiderrufliches. Das wusste ich, als er langsam in mich eindrang, ein paar Sekunden so verharrte und dann zurückzog, um das Kondom überzustreifen. Danach machte er weiter, und ich war für immer eine andere.

Doch auch danach, als der Rausch schließlich verflogen war, hätte ich mir nie träumen lassen, was darauf folgte. Hatte diese Nacht nach meinen Vorstellungen doch nicht mehr als eine Momentaufnahme sein sollen, eine Jugendepisode, eine Sommergeschichte, mit einem Anfang, einer Mitte und einem definitiven Ende.

3

Kirby

Ich heiße Kirby Rose, und ich bin adoptiert.

Das soll jetzt nicht wie in der ersten Vorstellungsrunde bei den Anonymen Alkoholikern klingen, auch wenn manche Leute meinen, sie müssten mich deswegen seelisch unterstützen. Ich will damit einfach nur zwei wichtige Informationen über mich geben. Genauso wenig, wie man sich an den Moment erinnern kann, in dem man seinen eigenen Namen gelernt hat, so wenig kann ich mich an das erste Mal erinnern, als meine Eltern mir die Geschichte von dem Anruf erzählt haben. Man teilte ihnen mit, dass ich geboren war und sie mich in zweiundsiebzig Stunden im Krankenhaus abholen konnten. Sie mussten bloß nach Chicago fahren (kein weiter Weg von Saint Louis, wo beide aufwuchsen und noch immer wohnten), einige Papiere unterschreiben und mich mitnehmen. Sie mussten nur Ja sagen.

Es war der erste April, und meine Mutter dachte kurz an einen Aprilscherz, aber dann sagte sie sich, dass niemand so grausam sein konnte, ihnen einen solchen Streich zu spielen. Sie waren nämlich ein Paar, das buchstäblich seit seinem Hochzeitstag probiert und gehofft und gebetet hatte, doch Nachwuchs hatte sich einfach nicht einstellen wollen. Mein Vater war Elektriker, meine

Mutter Sekretärin bei einer großen Anwaltskanzlei in der Stadt. Sie hatten also ein ganz gutes Auskommen, aber es reichte nicht für Babywunsch-Spezialkliniken. Darum spielten sie mit dem Gedanken, ein Kind zu adoptieren. Zuerst hielten sie sich an inländische, katholische Organisationen, dann ließen sie sich bei so ziemlich jeder Agentur auf der ganzen Welt in die Kartei aufnehmen. China. Russland. Kolumbien. Zwielichtige Vermittler. Es spielte keine Rolle mehr – Hauptsache, ein Kind.

Meine Mutter schrie förmlich vor Glück ihr Ja ins Telefon, bevor sie auch nur irgendwas über mich wusste. Dann nahm mein Vater den Hörer des zweiten Apparats, und die Frau am anderen Ende erklärte ihnen ganz gelassen, dass ich ein gesundes Mädchen von 2850 Gramm sei. Achtundvierzig Zentimeter groß, schöne, blaue Augen, Flaum auf dem Kopf. Ordentlicher Appetit, kurz ein rundum goldiges Wesen. Die Frau bezeichnete mich als »perfekt« und sagte meinen Eltern, dass sie aus Hunderten von Paaren ausgesucht worden waren.

»Gratuliere«, schloss sie. »Wir sehen uns bald.«

Meine Eltern legten auf, weinten vor Glück, umarmten sich und lachten. Dann rasten sie zu »Babies R Us«, so wie andere Leute zum Supermarkt rasen, bevor der Blizzard kommt. Sie kauften rosa Kleidchen, ein Kinderbett, einen Autositz und so viel Spielzeug und Puppen, wie ich mir nur erträumen konnte. Zuhause verwandelten sie das Nähzimmer meiner Mutter in ein lila-gelbes Kinderzimmer.

Am nächsten Tag fuhren sie nach Chicago und mieteten sich in ein Hotel neben dem Northwestern Memorial Hospital ein. Noch drei Tage mussten sie warten, bis sie mich das erste Mal sehen konnten, und keiner von beiden schlief in diesen Tagen mehr als ein paar Minuten am Stück, obwohl sie wussten, dass die nächste Zeit vermutlich auch nicht gerade viel Erholung bieten würde. Sie diskutierten über Vornamen. Meine Mutter war für ihren Mädchennamen, Kirby. Wir müssen sie zuerst sehen, meinte mein Vater. Ich müsse aussehen wie eine Kirby – was auch immer er darunter verstand.

An dieser Stelle übernimmt mein Vater immer das Erzählen und beschreibt, wie er sich beim Rasieren geschnitten hat, weil seine Hände so zitterten. So aufgeregt war er, dass er beinahe meine Mutter ans Steuer gelassen hätte, obwohl sie furchtbar schlecht fährt. Dann springt er zu den Papieren, die sie in aller Eile unterschrieben haben, und dann zu dem Moment, als die Frau von der Agentur mit einem Baby in den Armen zurückkam – mit mir, eingepackt in eine rosa Fleecedecke.

»Darf ich Ihnen Ihre Tochter vorstellen«, sagte die Frau, als sie mich meinen Eltern übergab. »Mein Kleines, das sind Lynn und Art Rose. Deine Eltern.«

Das ist meine Lieblingsstelle. Wie sie mich das erste Mal im Arm hatten, mein Gesicht betrachteten, die Wärme meines Körpers spürten.

»Sie hat deine Nase«, witzelte mein Vater und verkündete dann, ich sei eine Kirby.

In dem Moment, sagen sie, sind wir eine Familie geworden. Es fühlte sich an wie ein Wunder. So ähnlich war es auch, als Charlotte (meine kleine Schwester) auf die Welt kam, die kurz nach meiner Adoption auf natürliche Weise gezeugt wurde. Der einzige Unterschied, sagt meine Mutter gerne, bestand darin, dass sie keine Schmerzen hatte, als sie mich bekam. Das kam erst später.

Als Kind hörte ich diese Geschichte ungefähr tausendmal, genau wie die rührseligen Sprüche über Adoption. Einer hing gerahmt in meinem Zimmer: *»Nicht mein eigen*

Fleisch und Blut, und doch wundersam mein Eigen. Vergiss nie, auch nicht für eine Minute: Du bist nicht unter meinem Herzen gewachsen, sondern mittendrin.« Ich wusste, welche Promis Babys adoptiert hatten, und noch wichtiger, welche Promis selbst Adoptivkinder gewesen waren: Steve Jobs, zwei amerikanische Präsidenten, darunter Bill Clinton (der gerade amtierte, als ich geboren wurde), zwei First Ladys, die Countrysängerin Faith Hill und ihr männlicher Kollege Tim McGraw (die auch miteinander verheiratet waren, ist das nicht cool?), Darryl McDaniels von Run-DMC – und, wie meine Mutter gerne betonte, Moses und Jesus.

Obwohl ich genau verstand, was es mit einer Adoption auf sich hatte, verschwendete ich kaum einen Gedanken an meine leibliche Mutter und noch weniger an meinen leiblichen Vater. Sie waren wie Statisten in dem Stück, völlig bedeutungslos für die Handlung, wenn man von dem bisschen DNA mal absah. Sie hatten mich nicht haben wollen, aber abgelehnt fühlte ich mich deswegen nie. Meine Eltern wussten nichts über meine leibliche Mutter, erklärten mir aber andauernd, *sie* hätten mich nie einfach »weggegeben«, selbst wenn ihre Lage noch so schwierig gewesen wäre – sie hätten eine Lösung gefunden, weil es immer eine Lösung gibt. Rückblickend glaube ich, sie haben sich bloß an irgend so einen Ratgeber gehalten, aber damals habe ich es ihnen einfach so abgenommen. Meine leibliche Mutter tat mir beinahe leid, denn sie hatte mich ja verloren. Umgekehrt war sie kein Verlust für mich.

Das erste Mal habe ich ernsthaft über sie nachgedacht, als wir in der fünften Klasse über Stammbäume sprachen. Ich hielt ein Referat über Irland, wie auch viele andere Kinder in der Klasse, und erklärte, dass die Vorfahren meines Vaters aus Galway, die meiner Mutter aus Cork kamen. Ich verstand natürlich, dass das nicht meine

Vorfahren waren, und das sagte ich auch ganz offen. So ziemlich alle wussten nämlich, dass ich adoptiert war, denn mit den meisten Mitschülern der Klasse war ich schon im Kindergarten gewesen, und niemand fand etwas dabei. Es war bloß eine eher harmlose Eigenheit – so wie andere Kinder einen perfekten Radschlag konnten oder einen eineiigen Zwilling hatten.

Darum teilte ich meiner Klasse ganz lapidar mit, dass ich nichts über meine leibliche Mutter wusste, abgesehen davon, dass sie aus Chicago kam. Ich kannte ihren Namen nicht und hatte nie ein Foto von ihr gesehen, vermutete aber aufgrund meiner blonden Haare und blauen Augen, dass sie skandinavische Vorfahren hatte. Bald grenzte ich meine Vermutungen auf Dänemark ein, das klang irgendwie schön, und außerdem esse ich gerne Kopenhagener. Meine Klassenkameraden gaben sich mit dieser Erklärung zufrieden, bis auf Gary Rusk, dieser Idiot. Er hob die Hand, wartete aber gar nicht ab, bis die Lehrerin ihn aufrief, sondern bombardierte mich gleich mit seinen Fragen: Ob ich wütend auf meine Mutter sei? Ob ich sie je aufspüren wolle? Ich stellte mir einen Kopfgeldjäger mit Gewehr und Bluthunden vor und tauschte einen Blick mit meiner besten Freundin Belinda Greene. Dann räusperte ich mich und erwiderte ruhig: »Ich habe schon eine Mutter. Und nein, ich bin auf niemanden wütend.«

Aber der Gedanke hatte sich in meinem Kopf festgesetzt. Vielleicht sollte ich ja wirklich wütend sein. Andere Leute an meiner Stelle wären bestimmt wütend – Gary zumindest. Er war immer noch neugierig: »Könntest du sie denn finden, wenn du wolltest? Also, mit einem Detektiv oder so?«

»Nein. Ich weiß ja nicht mal, wie sie heißt. Wie soll ich sie da finden?«, gab ich zurück und dachte an all die

Frauen, die am 1. April 1996 in Chicago in meinem Krankenhaus ein Kind bekommen hatten.

Als ich fertig war, setzte ich mich wieder hin, und Debbie Talierco ging nach vorne, um über ihre italienischen Vorfahren zu berichten. Aber den Rest der Stunde und den ganzen restlichen Schultag über bekam ich den Gedanken an meine leibliche Mutter nicht mehr aus dem Kopf. Ich hatte nicht das Bedürfnis, sie zu suchen, aber ich fragte mich, ob ich sie finden könnte, wenn ich wollte.

Beim Abendessen redeten wir nur über den neuen Welpen der Gallaghers, der im Spiel immer nach dem jüngsten Kind der Familie schnappte – man musste dem Hund einfach zeigen, wer das Sagen hatte. Währenddessen dachte ich weiter über Garys Frage nach. Mir war klar, dass meine Eltern (besonders meine Mutter) nicht unbedingt darüber reden wollten. Zwar brachten sie das Adoptionsthema manchmal zur Sprache, aber nur um zu betonen, dass ihre Gebete erhört worden waren. Es wäre eine ganz andere Sache, wenn ich plötzlich etwas über meine *leibliche* Mutter fragen würde.

»Warum haben sie sich überhaupt einen Yorkshire Terrier angeschafft? Sie hätten lieber einen Hund aus dem Tierheim holen sollen«, meinte Charlotte, die Hundeliebhaberin. »Dann hätten sie wenigstens ein Tier gerettet.«

Auf einmal fühlte ich mich selbst wie ein geretteter Hund – wie die letzte Promenadenmischung. Ich schüttete Steaksoße auf meine Koteletts. Das hatte ich mir von meinem Vater abgeguckt, der die Soße zu allem isst, sogar zu Rührei.

»Heute habe ich ein Referat über meine Vorfahren gehalten«, begann ich. »Und da kam das Thema ... hm ... meiner Adoption auf.«

Meine Mom starrte mich an. Sie kaute, schluckte, wartete.

»Na ja, und da habe ich mich gefragt ... ob ich wohl meine leibliche Mutter irgendwie finden könnte. Wenn ich wollte. Ich meine, wissen wir, wie sie heißt?«

Ich merkte sofort, dass die Frage ein Fehler gewesen war. Die Anspannung war mit Händen greifbar, und meine Mom blinzelte heftig, um die Tränen zurückzuhalten. *Tränen!* Bloß wegen einer blöden Frage. Meine Schwester blickte schuldbewusst auf ihren Teller, und mein Dad setzte seinen moralisierenden Blick auf, den gleichen wie damals, als er mir und meiner Schwester den »Hände weg von Drogen«-Vortrag gehalten hatte. Anstatt einfach die Frage zu beantworten, sagte er: »Also. Das ist ein sehr ernstes Thema.«

»So ernst nun auch wieder nicht«, gab ich zurück.

»Doch, es ist ernst. Und wichtig. Sehr, sehr wichtig. Ich will damit sagen, wenn es dir wichtig ist, dann ist es das auch für uns. Stimmt's, Lynn?«

»Ich will sie ja gar nicht suchen«, ruderte ich zurück. »Ich wollte bloß wissen, ob es theoretisch möglich wäre. Jesses!«

»Du sollst den Namen des Herrn nicht missbrauchen!«, rügte mich meine Mom.

Ich erklärte ihr, dass Jesses doch ein ganz anderer Kerl sei als der, den sie meine.

Charlotte lachte, und ich lächelte ihr zu. Egal, wie sehr sie mir auf die Nerven ging, ich liebte es, meine Schwester zum Lachen zu bringen.

Dann schaute ich wieder meine Mom an und murmelte: »Die Frau interessiert mich doch gar nicht. Wahrscheinlich würde ich sie hassen.«

Meine Mom wirkte erleichtert, und mein Dad sagte:

»Du solltest nicht so reden. Sie hat mutig gehandelt. Sie hat getan, was für dich am besten war.«

»Geschenkt«, entgegnete ich, obwohl ich wusste, dass meine Eltern dieses Wort nicht mochten. »Ist ja kein großes Ding.«

Mein Vater machte weiter. »Möchtest du sie denn suchen, Kirby?«

»Ich hab doch schon gesagt, nein!«

Er nickte. Er glaubte mir offensichtlich nicht und erklärte, unsere Adoptionsagentur »Herzenssache« hätte den Namen meiner leiblichen Mutter in ihren Akten, damit ich mit achtzehn Jahren Kontakt zu ihr aufnehmen konnte, wenn ich das wünschte.

»Kontakt?«, wiederholte ich so cool wie möglich.

»Wenn du ihre Kontaktdaten willst, wird die Agentur sie dir geben«, sagte er. »Vorausgesetzt, deine leibliche Mutter hat ihre Daten immer aktualisiert. Sie hat sich dazu verpflichtet, aber sie weiß auch, dass es deine Entscheidung ist, nicht ihre. Sie hat keine Informationen über dich oder uns, und sie bekommt auch nie welche.« Und er hob die Augenbrauen, um seinen Worten besonderes Gewicht zu verleihen. »Und damit war sie einverstanden.«

Mit anderen Worten, sie wollte *mich* nicht suchen, warum sollte *ich* sie dann suchen wollen? Ich zuckte mit den Schultern, als würden mich die rechtlichen Details langweilen, und beschloss, die Sache nie mehr zur Sprache zu bringen, wenigstens nicht meinen Eltern gegenüber.

Doch von diesem Tag an faszinierte mich das Thema Adoption plötzlich auf ganz neue Art. Ich stürzte mich auf Geschichten, in denen adoptierte Kinder ihre leiblichen Mütter fanden und umgekehrt. Ich schaute Talkshows, in denen die Wiedervereinigung von Kindern und

Müttern tränenreich inszeniert wurde, und ließ mich von ihren Schicksalen berühren. Manchmal ging es um Schuldgefühle und Reue, manchmal um Wut, meistens war es eine komplizierte Mischung von allem. Zuweilen stand auch ein dramatisches gesundheitliches Problem im Mittelpunkt, seltener irgendwelche Geheimnisse, Entführungen oder gar Mord. Im Kopf speicherte ich all diese Berichte, während ich mir gleichzeitig Gedanken über meine leibliche Mutter und ihre Geschichte machte. Ich dachte nie an sie wie eine zweite Mutter, eher wie eine entfernte Verwandte, eine Tante oder Cousine, zu der ich keinen Kontakt hatte und die etwas viel Aufregenderes tat als alle anderen in meinem Leben (das hoffte ich zumindest). Vielleicht war sie Musikerin oder Firmenchefin oder Chirurgin oder Missionarin in einem Entwicklungsland. Ich empfand keine Verbitterung, keine Feindseligkeit, bloß wachsende Neugier, und manchmal kultivierte ich eine flüchtige, romantisierte Vorstellung davon, wer sie wäre – und inwiefern das einen Einfluss auf mich hätte. Tief im Inneren spürte ich wohl, dass sie das fehlende Puzzleteil von mir war – und ich fragte mich, ob sie das genauso von mir empfand. Ich redete mir noch immer ein, dass ich sie nicht suchen wollte, aber ich fing an zu glauben, dass ich mich selbst nie richtig kennen würde, bis ich sie fand.

Alle diese Gefühle wurden noch stärker, als ich auf die Bishop DuBourg High School kam. Da merkte ich, wie verloren ich mir im Grunde vorkam. Ich hatte keine richtige Identität und gehörte nirgends dazu, auch da nicht, wo ich mich früher wohlgefühlt hatte. Ich verließ das Volleyballteam, ging nicht mehr zum Gottesdienst und in die Kirchengruppe und vernachlässigte die Schule. Ich entfernte mich sogar von Belinda. Wir waren noch immer beste Freundinnen, aber ich konnte es nicht länger aushalten, wie sie sich verrückt machte, wenn sie hundert Gramm zugenommen hatte, wie sie irgendwelchen Versagertypen hinterherlief und dass sie – und das war am schlimmsten – auf die Jonas Brothers und andere Plastikbands aus dem Hause Disney stand. Ich konnte über vieles hinwegsehen, nicht aber über einen miesen Musikgeschmack.

Eine Weile umgab ich mich dann mit anderen Leuten, von denen ich glaubte, sie würden ähnlich denken wie ich oder zumindest dieselben Bands mögen. Aber sie waren genauso falsch wie die üblichen Vorzeigeschüler. Sie gaben sich große Mühe, ein Emo-Image aufzubauen, und hörten Indie-Bands, von denen noch nie jemand gehört hatte (und gaben sie sofort auf, wenn einer von außerhalb der Gruppe sie entdeckte). Sie gaben ein Vermögen in Läden wie Hot Topic und Urban Outfitters aus und liefen dann herum, als würden sie im Secondhandshop einkaufen. Das Widerwärtigste an ihnen aber war, dass sie sich Narben auf die Handgelenke malten und herumerzählten, sie hätten einen Selbstmordversuch hinter sich. Irgendwann entschied ich mich, einen Teil meiner Freizeit lieber wieder mit Belinda zu verbringen als mit einem Haufen von Posern. Belinda hatte zwar keinen Geschmack, war dafür aber wenigstens ehrlich (und manchmal fand ich es sogar ganz witzig, einen Kelly-Clarkson-Song mitzugrölen). Die meiste Zeit über blieb ich aber am liebsten allein mit meinen Gedanken und meiner Musik. Denn Musik – gute Musik – machte mich glücklich, und das war sonst nur mit wenigen Sachen so. Zum Ärger meiner Eltern, für die »frische Luft« anscheinend nicht von der Luftqualität abhing, konnte ich stundenlang in meinem Zimmer hocken, wo ich Songs schrieb und sang (wenn niemand zu Hause war) und Schlagzeug spielte. Mit dem Schlagzeug hatte ich in der sechsten Klasse angefangen, als meine Musiklehrerin erklärte, es sei das am schwersten zu lernende Instrument überhaupt. Die Schulband hatte ich zwar schon lange aufgegeben, nicht aber das Schlagzeug. Ich spielte die ganze Zeit und sparte jeden Dollar, den ich als Einpackhilfe im Supermarkt verdiente, bis ich endlich das Ludwig-Junior-Set gegen ein total geiles Pearl-Masters-MCX-Drumkit mit Ahornkesseln und Glitzerfinish austauschen konnte. Dieses Schlagzeug war das Nonplusultra. Nachdem ich es gekauft hatte, stellte ich es erst mal neben mein Bett, damit ich es gleich beim Aufwachen bewundern konnte. Meine Eltern wollten mich bei Laune halten und taten so, als verstünden sie meine Faszination fürs Trommeln. Mein Vater schenkte mir sogar ein Achtzehn-Inch-HHX-Evolution-Crash-Becken zum Geburtstag, über das er sich selbstständig informiert hatte, was mich sehr rührte. Aber ich wusste, dass sich meine Eltern ein normaleres und sozialeres Hobby für mich gewünscht hätten. Oder wenigstens ein leiseres.

Der einzige Mensch, der mich zu respektieren und zu akzeptieren schien, war Mr. Tully, der Vertrauenslehrer unserer Schule, den ich wegen meiner nachlassenden Leistungen aufsuchen musste, oder, wie sie es ausdrückten: weil ich mein Potenzial nicht ausschöpfte. Ich tat so, als wäre ich wütend, als die rosa Gesprächsvorladung kam, aber in Wirklichkeit war ich gern in seinem Büro, auch wenn er mich dauernd damit nervte, ich solle in den Kirchenchor, ins Orchester oder die Bigband der Schule eintreten. Oder zumindest das Schlagzeug in unserem Schulmusical spielen. (Das war völlig abwegig – jeder einzelne Vorschlag.) Mr. Tully war jung und witzig und gut aussehend – er hatte hellbraune Augen und Grübchen, die man immer sah, selbst wenn er nicht lächelte. Aber er hatte noch mehr zu bieten als gutes Aussehen und witzige Sprüche. Er war der einzige Lehrer – und der einzige Erwachsene überhaupt –, der begriff, wie beschissen es war, ein Teenager zu sein, und dass es echt nicht »die beste Zeit des Lebens« war, wie meine Eltern mir einreden wollten und wie es für Charlotte anscheinend tatsächlich der Fall war. Als ich nachbohrte, gab er sogar zu, dass einige unserer Schulregeln zu weit gingen, zum Beispiel das obligatorische Gebet vor jeder Stunde. Aber er war selbst ein Absolvent unserer Schule und meinte, ich wäre eines Tages auch stolz darauf. Er war davon überzeugt, dass die DuBourg ein Sprungbrett für große Karrieren sein konnte. Für den Twitter-Gründer Jack Dorsey war sie es jedenfalls gewesen. Ich müsste mir bloß Mühe geben. So cool ich Mr. Tully auch fand, ich vertraute ihm nie ganz. Ich wusste, dass er mich mochte, aber ich wusste auch, dass er bezahlt wurde, um mich zu verstehen. Darum sagte ich ihm nie, wie miserabel ich mich im Inneren tatsächlich fühlte.

Während einer meiner Besuche bei ihm (wir redeten gerade über meine schlechte Chemienote) kam das Gespräch auf meine Schwester, und Mr. Tully fragte mich geradeheraus, was sich bisher noch niemand getraut hatte: Ob es mir was ausmachte, dass ich adoptiert war und Charlotte nicht? Ich dachte lange darüber nach und schüttelte schließlich den Kopf. Nein. Ich fragte mich, ob das wirklich stimmte. Aber ich hielt es nicht für ein Problem. Charlotte rieb es mir nie unter die Nase oder erwähnte es auch nur. Wir hatten noch nicht einmal die üblichen Geschwisterrivalitäten, was seltsam war, wenn man bedenkt, dass wir nur elf Monate und eine Klasse auseinander waren.

Und doch war da etwas zwischen uns, ohne dass ich genau zu sagen gewusst hätte, was es war. Ja, sie hatte eine super Figur (oder sagen wir, überhaupt eine Figur, während ich dürr und flachbrüstig und gerade mal eins achtundfünfzig groß war), sie hatte die schöneren Gesichtszüge und wunderbar dickes, lockiges Haar. Aber ich mochte meine graublauen Augen und mein blondes Haar lieber als ihren dunklen Typ. Sie war besser in der Schule, aber nur, weil sie doppelt so hart arbeitete und alles dreimal so wichtig nahm wie ich. Sie war viel besser im Sport. Ich war eine mittelprächtige Sportlerin, noch dazu gerade aus dem Volleyballteam ausgetreten, sie war eine Star-Schwimmerin, die alle möglichen Schul- und Stadtrekorde brach und immer wieder im Lokalblatt, dem *St. Louis Post-Dispatch*, erwähnt wurde. Der Esszimmertisch wurde regelmäßig zum Heiligenschrein, wenn meine Eltern die ganzen Trophäen und Zeitungsartikel dort ausbreiteten. Aber selbst das machte mir nichts aus. Ich hatte nicht den geringsten Nerv, zwanzig Stunden in der Woche mit ein und derselben Sache zu verbringen, nicht mal mit Schlagzeugspielen, und die Vorstellung, an dunklen Wintermorgen ins kalte Schwimmbecken springen zu müssen, fand ich total krank.

Wenn es also weder ihre wundersame Zeugung, ihr gutes Aussehen, ihre schulischen oder sportlichen Erfolge waren, warum war ich dann auf sie eifersüchtig, wünschte mir manchmal gar, mit ihr zu tauschen? Ich war mir nicht sicher, aber ich vermutete, es hatte was damit zu tun, wie Charlotte sich im Inneren fühlte. Sie schien total im Reinen mit sich selbst – oder konnte sich zumindest den Luxus leisten, nicht darüber nachzudenken, wer sie war, und das machte sie so ungeheuer beliebt. Alle kannten und mochten sie, einfach alle: die Sportler, die Streber, die Kiffer und die Landeier. Ich dagegen fühlte mich meistens unsichtbar.

Die Kluft zwischen Charlotte und mir wurde immer deutlicher. Ich erinnere mich an einen besonders bescheuerten Tag in meiner Zeit in der elften Klasse. Erst fiel ich durch einen Test in Geschichte. Dann bekam ich meine Tage, was sich mehr als deutlich an meiner Khakihose zeigte. Das bemerkte ich aber erst, als ich an die Tafel musste und eine Matheaufgabe lösen sollte, die ich natürlich nicht lösen konnte. Schließlich erfuhr ich noch, dass Tricia Henry herumerzählt hatte, ich sei lesbisch (was mir, wenn es gestimmt hätte, nichts ausgemacht hätte, aber sie war zu doof, um diesen feinen Unterschied zu begreifen) – einfach nur, weil ich Schlagzeug spielte.

Charlotte dagegen wurde an diesem Tag vor dem jährlichen Schulball zur Ballkönigin gewählt – als Schülerin der zehnten Klasse! Das hatte es noch nie gegeben an der DuBourg. Ich musste ihr allerdings zugutehalten, dass sie ehrlich überrascht und sehr bescheiden wirkte, als sie von der Tribüne kletterte und in die Mitte der Turnhalle ging, wo Seth O'Malley, der hübscheste Junge der ganzen Schule, sie abklatschte und ihr seinen muskulösen Arm um die Schulter legte. Ich hielt es nicht für wichtig, Ballkönigin zu werden, und ich wollte auch nicht vor der ganzen Schülerschaft in blutbefleckten Hosen nach unten gerufen werden, aber ich war trotzdem wahnsinnig neidisch, wie mühelos meiner Schwester alles gelang. Wie konnte sie da bloß so selbstsicher stehen – sie winkte sogar irgendwelchen ekligen Typen, die ihr »Hey, Baby« hinterherriefen, freundlich zu. Da half es auch nicht, dass Belinda mich während der Cheerleader-Show immer wieder aufmunternd anschaute und exakt viermal fragte, ob ich neidisch auf meine kleine Schwester sei – genau dieselbe Frage wie Mr. Tully, bloß direkter. Ganz klar, alle erwarteten von mir, so zu empfinden, sogar der Vertrauenslehrer und meine beste Freundin.

Später begegnete ich Charlotte im Flur. Sie war umgeben von einer Horde fröhlicher, hübscher Mädchen. Sie trug immer noch die rote Schärpe von der Königinwahl über der langen, weißen Bluse und dem rotkarierten Rock. (Ich habe nie verstanden, wieso die Schuluniform so gut an ihr aussah, wo ich mich doch jeden Tag einfach nur dämlich darin fühlte. Andererseits kann das auch daran gelegen haben, dass ich mich meistens für die bequemere, aber deutlich unmodischere Variante Polohemd und Khakihose entschied.) Wir sahen uns an, und sie lächelte mir erwartungsvoll zu, kurz davor, sich aus ihrem Gefolge zu lösen. Aber ich gab ihr keine Chance. Ich senkte den Kopf und ging einfach weiter. Dann schaute ich mich diskret um und sah, dass ich ihre Gefühle verletzt hatte, vielleicht sogar ihren großen Tag getrübt hatte. Aber ich fühlte mich nicht schuldig deswegen, eher fies-zufrieden, dass sie wenigstens für einen kurzen Moment ihr Dauergrinsen abgestellt hatte.

Die Phase hielt in der Tat nicht lange an. Am selben Abend war sie wieder die Alte und plauderte gut gelaunt mit unserer Mutter in der Küche. Sie waren ja wie beste Freundinnen. Ständig schütteten sie sich gegenseitig das Herz aus – das heißt, wenn man Themen wie »Ach, wenn Bohnen doch nur so gut schmecken würden wie Schokolade« und »Ist Suri Cruise nicht süß?« als Herzausschütten bezeichnen kann. Und unser Vater war für Charlotte wie einer ihrer Kumpel vom Schwimmen. Meinem Dad war nichts heiliger als der Sport, und er war immer unglaublich stolz, wenn er meine Schwester zu ihren Wettkämpfen begleiten konnte. Er konnte sich selbst für das langweiligste Turnier begeistern und kaute hinterher jede Einzelheit wieder und wieder durch. Es war wohl unvermeidlich, dass unsere Eltern sie lieber mochten. Fehlte nur noch, dass sie aussprachen, was sie dachten: »Nimm dir doch einmal ein Beispiel an deiner Schwester!«

Im Innersten wusste ich, dass sie uns beide gleichermaßen liebten. Aber sie bevorzugten Charlotte, weil sie ihnen jeden Tag aufs Neue Freude machte und einfach umgänglicher war als ich – nicht weil sie ihr leibliches Kind war. Aber mit den Jahren vermischten sich diese Dinge in meinem Kopf. Und sie sahen sich alle so ähnlich. Selbst meine Eltern wären als Geschwister durchgegangen. Sie waren sportlich schlank, hatten lockiges braunes Haar, spitze irische Nasen und Naturburschen-Sommersprossen. Auch vom Wesen her glichen sie sich: immer fröhlich und kontaktfreudig. Alle drei redeten ohne Pause über dies und das und alles und nichts. Sie hätten sich auch mit einer Wand unterhalten, während ich nichts mehr hasste als Smalltalk auf Teufel komm raus, besonders mit Fremden (was meinem Chef im Supermarkt nicht gerade gut gefiel, denn er glaubte anscheinend, dass man die Kunden beim Einpacken ihrer Sachen vollquatschen musste, damit ihr Einkaufserlebnis perfekt war). Aber das ist nur ein weiteres Beispiel dafür, dass ich mich dauernd wie eine Außenseiterin fühlte.

In der zwölften Klasse ging es weiter bergab. Die schwierige Situation zwischen mir und meinen Eltern wurde zu einem regelrechten Krieg. (Und meine Eltern glaubten nicht an die gute alte Erziehungsweisheit: »Lieber einmal richtig als zweimal halb«.) Wir stritten uns über alles. Über die Lautstärke meiner Musik (mein iPod würde mich taub machen; mein Schlagzeug störte die Nachbarn). Über meine Entscheidung, Vegetarierin zu werden (nicht gut für ein Mädchen im Wachstum). Über meine Facebook-Seite (aus irgendeinem Grund hielten sie mein Status-Update »Meine Eltern nerven« für eine Unverschämtheit). Über mein unaufgeräumtes Zimmer (in das sie eigentlich sowieso nicht reingehen sollten). Über die Zigaretten und die Flasche Wodka, die sie in meinem unaufgeräumten Zimmer gefunden hatten (worauf ich ein neues Status-Update schrieb, in dem ich sie mit der Gestapo verglich). Wir stritten uns über die katholische Kirche, meine Abwesenheit bei der Messe, über die Tatsache, dass ich mich als Agnostikerin bezeichnete (na ja, das eher, um sie zu ärgern. Ich glaubte schon irgendwie an Gott). Wir stritten uns über Belinda, nachdem sie in der Schule mit Gras erwischt worden war (zum Glück hatten sie mein Gras bei ihrer illegalen Durchsuchung nicht gefunden). Wir stritten uns über die Uhrzeit, wann ich abends wieder zu Hause sein sollte (zehn Uhr!), die ich mehr aus Prinzip überschritt, weniger, weil ich wirklich etwas besonders Spannendes vorgehabt hätte (das heißt, überhaupt nichts Spannendes, und schon gar nichts, wo Jungs drin vorkamen, denn für mich interessierten sich nur die lahmen Typen). Wir stritten uns über meine miesen Noten (und meine noch miesere Einstellung dazu). Wir bekamen es sogar hin, über meine hohe Punktzahl beim College-Zulassungstest zu streiten, weil meine Eltern meinten, das sei ein weiterer Beweis dafür, dass ich »mein Potenzial« nicht ausschöpfte. Aber am meisten stritten wir uns darüber, dass ich nicht aufs College gehen wollte – nicht mal auf die School of Music an der University of Missouri. Das war jedenfalls Mr. Tullys großer Plan für mich (über den ich vielleicht nachgedacht hätte, wenn ich dort nur Musik und kein anderes Fach hätte belegen und keine früheren Mitschüler von der Highschool hätte ertragen müssen).

In einer eiskalten Januarnacht (wir stritten uns auch über die Heizung – Himmel, innen an meinem Fenster wuchsen Eiskristalle!) wachte ich auf und wollte auf die Toilette gehen, als ich meine Eltern in der Küche reden hörte. Aus irgendeinem Grund beruhigten mich ihre Stimmen und der Klang des Teelöffels, der gegen den Tassenrand meiner Mutter klingelte – so ähnlich wie Charlottes Geschnarche, wenn sie einen Albtraum gehabt hatte und um Asyl in meinem Zimmer bat. Eine Sekunde lang fühlte ich mich wieder wie ein kleines Kind – und fragte mich, warum ich mich nicht einfach dafür entscheiden konnte, glücklich zu sein.

In diesem Moment hörte ich das Wort »Adoption«. Dann: »ihre Mutter«.

Ich erstarrte. Das Blut schoss mir in die Wangen, obwohl ich vor Kälte zitterte. Ich schlich näher ans Treppengeländer und versuchte, noch mehr mitzubekommen. Ich hoffte, ich hatte da etwas missverstanden.

Aber nein. Meine Mutter redete weiter: »Wer weiß, was das für eine Person war. Wir wissen doch gar nicht, was wirklich passiert ist.«

»Ganz recht«, entgegnete mein Vater. »Die Agentur hat uns vielleicht Märchen erzählt.«

Mit klopfendem Herzen hörte ich weiter zu. Depressionen ... psychische Krankheiten ... Alkohol und Drogen ... minderjährige Mutter.

Ihre Worte durchbohrten mich wie ein Messer und machten mich zornig. Ich wusste ja, dass ich schwierig und launisch war und sie enttäuschte – aber das schien mir ein typisches Teenagerproblem zu sein und kein Verbrechen, das ihnen erlaubte, meine leibliche Mutter schlechtzumachen. Immerhin hatte sie ihnen das »Geschenk« gemacht, als das sie mich immer bezeichneten. Aber das Schlimmste war, dass mir ihre Worte plötzlich wahr vorkamen. Ihre Theorien über meine leibliche Mutter hätten jedenfalls eine Menge erklärt. Vielleicht war sie ja wirklich schuld an meinen Problemen, vielleicht war sie die Wurzel des Übels – sie und mein leiblicher Vater. In meine Wut mischte sich Scham. Tolle Kombination.

»Glaubst du, wir können sie überreden, aufs College zu gehen?«, hörte ich meine Mutter fragen.

»Wenn sie überhaupt angenommen wird.«

Meine Mutter sagte, selbst wenn ich es schaffte, wäre es dumm, so viel Geld zu bezahlen, wenn ich mich dann nicht anstrengen würde. Es sei ja schon schlimm genug gewesen, dass sie sich ein Bein ausreißen mussten, um mich zum Ausfüllen der Anmeldung für Missouri zu bewegen. Jetzt sei es aber vorbei mit dem Verhätscheln. Ich würde mich in Zukunft selbst in der Welt zurechtfinden müssen.

Und es wurde immer noch besser. Sie meinten, man könne jemanden nicht grundsätzlich ändern. Mein Vater sagte, er hätte sonst was dafür gegeben, aufs College gehen zu dürfen. Und meine Mutter jammerte, wenn ich mich doch wenigstens halb so viel anstrengen würde wie Charlotte. Dann kamen sie wieder zum Ausgangspunkt zurück und schoben alles auf die Gene. Nur so, betonten sie, könne man den Unterschied zwischen Charlotte und mir erklären. Mit anderen Worten, Sieg der Erbanlagen über die Umwelteinflüsse. Nicht meine Eltern waren an allem schuld, sondern meine leibliche Mutter. Da merkte ich, dass ich selbst ähnlich dachte, und gleichzeitig wurde mir die traurige Ironie bewusst. Obwohl sie mich weggegeben hatte, fühlte ich mich in diesem Moment zum ersten Mal in meinem Leben wirklich abgelehnt, verstoßen, ja, ungeliebt. Und daran waren meine eigenen Eltern schuld.

Erschüttert kroch ich wieder ins Bett, versteckte das Gesicht zwischen den Laken, ballte die Fäuste und zwang mich, nicht zu weinen. Ich wollte am nächsten Morgen nicht noch schlechter aussehen als ohnehin schon.

Ich kniff die Augen zusammen und dachte an *sie*, so wie ich es nachts öfter tat. Viele Gesichter zogen an meinem inneren Auge vorbei, bis ich bei meiner üblichen Vorstellung angekommen war: einer Kreuzung aus Meryl Streep und Laura Linney. Aber dieses Mal war es eine kaputte, zugedröhnte Version der beiden Schauspielerinnen, und meine Fantasien von einer glamourösen, erfolgreichen Mutter verschwanden schnell.

In diesem Moment beschloss ich, sie zu suchen. Ich würde die Wahrheit herausfinden: wer sie war und warum sie mich weggegeben hatte. In wenigen Monaten würde ich achtzehn werden, und am Morgen meines Geburtstags würde ich die Agentur anrufen und um ihren Namen und ihre Adresse bitten. Bis dahin würde ich Geld sparen für ein Ticket an den Ort, an dem sie wohnte. Ich würde es meinen Eltern schon zeigen. Ich würde es allen zeigen. Was, wusste ich nicht genau, aber das würde ich herausfinden, wenn ich erst dort war.

Am ersten April dann (ein echter Aprilscherz, dieser Geburtstag) rief ich die Agentur an und schickte ihnen, wie verlangt, ein Fax mit meiner Sozialversicherungsnummer und Unterschrift. Zwei Minuten später hatte ich eine Antwort in meiner E-Mail-Inbox. Mit zitternden Händen klickte ich auf die Mail und las: *Marian Caldwell.* Eine Adresse in New York City. Ich musste mich unheimlich beherrschen, nicht sofort nach ihr zu googeln, aber ich hatte Angst davor, ich würde sie aus irgendeinem Grund nicht mehr treffen wollen, falls ich sie auf den Bildern nicht mochte. Ich wollte meinen Plan nicht gefährden. Einen Brief schreiben und Monate auf eine Antwort – oder keine Antwort – warten, wollte ich auch nicht. Ich wollte nicht, dass sie bestimmen konnte, wie es läuft – denn sie hatte ja von Anfang an alles bestimmt. Jetzt war ich an der Reihe.

Direkt nach meinem Geburtstag, vor einem langen Wochenende, half mir Belinda, meinen genialen Plan in die Tat umzusetzen (genial deshalb, weil er so einfach war). Ich fragte meine Eltern einfach, ob ich zusammen mit Belinda und ihrer Mutter zu Belindas Tante nach Mobile fahren durfte (vorher schwindelte ich meinen Eltern vor, die Tante sei früher katholische Missionarin gewesen). Nachdem meine Eltern bei Belindas Mutter angerufen und alles mit ihr besprochen hatten, bekam ich die Erlaubnis. Dann erzählte ich Belindas Mutter, ich wäre krank, und hoffte darauf, dass sie deswegen nicht bei meinen Eltern anrufen würde. Ich hatte Glück, und so kaufte ich mir am nächsten Tag am Busbahnhof an der Fifteenth Street für 275 Dollar eine Fahrkarte nach New York und zurück. Dann stieg ich in einen übel riechenden Greyhound-Bus, in dem anscheinend eine Menge Ex-Knackis saßen, und auch der Fahrer wirkte nicht gerade vertrauenerweckend.

Während der nächsten vierundzwanzig Stunden fuhr ich durchs halbe Land, hörte Musik auf meinem iPod und dachte über meine Mutter und ihre Geschichte nach.

War sie zu arm, zu jung oder zu krank gewesen, um mich zu behalten? Oder hatte sie mich ganz einfach nicht gewollt? Hatte sie ihre Entscheidung je bereut? Hatte sie womöglich eine Krise überwunden und ihr Leben geändert? Wollte sie, dass ich sie fand? Hatte sie je nach mir gesucht? War sie inzwischen verheiratet? Hatte sie noch andere Kinder, die sie behalten hatte und die meine Halbgeschwister waren? Wer war mein Vater (über ihn hatte die Agentur keine Informationen gehabt)? Hatte ich meine Loser-Gene von ihr, von ihm, oder von beiden? Waren sie noch immer zusammen und zogen gemeinsam meine Geschwister auf? Würde mir ein Treffen mit ihr begreiflich machen, warum ich so war, wie ich war? Oder würde es mir danach noch schlechter gehen? Für jedes Szenario machte ich eine Pro- und Contra-Liste. Wenn sie die letzte Versagerin war, hatten meine Eltern wohl recht – und dann wäre es mein Schicksal, genauso zu werden. Wenn meine Eltern aber ein falsches Bild von ihr hatten, würde sich auch ihre Theorie als falsch herausstellen. Aber dann hätte ich ein neues Problem: Warum hatte sie mich nicht gewollt? Wäre mein Leben besser verlaufen, wenn sie mich behalten hätte? Würde ich mich dann genauso fühlen wie jetzt: traurig, frustriert, einsam? Es schien keine Chance auf ein gutes Ende zu geben – dafür eine umso größere auf ein übles. Aber das war ja nichts Neues.

Und dann bin ich endlich am Port Authority Terminal angekommen – einem gruseligen Loch, das noch schlimmer riecht als der Bus (was ich nicht für möglich gehalten hätte). Ich schaue mich um, habe keine Ahnung, wo ich hinmuss. Die drei Leute, die ich nach dem Weg frage, sprechen entweder kein Englisch oder wollen mit mir nicht reden. Schließlich finde ich einen Wegweiser zum Taxistand und folge den Pfeilen in Richtung Straße. Es ist die Eighth Avenue, die überhaupt nicht nach dem New York aussieht, das ich aus dem Fernsehen und dem Kino kenne. Überfordert mit der Situation wende ich mich an eine Uniformierte, die alle anblafft. Sie beachtet mich gar nicht, aber ich spreche lauter und frage, ob ich hier ein Taxi kriege. Sie deutet auf das Ende einer langen Schlange. Beim Warten entdecke ich eine obdachlose Frau auf der Straßenseite gegenüber. Sie hockt unter einer grauen Decke, hat ein Pappschild vor sich und einen Becher zu ihren Füßen. Wer weiß, vielleicht ist das meine Mutter? Vielleicht ist sie gerade aus der Wohnung, die die Agentur mir angegeben hat, zwangsgeräumt worden.

Zwanzig Minuten später besteige ich ein Taxi, das erstaunlich sauber ist – ein gutes Omen. Ich nenne dem Fahrer die Adresse, die ich auswendig gelernt habe, und er rast mit Vollgas los. Alle paar Blocks müssen wir anhalten, und die Gegend wird immer besser. Wir fahren durch ein waldähnliches Gebiet, das ist bestimmt der Central Park, und kommen in einer Wohngegend wieder heraus. Eine Minute später stoppt der Fahrer, schaut mich an und deutet auf das Taxameter. Es zeigt 9,60 Dollar an. Ich gebe ihm elf – und erinnere mich an einen Rat meines Vaters: im Zweifel immer Trinkgeld geben. Darum schiebe ich ihm noch einen Dollar hin. Dann angle ich mir meinen Rucksack vom Nebensitz und steige aus. Ich stehe an der Ecke Eighty-eighth Street und Madison Avenue und schaue an dem Haus hoch, in dem meine leibliche Mutter wohnt.

Verdammt, denke ich. *Ich hab's gewagt.*

Ich blicke auf meine schwarze Swatch, öffne nervös das Armband, mache es ein Loch weiter, dann gleich wieder enger. Es ist fast elf, das ist wahrscheinlich zu spät, um bei ihr zu klingeln, aber ich kann nicht bis zum nächsten Morgen warten, um die Wahrheit herauszufinden. New York ist doch die Stadt, die niemals schläft. Erst hoffe ich, sie ist noch wach, und dann hoffe ich, sie ist nicht zu Hause.

Ich gehe auf dem Bürgersteig hin und her, während sich mein Magen zusammenkrampft. Ich kann nicht sagen, was ich mir mehr wünsche – dass ich sie mag oder dass ich sie nicht mag. Nach kurzem Zögern zwinge ich mich schließlich, das Haus zu betreten, und sehe mich in der Eingangshalle um. Alles ist vom Feinsten. Der Boden besteht aus glänzendem, schwarz-weißem Marmor, und auch der Rest wirkt edel. Die Vorstellung von der Crack-Höhle verflüchtigt sich schnell, aber ich fühle mich eher eingeschüchtert als erleichtert. Mein Herz rast. Da erscheint wie aus dem Nichts ein Portier und fragt, ob er mir helfen kann. Ich zucke zusammen und sage Hallo. Einigermaßen freundlich grüßt er zurück. Er hat glänzendes schwarzes Haar, ordentlich zur Seite gegelt, und trägt eine Uniform in Dunkelblau und Gold mit passender Kappe. Auf seinem Namensschild steht JAVIER. Eine Sekunde lang lese ich »Kaviar«, und ich stelle mir vor, dass sie gerade welchen isst, in einem Stockwerk hoch über mir.

»Ich möchte zu Marian Caldwell«, sage ich und versuche, wichtig zu klingen – nicht ganz leicht in Jeans, T-Shirt und abgewetzter Jacke. Nervös zupfe ich mir einige Fussel vom Ärmel und wünsche mir, ich hätte sie doch gegoogelt. Belinda hat recht gehabt – ich hätte mich besser auf dieses Treffen vorbereiten sollen. Etwas Netteres anziehen. Oder gar nicht erst kommen sollen.

»Werden Sie erwartet?«, fragt Javier und mustert mich neugierig.

Ich gerate in Panik, weil ich mir denke, dass man ihn vielleicht vor der Ankunft eines verstörten Teenagers gewarnt hat. Im Geiste höre ich Belinda, die mir rät, jetzt nicht auszurasten – das sagt sie ständig. Mir wird klar, dass Javier überhaupt nichts über mich weiß. Er macht nur seinen Job. Trotzdem lächele ich vorsichtshalber, um nicht verstört rüberzukommen. Dann räuspere ich mich und sage: »Ja ... das heißt, ich glaube schon.«

In gewissem Sinne stimmt das auch. Sie erwartet mich vielleicht wirklich, hofft auf mich. Sie hat immerhin das Dokument unterschrieben, das mir erlaubt, mit achtzehn ihren Namen zu erfahren, und sie hat bestimmt daran gedacht, dass ich vor einer Woche Geburtstag hatte. Sie denkt bestimmt immer an meinen Geburtstag. Das wäre das Mindeste für eine Frau, die ein Kind geboren und dann weggegeben hat. Vielleicht hat sie sogar ein kleines Ritual, das sie jedes Jahr begeht. Vielleicht trinkt sie ein Glas Sekt zusammen mit ihrer besten Freundin oder ihrer Mutter, meiner Großmutter. Vielleicht backt sie einen Kuchen und steckt jedes Jahr eine Kerze mehr darauf. Ob sie auch so gern Schokolade isst wie ich? Vielleicht erzählt sie mir ja auch, dass ich meine Vorliebe für Süßes von meinem Vater geerbt habe. Vielleicht weiß ich bald mehr.

Als Javier sich umdreht und einen Knopf auf einem großen Schaltbrett drückt, kommt mir kurz der Gedanke, einfach wieder zu verschwinden. Aber dann stehe ich so still wie die Marmorstatuen neben dem Aufzug und halte den Atem an, weil ich erwarte, gleich ihre Stimme zu hören, die fragt, wer da ist. Aber es ertönt nur ein lautes Summen, und Javier sagt: »Sie können nach oben fahren!«, und weist mit großer Geste zum Aufzug.

Das nehme ich als ein gutes Zeichen. Sie ist gastfreundlich und lässt einen hinein, auch wenn sie keine Ahnung hat, wer vor ihrer Tür steht. Andererseits hält sie mich vielleicht für jemand anders. Sie hat vielleicht eine richtige Tochter, die schnell Kaugummi und Milch besorgt hat und gerne mal den Schlüssel vergisst.

Jedenfalls gibt es jetzt kein Zurück mehr. »Äh ... welches Stockwerk?«

»Das Penthouse!«, antwortet Javier und deutet mit Grandezza Richtung Himmel.

Ich nicke, als bekäme ich jeden Tag gesagt, ich solle hoch zum Penthouse fahren, aber innerlich verursacht das Wort mir Panik. Ich klammere mich an die Riemen meines Rucksacks, schlucke und gehe die paar Schritte zu den polierten Aufzugtüren. Sie öffnen sich plötzlich, und heraus tritt ein alter Mann mit einer Hose bis zum Bauchnabel und einem ordentlich getrimmten Zwergpudel in rosa Mäntelchen und pinkfarbenem Glitzerhalsband. Die zwei passen überhaupt nicht zusammen, bis auf die Tatsache, dass beide mich missbilligend anschauen, als ich an ihnen vorbeigehe. Alleine im Aufzug atme ich tief durch und drücke den Knopf, auf dem »PH« steht. Als die Türen sich schließen, lege ich mir noch schnell meinen ersten Satz zurecht:

Hallo. Ich bin Kirby Rose. Ihre Tochter.

Hallo. Ich bin Ihre Tochter. Kirby Rose.

Hi. Ich heiße Kirby Rose. Ich glaube, ich bin Ihre Tochter.

Das Wort Tochter erscheint mir irgendwie zu intim, aber es gibt nun mal kein anderes. Dann werde ich plötzlich aus meinen Gedanken gerissen, weil sich die Türen direkt im Eingangsbereich einer Wohnung öffnen. Dahinter sehe ich das Wohnzimmer. Es hat ein großes Fenster, das praktisch die gesamte Wand einer Seite einnimmt. Alles ist ordentlich, schick, perfekt, und es gibt keine Hinweise auf Kinder oder Babys. Meine Erleichterung darüber ist mir unbehaglich – ich identifiziere mich schon zu sehr mit ihr.

Und dann ist sie da. Elegant schreitet sie auf mich zu, gekleidet in einen pinkfarben-grün gemusterten Baumwollpyjama. Er ist ihr ein bisschen zu weit, aber ich sehe, dass sie schlank und durchschnittlich groß ist. Sie wirkt jünger als meine Eltern, etwa fünfunddreißig, aber es ist ja oft schwierig, das Alter von Erwachsenen einzuschätzen. Sie hat blondes Haar mit noch helleren Strähnchen, zurückgebunden in einen lässigen, aber modischen Pferdeschwanz. Ihr Gesicht ist schmal und länglich, und eine Sekunde lang erkenne ich mich darin. Diese Nase, dieses Kinn ... Dann sage ich mir, dass das bloß Wunschdenken ist. Sie ist viel hübscher als ich.

Ich schaue auf ihre nackten Füße, anmutig und schmal, die Zehen mit pflaumenfarbenem Nagellack bemalt. Ganz anders als die groben, mit Schwielen überzogenen Füße meiner Mutter mit ihren unförmigen Zehen. Ich blicke wieder in ihr Gesicht und in ihre Augen, und da wird mir klar, dass sie ein freundlicher Mensch ist. Zumindest kommt sie nicht unfreundlich rüber. Sie ist vermutlich schlau und fleißig, denn dumme und faule Menschen schaffen es nicht bis ins Penthouse. Andererseits könnte sie auch aus einer stinkreichen Familie stammen, aber sie wirkt nicht dekadent à la Paris Hilton.

»Hallo«, sagt sie. Ihre Stimme klingt hell und angenehm, und ihr Gesicht drückt Neugier aus. »Kann ich Ihnen helfen?«

Ich räuspere mich und frage: »Sind Sie Marian Caldwell?«

»Ja«, entgegnet sie, und einen Moment lang glaube ich, dass sie etwas ahnt. Aber dann entdecke ich eine

Spur von Ungeduld in ihrer Miene. Das Baby, das sie vor achtzehn Jahren geboren hat, ist ganz weit weg für sie.

Ich schaue auf meine Schuhe, atme tief durch und versuche, deutlich zu sprechen. »Ich heiße Kirby Rose.«

Keine Reaktion, ganz klar. Sie kennt meinen Namen nicht. Ich streiche mir eine Haarsträhne hinter die Ohren und zwinge mich, ihr wieder in die Augen zu sehen. Irgendetwas passiert gerade in ihrem Gesicht.

Und dann fragt sie: »Bist du ...«

Mein Herz schlägt schneller. Ich nicke und konzentriere mich darauf, nicht in Ohnmacht zu fallen. Dann sage ich die Worte, die ich im Kopf tausendmal geübt habe. »Ich glaube, Sie sind meine Mutter.«

Ihr Lächeln verblasst, und alle Farbe weicht ihr aus dem ohnehin schon hellen Teint. Sie starrt mich an. Anscheinend hat sie noch mehr Angst als ich. Sie ist wie gelähmt. Nach einer gefühlten Ewigkeit berührt sie mich am Arm und sagt: »Meine Güte. Du bist es ...«

Ich lächele, aber meine Kehle ist wie zugeschnürt. Ich kann nicht sprechen und fange bestimmt gleich an zu weinen. Aber keine Träne kommt. Es fühlt sich an wie ein fantastischer Sieg.

»Komm doch rein«, fordert sie mich auf und geht einen Schritt zurück, um mir Platz zu machen.

Ich gehe auf sie zu und sage: »Tut mir leid, dass ich dich einfach so überfalle. Ich kann auch ein anderes Mal wiederkommen.«

»Nein, bleib. Bitte bleib.«

Ich nicke und bin überzeugt davon, dass sie es ehrlich meint. Dass sie wenigstens ein bisschen froh ist, mich zu sehen.

4

Marian

So etwas Verrücktes, Verstörendes und geradezu Unwirkliches habe ich noch nicht erlebt. Trotzdem kann ich mir nicht erklären, warum ich so geschockt bin. Ich wusste doch im Grunde die ganze Zeit, dass es passieren konnte, und mir war auch genau bewusst, dass sie am Ersten des Monats achtzehn geworden ist. Der große Tag, an dem sie nur bei der Agentur anrufen musste, um meine Daten zu bekommen. Alle paar Jahre habe ich meine aktuelle Adresse angegeben, schon aus Prinzip. Juristisch bin ich dazu nicht verpflichtet gewesen, ich hätte mich auch entscheiden können, anonym zu bleiben. Ich weiß nicht genau, warum ich es so gemacht habe. Vielleicht, um meine Schuldgefühle beiseitezuschieben. Vielleicht wollte ich mich auch davon überzeugen können, dass sie es gut getroffen hat, dass sie nicht in einer kaputten, asozialen, verarmten Familie gelandet ist. Aber tief im Inneren wollte ich vielleicht auch, dass sie zu mir zurückfindet. Dass ich sie sehen und anfassen kann.

Aber unabhängig davon, warum ich mich so entschieden oder was ich mir davon versprochen habe, habe ich es für sehr unwahrscheinlich gehalten, dass sie Kontakt zu mir suchen würde, wenigstens nicht, bevor sie selbst Kinder hat. Und ich habe mir ganz sicher nicht vorgestellt, dass sie aus heiterem Himmel abends um elf auftaucht, in einer Stadt, in der man Spontanbesuche nicht kennt, auch nicht unter engen Freunden. Und nachdem ich mich gerade mit meinem Freund gestritten habe. Aber das alles zählt jetzt nicht. Weil sie gerade in diesem Moment vor mir steht und darauf wartet, dass ich etwas sage.

Überwältigt von meinen Gefühlen bitte ich sie herein, hänge ihre Jacke an die Garderobe und schiebe ihren schweren Rucksack unter den Polsterhocker im Eingangsbereich. Dann entsteht eine unangenehme Pause, in der ich mir überlege, wo wir uns am besten unterhalten können. Das Wohnzimmer kommt mir zu förmlich vor, und mein kleines Zimmer, vollgestellt mit persönlichen Erinnerungsstücken, zu intim. Dabei möchte ich nichts vor ihr verstecken, sondern sie ganz einfach nicht überfordern. Oder mir selbst den Heimvorteil bewahren. Darum entscheide ich mich für die Küche. Ich schalte das Licht ein, dimme es und fahre es wieder hoch. Dann deute ich auf die marmorne Kücheninsel, und wir setzen uns einander gegenüber auf zwei Barhocker. Mit eingefrorenem Lächeln mustern wir uns gegenseitig. Mir ist klar, dass sie noch aufgeregter sein muss als ich, wenn auch nur, weil sie halb so alt ist wie ich und die Umgebung fremd für sie.

Fieberhaft überlege ich mir, was ich sagen soll, irgendetwas Bedeutenderes als simplen Smalltalk, irgendetwas Fröhlicheres als die Geschichte von ihrem Lebensanfang. Aber mir fällt nichts ein, und das macht mich noch nervöser.

»Hast du Hunger?«, frage ich schließlich und schaue in den Kühlschrank, in dem ich ein Sixpack Vitaminwasser, einen Salatkopf, einen Tetrapak Eiklar und einen großen Becher griechischen Joghurt entdecke. Ich ärgere mich, dass ich gestern auf dem Heimweg nicht noch bei Dean & DeLuca vorbeigeschaut habe, das mache ich sonst jeden Freitag.

»Nein, danke«, entgegnet sie, während ich im Kopf ihren Namen wiederhole, einen Namen, der mir in all den Jahren im Traum nicht eingefallen wäre. Kirby. Kirby. Kirby. Ich weiß nicht, ob ich ihn hasse oder liebe, gebe ihren Eltern aber einen Punkt für Originalität. Und zwinge mich dazu, nicht nach ihnen zu fragen. Was machen sie beruflich? Was haben sie für Standpunkte in Sachen Politik oder Religion? Gleichen sie ihr äußerlich? Gleichen sie uns äußerlich, verbessere ich mich, noch immer geschockt von unserer Ähnlichkeit. Aber ich unterdrücke alle Fragen über sie, weil ich befürchte, dass meine Neugier aufdringlich oder eifersüchtig rüberkommt. Und dann wird mir bewusst, dass ich tatsächlich ein bisschen eifersüchtig darauf bin, dass eine andere Frau den Menschen geformt hat, der gerade vor mir sitzt. Die Tatsache, dass ich absolut kein Recht habe, so zu empfinden, dass es ganz allein meine Entscheidung war, sie ihnen zu überlassen, macht die Wehmut in meinem Herzen nur noch größer. Ich bin mir klar darüber, dass ich die anstrengenden Seiten der Mutterschaft nicht durchmachen musste – ich bin wie jemand, der bei einem Marathonlauf nur zusieht und sich am Ende wünscht, derjenige zu sein, der die Ziellinie überquert. Ich muss aufhören, so selbstbezogen zu denken. Heute Abend geht es um ihre Bedürfnisse, nicht um meine. Obwohl ich nicht ihre Mutter im weitesten Sinn des Wortes bin, versuche ich, eine Art mütterlichen Instinkt in mir zu wecken. Ich denke an meine eigene Mutter und an ihre Art der Problemlösung: ein Seelentröster-Essen und eine gute Nachtruhe.

»Bist du sicher, dass du keinen Hunger hast? Wir können uns was kommen lassen. Es gibt einen tollen Deli in der Nähe, der innerhalb von zehn Minuten eine prima Käse-Tomatensuppe liefert. Als hätten sie immer eine auf Lager, weil sie sich denken, dass garantiert irgendjemand im Umkreis von zehn Blocks gerade Lust darauf bekommt.«

Als ich merke, dass ich dummes Zeug rede, bremse ich mich. Sie schüttelt den Kopf und bedankt sich noch einmal.

Schon wieder von meinen Gefühlen überwältigt, drehe ich mich zum Kühlschrank um, verstecke das Gesicht. »Kann ich dir wenigstens was zu trinken anbieten? Kaffee, Tee, Vitaminwassser?«

Sie zögert, dann sagt sie – als wollte sie mir eine Freude machen: »Ein Vitaminwasser, gern.«

»Welche Geschmacksrichtung? Orange oder Zitrone?«

»Egal.«

»Ja, das ist es wohl«, sage ich mehr zu mir selbst und bemühe mich um eine ruhige Hand, als ich eine Flasche mit Orangengeschmack nehme, sie öffne und in ein großes Glas gieße.

»Wie bist du hierhergekommen?«, frage ich. Ich sterbe vor Neugier, ich will wissen, wo ihre Reise begann, will etwas über ihre Wohngegend wissen, ihr Haus, ihr Zimmer. Noch nie war ich so gierig auf Informationen, nicht mal am Anfang einer Beziehung, wenn man unbedingt alles über den anderen in Erfahrung bringen will – nein, muss. Als ich ihr Gesicht so betrachte, darauf warte, dass sie zu reden beginnt, merke ich, dass es sich tatsächlich ein bisschen wie am Anfang einer Beziehung anfühlt. Ich spüre Faszination und Zuneigung, gepaart mit egoistischer Neugier.

»Mit dem Bus«, antwortet sie, ohne eine Spur von Akzent. Da ist nichts in ihrer Stimme, das ich einer bestimmten Region zuordnen könnte. »Greyhound.«

»Oh!«, rufe ich geschockt, weil ich mich an die Geschichte des Mannes erinnere, der seinen Sitznachbarn im Greyhound geköpft hat.

»Ja, war schon irgendwie krass. Aber jetzt bin ich ja hier.«

Ich nicke und frage: »Und wo wohnst du?«

»In St. Louis.«

»Und da bist du auch aufgewachsen?«

»Na ja. Eigentlich komme ich ja aus Chicago ...«, bemerkt sie und wirft mir einen pikierten Blick zu. »Aber ich habe mein ganzes Leben in St. Louis verbracht. Im selben Haus.«

Mit einem komischen Gefühl im Magen denke ich an meine erste Reise nach St. Louis vor etwa zehn Jahren, da war Kirby sieben oder acht. Ich war wegen der Hochzeit einer Freundin hingefahren, und nach der Zeremonie machte ich erst mal alleine einen Spaziergang durch die Gegend um die Kirche. Ich weiß noch genau, wie kalt und feucht die Luft war und wie grau der Himmel mit seinen dunklen Wolken über mir hing. Diese Stimmung verstärkte mein Gefühl der Einsamkeit noch, denn ich war ohne Partner zu der Hochzeit gekommen. Ich höre noch das Geräusch meiner Absätze, die die Reste des Herbstlaubs auf dem Bürgersteig zermalmten, und ich sehe die einfachen, rotverklinkerten Einfamilienhäuser mit ihren Mansardendächern, den bunten Glasfenstern und den gepflegten Gärten noch vor mir. Ein gemütliches Häuschen neben dem anderen, oft geschmückt mit amerikanischen Flaggen, Blumenkästen und Initialen in den Türgittern. Am deutlichsten aber erinnere ich mich an meine plötzliche, starke Sehnsucht auf dem Weg zurück zur Kirche – als hätte ich irgendwie gespürt, dass sie in meiner Nähe war. Rückblickend erscheint das wie eine fast schon unheimliche Vorahnung – aber dann wird mir klar, dass ich dieses Gefühl öfter hatte, meist wenn ich mich in einer fremden Umgebung bewege, in der ich niemanden kenne, manchmal aber auch in meiner gewohnten Gegend. Aber ich erzähle ihr die Geschichte trotzdem und schildere den unglaublichen Zufall.

Sie wirkt skeptisch, bleibt aber höflich. »Wo war die Hochzeit denn? In welchem Stadtteil?«

»Das weiß ich nicht mehr genau. Es war eine große, katholische Kirche. Mit bunten Glasfenstern. St. Joseph? Oder vielleicht St. Mary?«

»Tja, davon gibt's viele«, meint sie.

Ihre Antwort ist nicht frech, aber ich entnehme ihr, dass sie nicht nur klug ist, sondern auch gerne das letzte Wort hat.

»Da hast du wohl recht.«

»Aber es hätte meine Wohngegend sein können«, sagt sie jetzt etwas milder. »Ich lebe im Süden. Neben St. Gabriel. Das ist unsere Kirchengemeinde. Könnte die Hochzeit da stattgefunden haben?«

»Vielleicht.« Ich stelle mir vor, wie sie, umringt von ihren Freundinnen, in ihrer dunkelblauen und weißen Schuluniform über die Straße läuft. Ordentlich gebügelter, karierter Rock, wollene Kniestrümpfe mit Zopfmuster. Sie sind auf dem Weg zur Eisdiele. Ein Mädchen stiftet die anderen zum Rauchen an, aber Kirby weigert sich.

Sie schaut mir in die Augen, dann zögert sie und atmet tief durch. »Weißt du, was komisch ist?«

»Was denn?«

»Du hast mich zwar in Chicago geboren, aber ich habe

immer gespürt, dass du in New York wohnst.« Sie zuckt mit den Schultern, als schämte sie sich ein bisschen. Und was weiß sie sonst noch über mich? Hat sie Pressefotos gesehen, auf denen ich über rote Teppiche schreite? Womöglich gar dieses eine mit Peter?

»Ja«, sage ich. »Ich lebe schon einige Jahre hier. Ich arbeite in der Fernsehbranche. Da wohnt man entweder hier oder in L. A.«

Sie ist überrascht. Das überrascht mich wiederum. »Fernsehbranche? Bist du Schauspielerin?«

»Nein, Produzentin.«

»Von Filmen?«

»Nein, Fernsehserien. Kennst du *South Second Street*?«

»Ja«, ruft sie mit jugendlichem Enthusiasmus und einem breiten Lächeln. Mir fällt auf, dass die Zähne in ihrem Unterkiefer leicht schief stehen, die beiden Schneidezähne überlappen sich ein wenig. Sie hat also keine Zahnspange getragen. Ich überlege, ob ihre Eltern sich keine leisten konnten oder der Meinung waren, ihre Tochter solle sich ein natürliches Lächeln bewahren.

Ich lächele auch. »Das ist meine Serie.«

»Die liebe ich, die schaue ich so gerne«, sagt sie. »Ich mag besonders diesen Bauunternehmer, wie heißt der Schauspieler noch? Shaba Derazi?«

Ich nicke. »Ja, der ist gut. Er dreht gerade einen Spielfilm in Toronto. Mit Matt Damon.«

Die Insider-Infos berauschen sie. Aber ich bin noch aufgeregter, weil sie meine Arbeit kennt und gut findet. Gleichzeitig fühle ich mich schuldig, weil ich nichts über sie weiß. Nichts über ihre Ängste, ihre Leidenschaften oder Zukunftsträume. Ich weiß nicht, ob sie mit der linken oder der rechten Hirnhälfte denkt, ob sie sportlich oder unsportlich ist, ob sie introvertiert oder extrovertiert ist. Ich weiß nicht, ob sie schon mal verliebt war oder ein gebrochenes Herz hatte. Mir ist natürlich bewusst, dass das Teil der Abmachung bei einer sogenannten »geschlossenen Adoption« ist, aber ich schäme mich trotzdem für meine Ahnungslosigkeit, mein Desinteresse. Ich wende den Blick ab, während ich die letzten achtzehn Jahre Revue passieren lasse und ihr Gesicht in die Szenen einsetze, die ich mir immer vorgestellt habe, obwohl ich mir fest vorgenommen hatte, nicht an sie zu denken. *Kirby, die in einem Kinderkörbchen liegt. Kirby, die krabbeln, laufen, sprechen lernt. Kirby, die an ihrem ersten Kindergartentag in den großen gelben Schulbus klettert. Kirby, die ihren ersten Zahn verliert. Kirby, die am Weihnachtsmorgen im roten Flanellnachthemd nach unten rennt und ein Barbie-Traumhaus unter dem Baum entdeckt.* Wenigstens wünsche ich mir, dass ihr Leben so verlaufen ist und nicht so, wie ich es mir in meinen von Schuldgefühlen geprägten Albträumen ausgemalt habe. *Kirby, die hungert, friert, einsam ist, geschlagen wird.* Ich schaue sie an und bin sehr erleichtert, dass es ihr gut geht. Wenigstens hat es den Anschein.

»Erzähl mir mehr über dich. Erzähl mir alles«, bitte ich.

Sie verschränkt die Arme vor der Brust und fragt: »Was willst du denn wissen?«

»Tut mir leid. Ich will dich nicht ausfragen.«

»Schon okay«, sagt sie, ohne allerdings irgendwelche Informationen preiszugeben.

»Ich weiß also, wie alt du bist. Achtzehn.«

Sie nickt ausdruckslos. »Ja. Erst mit achtzehn konnte ich deinen Namen erfahren.«

Ich denke an den Vertrag, den ich unterschrieben habe – und an meine falsche eidesstattliche Versicherung: *Ich kenne den Kindsvater nicht*. Dann schiebe ich den

Gedanken an ihn beiseite, wie schon tausendmal zuvor und ein Dutzend Mal allein heute Abend.

»Du bist also im letzten Schuljahr?«, frage ich.

Sie nickt.

»Gehst du nächstes Jahr aufs College?«

»Weiß nicht. Ich hab gerade die Zulassung für Missouri gekriegt. Letzte Woche.« Sie zuckt mit den Schultern und sieht aus dem Fenster, hinunter auf die im Dunkeln liegende Madison Avenue. »Aber eigentlich will ich nicht aufs College.«

Ihre Antwort enttäuscht mich, aber ich lasse mir nichts anmerken. »Du kannst doch ein Jahr pausieren und über alles nachdenken«, schlage ich vor. »So habe ich das damals gemacht.«

Sie wirft mir einen komischen Blick zu. Sicher macht sie sich ihre eigenen Gedanken darüber, was ich in diesem Jahr so angestellt habe, aber sie sagt nichts dazu. Dann räuspert sie sich: »Du fragst dich bestimmt, warum ich hier bin ...«

Automatisch greife ich nach ihrer Hand. Ihre Finger sind kalt, schlank, zart. An ihrem Mittelfinger steckt ein riesiger Ring mit einem Türkis. Nervös spannt sie die Hand an, zieht sie aber nicht zurück. Ich lege meine Hand wieder in den Schoß. »Du musst dich nicht rechtfertigen«, sage ich.

Sie zieht ein Gesicht, das ich nicht deuten kann, und stammelt: »Ich ... musste dich einfach sehen ... ich hatte immer ... das Gefühl, dass mir was fehlt ... weißt du ... weil ich nicht wusste ... woher ich stamme und so ...«

Reflexartig will ich einstimmen und ihr erklären, dass auch ich eine Leere gefühlt habe, aber das ist nicht wahr. Erst vor ein paar Stunden dachte ich, das Einzige, was in meinem Leben fehlt, ist ein Heiratsantrag von Peter.

»Ich bin froh, dass du da bist«, sage ich stattdessen, obwohl ich spüre, dass das übertrieben, wenn nicht gar gelogen ist.

Sie schluckt, und wir sehen uns an und dann gleichzeitig wieder weg.

»Okay, ich mache dir einen Vorschlag.« Ich konzentriere mich auf ein goldenes Pünktchen in der Marmorplatte. »Erst stelle ich dir eine Frage, dann bist du dran. Wir wechseln uns ab. Alle Themen sind erlaubt.«

Sie nickt, und da wird mir klar, dass ich mich in eine gefährliche Lage gebracht habe. Was sage ich ihr, wenn sie nach ihm fragt? Die Wahrheit natürlich, aber die hat so viele Facetten und Abstufungen, dass es die reine Wahrheit praktisch nicht gibt. Jedenfalls nicht in meinem Leben, und vielleicht auch in keinem anderen.

»Also, mal sehen ... Hast du Geschwister?«

»Eine Schwester«, antwortet sie und erzählt mir, dass ihre Eltern erst dachten, sie könnten keine Kinder kriegen, es dann aber gleich nach ihrer Adoption doch noch klappte. »Sie heißt Charlotte. Sie war das Wunder«, bemerkt Kirby ausdruckslos.

»Steht ihr euch nah?«

Sie zuckt mit den Schultern. »Ja. Charlotte ist cool. Echt lieb. Und sie kann unheimlich gut schwimmen, sie hält den Stadtrekord im Delfin-Stil. Wahrscheinlich könnte sie mal bei Olympia mitmachen.« Dann rollt sie verräterisch mit den Augen und fügt hinzu: »Alle lieben sie.«

»Klingt ja toll. Aber vielleicht ist sie ein bisschen zu perfekt?«

»Könnte man so sagen.«

Ich lächele, aber sie verzieht keine Miene.

»Du bist dran«, sage ich.

Sie beißt sich auf die Unterlippe und gibt meine Frage einfach zurück. Ob ich Geschwister habe?

»Nein, ich bin Einzelkind. Meine Eltern reisen gerne und dachten, mit nur einem Kind wäre das leichter.« Plötzlich klingt die Erklärung, die ich immer akzeptiert habe, vollkommen lächerlich.

Sie nickt und flüstert: »Du bist dran.«

Ich hebe den Blick und betrachte die chromglänzenden Hängelampen über der Kücheninsel. Ich denke daran, dass Peter letzte Woche die Glühbirnen ausgewechselt hat. Mehr handwerkliches Talent hat er nicht. »Hast du einen Freund?«, frage ich und hoffe auf ein Nein.

Sie schüttelt den Kopf. »Nein. Und du?«

Ich nicke und denke an meine Unterhaltung mit Peter. Mir kommt es so vor, als wäre sie schon zwei Wochen her anstatt erst zwei Stunden. »Ja. Wir sind schon ein paar Jahre zusammen.« Mehr sage ich nicht, das reicht für den Moment. Dann schlucke ich und frage sie nach ihrem Lieblingsfach in der Schule.

»Ich hab keins«, erwidert sie.

»Aha«, sage ich und warte auf ihre Frage.

»Okay. Das ist vielleicht unhöflich, aber wie alt bist du?«

Ich lächele und erwidere: »Das ist noch vier Jahre lang nicht unhöflich. Ich bin sechsunddreißig.«

Ich sehe, wie es in ihrem Kopf rattert und nehme die Antwort vorweg. »Ich habe dich mit achtzehn bekommen. So alt, wie du jetzt bist.«

Sie atmet heftig ein. »Oh«, ruft sie und schaut wieder weg. Ich studiere ihr Profil und bemerke, dass sie – bei aller Ähnlichkeit – ein schöneres Kinn hat als ich, kräftiger, aber immer noch feminin. Auch ihre Wangenknochen treten stärker hervor, ich weiß, wo sie das herhat.

Jetzt denke ich wieder an ihn, die Bilder überfluten mich, und ich frage mich, wann sie auf ihn zu sprechen kommt. Ich spüre auch den Drang zu gähnen und versuche ihn zu unterdrücken, schaffe es aber nicht. Sie gähnt auch, und mir kommt der Gedanke, dass Schlaf die biologische Antwort auf Stress und Schmerz ist – und beides spüre ich gerade.

»Ich sollte jetzt gehen«, bemerkt sie, und ich entdecke dunkle, bläuliche Schatten unter ihren Augen. »Ich weiß, dass es schon spät ist.«

Ich bin enttäuscht, aber die Erleichterung, dass sie nicht bleibt, ist stärker. Dass sein Name nicht gefallen ist und vielleicht nie ausgesprochen wird. Vielleicht muss ich ihr nie von den schmerzhaften Erinnerungen erzählen, die ich seit achtzehn Jahren zu verdrängen versuche.

Sie macht Anstalten aufzustehen.

»Wo gehst du jetzt hin?«, frage ich und erwarte die Antwort, dass sie eine Freundin oder Verwandte in der Stadt hat.

Sie zieht einen zerknüllten Zettel aus der Gesäßtasche und liest den Namen einer Jugendherberge in der Nähe von Chinatown ab. Da überkommen mich riesige Schuldgefühle, und ich schüttele den Kopf. »Das kommt gar nicht infrage. Du bleibst hier.«

Sie öffnet den Mund, wie um zu protestieren, schließt ihn dann aber wieder, als wäre sie zu müde dazu.

»Noch eine Frage«, sage ich und mache mich schon auf alles gefasst.

Sie zieht die Brauen hoch, während ich mich räuspere und sie frage, ob ihre Eltern wissen, dass sie hier ist.

Sie starrt in ihr Glas, also ein klares Nein.

»Lebst du noch bei ihnen?«

Sie nickt und wirkt leicht gereizt. »Ich bin nicht weggelaufen, wenn du das meinst.«

»Tut mir leid. Ich habe mich bloß gefragt ...«

»Sie glauben, ich wäre in Alabama. Mit meiner Freundin und ihrer Mutter.«

»Dann wissen sie also nicht, dass du ... das hier geplant hast?«

»Das hier?«, wiederholt sie mit einer Spur von Feindseligkeit in der Stimme, obwohl sie weiß, worauf ich anspiele.

»Mich zu sehen«, präzisiere ich.

Jetzt schaltet sie auf Trotz um und schüttelt den Kopf. Ich warte darauf, dass sie meinem Blick begegnet. Wir sind an einem kritischen Punkt angelangt. Ich weiß, was ich tun müsste, nämlich darauf bestehen, dass sie zu Hause anruft, aber ich habe Angst davor. Was, wenn sie wütend wird? Wenn sie wegrennt und nie wiederkommt? Andererseits ist sie ein Teenager, Tausende von Kilometern von ihren Eltern entfernt. Ich frage sie, warum sie sie angelogen hat. Ich will mich in sie hineinversetzen, bevor ich eine Entscheidung treffe oder ihr Verhalten bewerte.

»Das geht die nichts an«, erklärt sie. »Und offen gesagt, gehen sie dich auch nichts an.«

»Okay ... hör zu ... Ich werde dich zu nichts zwingen, aber ...«

»Aber was«, bellt sie mit flackernden Augen und stur angespanntem Kinn. Ich weiß, dass ich nicht ihre wahre Mutter bin, aber jetzt bekomme ich eine Ahnung davon, wie man sich als Mutter fühlt. Angst und Unsicherheit machen sich in mir breit. »Es gibt keinen Grund, sie anzurufen und die Pferde scheu zu machen. Außerdem bin ich achtzehn und damit erwachsen. Alles in Ordnung also.«

Ich nicke. Ich will sie nicht unter Druck setzen und das zerstören, was wir uns in den letzten paar Minuten aufgebaut haben. »Okay. Wir können morgen darüber reden. Ich ... ich will einfach nur, dass es dir gut geht. Egal, was in deinem Leben gerade vorgeht, was in dir vorgeht ... ich möchte dir helfen.«

Ich meine genau das, was ich sage – das glaube ich jedenfalls –, aber meine Worte klingen dünn. Wie die einer Schauspielerin, die keine emotionale Bindung zu ihrer Szene hat und einen Mentholstift braucht, um weinen zu können.

»Danke«, sagt sie, und wir gähnen wieder synchron. Dann stehen wir auf und schauen uns an.

»Nichts zu danken, Kirby«, gebe ich zurück. Es ist das erste Mal, dass ich ihren Namen laut ausgesprochen habe, und ich frage mich, wie ich ihn die ganze Zeit über nicht gewusst haben kann. Wie konnte ich sie mir jemals als Katherine vorstellen – so hatte ich sie die ersten drei Tage nämlich genannt. Dieser Name wirkt jetzt zu formal, zu traditionell, zu gewöhnlich für das Mädchen, das sie zu sein scheint.

Ich führe sie zurück in den Flur, nehme ihren Rucksack und zeige ihr das Gästezimmer, direkt neben meinem eigenen. Ich zeige ihr auch das angrenzende Badezimmer, den Schrank voller Handtücher und Decken und die Schublade mit den Hotelkosmetika. Dann wünsche ich ihr eine gute Nacht und fordere sie auf, zu mir zu kommen, falls sie etwas braucht. Was auch immer es sein mag.

Vor einer Stunde habe ich eine Schlaftablette geschluckt, und jetzt bin ich noch immer hellwach und aufgedreht. Ich starre in die totale Schwärze meines Schlafzimmers –

ein seltenes Phänomen in New York, besonders in Eckhäusern. Ich denke daran, wie ich der Innenarchitektin erklärte, dass es mir egal sei, ob wir warme oder kalte Farben nehmen, ein Polster- oder ein Eisenbett, so lange die Fenster eine Jalousie bekämen, die nicht den kleinsten Lichtstrahl durchlassen. Jetzt allerdings fürchte ich mich zum ersten Mal in meinem Erwachsenenleben vor der Dunkelheit – oder eher *in* der Dunkelheit. Es ist ein irrationales Gefühl, aber ich drehe mich trotzdem schnell im Bett um, knipse das Licht an und suche jede Ecke im Zimmer mit den Augen ab, so wie früher als Kind. Vielleicht habe ich ja stellvertretend für Kirby Angst? Ich widerstehe der Versuchung, nach ihr zu schauen. Nach achtzehn Jahren vollständiger Ahnungslosigkeit käme mir das anmaßend vor.

Darum checke ich lieber mein Handy. Ich würde gerne mit jemandem reden – über die erstaunlichste Sache, die mir widerfahren ist, seit Kirby geboren wurde. Wenn ich nicht die ganze Vorgeschichte erzählen will, habe ich nur eine Option: meine Mutter. Aber die schläft jetzt neben meinem Vater, und wenn ich sie anrufe, wachen beide auf. Mein Vater würde glauben, es wäre etwas Schreckliches passiert – und dieses Ereignis fiele für ihn wohl tatsächlich in diese Kategorie. Deswegen haben meine Mutter und ich die ganze Angelegenheit auch vor ihm geheim gehalten. Außerdem will ich nicht mit ihr darüber reden, jedenfalls nicht jetzt. Sie hat mir damals geraten, ein anderes Kästchen als ursprünglich geplant auf dem Formular anzukreuzen. *Das Beste ist, wenn du alle Brücken abbrichst, für immer.* Ich wusste zwar nicht, ob sie damit mir, sich selbst oder uns beiden einen Gefallen tun wollte, aber die Erinnerung daran hat mich oft von einem Gespräch mit ihr abgehalten.

Nervös scrolle ich mich durch meine E-Mails und SMS und frage mich, ob Peter noch wach ist. Plötzlich vermisse ich ihn und wünsche mir, der Abend mit ihm wäre anders zu Ende gegangen. Noch mehr wünsche ich mir aber, er würde mein Geheimnis kennen. Ich hätte es ihm sagen sollen. Ich denke an alle Gelegenheiten, bei denen das gut möglich gewesen wäre: jedes Mal, wenn eine Freundin ein Kind bekam, zum Beispiel. Oder als er mir Aidans Geschichte erzählte: wie mitten in einer Opernaufführung Robins Fruchtblase platzte und sie das Kind beinahe im Taxi auf der Third Avenue zur Welt gebracht hätte. Oder als er mir seine intimsten Geheimnisse beichtete: dass er in Dartmouth eine Hausarbeit abgeschrieben und bei einem Junggesellenabschied in Vegas mit einer Stripperin geschlafen hatte. Ich maßte mir kein Urteil über ihn an, und er hätte das umgekehrt bestimmt auch nicht getan. Oder doch? Vielleicht hätte er gesagt, dass eine Frau, die ihr Kind weggibt, unfähig ist, jemals eine gute Mutter zu sein. Zumindest nicht die Mutter seines Kindes. Er könnte auch ein Problem damit haben, dass ich die Sache vor meinem eigenen Vater geheim gehalten habe – und vor dem Vater des Kindes. Es war mir einfach zu riskant, Peter davon zu erzählen. Es war leichter, alles ruhen zu lassen. Sauberer. Einfacher. Sicherer. Habe ich wenigstens gedacht. Bis heute.

Ich schalte das Licht wieder aus und schließe die Augen, aber der Drang, mit ihm zu reden, verschwindet nicht. Ich schicke ihm eine SMS, um zu sehen, ob er noch wach ist. Nur Sekunden später vibriert mein Handy. Ich greife danach, begierig auf seine Worte, wie immer, wenn er schreibt, aber heute Abend bin ich besonders aufgeregt. Ich tippe, so schnell ich kann, und jede seiner Antworten beruhigt mich ein Stückchen mehr.

PETER: *Ja.*

MARIAN: *Kannst du nicht schlafen?*

PETER: *Nein. Fühle mich schlecht wegen heute Abend.*

MARIAN: *Schon okay.*

PETER: *Nein, ist es nicht. Tut mir leid.*

MARIAN: *Mir auch. Ich wäre gern bei dir.*

PETER: *Soll ich rüberkommen?*

Bevor ich »Nein« zurückschreiben kann, klingelt das Telefon, und ich nehme freudig ab, noch immer fest entschlossen, mein Geheimnis zu bewahren. Innerlich lege ich mir neue Rechtfertigungen für mein Handeln zurecht.

»Alles okay, Süße?«, fragt er. Seine Stimme ist rau und sexy. Ich höre Eiswürfel in einem Glas klingeln und weiß, dass er Scotch trinkt – das ist seine Version von Schlaftabletten.

Ich will antworten, kann aber nicht.

»Champ? Bist du noch da?«

»Ja, ich bin da«, sage ich und gebe mir Mühe, so wie immer zu klingen.

Er fragt noch einmal, ob alles in Ordnung ist. In seiner Stimme liegt eine Spur von Schuldbewusstsein – was mir wiederum Schuldgefühle macht, weil ich mich über ihn aufgeregt habe. Wie kann ich erwarten, dass sich ein Mann für immer an mich bindet, wenn ich ihm ein so wichtiges Detail meines Lebens verschweige?

»Ja«, sage ich. »Ich bin da.«

»Willst du, dass ich rüberkomme?«, fragt er sanft.

Ich will ihn jetzt unbedingt bei mir haben, aber dann denke ich an Kirby im Nebenzimmer und erkläre ihm, dass es schon spät ist. Dass ich ihn morgen früh anrufen werde.

Aber er hat sich schon festgelegt. »Ich komme«, sagt er und legt auf, bevor ich protestieren kann.

Zwanzig Minuten später ist er in meinem Zimmer und zieht sich aus bis auf seine weißen Brooks-Brothers-Boxershorts, die einzige Marke, die er trägt. Der Geruch seiner Haut beruhigt mich, genau wie die Wärme seines Körpers neben meinem.

»So«, sagt er. »Das ist doch viel besser. Jetzt rede mit mir.«

Ich schaue besorgt zur Tür. Obwohl er flüstert, habe ich Angst, dass sie uns hören kann.

Dann schlucke ich und überlege, wie ich anfangen soll.

»Tut mir leid, dass du dich meinetwegen geärgert hast«, beginnt er und nimmt mich in den Arm.

»Nein, es war meine Schuld ...«, stammele ich. Ich will, dass er aufhört, bevor mein schlechtes Gewissen mich erstickt.

Aber er redet weiter. »Nein. Du wolltest mit mir über unsere Zukunft sprechen, und ich habe dich einfach abgebügelt. Lass uns jetzt darüber reden.«

»Ist schon in Ordnung.«

»Nein, ist es nicht ... Ich wollte nicht den Eindruck vermitteln, dass ich nie wieder heiraten möchte, ich wollte nur ...«

Das Gespräch, das ich unbedingt führen wollte, fühlt sich jetzt banal an. »Peter«, sage ich. »Es geht um etwas anderes. Ich bin nicht sauer deswegen ... das heißt, ich war sauer, aber jetzt geht es um ... was anderes.«

»Um was denn?«, fragt er geduldig, aber auch irgendwie frustriert.

Die Gedanken wirbeln wild durch meinen Kopf. Ich weiß genau, wie ich auf den Punkt kommen könnte: *Peter, meine achtzehnjährige Tochter schläft im Nebenzimmer.*

Aber ich kriege diese Worte nicht über die Lippen – nicht mal den Anfang der Geschichte.

Stattdessen stottere ich: »Es geht darum ... also, ich muss dir was sagen. Ich ... ich habe dir etwas verschwiegen.« Ich bin erleichtert, als die Worte draußen sind. Gleichzeitig ärgere ich mich über meine kryptische Eröffnung à la Soap Opera.

»Was hast du mir verschwiegen?«

»Was ziemlich Wichtiges.«

»Was denn? Hast du jemanden umgebracht?«, fragt er mit nervösem Lachen. »Entschuldige, das war nicht witzig. Selbst wenn du das getan hättest, könntest du es mir anvertrauen. Du kannst mir alles sagen.«

»Ich habe niemanden umgebracht, Peter.« Ich denke an das Wort *Abtreibung*, das mich in jenem Sommer verfolgte. Bedeutet Abtreibung, jemanden umzubringen? Das konnte ich damals nicht beurteilen und kann es noch heute nicht. Damals wusste ich bloß, dass ich es nicht durchziehen konnte. Hätte ich mich dafür entschieden, hätte ich das dann auch geheim gehalten? Wie würde es sich wohl anfühlen, Peter ein solches Geständnis zu machen? Wäre die Scham größer als jetzt? Ich sage mir, dass ich das Richtige getan habe, indem ich ihr das Leben schenkte und sie dann weggab. Ich vergrabe mein Gesicht im Kissen.

»War das vor meiner Zeit? Ich meine, es geht nicht um uns, oder? Du hast doch kein Verhältnis mit Damien Brady gehabt?« Er meint den Star meiner Serie. Er scherzt, aber ich frage mich, ob er das schlimmer oder weniger schlimm fände als das, was ich ihm jetzt zu sagen habe.

»Nein«, erwidere ich, das Gesicht noch immer im Kissen versteckt. »Es geht nicht um dich. Sondern um mich. Und um etwas, das mir vor achtzehn Jahren passiert ist.«

»Was ist es, Marian? Bitte sag's mir. Es wird nichts daran ändern, was ich für dich empfinde.«

»Das kannst du gar nicht versprechen.«

Er atmet tief durch, dann beugt er sich zu mir hinunter und küsst mich, fest, mit offenem Mund, mehrere Sekunden lang. Seine Zunge ist warm, weich, beruhigend. Als der Kuss zu Ende ist, sagt er: »Gib dir einen Stoß, Marian. Sag's mir einfach.«

Das tue ich dann. Die Worte purzeln mir nur so aus dem Mund, und die groben Umrisse der Geschichte liegen vor uns, angefangen von jenem Sommer bis hin zu dem Klingeln an meiner Tür vor einigen Stunden. Ich kann ihn nicht anschauen, bevor ich fertig bin, weil ich Angst habe, was ich in seinem Gesicht lesen würde. Missbilligung, Enttäuschung, Ablehnung. Als ich ihn endlich anschaue, liegt das alles tatsächlich in seiner Miene, obwohl er sich Mühe gibt, es zu verstecken.

»Ich habe das noch keinem anderen Menschen verraten«, erkläre ich, als würde das entschuldigen, dass ich es ihm nicht gesagt habe. »Nur meine Mutter weiß es.«

»Na ja. Danke, dass du's mir trotzdem gesagt hast.«

»Liebst du mich noch?«

»Ja.«

Was hat er denn für eine Wahl? Wir wissen beide, dass er nicht mehr zurückkann, nachdem er mir vorhin sein Wort gegeben hat. Wenigstens nicht heute Abend, hier im Dunkeln. Und nicht bevor er den Teil der Geschichte gehört hat, den ich sehr bewusst ausgelassen habe.

5

Kirby

Am nächsten Morgen, als ich vorsichtig durch das elegante Wohnzimmer schleiche – mit einem Auge immer zu ihrer Zimmertür schielend, damit sie mich nicht beim Rumschnüffeln erwischt –, entdecke ich ein Foto von Marian mit ihren Eltern, also meinen Großeltern. In dem Zimmer hängen viele abstrakte Gemälde, aber das Foto auf dem Tisch sticht heraus. Es ist schwarz-weiß, etwa zwanzig mal dreißig Zentimeter groß und steckt in einem edlen Rahmen, in den ihre Initialen eingraviert sind. Auf dem Bild tragen Marian und ihre Mutter Abendkleider. Das ihrer Mutter ist perlenbesetzt, Marians ist lang und blumig gemustert. Ihr Vater hat einen Smoking an. Die drei sind wohl auf einem Weingut. Unmittelbar neben ihnen steht ein Olivenbaum, und hinter ihnen breitet sich eine großartige blaue Hügellandschaft und ein Tal aus. Marian steht in der Mitte und hat die Arme um ihre Eltern gelegt, alle lachen. Wahrscheinlich hat Marians Vater gerade einen Witz gemacht, denn er sieht so zufrieden aus wie jemand, der gerade etwas Lustiges gesagt hat. Er ist groß und schlank, und in seinem länglichen Gesicht sitzt eine lange Nase. Sein Bart ist sehr gepflegt. Insgesamt erinnert er mich an einen bärtigen Atticus Finch oder einen modernen Abraham Lincoln.

Er ist nicht besonders attraktiv, hat aber ein Gesicht, das man gerne betrachtet. Marians Mutter ist das Gegenteil von ihm: zierlich, elegant und schön, aber auch ein bisschen gewöhnlich. Ihr Haar hat sie sich zu einem modischen Bob gesprüht, und sie erstickt geradezu in Diamanten. Marian selbst sieht ungefähr so aus, wie ich sie kennengelernt habe, nur jünger und dünner und mit längeren Haaren. Sie ist barfuß, ihre Riemchensandalen liegen vor ihr im Gras. Schmuck trägt sie keinen bis auf einen kleinen goldenen Anhänger, der anscheinend ein *M* in Schreibschrift darstellt. Sie sind vielleicht bei einer Hochzeit, in irgendeinem schicken Ort wie Napa Valley (obwohl ich nicht genau weiß, wo das liegt). Gleich wird eine Riesentorte angeschnitten und Rosé-Champagner ausgeschenkt, die Band spielt Sinatra, und alle tanzen unter dem Sternenhimmel.

Als ich das Foto in die Hand nehme und es genauer betrachte, spüre ich eine plötzliche Sehnsucht. Wonach eigentlich? Wäre ich lieber ein Teil dieser Familie? Oder wäre ich bloß gerne auf dieser Party gewesen? Ich stelle den Rahmen zurück auf den Tisch, und da kommt mir ein Gedanke: Marian hat viel Geld. Ich denke an die Bilder in meinem Elternhaus: Klassenfotos über der Treppe und unscharfe Schnappschüsse auf dem Kaminsims. Wie wäre mein Leben verlaufen, wenn sie mich behalten hätte? Also, wir sind nicht arm, aber trotzdem. Wer wäre nicht gern reich? Das heißt auch, dass sie ihre finanzielle Situation nicht mehr als Ausrede dafür anführen kann, dass sie mich weggegeben hat. Sie hätte es sich ohne Weiteres leisten können, mich zu behalten. Sie hätte es gekonnt. Aber sie hat nicht gewollt. Diese Erkenntnis macht mich nicht wütend, versetzt mir aber einen kleinen Stich, und ich bin ein bisschen verbittert darüber, dass sie in

Saus und Braus gelebt und dabei in Kauf genommen hat, dass ich vielleicht mit Sozialhilfe aufwachsen muss. Dass sie nicht gezwungen war, mich abzugeben, fühlt sich wie eine noch schlimmere Zurückweisung an.

Ich gehe zu einem kastenförmigen weißen Sofa und lasse mich darauf nieder. Während ich versuche, mich auf dem steinharten Polster halbwegs bequem hinzusetzen, betrachte ich die großformatigen Bildbände auf dem gläsernen Couchtisch. Ich suche nach Hinweisen, was sie mag und wer sie ist. Ich nehme ein Buch namens *Oasen in Hampton* in die Hand und blättere es durch. Besitzt Marian dort vielleicht ein Sommerhaus? Klar hat sie eins – ein riesiges Haus, das sie wahrscheinlich »Häuschen« nennt. Vielleicht bevorzugt sie auch Martha's Vinyard, Cape Cod, Nantucket oder irgendein anderes Fleckchen in Neuengland. Für mich ist das sowieso alles dasselbe, ich kenne die Namen bloß, weil meine Mutter ein Faible für die Kennedys hat.

Ein paar Sekunden später höre ich, wie die Schlafzimmertür aufgeht. Nervös klappe ich das Buch zu und hätte mich am liebsten unsichtbar gemacht. Nicht ganz einfach, wenn man in einem sonnendurchfluteten Zimmer auf einem weißen Sofa sitzt. Ich schaue zur Tür, und sie kommt raus. Sie trägt eine graue Jogginghose, hat die Haare hochgesteckt und eine Brille mit braunem Horngestell auf der Nase. Das erklärt also meine Kurzsichtigkeit.

»Na, du bist ja eine Frühaufsteherin«, sagt sie, als sie mich entdeckt. Ihre Stimme ist hoch, überfreundlich, falsch.

Ich zwinge mich, auch ein Lächeln aufzusetzen, aber es verblasst, als ich sehe, dass hinter ihr ein Mann auftaucht. Wann hat der sich denn reingeschlichen? Noch in der Nacht oder erst heute Morgen? Unsicher verschränke ich die Arme vor der Brust und zeige ihm damit, dass mich seine Anwesenheit stört – und Marian, dass ich es ihr übelnehme, weil sie sich Verstärkung besorgt hat. Als er näher kommt, erkenne ich, dass er älter ist als sie – vielleicht sogar zehn Jahre –, aber er wirkt elegant und irgendwie imponierend. An dem unsicheren Blick, den sie ihm zuwirft (er nickt ihr daraufhin auffordernd zu), sehe ich, dass ihr seine Meinung wichtig ist – seine Meinung zu der ganzen Situation. Kurz denke ich darüber nach, ob er mein leiblicher Vater sein könnte. Ich habe schon Geschichten über Paare gehört, die ihr erstes Kind weggegeben und später doch geheiratet haben. Aber es ist viel wahrscheinlicher, dass mein leiblicher Vater ganz anders ist als dieser Mann.

»Kirby, das ist Peter. Peter – Kirby.«

»Freut mich, dich kennenzulernen, Kirby«, sagt Peter mit selbstbewusst sonorer Fernsehstimme. Mit perfektem Lächeln und genauso perfekter Haltung geht er auf mich zu und streckt mir die Hand hin. Seine goldene Uhr glänzt in der Sonne. Unsicher nehme ich seine Hand. Er drückt ziemlich kräftig zu. Will er mir damit irgendwas sagen? Egal, ich beschließe, dass ich ihn nicht mag – zumindest mag ich diesen Typ Mann nicht.

»Hallo«, murmele ich und blicke erwartungsvoll zu Marian hin. Aber sie sagt nichts, und wir stehen verlegen im Dreieck herum. Schließlich stellt Peter mir eine Frage, um die Stille zu brechen: »Du bist also gestern angekommen, habe ich gehört?«

Ich nicke, verschränke wieder die Arme und bejahe. Meine Stimme ist leise, das genaue Gegenteil von seiner. Weiß er wirklich, wer ich bin? Hat sie ihm gesagt, dass sie glücklich über mein plötzliches Auftauchen ist? Oder durcheinander? Verärgert? Erstaunt? In Sorge darüber, dass ich vielleicht bei ihr einziehen und ihr perfektes Leben auf den Kopf stellen werde? Vielleicht hat er sie vor mir gewarnt. Ihr erklärt, dass sie zwar mit mir verwandt sei, aber ansonsten nichts über mich wisse. Ich könnte sie ja bestehlen wollen oder mich nachts in ihr Zimmer schleichen und sie überfallen. Hat sie ihn angerufen, weil sie Angst bekommen hat? Ist er deswegen hier? Um sie vor mir zu beschützen?

Wenn er mir misstraut, verbirgt er es geschickt (so was kann er vermutlich gut). Fröhlich dröhnt er: »Fein, fein. Was wollt ihr Mädels heute denn Schönes unternehmen?«

Marian zuckt mit den Schultern und erwidert: »Ach, ich weiß nicht. Vielleicht eine kleine Tour durch die Upper East Side. Bisschen rumlaufen, damit Kirby die Gegend kennenlernt.«

»In den Park? Ins Guggenheim? Arme Ritter essen im Caffe Grazie?«, schlägt er vor.

Marian sagt: »Ja, warum nicht. Und vielleicht auch ein bisschen Shopping. Wenn Kirby Lust darauf hat.«

Ich nicke und ringe mir ein Lächeln ab. Sie kann doch nicht ernsthaft mit mir shoppen gehen wollen. Ich habe nicht nur null Bock darauf, sondern kriege direkt Beklemmungen, wenn ich daran denke. Ich bin so unsicher wie jemand, der im Restaurant nicht weiß, welche Gabel er benutzen muss.

»Ach ja, Barneys. Wie konnte ich das nur vergessen?«, seufzt er gespielt. Er zwinkert mir zu. »Du musst aufpassen, Marian vergisst in dem Laden immer, wo der Ausgang ist.«

Marian verdreht die Augen und sagt ihm, er solle still sein, aber er scherzt weiter und erzählt, wie er sie einmal aus dem Innern dieses Labyrinths retten musste. Das Ganze ist ziemlich hollywoodmäßig, oder auch ziemlich manhattanmäßig. Auf jeden Fall seltsam.

Er lacht noch ein bisschen, reibt sich dann die Hände und sagt: »Okay. Ich bin dann weg. Ich muss Aidan bei seiner Mutter abholen.«

Da begreife ich, dass er geschieden ist. Er schaut mich an und erklärt: »Mein Sohn. Wenn du länger bleibst, lernst du ihn vielleicht kennen. Er ist ungefähr in deinem Alter. Fünfzehn. Wie alt bist du noch mal?«

»Achtzehn«, sage ich. »Ich sehe nur jünger aus.«

»Das wirst du eines Tages zu schätzen wissen«, wirft Marian ein.

Ich sehe, wie Peter sich zu Marian rüberbeugt und sie auf den Mund küsst, ohne dass die beiden sich sonst an irgendeiner Stelle berühren. Dann geht er zur Tür. Ich setze mich wieder aufs Sofa, und er dreht sich noch einmal um und wirft ihr einen Blick zu, den ich nicht deuten kann. Vielleicht soll er ihr seelische Unterstützung vermitteln, vielleicht auch Mitgefühl. Wie auch immer, ich schaue schnell genug zu Marian, sodass ich gerade noch mitkriege, wie ihre Lippen das Wort »Danke« formen.

Ich schaue weg und frage mich, wofür sie ihm dankt und ob das irgendwas mit mir zu tun hat.

Eine Viertelstunde später betreten Marian und ich das Caffe Grazie, ein Restaurant in einem zweistöckigen Haus ganz in der Nähe von Marians Wohnung, in dem es angenehm lebhaft zugeht. Die Kellnerin lächelt Marian wie einen Stammgast an und führt uns zu einem Platz im hinteren Teil des Raums. Marian schiebt als Erstes die Speisekarte von sich und erklärt mir, jetzt gebe es nur eins.

»Arme Ritter?«, vermute ich, weil ich mich an Peters Worte erinnere.

»Richtig geraten«, sagt sie, als die Kellnerin mit zwei Gläsern und Marians Kaffee ankommt.

»Möchtest du Wasser, Liebes?«, fragt die Kellnerin und hält die Karaffe hoch.

Erst lehne ich dankend ab, sehe dann aber auf der Karte, dass ein Orangensaft sechs Dollar kostet und murmele schließlich ein Ja.

»Wir nehmen beide die Armen Ritter mit Schokocroissant«, bestimmt Marian.

Die Kellnerin nickt und eilt davon. Marian schaut mich an und fragt: »Und? Möchtest du heute etwas Bestimmtes unternehmen?«

Ich schüttele den Kopf. Ich würde ja gerne anmerken, dass ich nicht hergekommen bin, um die Freiheitsstatue oder das Empire State Building zu besichtigen. Und wenn wir schon den Touri-Kram machen müssen, um eine richtige Unterhaltung zu vermeiden, dann lieber die Carnegie Hall oder die Philharmonie in Brooklyn oder das Jazz Museum in Harlem. Oder die Musikgeschäfte, die ich im Internet gefunden habe, abklappern. Zum Beispiel Drummers World, die haben alles von Epstein-Kastagnetten aus Palisanderholz und schwarzem Grenadill über Milt-Jackson-Jazzmallets von Albright bis hin zu einem original Rogers-Drumkit aus den Siebzigern mit einer Vierzehn-Zoll-Dynasonic-Snaredrum. Natürlich kann ich mir nichts davon leisten, aber es wäre so cool, die Sachen mal live zu sehen und zu testen. Drums von Rogers klingen voller und wärmer als die meisten anderen, die oft nur laut und aggressiv sind. Es sind einfach die besten verdammten Drums auf dem Planeten, nicht nur, weil sie besser klingen, sondern auch schöner aussehen. Aber ich sage nichts – hauptsächlich, weil ich spüre, dass sie so etwas nicht interessiert.

Also zucke ich bloß mit den Schultern und sage: »Mir egal. Ich richte mich ganz nach dir.«

»Okay, mal sehen ...«, sinniert sie, und ich starre auf ihre riesigen Diamantohrringe. »Wann musst du wieder in der Schule sein?«

Ich weiß, worauf sie hinauswill – wann haue ich wieder ab? Darum sage ich: »Am Mittwoch. Aber ... ich kann auch vorher wieder fahren. Wie du willst. Also, ich kann jederzeit fahren. Musst du nur sagen.«

»Das können wir ja spontan entscheiden. Aber bleib doch wenigstens bis morgen«, sagt sie etwas zu fröhlich.

Also nicht bis übermorgen, denke ich und murmele ein »Danke«.

Sie will etwas sagen, bremst sich aber und klopft stattdessen auf die Zeitung unter ihrem Arm. »Liest du die *Sunday Times*?«

Ich verneine, aber damit sie nicht denkt, ich wäre so ein gleichgültiger, ahnungsloser Teenager, füge ich hinzu: »Aber ich lese Zeitung. Wir kriegen die *St. Louis Post-Dispatch*.«

Das heißt, ich bin schon gleichgültig, aber nur, was mein eigenes Leben angeht, nicht die Welt an sich. Ich verfolge, was so passiert, anders als die meisten anderen in meinem Alter, die ich kenne.

Sie lächelt und fragt: »Möchtest du einen Teil?«

Ich erwidere, ich hätte gern den vorderen Teil, es sei denn, sie will ihn. Aber wieso lesen wir jetzt Zeitung, wir haben doch gerade mal ein Prozent der Themen besprochen, die mir wichtig sind. Es fehlt zum Beispiel noch, ach ja, wer mein Vater ist, und warum sie mich weggegeben haben. Das sieht sie anscheinend anders, denn sie reicht mir den Vorderteil, als würden wir seit Jahren zusammen die Sonntagszeitung lesen. Als ich die Zeitung entgegennehme, schießt eine Frustwelle durch meinen Körper. Ich entscheide mich für einen Artikel über ein Selbstmordattentat in Tel Aviv, kann aber nur daran denken, dass sie mir gerade gegenübersitzt. Es fühlt sich so krass an, und die Stille macht es nicht besser. Ich glaube, sie grübelt auch über uns beide nach, weil sie alle paar Minuten vom Modeteil aufblickt und mich verstohlen mustert. Aber das ist vielleicht nur Wunschdenken. Möglicherweise zieht die Zeitung sie ja völlig in ihren Bann. Weil da was Weltbewegendes drinsteht, zum Beispiel, dass Schlaghosen jetzt wieder in sind.

Nach dem Frühstück schlendern wir einen Block weit zur Fifth Avenue, wo ich zum ersten Mal das Metropolitan Museum of Art sehe. Das Gebäude ist riesig und sieht bedeutsam aus, es reicht mehrere Blocks weit – Marian sagt, einen halben Kilometer. Viele Menschen sitzen auf den Stufen, manche machen Fotos oder lesen in Reiseführern, andere stehen einfach nur da. Es gibt sogar ein Grüppchen von Skatern in meinem Alter. In ihren Hoodies und Cargoshorts hängen sie herum, als wäre das ihr ganz gewöhnlicher Treffpunkt. Das ist schon was anderes als der Francis Park, wo meine Freunde sich treffen – aber die Kleidung ist ziemlich ähnlich, und der gelangweilte Gesichtsausdruck auch.

Sie beobachtet mich, wie ich staune, und sagt: »Beeindruckend, oder?«

Ich bejahe und lasse meine Literaturkenntnisse raushängen – wenn ich mich auch nur auf ein Jugendbuch beziehe. »Ich fand *Die heimlichen Museumsgäste* von Konigsburg immer toll«, sage ich und versuche, mich an

Details zu erinnern. Es ging um ein kleines Mädchen, das von zu Hause wegrennt und sich im Museum versteckt. Claudia hieß sie, glaube ich.

Ihre Augen leuchten auf, und sie erzählt mir, dass sie als Kind das Buch auch geliebt hat.

Dann fügt sie hinzu: »Hast du *Zeit der Unschuld* von Edith Wharton gelesen?«

Den Namen Edith Wharton habe ich schon mal gehört, aber das Buch habe ich nicht gelesen. Ich habe ja schon seit Jahren keine Bücher mehr zum Vergnügen gelesen, außer der *Twilight*-Serie (die ich mochte, abgesehen von der Tatsache, dass Edwards dauernd als »heiß« bezeichnet wird – eine echte Schriftstellerin sollte doch wirklich noch anders ausdrücken können, dass der Typ gut aussieht).

»Die beiden Protagonisten treffen sich heimlich an diesem Ort, und dann sagt der Mann: ›Eines Tages wird das hier ein großes Museum sein‹ ... Wharton selbst hat sich übrigens sehr um das Museum verdient gemacht.«

Ich bin ganz hin und weg von ihren gebildeten Erläuterungen, auch wenn ich finde, dass sie ziemlich angibt. Oder schlimmer, mich auf die Probe stellt. Wie in diesen Gesprächen bei der College-Zulassung, wenn sie vorgeben, einfach nur locker mit dir plaudern zu wollen und dann total darauf achten, wie klug du antwortest. Oder in meinem Fall, wie dumm.

Wir gehen einen Block nach Norden, dann zeigt Marian auf die andere Straßenseite, zu einem weißen Kalksteingebäude mit grünem Vordach. »Siehst du das Haus? Da ist Jackie O eingezogen, nachdem JFK erschossen wurde. Vierzig Jahre hat sie da drin gewohnt, im vierzehnten Stock.«

Sie erklärt weiter, dass die Wohnung nicht so schick

gewesen sei, wie man vielleicht glauben würde. Sie hatte nicht mal eine Klimaanlage. »Aber man hat eine tolle Aussicht auf den Reservoir-See im Central Park und auf den über dreitausend Jahre alten Tempel von Dendur, der dank ihrer Initiative aus Ägypten hierher überführt wurde.«

Ich nicke und denke daran, was meine Mutter immer über Jackie gesagt hat: dass sie eine Weltklasse-Mutter für John und Caroline war, und das kommt mir gerade viel wichtiger vor als ein alter Tempel. Ich betrachte Marian und frage mich, wann – und ob – sie zum Wesentlichen kommen wird.

Endlich sind wir beim Guggenheim angekommen, einem großen, weißen Gebäude, das aussieht wie ein ziemlich massives Schneckenhaus mitten auf der Fifth Avenue. Während ich das Museum betrachte, springt Marian wieder in ihre Rolle als Touristenführerin und doziert darüber, dass es Frank Lloyd Wrights letztes großes Werk war und sehr umstritten, als es 1959 eröffnet wurde. Der Architekt arbeitete fünfzehn Jahre daran und fertigte rund siebenhundert Skizzen an, erzählt sie und lacht dann. »Er sagte, dass das Met dagegen aussieht wie eine Bauernscheune. Was meinst du?«

»Mir gefällt's«, sage ich, während ich mich sowohl nervös als auch gereizt fühle. Habe ich ihr jetzt die richtige Antwort gegeben? »Sieht ziemlich cool aus.«

»Ich *liebe* es«, schwärmt sie. »Also, das Met ist das Met, aber das Guggenheim ist einer meiner Lieblingsorte in der ganzen Stadt. Möchtest du reingehen?«

Etwas unmotiviert nicke ich und folge ihr in die kühle, dunkle Eingangshalle. Sie läuft zum Kartenschalter, und ich gehe in die Mitte des Raums und schaue nach oben, durch die offenen, spiralförmigen Etagen zur Decke hinauf. Genau wie das Äußere ist das Innere des Gebäudes total ungewöhnlich, so was habe ich noch nie gesehen. Den vielen Touristen, die sich den Hals verrenken und Fotos schießen, geht es anscheinend genauso. Ich mache ein Bild mit dem Handy und schicke es an Belinda, zusammen mit einer SMS (meiner vierten, seit ich in New York bin): *Sind im Guggenheim. Sie ist krass drauf. Später mehr.*

Dabei fällt mir auf, dass ich den Besuch in New York positiver darstelle, als er ist. Was will ich damit beweisen?, frage ich mich, besonders als Belinda zurückschreibt: *OMG, cool! Mach Foto von ihr!*

Ich lasse das Handy zurück in meine Tasche gleiten. Auf keinen Fall mache ich ein Foto von ihr. Langsam gehen wir die spiralförmige Rampe hoch, immer begleitet von Marians leisem, kundigem Kommentar. Sie erzählt, dass in den Anfangstagen des Museums nicht nur Architekturkritiker protestiert hätten, sondern auch Künstler, die sich darum sorgten, dass ihre Werke vor den runden Wänden nicht zur Geltung kommen würden. Genau wie vorhin mit der Zeitung kann ich mich nicht komplett auf ihre Ausführungen oder die Kunst konzentrieren. Ich lausche einfach nur ihrer Stimme und beobachte ihr Gesicht, während sie mir ihre Lieblingsbilder von Chagall und Picasso zeigt.

Als wir ganz oben angekommen sind und es nicht mehr weitergeht, erklärt sie: »Weißt du, das ist wirklich verrückt.«

»Was denn?« Hoffentlich sagt sie jetzt endlich mal was Wichtiges.

Sie schaut erst mich an, dann runter in die Eingangshalle. »Hier habe ich gestanden. Genau hier. Und an dich gedacht. Wo du wohl bist, und ob es dir gut geht.«

Gegen meinen Willen macht sich ein warmes Gefühl in mir breit, aber ich zeige ihr nicht, dass mich ihre Worte berührt haben. Stattdessen schaue ich nach unten und lasse das nackte Weiß auf mich wirken. »Na, jetzt weißt du's.«

»Ja, jetzt weiß ich's.«

Es ist wärmer geworden und die Straßen haben sich gefüllt, als wir aus dem Museum kommen. Ich ziehe meine Fleecejacke aus und binde sie mir um die Hüfte, und wir gehen die Fifth Avenue wieder zurück und lassen uns auf den Stufen des Met nieder, wo wir eine Weile die Leute beobachten. Dann suchen wir Zuflucht im Schatten des Central Park, bis wir beim Plaza Hotel rauskommen, wo die kleine Eloise aus dem Kinderbuch wohnte. Beim Kaufhaus FAO Schwarz überqueren wir die Straße und nehmen die Madison Avenue Richtung Barneys, genau wie Peter vorhergesagt hat.

»Shoppst du gerne?«, will sie von mir wissen.

»Schon«, antworte ich, obwohl ich es hasse. Erstens steht mir wirklich gar nichts – das heißt, an mir sieht alles aus wie an einem zehnjährigen Mädchen. Oder Jungen. Außerdem haben wir nicht das Geld, um shoppen zu gehen, darum ist das immer eine frustrierende Geschichte. Und mein Taschengeld gebe ich lieber bei iTunes oder für Noten und Konzertkarten aus als für Klamotten. Aber ich weiß, dass sie das nicht hören will, darum nicke ich brav und lächele, als wollte ich sagen: *Welches Mädchen geht nicht gern shoppen?*

Marian strahlt, und wir betreten den Laden, gehen an den Sicherheitsleuten und dem Concierge vorbei. Da ist schon der erste Ständer mit plastikartig wirkenden Handtaschen mit einem Logo, das ich nicht kenne. Und ein paar

Glaskästen mit Schmuck. Mir wird klar, dass Marian den Laden in- und auswendig kennt, so wie sie von einer Ecke zur anderen rennt und mir ihre Lieblingsdesigner zeigt: Jamie Wolf, Irene Neuwirth, Mark Davis. Bla, bla, bla.

Ich nicke und frage mich, ob die Sachen wirklich ein paar Hundert oder Tausend Dollar wert sind. Na ja, wenn man sich nichts davon leisten kann, ist das auch egal. Nachdem wir uns alle Auslagen angeschaut haben, gehen wir in den hinteren Teil des Raums, vorbei an Handtaschen mit exotischen Namen, die ich nicht aussprechen kann. Balenciaga, Nina Ricci, Givenchy. Marian bleibt kurz stehen und nimmt eine große, graue Givenchy-Tasche von einem Ständer, hängt sie sich um und betrachtet sich in einer verspiegelten Säule.

»Gefällt dir die?«, fragt sie und studiert ihr Spiegelbild. Jetzt runzelt sie die Stirn. »Oder meinst du, die ist zu groß?«

Ich gehe auf sie ein und erwidere: »Hm, ja ... vielleicht ein bisschen zu groß?«

Sie stimmt mir zu, hängt die Tasche wieder zurück und führt mich zu den Rolltreppen. Wir fahren einige Stockwerke nach oben, in eine Etage mit kunstvoll arrangierten Kleidern, zwischen denen riesige, ungenutzte Flächen liegen. Marian arbeitet sich durch Ständer mit Kleidern und Hosen und Tops und blickt dabei nur selten auf die Preisschilder, als wären die nicht weiter wichtig. Dann steht plötzlich eine unglaublich schicke Frau mit langem, stufig geschnittenem Haar vor uns, die Marian umarmt und mit osteuropäischem Akzent flötet: »Ich wollte dich gerade anrufen. Wir haben ein umwerfendes Kleid von Giambattista Valli reinbekommen, das musst du anprobieren. Smaragdgrün. Atemberaubend. Es ist dir wie auf den Leib geschneidert. Und ich habe einen Cardigan von

L'Wren Scott in einem etwas dezenteren Pink als den magentafarbenen, den du neulich anprobiert hast. Hast du ein bisschen Zeit? Meine Ein-Uhr-Kundin hat gerade abgesagt, ich wäre also frei.« Zum zweiten Mal schaut sie neugierig zu mir her. Marian zögert, unsicher stellt sie mich ihr vor. »Ach, entschuldige, Agnes, das ist Kirby.« Wieder eine lange, unangenehme Pause, dann erklärt sie: »Kirby ist zu Besuch aus St. Louis.«

Mehr hat sie nicht zu sagen über mich? Aber sie redet schon weiter: »Agnes ist meine Beraterin in Sachen Stil.«

Agnes lacht. »Glaub ihr kein Wort. Marian ist schon mit Stil auf die Welt gekommen.« Dann mustert sie mich. »Du hast eine tolle Figur. Trägst du auch Röcke?«

»Nur bei meiner Schuluniform. Sonst eigentlich nur Jeans.«

Agnes versichert mir, ich hätte den richtigen Ort für Denim-Artikel gefunden. Liebend gerne würde sie ihre Assistentin nach unten schicken und sie ein paar Modelle für mich raussuchen lassen. »Möchtest du etwas anprobieren?«

»Aber klar«, antwortet Marian für mich, und bevor ich protestieren kann, bin ich in einer Umkleidekabine gelandet. Neben mir liegen ein Haufen Jeans, außerdem ein Dutzend oder noch mehr raffinierte, mit Glitzersteinchen besetzte Tops. Als ich ein Paar abgefahrene J-Brand-Jeans und Pradaschuhe mit Keilabsatz anhabe (womit ich die Königin meiner Schule wäre), halte ich die Kamera in den Spiegel und schicke das Bild an Belinda: *Sind bei Barneys. Voll Gossip Girl.* Dann mache ich noch Nahaufnahmen von den Schuhen und dem Preisschild auf dem Karton: 450 Dollar, der helle Wahnsinn!

Innerhalb weniger Sekunden vibriert mein Handy und zeigt Belindas Antwort an: *OMG! Glückspilz!*

Ich will gerade zurückschreiben, da höre ich Agnes Marian fragen, woher sie mich kennt.

Ich erstarre und strecke den Kopf Richtung Tür, um besser lauschen zu können. Hoffentlich sagt sie Agnes die Wahrheit – und hoffentlich mit Stolz in der Stimme. Aber sie erwidert nur leise: »Ach, das ist eine längere Geschichte.«

Enttäuscht betrachte ich mein Spiegelbild und beobachte, wie mein Lächeln verblasst. Na ja, die Sache geht auch nicht Hinz und Kunz und Agnes etwas an. Ich bin wohl einfach überempfindlich, vermutlich, weil ich gerade Kleider und Schuhe anprobiere, die sich niemand von meinen Verwandten oder Freunden jemals leisten könnte.

Plötzlich ruft Marian: »Na, wie sieht's aus? Zeigst du dich mal?«

»Okay«, sage ich und komme raus. Etwas unsicher stehe ich da in meinem Outfit: schwarzes Tanktop, Röhrenjeans und Keilschuhe, deren Absätze mich wenigstens annähernd auf Augenhöhe mit durchschnittlich großen Menschen bringen. Agnes fordert mich auf, eine Drehung zu machen, und beide brechen in Jubelgesänge aus. »Rrrreiiizend! Diese Jeans steht dir sooo gut!«, schwärmt Agnes und reicht mir einen kurzen schwarzen Cardigan. Ich ziehe ihn an, und sie fummelt am Reißverschluss herum und krempelt die Ärmel zweimal um. Dann mustert sie mich mit einem Pokerface und gibt ihr Urteil ab. »Fantastisch! Sooo niedlich!«, bekundet sie mit ernstem Nicken.

»Wow. Super! Wir nehmen alle Teile«, sagt Marian. »Du siehst toll aus.«

»Das geht doch nicht«, widerspreche ich.

»O doch«, sagt Marian.

Ich protestiere wieder, aus demselben Grund, aus dem ich den Sechs-Dollar-Orangensaft abgelehnt habe. Aber Marian schüttelt bloß den Kopf. »Ich bestehe darauf. Ich will dir die Sachen schenken.«

»Das ist zu teuer«, murmele ich und betrachte den Prada-Schuhkarton, der aufgeklappt auf dem Boden liegt.

»Ach komm, wann habe ich sonst schon mal Gelegenheit, mit ... mit ...«

Sie zögert, und wir wissen beide, was sie eigentlich sagen will. Aber sie beendet den Satz: »... mit dir shoppen zu gehen.«

»Okay«, erwidere ich. »Dann vielen Dank. Das ist echt nett von dir.«

»Gern geschehen.« Dann nimmt Agnes einen paillettenbesetzten Cardigan von einem Ständer und erklärt Marian, jetzt sei sie an der Reihe.

Während ich Marian dabei beobachte, wie sie ihn über die Bluse anzieht und die Knöpfe so sorgfältig schließt wie Agnes vorhin an meinem Cardigan herumgezupft hat, denke ich, eine sooo lange Geschichte ist es nun auch wieder nicht.

»Sind das deine Eltern?«, frage ich Marian und deute auf das gerahmte Foto im Wohnzimmer. Damit breche ich die seltsame Stille, die während des Nachhausewegs über uns gelastet hat. Das ist auch die Vorbereitung auf die Frage, die mir wirklich auf den Nägeln brennt – und die sie um jeden Preis vermeiden will: *Wer ist mein Vater?*

»Ja«, nickt sie leicht abwesend.

»Wie heißen sie?«, will ich von ihr wissen. Sie soll endlich mit mir reden.

»Pamela und James. Also Jim«, sagt sie und schaut weg, als hätte ich sie gerade etwas über zwei x-beliebige Menschen gefragt. Aber es geht doch um meine Blutsverwandten.

»Was machen sie beruflich?«, hake ich nach.

»Er ist Anwalt. Sie ist Hausfrau.«

Ich warte geduldig auf mehr, aber es kommt nichts. Frust wallt in mir auf, und ich frage: »Was sind sie so für Menschen?«

Marian zuckt mit den Schultern und meint: »Na ja, die eigenen Eltern kann man nur schwer beschreiben, findest du nicht? Es sind halt die Eltern.«

Ich kneife die Augen zusammen und starre sie an. Hoffentlich kapiert sie, was in mir vorgeht. Ich finde ihre Antwort ziemlich dürftig. Sie merkt anscheinend was, räuspert sich und fährt fort: »Meine Mutter ist sehr kontaktfreudig. Sie schmeißt gerne Partys und spielt die Gastgeberin. Hat tausend Freundinnen und zig Hobbys. Sie kann einfach nicht still sitzen.« Sie lächelt, ohne die Zähne zu zeigen, und redet weiter: »Mein Vater ist ruhiger, ernster. Irgendwie nachdenklich und introvertiert.«

»Und wem bist du ähnlicher?«

»Meinem Vater. Definitiv. Ich meine, ich kann durchaus feiern, das muss man ja in meiner Branche können. Dad kann sich auch sehr leutselig geben, wenn er mit den Geschworenen oder mit Klienten zu tun hat. Aber das ist nicht sein wahres Ich. Meine Mom muss ihn zu den ganzen Partys und Benefizveranstaltungen immer regelrecht hinschleppen. Er würde lieber zu Hause bleiben und lesen, Solitär spielen oder alte Filme gucken. Er beobachtet sogar Vögel.« Jetzt lächelt sie richtig. »In seiner Freizeit ist er ganz anders als im Gerichtssaal.«

»Ist er Strafverteidiger?«

Sie schüttelt den Kopf. »Nein. Er ist spezialisiert auf gesellschaftsrechtliche Streitfälle. Er hat Großkunden wie GE, Abbot Labs, Dell. Sogar Oprah.«

Ich will mich nicht beeindrucken lassen, bin's aber doch. »Oprah?«

»Ja. Er hat echt was drauf.«

»Ist er ... berühmt?«, frage ich. Normalerweise sind es ja die adoptierten Kinder, die berühmt werden, nicht die Leute aus der Familie, die das Kind weggegeben hat. Ich spüre schon wieder die Verbitterung, als ich auf ihre Antwort warte.

»So berühmt, wie ein Anwalt eben werden kann, denke ich. Eine Weile hat er auch in der Politik mitgemischt ... als ich klein war. Er war Bürgermeister von Glencoe. Und er hatte vor, sich in den Kongress wählen zu lassen, hat sich dann aber dagegen entschieden.« Ich frage mich, wann das wohl gewesen ist. Hatte das Ende seiner politischen Karriere irgendwas damit zu tun, dass seine Tochter als Teenager ein Kind gekriegt hat?

»Ist er Republikaner?«, will ich wissen.

Sie nickt. »Er und meine Mutter.« Sie scheint meine nächste Frage vorauszuahnen und sagt: »Ich fühle mich keiner Partei verbunden.«

»Meine Eltern sind Demokraten«, sage ich. »Obwohl sie total gegen Abtreibung sind.«

Sie geht nicht auf meine Anspielung ein. Ich werde immer genervter, zwinge mich aber zur Geduld. Ich habe so lange gewartet. Was sind da schon ein paar Stunden mehr? Ich werde meine Antworten bekommen – und wenn ich sie ihr einzeln aus der Nase ziehen muss. Und wenn wir am Ende doch nicht über die wirklich wichtigen Themen reden, kann ich immer noch Perrier schlürfen und mir vorstellen, wie mein Leben aussehen würde, wenn sie mich nicht weggegeben hätte. Aber dann kommt mir plötzlich ein Gedanke: Selbst wenn sie mich behalten hätte, wäre ich hier vermutlich genauso eine Außenseiterin wie zu Hause. Vielleicht ist es einfach mein Schicksal, nirgends richtig dazuzugehören.

6

Marian

Kirby ist seit vierundzwanzig Stunden hier, und sie hat noch nicht nach ihm gefragt. Aber wenn ich ihr in die Augen schaue, denke ich fast immer an ihn, an diese Nacht und alles, was danach kam. An den eigentlichen Akt weniger. Ich sehe uns ausgestreckt auf dem Bett, nackt und verletzlich, und doch ganz entspannt. Da war keine Verlegenheit oder Scham, keine Spur von Reue oder Panik, kein Bedürfnis, dem Zimmer zu entfliehen. Wir starrten die Decke an, manchmal trafen sich unsere Blicke, alles war still. Da war nicht mal Schmerz, nur ein dumpfes, angenehmes Pochen. Lange lagen wir so da. Unser Schweiß trocknete, unsere Atmung beruhigte sich, und dann beugte er sich über mich, küsste mich auf die Wange und sagte: »Wunderschön.«

»Hm?«, machte ich, obwohl ich ihn genau verstanden hatte. Ich wollte, dass er es noch einmal sagte. Ich wollte mir dieses perfekte Wort aus seinen roten, rauen Lippen für immer bewahren.

»Das. War. Wunderschön«, sagte er, und mir gefiel das sogar noch besser, als wenn er mich wunderschön genannt hätte.

»Ja«, erwiderte ich, weil ich genauso empfand. Es war tatsächlich wunderschön gewesen. Ich hätte aber ein anderes Wort gewählt. »Aufregend« vielleicht. Oder irgendwas Banaleres, Jugendlicheres, so wie »scharf«. Es war aufregend gewesen. Es war scharf gewesen. Aber auch noch mehr, und das hatte er genau getroffen.

Er atmete aus, als müsste er alle Kraft zusammennehmen, um aufzustehen. Langsam richtete er sich auf und sah sich im Zimmer um. Dann schaute er mich zufrieden an. Ich deckte mich mit dem Laken zu, nicht weil ich verlegen war, sondern weil ich plötzlich fröstelte.

Wie gelähmt beobachtete ich, wie er aufstand, nackt durch den Schatten auf dem Boden ins Badezimmer ging und sich das Gesicht mit kaltem Wasser bespritzte. Er war dünn, aber durchtrainiert, hatte mehr Muskeln, als seine weiten Klamotten vermuten ließen. Ich fragte mich, woher er einen Waschbrettbauch hatte, wenn er schon die Vorstellung von sportlicher Betätigung absurd fand und nur ganz selten beim Schulsport mitmachte. Er griff nach einem Handtuch, trocknete damit sein Gesicht ab, hielt es dann unters Wasser und wrang es aus. Nur Sekunden später stand er mit dem nassen Handtuch vor mir und tupfte mir damit die Stirn ab. Bevor ich protestieren konnte, zog er mir das Laken weg, rieb mir mit dem nassen Lappen den Leib ab und wischte schließlich ein paar Tropfen Blut zwischen meinen Oberschenkeln weg.

Mir war es peinlich, dass er den Beweis meiner Unerfahrenheit sah, und forderte: »Gib mir das Handtuch, ich mache das selbst.«

Aber er machte einfach weiter, vorsichtig und konzentriert. Ich konnte mich nur wieder hinlegen und alles geschehen lassen. Ich versuchte, mich zu entspannen und ihm die Arbeit zu erleichtern, indem ich mein Körpergewicht verlagerte. Plötzlich entdeckte ich einen roten Fleck auf dem weißen Spannbettlaken unter mir.

»Scheiße, guck mal hier«, sagte ich und berührte den Fleck mit dem Finger.

Er legte mir seine freie Hand auf den Bauch, wie um mich am Wegrollen zu hindern, und wischte mit der anderen immer noch an meinen Beinen herum. Dann gab er ein beruhigendes Geräusch von sich und entgegnete: »Mach dir keine Sorgen. Wenn alle weg sind, schmeiße ich alles in die Waschmaschine. Das geht wieder raus, und dann beziehe ich das Bett neu. Alles in Ordnung.«

Ich spürte, wie meine Mundwinkel sich zu einem Lächeln hoben. Ich war erleichtert und beeindruckt, aber noch zu jung, um zu wissen, wie beeindruckt ich hätte sein müssen. Immerhin war es außergewöhnlich für einen Jungen, sogar für einen erwachsenen Mann, nicht nur seine Partnerin zu waschen, sondern auch noch das Laken und sogar beim Anblick von Blut (insbesondere dieser Variante) nicht in Panik zu geraten.

»Das war also dein erstes Mal?«, bemerkte er trocken. Seine Stimme verriet weder Stolz noch Reue.

»Wie man sieht«, flüsterte ich.

»Das sieht man nicht«, gab er zurück. »Könnte ja auch sein, dass du ... deine Tage hast.«

Ich lief rot an, verzog das Gesicht und kreischte: »Iihhh, wie eklig. Nein!«

»Das ist nicht eklig. An dir ist nichts eklig.«

Ich lächelte wegen des Kompliments und musterte ihn verstohlen. »Dann ... war das also nicht *dein* erstes Mal?«

»Na, vielen Dank«, grinste er.

Ich sah ihn an, wandte aber gleich wieder den Blick ab. Ich war total nüchtern. »Beantworte die Frage.«

»Okay. Nein, es war nicht das erste Mal. Aber es waren auch nicht so viele, wie du vielleicht glaubst.«

»Mädchen oder Gelegenheiten?« Unten lief Rap-Musik,

zu der ich unwillkürlich mit den Zehen wippte. Der Deckenventilator über uns vibrierte im Takt.

Er lachte. »Du nimmst es aber genau. Nicht viele Mädchen, meinte ich. Du bist erst die zweite. Aber ich habe ziemlich oft mit der ersten geschlafen.«

»Kommt ihr auf eine dreistellige Zahl?«, fragte ich bemüht locker und dachte an seine Kate-Moss-ähnliche Ex in ihrer ganzen Hippie-Coolness.

»Leicht«, gab er zurück.

Da spürte ich plötzlich einen Stich in meinem Herzen und wollte mehr über sie wissen. Aber ich hielt mich zurück, denn im Grunde machte das ja keinen Unterschied. Was wir getan hatten, war eine einmalige Sache. Das klang besser als One-Night-Stand, war aber letztlich dasselbe. Darüber war ich mir im Klaren, auch wenn ich schon vom nächsten Mal träumte. Gerade als ich mich zu ihm herüber beugen und ihn küssen wollte, zerriss Janies Stimme die Stille. Sie trommelte an die Tür und rief: »Hey! Wer ist da drin? Das ist das Schlafzimmer meiner Eltern!«

Ich setzte mich auf und räusperte mich. Doch als ich antworten wollte, hob Conrad die Hand, um mir zu signalisieren, dass ich ruhig bleiben sollte. Irgendwas in seinen Augen bestätigte mir, was ich selbst schon spürte: dass es Janie und auch niemanden sonst etwas anging, was gerade geschehen war. Das ging bloß uns beide etwas an.

»Ich bin's nur, Janie. Ich ... ich ruhe mich kurz aus«, rief ich laut.

Besorgt erwiderte sie: »Marian? Alles in Ordnung?«

Ich stellte mir ihr Gesicht vor: halb beunruhigt, halb neugierig. Nie im Leben hätte sie angenommen, dass ich mit einem Jungen das volle Programm durchzog. Bis heute Abend waren wir beide Jungfrauen gewesen, hatten uns gegenseitig geschworen, dass wir auf einen wirklich tollen Jungen warten würden. Oder zumindest bis zum College.

»Ich komme gleich raus«, rief ich. Conrad nickte und schaute mich aufmunternd an. »Alles in Ordnung.«

»Na gut«, sagte sie, wobei ihre Stimme sich entfernte.

»Wir müssen raus«, erklärte ich und griff nach meinem Top, aber Conrad hielt mich zurück und bettete mich wieder auf die Matratze, als hätten wir das alles schon hundertmal gemacht.

Er fragte, ob ich zu einer bestimmten Zeit zu Hause sein müsse. Ich bejahte, gab dann aber zu, dass meine Eltern zurzeit in unserem Haus in Lake Geneva seien und ich vorgehabt hatte, bei Janie zu übernachten.

»Wirklich?«, entgegnete er mit einer Art von Lächeln auf den Lippen. »Was für ein Zufall, das hatte ich auch vor.«

Ich lächelte zurück, und wir setzten unsere Unterhaltung von vorhin fort. Wir sprangen wild von einem Thema zum anderen und redeten über alles, was uns gerade in den Kopf kam: die Schule, die Leute, die wir kannten, seine Freunde, meine Freunde. Er erzählte mir von seiner Leidenschaft für Gitarren und dass er Stücke schrieb. Wir verglichen unsere Lieblingsfilme und Lieblingsbücher. Wir redeten sogar über Gott und Religion und Politik. Dann schilderte er mir den tödlichen Unfall seiner Mutter. Er und sein Vater hatten auch im Auto gesessen, aber Conrad hatte den Platz mit seiner Mutter getauscht, weil ihm hinten auf dem Rücksitz schlecht geworden war. Er glaubte immer noch, dass sein Vater deswegen wütend auf ihn war – und dass er lieber seinen Sohn als seine Frau verloren hätte.

»Red doch nicht so«, sagte ich.

»Wieso? Das ist die Wahrheit.«

»Unmöglich.«

»Ist es nicht«, widersprach er. »Sie haben sich abgöttisch geliebt. Er hätte sie immer vorgezogen.«

»Aber doch nicht seinem eigenen Kind.«

Conrad nickte. »Doch. Ich glaube, das hätte er. Aber das ist okay. Mir gefällt das sogar. So soll es sein, wenn man sich liebt, finde ich.«

Ich nahm seine Hand und dachte, es gibt doch nichts Wunderbareres als wahre Liebe. Eines Tages würde ich sie vielleicht finden. Wäre sie auch nur annähernd so befriedigend wie dieser Moment?

In dieser Nacht schliefen wir beide unruhig, wachten oft auf und nickten wieder ein. Mein Kopf lag auf seiner Brust, mein Ohr direkt über seinem klopfenden Herzen. Als es dämmerte, weckte er mich. Er reichte mir meine Kleider und drehte sich taktvoll um. Dann zog er das Bett ab, wie er es versprochen hatte, nahm das schmutzige Handtuch an sich und ging mit dem ganzen Haufen Wäsche nach unten. Als ich ihm folgte, bemerkte ich, dass es deutlich kühler geworden war. Endlich hatte die Hitze etwas nachgelassen, zumindest aber wehte ein leichtes Lüftchen. Die Vorhänge an den Küchenfenstern bewegten sich sanft im Luftzug. Janie stand in der Küche und blickte in den Garten, in dem leere Getränkedosen, Flaschen und Zigarettenstummel verstreut herumlagen. Dann schaute sie uns an, ein fragendes Lächeln auf den Lippen.

»Schönen guten Morgen«, sagte sie und entdeckte die Laken.

»Leider ist mir schlecht geworden«, log ich.

Conrad kam mir sofort zu Hilfe: »Bier auf Wein. Ich hatte sie gewarnt, aber ...«

»Aber ich wollte nicht hören«, sagte ich.

»Ist halt passiert«, bemerkte er und fragte nach dem Weg zur Waschmaschine.

Als er in den Flur ging, warf Janie mir einen aufgeregten Blick zu, aber ich glotzte nur ausdruckslos vor mich hin und schüttelte dezent den Kopf. *Nichts passiert.* Es war nicht nur das erste Mal, dass ich Janie anlog, sondern auch das erste Mal, dass ich ihr verschwieg, was in mir vorging. Ich spürte, dass es ein entscheidender Augenblick war. Wie groß würde die Lüge noch werden?

»Ihr wart sechs Stunden da drin. Und dann ist nichts passiert?« Eher enttäuscht als ungläubig verschränkte Janie die Arme vor ihrem engen Chicago-Cubs-T-Shirt.

Ich zuckte mit den Schultern. »Wir haben ein bisschen rumgeknutscht.«

»Weiter nichts? Ist er dir nicht mal unter die Bluse gegangen?«, flüsterte sie ernüchtert und schielte Richtung Waschkeller.

Ich verneinte und sah im Geist seine Hände auf meinen Brüsten und seine Lippen auf meinem Hals, Bauch und Rücken.

»Und? Küsst er gut?«

»Ja.«

»Ich wusste es. Er ist sooo süß.«

Ich lächelte.

»Wirst du ihn wiedersehen?«

»Wohl kaum«, erwiderte ich – und log wahrscheinlich schon wieder. Wann würde ich ihn wiedersehen? Ich hatte nämlich beschlossen, dass das mit uns doch keine einmalige Sache bleiben sollte.

Während wir darauf warteten, dass die Waschmaschine fertig wurde, schauten wir im Wohnzimmer zu dritt MTV.

Conrad und ich saßen nebeneinander, auf demselben Tweed-Sofa, auf dem wir uns am Abend zuvor nähergekommen waren, aber jetzt achteten wir darauf, einige Zentimeter Platz zwischen uns zu lassen. Janie lag ausgestreckt auf dem Boden, stöhnte immer wieder und fragte uns, ob sich das Zimmer auch für uns drehte. Ich simulierte einen Kater, wegen der Geschichte mit dem angeblich vollgekotzten Laken. In Wirklichkeit aber fühlte ich mich hellwach, alle meine Sinne waren geschärft, während wir uns einen Videoclip nach dem anderen ansahen. Ich kannte sie alle schon, aber jetzt schien jede Textzeile, jedes Bild mit einer neuen Bedeutung aufgeladen, auch wenn es eigentlich gar keine gab: »Basket Case« von Green Day, »Down by the Water« von PJ Harvey, »No More I Love You's« von Annie Lennox. Conrad gab zu allem seinen Kommentar ab. Er hatte feste Ansichten über Musik, und er verteidigte sie leidenschaftlich. Einige Bands lobte er, andere machte er runter, häufig gerade die beliebten, die er dann als »abgenudelt« oder »überbewertet« bezeichnete. Besonders nervig fand er Hootie & the Blowfish, eine meiner Lieblingsbands, aber als Hootie den Refrain von »Hold My Hand« säuselte, griff er schließlich nach meiner Hand und hob die Augenbrauen, wie um sich selbst auf die Schippe zu nehmen. Da war Janie schon total weggetreten und schnarchte, und Conrad und ich waren wieder allein miteinander. Ich schloss die Augen und fragte mich, warum ich mit keinem anderen Jungen je dieses schwindelerregende, berauschende Gefühl gehabt hatte.

Kurz darauf piepte der Trockner wie ein Wecker. Conrad stand sofort auf, nahm die warmen Laken heraus, führte mich nach oben und bezog das Bett frisch. Dabei achtete er darauf, den Bettbezug genau so zu falten und die drei fransigen Dekokissen aus Brokat exakt so zu arrangieren wie zuvor. Ich fragte ihn, ob er über ein fotografisches Gedächtnis verfügte oder ob er die ganze Zeit über gewusst hatte, dass er bis zum Morgen bleiben würde. Er lächelte und strich weiter die Bettdecke glatt. Als er damit fertig war und auch das Handtuch wieder auf die Stange gehängt hatte, gab es nichts mehr zu tun, nichts mehr, was uns noch etwas Zeit zusammen verschafft hätte. Also gingen wir nach unten, durch die Garage nach draußen und traten in die feuchte Morgenluft. Dampf stieg über dem braunen Rasen auf, und die Blumen von Janies Mutter welkten durch die Dürre und das allgemeine Bewässerungsverbot vor sich hin. Auf den letzten Metern hin zu Conrads Auto nahm er meine Hand. Mir war ein bisschen unwohl dabei, und ich hoffte, keiner der Nachbarn auf dem Weg zum Briefkasten würde uns entdecken.

Als wir vor seinem Auto standen, sagte er: »Ich würde dir ja gern einen Abschiedskuss geben, aber ich glaube, ich habe Mundgeruch.«

Ich lachte und erwiderte, bei mir sei es bestimmt nicht besser, obwohl ich heimlich mit Mundwasser gegurgelt hatte, als ich zuletzt im Badezimmer gewesen war. Jedenfalls hob ich das Kinn in der Hoffnung, er würde mich trotzdem küssen. Er sprang darauf an, und unsere Zungen berührten sich – da merkte ich, dass auch er das Mundwasser gefunden hatte.

»Ich würde ja nach deiner Nummer fragen ...«, begann er schüchtern.

Ich sah ihm in die Augen. Er schaute ernst drein. Jetzt kam sicher so was wie: *Aber wir wissen beide, dass wir nicht zusammen sein können.*

Aber er fuhr fort: »Wenn ich die nicht schon längst hätte.«

»Ach ja?« Ich legte meinen Arm um seine Hüfte.

»Ja«, flüsterte er mir ins Ohr. »Ich habe sie sogar auswendig gelernt. Nur für den Fall.«

»Für welchen Fall?«, fragte ich, überzeugt davon, dass er mich auf den Arm nahm. Dann grinste er.

»Für den Fall, dass ich diese Chance bekäme. Na ja, also, mal ein Bett zusammen mit dir zu beziehen.«

Ich spürte, wie sich ein Schmunzeln auf meinem Gesicht ausbreitete. »Bis später also?«

Er öffnete die Autotür, bückte sich und stieg ein. Dann lächelte er mich an. »Ja, klar.«

In diesem Moment klappte die Tür zu, und der Motor sprang an. Unsere Unterhaltung sollte also weitergehen.

Während der folgenden dreieinhalb Wochen redeten wir jeden Tag miteinander. Das wurde bald ganz alltäglich, aber gerade über diese Entwicklung in unserer Beziehung sprachen wir nicht. Und weder über meinen bevorstehenden Aufbruch zum College nach Ann Arbor noch über seine Zukunft. Wir lebten buchstäblich nur für den Augenblick und machten erst dann Pläne für den Abend, wenn wir zusammen in seinem Auto saßen. Dann gingen wir ins Kino oder zu ihm nach Hause und sahen fern. Oder er spielte Gitarre und nahm meine Songwünsche entgegen. Oft fuhren wir einfach ohne bestimmtes Ziel durch die Stadt, redeten und hörten Autoradio. Aber wir trafen uns nie mit Freunden, weder mit seinen noch mit meinen, und ich stellte ihn auch nicht meinen Eltern vor. Selbst zu Janie sagte ich nichts, auch wenn ich mir sicher war, dass sie ganz richtig vermutete, mit wem ich meine Zeit verbrachte. Aber je näher ihre Abreise nach Illinois rückte, wo sie das College besuchen würde, desto mehr erlahmte ihre Neugier. Sie umgab sich lieber mit Leuten, die ebenfalls nach Illinois wollten, besonders mit Ty Huggins, ihrem Sommerflirt.

Auf bestimmte Art fühlte sich das Auseinanderdriften ganz natürlich an. Wir alle bereiteten uns darauf vor, unsere eigenen Wege zu gehen, ein neues Kapitel im Leben aufzuschlagen. Ein Kapitel, das wir herbeigesehnt und akribisch geplant hatten – seit mindestens vier Jahren, in meinem Fall aber schon viel länger, nämlich seit mein Vater, der selbst in Michigan studiert hatte, mich mit zehn Jahren zu einem Footballspiel nach Ann Arbor mitgenommen hatte. Meine Freunde und ich waren gleichzeitig freudig erregt, traurig und nervös. Wir gerieten uns immer häufiger mit unseren Eltern in die Haare, weil wir ihre Regeln und ihre dauernde Kontrolle nicht mehr ertrugen. Wir wollten unabhängig sein. Aber wir hatten auch schreckliche Angst davor, von ihnen wegzugehen. Wir freuten uns füreinander, fürchteten aber auch, unsere goldenen Jahre würden schon bald verblassen – dieses Phänomen konnte man jedenfalls an den Erwachsenen in unserer Umgebung beobachten. Das College würde unsere Erinnerungen schon bald überlagern, würde uns verändern und zu Erwachsenen machen. Wir würden erkennen, wer wir waren und einmal sein würden. Wir steuerten auf etwas Größeres, Bedeutenderes zu. Wir konnten es in der schweren Sommerluft spüren, dieses Wunderbare, das auf uns wartete.

Irgendwie war auch Conrad ein Teil dieses Übergangs, obwohl ich wusste, dass er nichts mit meiner Zukunft zu tun haben würde. Er gehörte aber auch nicht zu meiner langweiligen Kindheit, von der ich mich so dringend lösen wollte. Wir hatten fast keine gemeinsamen Erinnerungen, in denen wir schwelgen konnten, bis auf ein paar vereinzelte Gelegenheiten, bei denen wir einige Worte gewechselt hatten. Manchmal spielten wir das »Was wäre gewesen, wenn«-Spiel: Was wäre gewesen, wenn er mich angerufen hätte anstatt meine Telefonnummer nur auswendig zu lernen? Was, wenn Janie und ich letztes Jahr den Mut gehabt hätten, uns mit gefälschten Ausweisen in sein Konzert zu schleichen, am selben Abend, an dem er seine (inzwischen Ex-)Freundin kennenlernte? Im Grunde meines Herzens glaubte ich nicht daran, dass wir mehr als nur Freunde geworden wären, wir waren einfach zu verschieden. Ich ging zu Footballspielen, war Cheerleaderin und Mitglied der Schülervertretung und legte Wert auf gute Noten – alles Dinge, die er verachtete. Jetzt aber fingen wir zusammen ganz neu an, waren bereit für neue Erfahrungen – und Conrad war meine erste. Er war ein Symbol für Unabhängigkeit und neue Möglichkeiten. Die schönste Form eines Tagtraums.

Es gab aber auch Momente, in denen ich wider alle Vernunft von einer Zukunft für uns beide träumte, davon, dass wir über die kommenden Monate und Jahre zusammenbleiben würden. Natürlich wusste ich, dass das nicht realistisch war, aber eines Abends, als wir uns zum zweiten Mal *Braveheart* in einem kalten, dunklen Kino ansahen und dabei M&M's knabberten, fragte ich mich, was wäre, wenn er auch demnächst aufs College ginge. Ganz egal, auf welches. Vielleicht hätte ich mich dann an der Vorstellung einer Fernbeziehung festhalten können, so wie meine Freunde Emily und Kevin, die nach Wake Forest beziehungsweise Stanford gingen, aber trotzdem zusammenbleiben wollten. Ich redete mir ein, dass ich mir das nicht deshalb wünschte, weil ich mich schämte, einen Freund zu haben, der nicht aufs College ging (obwohl mir das tatsächlich was ausmachte), sondern deswegen, weil wir in Zukunft in verschiedenen Erfahrungswelten leben würden. Wir wären noch weiter entfernt voneinander als in der Highschool. Es schien einfach unmöglich.

Aber vorerst gab es nur uns beide, und die Zeit stand still für uns. Wir lebten nur für den Moment und für unsere unmittelbaren Bedürfnisse. Das bedeutete natürlich auch Sex. Viel Sex. »Ficken« nannte er es manchmal, und ich tat immer so, als würde dieser Ausdruck mich stören, obwohl er mich im Geheimen erregte. Einmal rutschte ihm die Frage heraus, ob wir »zärtlich werden« wollten, aber er fügte schnell hinzu: »Oder so ähnlich.« Egal, wie man es auch bezeichnen wollte, wir taten es noch neun weitere Male, insgesamt also zehnmal. Ich prägte mir jede einzelne Sekunde davon ein und schrieb die Einzelheiten sogar in meinem Tagebuch auf.

Das zweite Mal fand acht Tage nach dem ersten statt. Es war mitten am Tag, mein Vater arbeitete, meine Mutter war bei einer Benefizveranstaltung. Wir lagen auf meiner regenbogenfarbenen Tagesdecke, und die Nachmittagssonne schien durchs Fenster. Dave Matthews kämpfte sich durch »Satellite« im Repeat-Modus, und ich half Conrad, das Kondom auseinanderzurollen, das gerippt war, »für ein lustvolleres Empfinden«, wie die Verpackung versprach. Die Augen ließen wir offen. Wir sahen uns die ganze Zeit über an.

Das dritte Mal machten wir es bei ihm. Er wohnte auf einer kleinen Ranch am anderen Ende der Stadt. An diesem Abend lernte ich seinen Vater kennen – eine silberhaarige, stattlichere, gebräunte Version von Conrad. Mr. Knight und ich unterhielten uns nur kurz, weil er selbst mit einem weiblichen Besuch beschäftigt war. Die beiden spielten Karten und tranken Rosé aus einem großen Tetrapak, was meine Mutter erst eine Woche zuvor als absolut stillos bezeichnet hatte. Nachdem Conrad uns einander vorgestellt hatte, nahm er ganz offen zwei Flaschen Bier aus dem Kühlschrank und führte mich den Flur hinunter. Sein Zimmer war erstaunlich aufgeräumt (das hätte mich eigentlich nicht wundern dürfen, nachdem ich gesehen hatte, wie er ein Bett bezog). Der einzige Schmuck war ein Poster von Jimi Hendrix an der Wand. Conrad schloss als Erstes die Tür hinter uns ab, dann küsste er mich wild. Er ließ nur von mir ab, um mich auszuziehen und eine CD einzulegen. Ich kannte weder die Band noch den Song, und später vergaß ich, danach zu fragen. Hinterher tranken wir das Bier und teilten uns einen Joint. Meinen ersten.

Beim vierten Mal erlebte ich eine weitere Premiere, was ich ihm dann auch kleinlaut gestand.

»Du hattest noch nie einen Orgasmus?«, fragte er und schaute mich ungläubig mit seinen großen grauen Augen an. »Nicht mal alleine?«

Ich legte den Kopf in seinen Schoß und sah ihn an, während die Endorphine in mir noch immer verrückt spielten. »Nein. Und jetzt kapiere ich endlich, was das ganze Theater darum soll.«

Nummer fünf folgte nur ein paar Minuten später – mit dem gleichen Ergebnis.

Für das sechste Mal gingen wir in ein Motel, ganz spontan, weil ich die Finger nicht von ihm lassen konnte, als wir auf dem Weg zu einer Pizzeria in Evanston waren. Mittendrin brachte er mich zum Lachen – die Pointe habe ich längst vergessen. In dem Moment merkte ich jedenfalls, dass ich ihn gleichzeitig mochte und begehrte. Ich glaube, ihm ging es ähnlich mit mir, denn wir redeten und kuschelten und lachten immer danach. Wir gingen sogar in die Löffelchenstellung, obwohl er sich immer geschworen hatte, das niemals zu tun. Als wir uns später wieder anzogen (ich war spät dran, weil ich eigentlich schon zu Hause sein sollte), bemerkte er, er könne sich glatt daran gewöhnen. Ich erwiderte, das sei keine gute Idee, aber ich lächelte dabei.

Beim siebten Mal flüsterte er mir unanständige Sachen ins Ohr. Beim achten Mal flüsterte ich unanständige Sachen zurück. So langsam fühlte ich mich erfahrener und dachte, eines Tages könnte ich sogar ganz gut werden im Bett.

Vor dem neunten Mal hatten wir unser einziges richtiges Date. Wir gingen essen bei einem Italiener in der Stadt, und ich hatte mir extra für diesen Anlass neue, schwarze Unterwäsche angezogen. Beim Essen ließ ich mehrmals meinen Spitzen-BH hervorblitzen. Später, als er mir auf dem Rücksitz seines Mustangs (wir hatten auf einem leeren Kirchenparkplatz geparkt) das Ensemble auszog, rochen wir beide schrecklich nach Knoblauch. Wenn ich heute Knoblauch rieche, denke ich immer daran zurück, und auch wenn ich einen Ford Mustang oder einen Parkplatz vor einer Kirche sehe.

»Schau uns an«, sagte er, als ich auf ihm lag und durch die Autoscheibe nach Cops spähte. »Zum ersten Mal in meinem Leben bin ich gerne ein Klischee.«

»Ein ziemlich sündiges Klischee«, präzisierte ich in dem Versuch, möglichst schlagfertig zu wirken.

»Ja. Wir kommen ... direkt ... in die ... Hölle«, sagte er mit jedem Stoß. Die Augen hatte er geschlossen, den Kopf zurückgelegt, die Hände auf meine Hüfte gelegt.

Das zehnte und letzte Mal war das schönste. Wir waren in einer Waldlichtung – schon das fand ich sehr romantisch. Ich hatte einen Picknickkorb vorbereitet: Schinken-Käse-Sandwiches, Mangoschnitze, Schokoladencookies und eine Flasche Chardonnay, dazu ein rotkariertes Tischtuch. Wir gingen tief in den Wald hinein, den Korb und seine Gitarre im Gepäck, bis zum sonnigen Ufer des Fox River. Bald schon waren wir beschwipst und nackt – die genaue Reihenfolge weiß ich nicht mehr. Hinterher spielte er die Lieder, die ich mir wünschte, auf der Gitarre. Zum Beispiel »Daughter« und »Small Town« von Pearl Jam, zwei meiner Lieblingssongs, aber er erfand auch eigene, erst mit ernsten, dann mit lustigen Texten, schließlich wieder mit ernsten.

Als ich ihn beim Gitarrespielen beobachtete, als ich sah, wie sich die Muskeln seines blanken Oberkörpers anspannten, entschlüpfte mir das Wort mit L – aber ich kriegte gerade noch die Kurve und sagte: »Ich liebe deinen Körper.«

»Und was ist mit meinem Kopf?« Er lächelte, meinte es aber ernst.

»Den auch«, sagte ich.

»Obwohl ich nicht aufs College gehe?«

»Das hat damit doch nichts zu tun.« Eine Sekunde lang glaubte ich wirklich, was ich sagte.

»Ich liebe deinen Körper und deinen Kopf auch«, verkündete er. »Und deine Augen. Und dein Lächeln. Und deine süßen, abstehenden Dumbo-Ohren.«

Ich wurde rot und schüttelte den Kopf, damit mir die Haare über die Ohren fielen. Ich bedeckte auch meine Brüste mit den Haaren, obwohl ich mich inzwischen nicht mehr unwohl fühlte, wenn er mich nackt sehen wollte. Ich sagte immer Ja.

Wir waren ein verliebtes Paar, aber auch beste Freunde geworden, trotz unserer Unterschiede. Ich konnte nur noch an ihn denken, und ihm ging es genauso. Aber wir redeten einfach nicht über unsere Gefühle. Wir redeten auch nicht über das bevorstehende Ende des Sommers und damit das Ende unserer Beziehung. Über allem lag ein Hauch von Traurigkeit, aber wenn ich ehrlich bin, machte diese Traurigkeit alles noch besser. Es war ja gerade deswegen so leidenschaftlich und romantisch, weil wir nichts beim Namen nannten, weil niemand über uns Bescheid wusste, weil alles bald zu Ende sein würde.

Und dann geschah das Undenkbare. Oder besser gesagt, es geschah nicht. Am neunundzwanzigsten Tag meines sonst unfehlbaren neunundzwanzigtägigen Zyklus bekam ich meine Periode nicht. Und auch nicht am nächsten Tag. Oder am übernächsten.

»Das kann doch nicht sein«, beschwichtigte er mich am Telefon. »Wir haben doch jedes Mal ein Kondom benutzt.«

»Kondome sind nicht hundertprozentig sicher«, wandte ich ein. In der Schule hatte ich gelernt, dass nur Abstinenz hundertprozentig sicher war.

»Nicht hundertprozentig nur deswegen, weil manche Leute sie nicht richtig benutzen«, erwiderte er.

»Ja und?«

»Ich habe sie richtig benutzt.«

So richtig überzeugt davon war ich nicht. Ich dachte an jedes einzelne Mal, als wir miteinander geschlafen hatten. Wir waren immer extra vorsichtig gewesen – bis auf das allererste Mal bei Janie, als er schon kurz in mir gewesen war, bevor er nach dem Kondom in seinem Geldbeutel suchte.

»Da muss es passiert sein«, erklärte ich. »Das war das einzige Mal, bei dem du kein Kondom benutzt hast. Es würde auch zeitlich hinkommen ...«

»Du bist nicht schwanger«, sagte er resolut.

»Ein bisschen muss danebengegangen sein. Nur ein paar Tropfen.«

Davor hatten sie uns in der Schule auch gewarnt – Präejakulat. Das klang genauso ungut, wie es tatsächlich war.

»Die Wahrscheinlichkeit ist gleich null.«

»Sie ist höher als null«, widersprach ich. Panik stieg in mir auf.

»Na gut, höher als null. Aber weniger als ein Prozent. Weniger als ein halbes Prozent.«

»Trotzdem trifft es irgendjemanden.«

»Aber nicht uns, Baby.«

»Sag bitte dieses Wort nicht!«

»Welches Wort?«

»Baby.«

»Okay. Du bist nicht schwanger, Schatz.«

»Wie kannst du dir da so sicher sein?«

»Ich kann hellsehen«, sagte er mit Schauerstimme.

»Das ist nicht witzig.«

»Tut mir leid«, sagte er, und ich merkte, dass es ihm ernst war. »Willst du rüberkommen? Damit ich dich ein bisschen beruhigen kann?«

»Was verstehst du unter ›beruhigen‹? So sind wir doch überhaupt reingeschlittert in dieses Schlamassel!«

»Wir sind in keinem Schlamassel. Und so meinte ich es auch nicht. Wir brauchen nicht jedes Mal miteinander zu schlafen, wenn wir uns treffen.«

»Anscheinend aber doch.« Ich klang anklagend. Das waren die ersten Spuren von Reue und Groll, dabei war ich es gewesen, die häufiger zu Sex gedrängt hatte als er.

»Komm doch rüber«, bat er etwas sanfter.

In diesem Moment wollte ich unbedingt in seinen Armen liegen. Aber als ich mich aufsetzte, bildete ich mir ein, meine linke Brust spanne. Ich sagte: »Ich kann nicht. Hab noch viel zu erledigen. Ich muss mich aufs College vorbereiten.« Meine Stimme war kühl. So hatte ich noch nie mit ihm gesprochen.

Er merkte das natürlich. »Na schön. Hab's kapiert.«

Am nächsten Morgen – es war Samstag – schüttelte ich die Bettdecke ab, zog das Nachthemd hoch und kontrollierte angespannt meine Unterwäsche. Nichts. Die Slipeinlage, die ich mir voller Hoffnung in die Unterhose geklebt hatte, war noch immer blütenweiß. Weinend rief ich Conrad an.

»Scheiße«, sagte er. »Ich komme zu dir. Sofort. Ich muss dich sehen.«

»Nein. Meine Eltern sind da.« Ich wusste nicht genau, warum ich ihn immer noch vor ihnen versteckte, und auch nicht, weshalb ich Janie anlog, wenn sie fragte, was ich abends so machte. Was meine Eltern betraf, gab es eine offensichtliche Erklärung: Sie würden Conrad »nicht gut genug« für mich finden. Aber bis jetzt, so redete ich mir ein, war das nicht der Grund für mein Verhalten, jedenfalls nicht der einzige. Es war komplizierter – oder auch viel einfacher: Es hatte keinen Sinn, alle Leute in eine Beziehung einzuweihen, die sowieso nur von kurzer Dauer sein würde. Aber jetzt hatte ich natürlich einen neuen Grund, ihn zu verstecken.

»Ist mir völlig egal, ob sie da sind oder nicht. Ich komme jetzt vorbei und hole dich ab, und dann besorgen wir uns einen Test. Und den machst du dann. Okay? Marian?«

»Ja«, flüsterte ich und fühlte mich einen winzigen Moment lang besser. Ich musste keine Entscheidungen treffen, denn die nahm er mir ab. Ich musste bloß tun, was er sagte.

»Sei fertig in zehn Minuten«, bat er. »Ich meine es ernst.«

Wie angekündigt, stand er zehn Minuten später in unserer Küche. Er trug ein verwaschenes Rolling-Stones-T-Shirt, Levi's-Jeans und blaue Adidas-Flip-Flops. Als er meinen Vater zum ersten Mal begrüßte, dachte ich, ein Hemd mit Kragen wäre auch nicht schlecht gewesen. Meine Mutter nahm ihre Lesebrille ab und legte die *Chicago Tribune* neben ihren Teller mit ein paar dünnen Schnitzen Ananas, die mit Himbeeren und einem Klecks Joghurt garniert waren.

»Woher kennt ihr euch denn?«, wollte sie wissen. Den Kopf hatte sie schräg gelegt, wie immer, wenn sie jemanden neu kennenlernt und versucht, ihn in ihr Weltbild einzufügen. Oder auch nicht.

»Von der Schule«, erklärte ich und spielte nervös mit meinen Haaren. Ich konnte meinen Eltern nicht in die Augen sehen. Ich liebte und respektierte sie beide – und hatte sie noch nie zuvor dermaßen belogen.

Sie nickten, lächelten und stellten noch weitere Fragen – natürlich auch die unvermeidbare: »Also, Conrad, wo geht's hin nächstes Jahr?«, fragte mein Vater, der Michigan-Absolvent mit Jura-Abschluss aus Yale.

Conrad verschränkte die Arme, löste sie wieder und lehnte sich an die Arbeitsplatte, als müsste er sich abstützen. Dann räusperte er sich und erwiderte: »Das weiß ich noch nicht genau.«

Ich dachte an seine Worte im Jahrbuch – *Ich hau ab* – und an den Abend in Janies Garten. All das schien ewig her zu sein. Vielleicht war es das ja auch.

Conrad schaute auf seine Füße, während mein Vater seine Antwort ins Positive übersetzte. »Aha. Ein Jahr Pause? Um dich erst einmal zu orientieren?«

»Ja, so was in der Art, Sir«, entgegnete Conrad und blickte mich hilfesuchend an.

»Wir gehen jetzt jedenfalls ein bisschen weg«, sagte ich.

»Wo wollt ihr hin?«, fragte meine Mutter betont lässig, um ihre Neugier zu verstecken.

»Zum Golfplatz, ein bisschen spielen.« Als ich in das begeisterte Gesicht meines Vaters schaute, bereute ich meine Schwindelei sofort.

»Ach! Du spielst Golf?«, sagte mein Vater zu Conrad. »Wir sollten mal zusammen spielen. Was ist dein Handicap?«

Conrad starrte ihn ausdruckslos an. Wahrscheinlich hätte mein Vater ähnlich dreingeschaut, hätte man ihn gefragt, was er von den Smashing Pumpkins am besten findet.

»Lass sie doch, sie wollen los«, sagte meine Mutter zu meinem Vater. Sie wirkte zufrieden darüber, dass er wenigstens Golf spielte. Vielleicht gehörte seine Familie ja sogar dem Skokie Country Club an, wo wir seit Jahren Mitglied waren. Sie würde es bald erfahren.

Schweigend fuhren Conrad und ich quer durch die Stadt zum Jewel-Osco-Supermarkt neben seinem Haus. Wir parkten in der Nähe der Apotheke. Auf dem Parkplatz war schon einiges los. Hauptsächlich waren junge Mütter unterwegs, mit Kinderwagen und übervollen Einkaufstüten.

»Bin gleich zurück«, sagte Conrad. Radio und Klimaanlage ließ er für mich eingeschaltet.

Erleichtert darüber, dass ich den Test nicht selbst kaufen musste, sank ich tief in den Sitz und schaltete die Radiosender durch. Welches Lied ich wohl als Letztes hören würde, bevor ich die schlimme Wahrheit erfuhr? TLC sangen gerade »Waterfalls«, als Conrad mit einer Plastiktüte in der Hand und einem finsteren Ausdruck im Gesicht zurückkam. Ich stellte das Radio aus, als er einstieg und mir die Tüte reichte. Darin waren eine Großpackung Juicy Fruit, eine Flasche Dr Pepper und ein *Rolling Stone*-Magazin mit Courtney Love auf dem Cover. Ich zog das Heft aus der Tüte und las die Titelüberschriften: »Live vom Lollapalooza«; »Hole ist eine Band – Courtney Love ist eine Soap Opera«; »Wie man diesen Sommer cool bleibt«. Während ich durch das Heft blätterte, gab ich mir alle Mühe, das letzte Objekt in der Tüte zu ignorieren.

»Magst du sie?«, fragte ich und deutete auf Courtney.

»Ich mag ihre Musik. Und ich finde sie interessant – diesen subversiven Feminismus und diese Schlampendiva-Nummer. Ihre Musik ist cool. *Live Through This* ist jetzt schon ein Klassiker. Denk an ›Doll Parts‹ oder ›Violet‹. Ziemlich genial. Aber sie ist echt am Arsch.« Conrad fuhr rückwärts aus der Parklücke. »Sie tut mir leid.«

»Weil sie alleinerziehend ist?«, fragte ich, nur auf ein Thema gepolt.

»Weil sich der Mann, den sie liebte, das Hirn weggepustet hat.«

Ich nickte und sah aus dem Fenster, als er auf die Hauptstraße einbog. Irgendwann legte Conrad mir die Hand aufs Knie und ließ sie dort, auch noch, als er durch die engen Gassen in seinem Viertel steuern musste. Er nahm sie nur weg, um in einen anderen Gang zu schalten. Als er vor seinem Haus anhielt, fasste er mich am

Kinn und schaute mir in die Augen. »Es wird alles gut«, tröstete er mich. »Ich bin bei dir.«

Ich nickte, ohne wahrzunehmen, was er sagte. »Ist dein Vater zu Hause?«

»Nein, wir haben sturmfreie Bude.«

Er öffnete die Tür und stieg aus. Als ich reglos sitzen blieb, sprang er um das Auto herum, hielt mir die Tür auf und nahm meinen Arm. »Komm jetzt.«

Auf dem Weg zur Haustür reichte er mir die rosafarbene Schachtel. Drinnen zeigte er auf die Badezimmertür. »Geh. Jetzt gleich. Mach's einfach.«

»Aber ich muss nicht.«

Geduldig seufzte er, griff noch einmal in die Tüte und schob mir seine Dr-Pepper-Cola hin. Ich nahm ein paar Schlucke und gab ihm die Flasche zurück.

»Immer noch nicht«, sagte ich.

»Komm her«, sagte er, führte mich zur Couch, drückte mich auf das Polster, legte den Arm um mich und gab mir einen Kuss auf die Stirn.

Ich biss mir auf die Unterlippe. Die blanke Furcht stieg in mir auf. »Warum mache ich diesen Test überhaupt? Ich weiß doch, dass ich schwanger bin.«

»Das kannst du gar nicht wissen.«

»Doch. Meine Periode ist schon vier Tage überfällig. Meine Brüste tun weh. Und ich bin kurz davor zu kotzen.«

»Dir ist schlecht vor Aufregung. Und deine Brüste tun dir weh, weil du bald deine Periode kriegst. Könntest du nicht zu spät dran sein, weil du total durcheinander bist?«

»Ich bin überfällig, weil ich schwanger bin!«, rief ich und kaute an den Nägeln, eine Unsitte, die ich mir eigentlich schon vor Jahren abgewöhnt hatte.

»Hör mal, du machst jetzt den Test, und dann kommt genau eine von zwei Möglichkeiten als Ergebnis raus.«

Ich glotzte ihn an, wartete.

»Entweder ist der Test negativ. Dann kannst du aufatmen, und wir werden feiern.« Er lächelte und küsste mich auf den Hals.

Ich schob ihn weg. »Und wenn nicht?«

»Dann bist du schwanger. Das wäre zwar scheiße, aber damit würden wir auch irgendwie fertigwerden.«

»Wie denn?«

»Wie würdest du denn damit umgehen wollen?«, fragte er. »Egal, wie du dich entscheidest, ich stehe hinter dir.«

»Ich kann kein Kind kriegen. Ich gehe aufs College.«

»Okay. Dann würden wir uns eine Klinik suchen, irgendwo außerhalb der Stadt. In einem Vorort oder in Indianapolis. Da, wo niemand uns kennt. Ich habe jede Menge Geld vom Jobben gespart, das sollte also kein Problem sein. Und ich bleibe die ganze Zeit über bei dir und halte deine Hand.« Er legte mir den Arm um die Schulter und fügte hinzu: »Dann fahre ich dich wieder zurück und lege dich in mein Bett. Bringe dir Hühnersuppe, und singe dir was vor.«

Ich starrte auf einen Fleck an der Wand. Er sagte meinen Namen, zweimal, dreimal. Erst dann schaute ich ihn an.

»Ich würde alles für dich tun, Marian. Das weißt du doch, oder?«

»Ja«, erwiderte ich, obwohl ich mir da nicht ganz so sicher war.

»Wirklich alles«, bekräftigte er. Mit der rosafarbenen Schachtel in der Hand ging ich ins Badezimmer. Ich hatte schreckliche Angst.

Als ich alleine war, setzte ich mich auf den Toilettendeckel und las zweimal die Beschreibung auf der Schachtel durch, darunter auch die Worte »Über 99 % Zuverlässigkeit«. Dann ging ich genau nach Anweisung vor. Wie konnte ich nur glauben, die Zulassungsprüfung fürs College wäre der wichtigste Test in meinem Leben gewesen? Die ganze Zeit über betete ich verzweifelt, besonders während der zermürbenden und quälenden dreiminütigen Wartezeit. Abwechselnd fixierte ich das Stäbchen und den Sekundenzeiger meiner Uhr. *Bitte, lieber Gott, lass keinen rosa Strich erscheinen!*, wiederholte ich immer wieder.

Aber er erschien. So langsam, dass ich mir zuerst noch einreden konnte, es wäre eine optische Täuschung. Dann wurde er heller und kräftiger, und schließlich war er dunkler als die Kontrolllinie, und drumherum leuchtete ein hellrosa Schleier. Jetzt hatte ich meine Antwort, und das Spekulieren und Hoffen und Beten war vorbei.

Ich starrte mein Bild im Spiegel an. Egal, was ich jetzt tat, ich wäre nie mehr dieselbe. Nichts wäre mehr wie zuvor. Ich ließ das Teststäbchen in meine Handtasche gleiten und öffnete die Tür, um mich Conrad und dem Rest meines Lebens zu stellen.

»Und?«, fragte er bleich.

In dieser Sekunde kam etwas über mich, das ich nie ganz verstehen werde. Vielleicht war es Verdrängung. Vielleicht wollte ich ihn schützen. Vielleicht hatte die schmerzhafte Loslösung von ihm schon begonnen. Jedenfalls zwang ich mich zu einem schwachen Lächeln und sagte: »Rate!«

»Sag schon!«

»Falscher Alarm.«

Als Conrad mit verschränkten Händen auf die Knie

sank, schien jedes bisschen Luft aus seinem Körper zu entweichen. Dann stand er wieder auf und schrie wie ein Cowboy auf einer Weide voller Büffel. Er klatschte mich so heftig ab, dass meine Handfläche schmerzte, und verpasste mir noch einen Klaps auf den Hintern. »Ich hab's dir doch gesagt!«, brüllte er. »Verdammt, ich hab's dir doch gesagt!«

»Du hattest recht«, sagte ich, und er umarmte mich.

Dann trennten wir uns, und er sah mir tief in die Augen und sagte jene Worte zum ersten Mal, so deutlich und unmissverständlich wie der zweite rosafarbene Strich. »Ich liebe dich, Marian.«

Ich öffnete den Mund, aber er legte mir einen Finger auf die Lippen. »Sch. Sag jetzt nichts. Ich wollte ... ich wollte es einfach aussprechen. Egal, ob wir gute oder schlechte Nachrichten bekommen hätten. Ich liebe dich wirklich.«

7

Kirby

Am nächsten Morgen gebe ich nach und rufe meine Eltern an. In St. Louis ist es jetzt kurz vor sieben. Ich weiß genau, was meine Eltern gerade machen, weil sie die berechenbarsten Menschen auf der ganzen Welt sind. Meine Mutter sitzt am Frisiertisch und macht sich fertig für die Montagmorgen-Andacht, mein Vater hantiert in der Küche herum und hört die *McGraw Show* über Mittelwelle. Beim dritten Klingeln nehmen sie gleichzeitig ab, ihre Hallos überschneiden sich. Einen kurzen Moment lang, als ich McGraws fröhliches Glucksen im Hintergrund hören und die Würstchen meines Vaters in der Pfanne beinahe riechen kann, überkommt mich unerklärliches Heimweh. Aber dieses Gefühl geht schnell vorbei, und die gewohnte Verbitterung schiebt sich wieder an seine Stelle. Plötzlich brenne ich darauf, ihnen mitzuteilen, wo ich bin.

»Turbo-Kirbo!«, dröhnt mein Dad. Er klingt recht entspannt – vielleicht, weil ich nicht in seiner Nähe bin. »Wie sieht's aus in Alabama?«

Jetzt redet meine Mutter – und sie hat schon den ersten Vorwurf. »Warum hast du nie zurückgerufen?«

»Ich habe euch doch E-Mails und SMS geschickt«, gebe ich zurück und verdrehe die Augen.

»Du hättest uns wirklich auch anrufen sollen«, beharrt sie.

»Entschuldige«, sage ich und bin erfreut darüber, nicht die Spur schuldbewusst zu klingen.

»Amüsierst du dich gut?«, fragt mein Dad. »Ich habe gesehen, dass in Mobile gestern sechsundzwanzig Grad waren.«

»Ach ja?«, gebe ich zurück. *In New York waren es nur ungefähr fünfzehn.*

»Ich hoffe, du cremst dich regelmäßig mit Sonnencreme ein«, mahnt meine Mutter. »Alle paar Stunden, hörst du? Mit deinem hellen Hauttyp, da kriegt man schnell einen Sonnenbrand.«

Ich muss an Marians Teint denken. Jetzt weiß ich, wo ich meine helle Haut herhabe, und darum hasse ich sie ein bisschen weniger an mir. Marian sieht jedenfalls gut aus, vielleicht werde ich in Zukunft ja auch so hübsch wie sie sein. Aber worauf warte ich eigentlich? Ich gehe zum Fenster und öffne die Jalousie nur ein paar Zentimeter weit, gerade genug, um einen Blick auf die Straße werfen zu können, wo trotz der frühen Stunde bereits heftiger Verkehr herrscht: Autos, Menschenmassen – ganz anders als in unserer ruhigen Straße zu Hause.

»Wie geht's Charlotte?«, frage ich. Das ist verräterisch, ich erkundige mich sonst nämlich nie nach meiner Schwester. Mein Vater scheint Lunte zu riechen.

»Ihr geht's prima. Sie schläft noch. Kirby, was ist los?«

Ich drehe mich um und gehe durchs Zimmer, setze mich aufs Bett und freue mich auf das, was gleich kommt. »Ähm, Leute ... ich bin gar nicht in Mobile mit Belinda und ihrer Mutter«, sage ich und genieße die geschockte Stille, die mir entgegenschlägt.

»Wo bist du dann?«, fragen sie im Chor.

»In New York City.« Ich strecke dem Telefon den Mittelfinger hin. Wenn das keine Wiedergutmachung für das ist, was ich neulich mit angehört habe.

»New York City!«, schreit meine Mutter, als hätte ich verkündet, ich sei an der Front in Afghanistan.

»Was machst du in New York?«, fragt mein Vater bemüht sachlich, um der Hysterie meiner Mutter etwas entgegenzusetzen.

»Ist Belinda bei dir?«, will meine Mutter wissen. »Und ihre Mutter?«

»Nein, ich bin alleine hier ... na ja, also nicht direkt alleine ... ich bin in der Wohnung meiner leiblichen Mutter«, erkläre ich und schließe die Augen. Wie ist es nur möglich, sich gleichzeitig zu schämen und sich diebisch zu freuen?

»Was in aller Welt ...« Die Stimme meiner Mutter erstirbt, und ich sehe sie direkt vor mir, wie sie in den Frisierspiegel starrt, die großen rosafarbenen Lockenwickler im Haar, die sie immer erst rausnimmt, wenn sie aus dem Haus geht, manchmal sogar erst im Auto (was meine Schwester und ich total peinlich finden). »Aber warum?«

»Wie, warum?«, blaffe ich sie an. Das ist die dümmste Frage, die ich je gehört habe.

»Warum bist du ... dort?«, fragt sie.

»Was glaubst du denn, Mom?«

»Schatz«, meldet sich mein Dad zu Wort, aber ich bin mir nicht ganz sicher, ob er mich meint oder meine Mutter. »Wir verstehen dich. Wir können nachvollziehen, warum du sie treffen wolltest. Aber du hättest es mit uns besprechen sollen. Wir hätten dir geholfen.«

»Ich habe eure Hilfe aber nicht gebraucht«, erwidere ich. Das stimmt ja auch.

»Ich weiß. Aber wir hätten dich zumindest gerne ... unterstützt.«

»Ja, na klar«, murmele ich.

Meine Mutter atmet schwer. Ich wette meinen iPod, dass sie heult.

»Wie bist du dorthin gekommen?«, will mein Vater wissen.

»Mit dem Greyhound.« Ich denke an den Song »America« von Simon and Garfunkel. Darin besteigt ein Paar den Greyhound in Pittsburgh. Meine Lieblingszeile heißt: *»I'm empty and aching and I don't know why«*. Irgendwie passt die jetzt auf mich.

»Und?«, fragt meine Mutter mit gepresster Stimme (ich hatte also recht). »Magst du sie? Oder ... ?«

Darum geht es ihr also. Nicht darum, dass ich wissen will, wer ich bin und woher ich komme, sondern darum, dass sie diejenige bleiben will, die mich vor einer selbstsüchtigen Frau gerettet hat. Vor einer Frau, die ihr Baby weggegeben hat.

»Sie ist umwerfend«, sage ich. Ich kann einfach nicht anders.

»Tja, das ist ... wunderbar«, schnieft sie. »Das freut mich.«

»Bist du sicher, dass dich das freut?«, frage ich. »Oder hättest du lieber gehört, dass sie furchtbar ist?«

»Kirby!«, ruft mein Vater. »Sei nicht ungerecht.«

»Tut mir leid«, sage ich noch mal. Inzwischen habe ich es schon ganz gut drauf, eine Entschuldigung ohne jede Reue rüberzubringen.

»Wann kommst du wieder nach Hause?«, fragt meine Mutter.

Ich antworte, dass ich es noch nicht weiß, wahrscheinlich in ein oder zwei Tagen.

»Am Mittwoch hast du wieder Schule«, bemerkt meine Mutter.

»Ich weiß.«

»Dann bist du morgen Abend also wieder zu Hause?«, erkundigt sich mein Vater. Mit Befriedigung registriere ich, dass er keine Forderung, sondern eine Frage stellt. Sie können mich nicht zwingen, nach Hause zu kommen, und das wissen sie.

»Ja, ja«, entgegne ich. »Aber jetzt muss ich los.«

»Wo gehst du denn hin?«, will meine Mutter wissen.

»Sie hat gesagt, ich darf heute mit ihr zur Arbeit gehen. Sie ist eine berühmte Fernsehproduzentin.«

»Welche Sendung produziert sie denn?«, fragt meine Mutter misstrauisch.

»Die kennst du sowieso nicht.« Sie guckt nämlich bloß Soaps, Krimis und – man sollte es nicht glauben – Gute-Laune-Reality-Serien.

»Können wir mit ihr reden?«, bittet mein Dad.

»Nein, sie duscht gerade.«

»Aber wenn sie fertig ist?«

»Ich glaub kaum. Sie hat echt viel zu tun. Ich muss jetzt aufhören.«

»Na gut, Schatz. Ich wünsche dir einen schönen Tag«, schließt mein Vater. »Pass auf dich auf in der großen Stadt.«

»Ja, mach ich«, erwidere ich. Warum fühle ich mich jetzt doch ein bisschen schuldig?

»Wir haben dich lieb«, ruft meine Mutter noch, aber ich lege schon auf. Jetzt geht das Geheule bestimmt erst richtig los, und dann folgen melodramatische Gebete bei der Andacht. Für meine sichere Rückkehr. Für meine irregeleitete Seele. Dafür, dass ich die Frau vergesse, die mich aus egoistischen Gründen weggegeben hat.

8

Marian

»Heute Morgen hab ich meine Eltern angerufen«, verkündet Kirby in der Subway auf dem Weg zur Arbeit. Ich nehme sie mit ins Büro, weil ich nicht weiß, was ich sonst mit ihr machen soll. Und ein freier Tag ist nicht drin.

»Hast du ihnen gesagt, wo du bist?«, frage ich, als der Zug quietschend in die Station an der Seventy-seventh Street einfährt und die anderen Leute gegen uns gedrückt werden. Verbissen verteidige ich unseren Platz. Die Luft unter der Erde ist feucht und schwer, wie immer, wenn es regnet, egal zu welcher Jahreszeit.

Kirby nickt, und ihre goldenen Ohrgehänge baumeln heftig. Sie hat sich die Haare in einen Knoten nach hinten gesteckt und sich geschminkt (für meinen Geschmack ist der Eyeliner ein bisschen zu stark ausgefallen). Sie trägt meinen schwarzen Trenchcoat, den ich ihr aufgedrängt habe. So könnte sie glatt als meine Praktikantin durchgehen – jedenfalls hoffe ich, dass die Leute sie dafür halten.

»Und? Wie haben sie reagiert?«, bohre ich nach. Da wird mir der Irrsinn dieser Situation wieder bewusst. Seit sie vor meiner Tür stand, hämmert es alle paar Stunden oder auch Minuten durch meinen Kopf: *Sie ist meine Tochter.* Ich kann es noch immer kaum fassen.

Kirby, die U-Bahn-Fahren nicht gewohnt ist, verliert die Balance, als der Zug ruckartig anfährt, und braucht einen Moment, bis sie wieder sicher auf ihren dünnen Beinen steht. »Mein Dad ist ganz cool geblieben, aber meine Mom hat sich aufgeregt.«

Ich frage sie, warum. Hoffentlich hat es mit Kirbys Lüge zu tun und nicht mit mir. An ihrem Blick sehe ich aber, dass ich vergebens hoffe.

»Ich glaube, sie ist eifersüchtig auf dich«, erklärt Kirby und betrachtet einen erstaunlich normal aussehenden Mann, der die Passanten zu Jesus und zum Veganismus bekehren will.

»Wir sollten ein Gebot hinzufügen«, sage ich, um von ihrer Mutter abzulenken. »›Du sollst nicht in der Subway missionieren.‹ Jedenfalls nicht an regnerischen Montagen.«

Kirby lächelt und beobachtet den Mann aus dem Augenwinkel. Gerade legt er uns dar, dass wir Pflaumensaft trinken sollen, während wir auf die Wiederkunft des Herrn warten.

»Deine Mutter hat überhaupt keinen Grund zur Eifersucht«, sage ich dann doch – aus Respekt und Dankbarkeit für die Frau, die Kirby aufgezogen hat, und um Kirby zu beruhigen.

Sie scheint in Gedanken versunken, während unser Prediger uns auffordert, mit ihm »Lobet den Herrn« zu rufen.

Aber niemand macht mit, darum schreit er alleine: »Lobet den Herrn!«

»Ich weiß nicht. Vielleicht ist es ja gar keine Eifersucht. Vielleicht fühlt sie sich einfach nur ... bedroht«, überlegt Kirby.

Mir krampft sich der Magen zusammen, und ich erwidere: »Ich glaube, das kam sehr überraschend für sie.

Wenn du vorher mit ihr geredet hättest, käme sie jetzt vielleicht besser damit zurecht.«

Kirby schüttelt den Kopf und klammert sich fester an die Stange. »Nein. Sie hätte sich dann genauso aufgeregt. Wahrscheinlich empfindet sie mein Verhalten als treulos.«

»Aber sie ist doch deine Mutter«, betone ich. »Ich bin doch nur ... irgendeine Frau in New York.«

Erst als ich Kirbys verletzten Blick sehe, wird mir klar, dass ich gerade etwas Ungeschicktes gesagt habe. Rückblickend klingen meine Worte wirklich eher wie eine Verzichtserklärung. Eigentlich wollte ich damit Demut und Hochachtung vor ihrer Mutter ausdrücken.

»Ich meine, natürlich ist es nicht so simpel. Ich habe dich vierzig Wochen lang im Bauch getragen ... na ja, neununddreißig. Du bist eine Woche zu früh gekommen. Danke für diese freundliche Geste.« Ich lächele. Sie lächelt zurück und erklärt, da sei sie bestimmt das erste und einzige Mal in ihrem Leben irgendwo zu früh gekommen.

Dann müssen wir aussteigen, wir sind an der Fifty-first Street angekommen. Ich führe sie aus der Subway, die Treppe hoch und auf die Lexington Avenue, wo wir uns durch den Verkehr kämpfen und im Slalom den Pfützen ausweichen. Als wir durch die Glasdrehtür des Gebäudes treten, sind wir windzerzaust und nass, trotz der großen schwarzen Golfschirme, die wir jetzt gleichzeitig ausschütteln und schließen. Wieder zu Atem gekommen, murmele ich, dass ich jetzt unbedingt einen Kaffee brauche, und frage sie, ob sie auch was von Starbucks will. »Vielleicht eine heiße Schokolade?«

Sie schaut mich missbilligend an. »Ich bin achtzehn, nicht zehn.«

»Schon klar.« Ich lache nervös und entdecke Peter, der in der Warteschlange steht und sich mit seinem Blackberry beschäftigt. Ich weiß nicht, warum, aber ich werde nervös, als ich auf ihn zugehe, mit Kirby im Schlepptau. Als er in unsere Richtung sieht, winke ich ihm zu.

»Champ«, begrüßt er mich und lächelt steif, was mich noch unsicherer macht. Dann wendet er sich an Kirby: »Ein kleiner Ausflug zum Fernsehen?«

Sie nickt aufgeregt.

Ich rette sie. »Ja, Kirby, wird uns ein bisschen zur Hand gehen. Drehbuchautoren können immer Hilfe gebrauchen.«

»Klar«, erwidert er und bedenkt sie mit seinem typischen, intensiven Pressekonferenz-Lächeln, das ihm den Ruf eingebracht hat, aalglatt, ja fast skrupellos zu sein. »Soll sie euren Streit schlichten? Viel Glück dabei.«

»Wir streiten nicht, wir führen fruchtbare Debatten«, verbessere ich und stelle mich hinten in der Schlange an. Zwischen uns stehen ein paar noch halb schlafende Kollegen.

»Hat Marian dir gesagt, wie die Regel lautet, wenn man die heiligen Hallen zum ersten Mal betritt?«, fragt Peter Kirby.

Sie schüttelt den Kopf. Ich erkläre: »Das ist keine Regel, sondern eine Tradition.«

»Es *ist* eine Regel«, beharrt er.

»Was für eine Regel?«, will Kirby wissen.

»Jeder, der zum ersten Mal in den Writers' Room kommt, muss den anderen etwas vorführen«, erklärt er mit spöttischer Miene. »Wer sich weigert, wird nicht mehr rausgelassen. Die anderen stehen da und bewachen die Tür.«

Sofort wird Kirby furchtbar nervös. Sie sieht aus, als

wollte sie entweder kotzen oder wegrennen. »Was soll ich denn *vorführen?*«

Ich will sie beschützen, weiß aber, dass es absolut unmöglich sein wird, sie vor der eisernen Tradition – die ich eingeführt habe – zu bewahren. »Ach, irgendwas, wozu du gerade Lust hast. Einen Witz erzählen, eine Geheimsprache sprechen, jonglieren, die Hauptstädte der Bundesstaaten aufzählen, mit der Zunge die Nase berühren oder so. Ein Autor hat mal die Ganda-Bherundasana-Yogapose gezeigt. Ziemlich dämlich – und auch ein bisschen ordinär, wenn man bedenkt, dass er sich dafür bis auf die Boxershorts ausziehen musste. Wie gesagt, alles ist erlaubt, aber irgendwas musst du zeigen. Sogar der Generaldirektor höchstpersönlich kam nicht daran vorbei.«

Peter gluckst. »Ich war darauf nicht vorbereitet. Seit meiner Rugbyzeit im College bin ich nicht mehr so schikaniert worden.«

»Es ist keine Schikane«, betone ich. »Nur ein kleines Ritual.«

»Was hast du denn vorgemacht?«, will Kirby von ihm wissen. An ihrem Gesicht sehe ich, dass sie die Puzzleteile so langsam zusammensetzt: *Peter* ist der Generaldirektor. Der Oberboss. *Mein* Chef.

»Ich habe das Präpositionen-Lied gesungen, auf die Melodie von ›Yankee Doodle Dandy‹«, berichtet er.

Kirby lächelt, genau wie die beiden Frauen vor uns in der Schlange, die ihn anscheinend erkennen.

»Du solltest dir also in den nächsten fünf Minuten etwas Besseres überlegen«, sagt Peter. »Aber mach dir keinen Stress.«

Dann ruft der Barista Peters Namen aus. Er holt sich den Kaffee ab, schnappt sich seine Aktentasche und wünscht uns einen schönen Tag.

»Dir auch«, rufe ich hinter ihm her, als wären wir bloß Kollegen, die in der Warteschlange ein kleines Schwätzchen gehalten haben.

»Ich weiß nicht, was ich vormachen soll«, klagt Kirby aufgeregt, als wir mit Orangensaft und Bagels im Aufzug stehen. Sie stopft beides in ihre Handtasche, und ich bemerke, wie abgewetzt der Riemen ist. Vielleicht kann ich ihr eine neue Tasche zum Schulabschluss schenken: eine ganz klassische von Chanel. Aber vielleicht würde das ihrer Mutter nicht gefallen. Vielleicht bin ich mit den Kleidern, die ich ihr gekauft habe, schon zu weit gegangen.

»Irgendwas, was ihr in der Schule vorgeführt habt?«, frage ich, um ihr Hilfestellung zu geben.

Sie starrt mich ausdruckslos an.

»Hm. Kannst du pfeifen?«

Sie schüttelt den Kopf.

»Kannst du singen?«

Sie nickt vorsichtig, und ich schließe daraus, dass sie eine schöne Stimme hat. Ich denke an Conrad. Mein Herz fängt plötzlich an zu klopfen.

»Dann sing doch was«, schlage ich vor. »Summ ein paar Takte der Nationalhymne oder von deinem Lieblingslied. Irgendwas. Glaub mir, das ist keine große Sache, mach dir keinen Kopf darüber.«

Mit weit aufgerissenen Augen nickt sie. Wir treten aus dem Aufzug und gehen den Flur hinunter. Es herrscht der übliche Montagmorgen-Betrieb. In meinem kleinen Büro bitte ich Kirby, sich kurz auf einen der Lederstühle vor meinem Schreibtisch zu setzen, während ich den Computer hochfahre, ein paar Nachrichten von meiner Assistentin überfliege und Anrufbeantworter und E-Mails checke.

»Das wird ein langer Tag«, sage ich mehr zu mir selbst.

Sie nickt ernst. »Sag mir, wenn ich dir helfen soll. Ich bin gut im Ordnen und Abheften.«

Ich betrachte sie. Hat sie überhaupt eine Spur von Ehrgeiz in sich? Kann ich ihr irgendwie helfen, den richtigen Weg zu finden? Oder sie wenigstens aufs College bringen, wo sie mehr lernt als Ordnen und Abheften? »Also, im Moment bereiten wir die Vorproduktion und die Werbeverhandlungen vor. Letztes Jahr hatten wir den Donnerstag, aber wir müssen erst mal abwarten, gegen welche Sendungen wir antreten.«

»Dann haben die Dreharbeiten noch gar nicht angefangen?«, fragt sie enttäuscht.

Ich schüttele den Kopf. »Nein. Wir besprechen erst mal die groben Handlungsstränge. Im Moment gibt es nur Entwürfe der Drehbücher für die Studios und den Sender. Wir müssen Schauspieler für die Gastrollen casten, mit Besetzung und Stab verhandeln, neue Sets entwerfen, Beleuchter und Kameraleute, Maskenbildner und Techniker einbinden. Und wir müssen im Auge behalten, wie der Sender die Serie vermarktet.«

»Wow«, keucht sie. »Klingt nach viel Arbeit.«

»Könnte man so sagen, ja.« Ich nehme ein paar angespitzte gelbe Bleistifte, ein spiralgebundenes Notizbuch und das iPad von meinem Schreibtisch. »Aber es lohnt sich mitzuerleben, wie das eigene Projekt zum Leben erwacht. Na, bist du bereit?«

Sie nickt. Wir stehen auf, und ich führe sie den Flur hinunter in den langen, fensterlosen Konferenzsaal (auch bekannt als Writers' Room beziehungsweise Folterkammer). Drinnen sitzen unsere sechs festen Autoren (es kommen noch mehr dazu, wenn die Dreharbeiten beginnen) und unterhalten sich lebhaft: was am Wochenende los war, die aktuellen Schlagzeilen, neue Story-Ideen. Drei ausführliche Entwürfe für die ersten drei Folgen sind schon fertig, für die ersten zwei habe ich Drehbücher in Auftrag gegeben. Wir können da weitermachen, wo wir letztes Mal aufgehört haben, etwa bei der Entwicklung der verschiedenen Figuren.

»Hallo zusammen! Tut mir leid, dass ich zu spät bin!«, rufe ich. Die eine Hälfte des Teams verstummt und mustert Kirby, die andere plaudert einfach weiter.

»Also, Leute, das ist Kirby«, sage ich. Sie steht wie gelähmt im Türrahmen. »Sie kommt aus St. Louis und wird mir heute ein bisschen helfen.«

Ich schaue mich im Zimmer um und hoffe, dass niemand an meine Regel denkt, aber Kate McQuillan, direkt aus der Filmhochschule und ohne jegliche Erfahrung im Fernsehgeschäft (sowie ohne jegliche Erfahrung mit Hula-Hoop-Reifen, wie sie bei ihrer eigenen Darbietung bewiesen hat), will wissen: »Und was führt sie uns vor?«

»Ich glaube, wir lassen das heute«, sage ich und schaue zu Kirby, die blass und verschreckt hinter mir steht.

»Kommt nicht in die Tüte«, ruft Alexandre José, unser Experte für Männerhumor. Alexandre kommt ursprünglich vom Improvisationstheater. Er hat lange in der Gruppe »Boom Chicago« in Amsterdam gespielt und ist dann irgendwann beim Fernsehen gelandet. Obwohl er weniger Erfahrung als die anderen Autoren hat, betrachte ich ihn als meinen »Co-Piloten« bei der Show. Er bringt die nötige Ruhe in die Truppe, wenn mal Spannungen auftreten, und richtet gekränkte Egos wieder auf. Jetzt starrt er Kirby herausfordernd an und erklärt: »Ich hab mir nicht umsonst die Füße mit meiner Stepptanznummer verrenkt. Zeig uns, was du draufhast!«

Kirby blickt mich an, und ich hebe kapitulierend die

Arme. Gegen Alexandre kann ich mich nicht durchsetzen. *Sorry, Mädchen. Jetzt ist Showtime.*

Nach quälend langen dreißig Sekunden trippelt Kirby in die Mitte des Raums und erklärt: »Ähm, ich singe Ihnen was vor.«

»Schau an, eine Sängerin!«, ruft Emily Grace Fuller, eine junge Autorin, die aus einer reichen Südstaatenfamilie kommt. Wenn man sie so betrachtet, käme man kaum auf den Gedanken, dass sie ein echtes Arbeitstier ist – und kein bisschen zimperlich. Außerdem hat sie ein paar ziemlich witzige Einfälle für die Serie gehabt.

»Es wird Zeit, dass wir endlich mal jemanden bekommen, der singen kann«, bemerkt Emily Grace mit einem Seitenblick auf eine andere junge Autorin, die vor einiger Zeit eine ziemlich schiefe Version der Titelmelodie von *Drei Jungen und drei Mädchen* zum Besten gegeben hat.

Ich setze mich an meinen üblichen Platz am Kopf des Tisches, und Kirby macht noch ein paar Trippelschritte zum anderen Ende des Zimmers. Dann räuspert sie sich und fängt an mit beiden Händen auf den Tisch zu trommeln – und zu rappen. Ziemlich gut macht sie das. Sie singt leise, aber hübsch, ihr Rhythmusgefühl ist unglaublich gut. Sie schlägt einen ziemlich schwierigen Beat. *»I said a hip hop a hippie to the hippie to the hip hip hop, a you don't stop a rock it to the bang bang boogie say up jumped the boogie to the rhythm of the boogie …«*

Zur großen Begeisterung des ganzen Teams rappt sie gleich mehrere Strophen und kommt dabei nicht ein einziges Mal aus dem Takt oder vergisst auch nur eine Silbe. Ihr Getrommel wird immer schneller und komplizierter, und dann ist sie fertig und macht eine kleine Verbeugung. Das war die lässigste Darbietung, die ich seit Langem zu sehen bekommen habe, und eine der besten. Als

Jeanelle Chambers, unsere Kratzbürste aus Queens, heftig applaudiert und ruft: »Wow! Nicht schlecht für ein weißes Mädel!«, lächele ich erleichtert.

»Danke«, murmelt Kirby, die immer noch ihre Fußspitzen betrachtet.

»Bist du nicht ungefähr zwanzig Jahre zu jung, um Sugarhill Gang zu kennen?«, fragt Alexandre. »Sogar die Version von Def Squad kam doch schon vor deiner Geburt raus.«

»›Rapper's Delight‹ ist ein Klassiker«, erklärt Kirby. »Sozusagen der erste Hip-Hop-Song überhaupt.«

Alexandre nickt beeindruckt. »Stimmt genau.«

Stolz überkommt mich. Wie muss sich erst eine echte Mutter fühlen, wenn ihr Kind etwas Tolles leistet? Ich deute auf den leeren Stuhl neben mir, und Kirby schlurft zu mir hin und setzt sich, ohne mich anzuschauen oder zu lächeln. Da sehe ich, dass ihre Hände zittern und sie heftig atmet.

Sie ist doch nur ein kleines Mädchen, denke ich. *So alt wie ich, als ich sie bekommen habe.* Für einen kurzen Moment schweifen meine Gedanken ab, und ich sehe Conrad wieder vor mir. Ich verbanne ihn aus meinem Kopf. Wieder einmal.

»Okay«, sage ich. Ich setze meine Business-Miene auf und deute auf das Whiteboard, wo in einem Schaubild die verschiedenen Charaktere und Handlungsstränge festgehalten werden. »Wir haben nur zwei Stunden Zeit für diese Sitzung, nutzen wir sie also. Wir fangen an mit Damien und Carrie. Sorry, Roger und Evvie«, verbessere ich mich und nenne die Rollennamen der Schauspieler. »Am Ende der ersten Folge gesteht Roger Evvie seine Liebe.«

»Hat er im echten Leben wohl auch gemacht«, wirft

Jeanelle ein, die einzige Autorin aus dem Team, die eine persönliche Verbindung zur Besetzung hat. Sie nimmt einen Schluck Kaffee und wartet auf unsere Reaktionen.

»Ehrlich?«, fragt Alexandre und malt »Roger + Evvie« mit einem dicken roten Stift auf unser Whiteboard. »Ich dachte, Damien wäre hinter Angela her?«

»Ja, früher, aber jetzt nicht mehr«, berichtet Jeanelle.

Ich sehe Kirby an, die mit weit aufgerissenen Augen dasitzt und jedes Wort aufsaugt. Ihr zuliebe lasse ich den Klatsch noch ein bisschen weiterlaufen. Jeanelle und die anderen malen sich genüsslich aus, wie Angela reagieren wird, wenn sie alles herausfindet.

»Du musst erzählen, was du noch gehört hast«, fordert Emily Grace Jeanelle lachend auf.

»Na ja. Angeblich hat er ordentlich was in der Hose.«

Alexandre schüttelt den Kopf und zeigt seine beste Schwulenparodie: »Wisst ihr, was? Das gefällt mir gar nicht.« Er grinst die hauptsächlich weiblichen Team-Mitglieder an. »Ich glaube, ich verklage unsere Produzentin und den Sender, weil sie die Arbeitsatmosphäre vergiften.«

»Hey, das verletzt mich«, erklärt Benjie Carr, der einzige Mann im Raum abgesehen von Alexandre, und er weiß, wovon er spricht, denn er ist tatsächlich schwul. Aber er macht nur einen Witz, denn Benjie kann man gar nicht kränken. Dann zeigt er auf eine Schachtel mit Keksen auf dem Tisch. »Siehst du die? Mach die weg, ich bin auf Detox-Diät!«

»Okay, okay, Leute!«, rufe ich und schaue auf die Uhr. »Lasst uns anfangen. Legt die Handys weg. Auf geht's. Wir brauchen Ideen!«

Alexandre nimmt seinen Job als Stenograf am Whiteboard wieder auf, und Kirby blickt sich noch immer fasziniert um. Im Verlauf der Sitzung gibt es kaum Konflikte, nur eine längere Debatte über eine Figur namens Max, einen zugeknöpften Studenten, der viel Zeit in der Bar verbringt, Whiskey trinkt, den Musikgeschmack der anderen kritisiert und sie pausenlos belehrt – und sich beim Flirten mit unserem Mädchen aus Mississippi ziemlich ungeschickt verhält.

»Er kriegt viel zu viel Raum. Dabei ist er ein totaler Wesley«, jammert Jeanelle. Sie spielt auf die Figur des Wesley Crusher in *Raumschiff Enterprise: Das nächste Jahrhundert* an. Die Zuschauer haben ihn gehasst, aber die Autoren haben das nicht gemerkt. Schlimmer noch, sie haben versucht, Wesley Crusher auf Biegen und Brechen sympathisch zu machen. Sie wollten die Zuschauer zwingen, ihn zu mögen. Jeanelle erklärt: »Er ist langweilig und nervt. Und er tut die ganze Zeit so, als wäre er schlau und hip ... und deswegen ist er langweilig und nervt.«

»Ich bin da anderer Meinung«, sagt Emily Grace.

»Tja. Vielleicht, weil du ihn erfunden hast? Oder weil du das Drehbuch geschrieben hast, in dem er dauernd rumschwallt, wie toll er ist?«, bemerkt Jeanelle.

Alexandre berührt mit der flachen Hand vorsichtig den Tisch, macht ein zischendes Geräusch. »Autsch, verdammt heiß!«

Ich lächele und sage: »Ich finde ihn interessant. Und sehr gut gezeichnet.«

»Danke«, erwidert Emily Grace und lächelt mich zaghaft und ein bisschen verletzt an.

»Trotzdem, der Typ lässt sich ständig ausnutzen«, sagt Alexandre und malt ein Gewehr an die Tafel. »Ich finde, wir sollten ihn umbringen. Vielleicht fällt er einem rassistischen Mord zum Opfer. Oder er nimmt sich selbst das Leben, nachdem er jemand anderen umgebracht hat.

Auf die Art könnten wir auch diesen schleimigen Anwalt loswerden.«

»Zumindest könnten wir ihn in den Bus setzen«, sagt Jeanelle. Das ist noch so ein Fernsehausdruck: Wenn man eine Figur aus der Serie schreiben, sich aber gleichzeitig die Option zur Rückkehr offen halten will, schickt man sie erst mal weg. »Vielleicht in einen Greyhound nach nirgendwo?«

Kirby und ich tauschen einen wissenden Blick. Sie hebt eine Augenbraue und nimmt mit dem Strohhalm einen Schluck Orangensaft, was ein gurgelndes Geräusch erzeugt.

Oder wir setzen ihn in einen Greyhound, weil er seine leibliche Mutter finden will, und lassen ihn dann rausfinden, dass sie seinem leiblichen Vater nie die Wahrheit über ihn gesagt hat. Ja, das wäre doch gut.

9

Kirby

»Woher kannst du so gut singen ... äh, rappen? Und trommeln? Das war wirklich super«, sagt Marian, als wir später in ihrem Büro sitzen und die bestellten chinesischen Gerichte vom Lieferservice essen. Das war echt ein verrückter Tag. Ich hatte ja keine Ahnung, dass es Menschen gibt, die so schwer und so lange arbeiten. Jetzt haben wir seit Langem die erste Gelegenheit, alleine miteinander zu reden.

»Danke«, erwidere ich. Dann erzähle ich ihr die Geschichte von meiner Grundschullehrerin, die erklärt hatte, die am schwersten zu lernenden Instrumente seien Schlagzeug und Waldhorn. Weil mein Vater damals gesagt hatte, es sei billiger, auf den Tisch zu trommeln als ein Horn zu kaufen, wurde es eben Schlagzeug.

Marian schiebt ihren Teller mit gebratenem Reis und Shrimps von sich. Sie hat kaum etwas angerührt, aber sie isst allgemein fast nichts. »Also, das war toll. Sehr beeindruckend«, sagt sie.

Ich danke ihr noch mal. Dann schaue ich ihr in die Augen und sage: »Also, morgen müsste ich dann wohl fahren.«

»Ach ja, richtig«, entgegnet Marian und tut, als wäre sie traurig. »Bist du sicher, dass du nicht noch bleiben kannst?«

»Na ja, ich weiß nicht.« Ich wünsche mir, dass sie will, dass ich bleibe. Dass sie zumindest mit mir reden will. »Am Mittwoch ist wieder Schule, aber das ist eigentlich nicht sooo wichtig ... Aber vielleicht sollte ich dann doch besser zu Hause sein.«

Sie nickt. Sofort knickt sie ein und stimmt mir zu. Ich bin enttäuscht, befehle mir aber, cool zu bleiben, und zucke mit den Schultern.

Nervös fährt sie fort: »Diese Woche wird sowieso total hektisch. Morgen ist wieder Autorenkonferenz, und dann habe ich noch einen Haufen Meetings mit der Marketing- und Finanzabteilung, und ich muss Gespräche mit den neuen Kameraleuten führen. Ich will ja nicht, dass du dich langweilst. Aber erzähl mir doch noch ein bisschen was über dein Schlagzeug.«

Ich glotze sie an, dann schüttele ich den Kopf und erkläre, da gebe es nichts groß zu erzählen. Wie bescheuert ist das denn, lang und breit über mein Schlagzeug zu reden, wenn sie noch kein Sterbenswörtchen über meinen Vater gesagt hat? Ich weiß nicht, ob sie etwas vor mir verbergen oder einfach nicht über ihn reden will, aber nach fast achtundvierzig Stunden mit ihr wird mir immer klarer, dass sie von sich aus nicht mit dem Thema anfangen wird.

Als wir später am Abend wieder in ihrer Wohnung sind, fängt sie an zu gähnen und verkündet, dass sie bald ins Bett gehen wird. Jetzt oder nie! Mit klopfendem Herzen höre ich mich fragen: »Also, kannst du mir bitte was über meinen Vater erzählen?«

Sie schaut mich an, erst verwirrt, dann überrascht, ganz so, als hätte sie nie mit dieser Frage gerechnet, dann atmet sie tief durch und wird so blass, dass ich mich schon auf eine längere Geschichte einstelle. Aber sie sagt bloß: »Er heißt Conrad. Conrad Knight.«

Wir stehen in der Küche, und sie setzt sich erschöpft auf einen der Barhocker. Ich setze mich ebenfalls.

»Night, wie die Nacht?«

»Knight mit K, wie der Ritter.«

Eine Sekunde lang denke ich fasziniert an die Ritter der Tafelrunde, aber dann sehe ich aus dem Augenwinkel, dass sie die Stirn kraus zieht. Da kommen die Ängste, die ich die ganze Zeit über hatte, sofort zurück. Wird jetzt eine Geschichte folgen, die ich gar nicht hören will? Wird sie jetzt über die Dinge reden, über die meine Eltern neulich diskutiert haben – Vergewaltigung beim ersten Date, Gefängnis, Drogen? Oder läuft es darauf hinaus, was ich mir immer ausgemalt habe und was mich bis jetzt nie besonders gestört hat – ein liebloser One-Night-Stand, der keinem von beiden etwas bedeutet hat? Tja, es ist wohl klar, dass ich ein Unfall war, aber ich wäre gern ein Unfall, bei dem echte Gefühle im Spiel waren.

»Wie hast du ihn kennengelernt?«, will ich wissen. Mein Herz rast wie verrückt.

»Wir sind zusammen in die Schule gegangen«, antwortet sie. Dann erzählt sie, dass sie ihn seit der vierten Klasse gekannt hatte, aber erst in dem Sommer nach dem Schulabschluss richtig kennenlernte. »Wir waren in dem Alter wie du jetzt. Auf einer Party sind wir uns dann wieder über den Weg gelaufen ...«

Marian holt tief Luft. An ihren eingefrorenen Gesichtszügen kann ich erkennen, dass sie fieberhaft nachdenkt. Ich will geduldig warten, doch nach einigen Augenblicken der Stille halte ich es nicht mehr aus, und ich stelle die nächste Frage: »Und ... wie war er so?«

Sie atmet wieder tief durch und redet endlich, langsam, vorsichtig. »Er war klug. Erfahren. Wenn er gewollt hätte, wäre er richtig gut in der Schule gewesen.«

Ich nicke. Ich spüre zum ersten Mal in meinem Leben eine Art Verbindung zu meinem leiblichen Vater.

Gedankenverloren fährt sie fort. »Er war nicht gerade ein Rebell, aber er ging seinen eigenen Weg. Was die anderen dachten, war ihm egal – und das war nicht nur eine coole Pose. Es war ihm wirklich egal. Ich war anders, aber ich habe ihn bewundert. Wir alle himmelten ihn an.«

»War er ein Einzelgänger?«, will ich wissen.

»Ja, irgendwie schon. Wenigstens in der Schule. Da konnte er mit den anderen nicht viel anfangen. Aber außerhalb der Schule hatte er Freunde, er spielte in einer Band. Er war also kein totaler Einzelgänger. Einfach ... unabhängig.«

»Er war in einer Band?«, frage ich, gleichzeitig begeistert und erleichtert, dass er kein doofer Sportler war. Ein Footballspieler, der reihenweise Mädchen flachlegt, ist irgendwie peinlicher als ein Musiker, der dasselbe macht.

»Ja«, bestätigt sie. »Er war sehr talentiert. Er spielte Gitarre, Klavier und ein bisschen Saxophon. Und er hatte eine schöne Stimme. Wie du.«

Ich muss lächeln. »Wie sah er aus?«

Jetzt zögert sie nicht mehr. »Umwerfend. Dunkles Haar. Schöne Augen. Du hast seine Augen geerbt.«

»Wirklich?« Mein Herz klopft noch schneller.

»Ja. Exakt dasselbe Blaugrau mit diesem dunklen Ring. Form und Größe sind auch gleich.« Sie starrt an die Wand hinter mir, als versuchte sie, sich an noch mehr Einzelheiten zu erinnern.

»Hast du Bilder von ihm?«, frage ich. Mir ist schwindlig vor Aufregung.

»Eins.« Sie steht auf. Ein paar Minuten später kommt sie mit einem schmuddeligen Umschlag, der früher einmal weiß war, zurück. Darin liegt ein Blatt aus einem Notizblock, dreimal gefaltet und mit wildem Gekritzel beschriftet. Als sie das Papier auseinanderklappt, lehne ich mich neugierig nach vorne, um ein paar Wörter zu entziffern. Still liest sie ein paar Zeilen, faltet das Blatt zusammen und legt es wieder in den Umschlag. Dann zieht sie ein Foto heraus. Sie beißt sich nervös auf die Unterlippe und betrachtet das Bild. Endlich reicht sie es mir. »Das ist er«, sagt sie leise. »Und ich liege neben ihm.«

Ich betrachte das Foto meiner leiblichen Eltern. Ich bin verblüfft, weiß aber nicht genau, wieso. Es ist eine Nahaufnahme, ein bisschen verwackelt, und zeigt eher ihn als sie, ganz so, als hätte er ein Selbstporträt mit ausgestrecktem Arm geknipst. Beide liegen auf einer Decke und kneifen die Augen zusammen, als wäre ihnen die Sonne zu hell. Ich kann den Himmel nicht sehen, vermute aber, dass er tiefblau und wolkenlos ist. Ihre Wangen berühren sich, ihre sind ganz rot. Er hat den Arm um sie gelegt, seine Hand ist von ihren langen, sonnenblonden Haaren bedeckt. Das Foto ist ziemlich grobkörnig, und auf seinem Gesicht liegt ein Schatten, aber ich erkenne genau, dass er ein absoluter Traumtyp ist, jedenfalls auf diese spezielle künstlerische Art. Dunkles Haar, helle Haut, volle Lippen und große, gewölbte Augenlider, halb geschlossen über Augen, die *exakt* so aussehen wie meine, wie sie gesagt hat. Er wirkt zwar entspannt, aber da ist ein Ausdruck in seinem Gesicht, der mir zeigt, dass er tief empfindet, mit ganzer Seele liebt. Oder vielleicht wünsche ich mir das auch bloß. Vielleicht wünsche ich mir das für mich selbst – an Marian habe ich es jedenfalls noch nicht bemerkt. Langsam reicht meine Hand das Foto wieder zurück, aber ich kann mich noch nicht davon lösen. Heimlich hoffe ich, dass sie es mir schenkt.

»Wart ihr verliebt?«, frage ich nervös. Ich will, dass sie Ja sagt. Aber warum ist mir das so wichtig? Was würde es schon ändern?

Sie zögert und sagt dann: »Ich weiß nicht. Das ist alles so lange her ... Es war ein verrückter Sommer, Kirby. Eine echt verrückte Zeit.«

»Warum denn? Was war so verrückt?«, hake ich nach und denke daran, dass Belinda jede läppische kleine Liebesgeschichte gern als »verrückt« bezeichnet. Zum Beispiel, wenn sie und so ein Idiot miteinander ausgehen und dann plötzlich nicht mehr. Wenn sie sich lieber mit anderen Leuten verabreden. Eine Beziehungspause einlegen. Nur noch rumhängen zusammen. Ist es das, was Marian meint mit »verrückt«? Oder ist es was Ernsteres?

»Unsere Beziehung hat sich spontan ergeben«, sagt Marian. Ich konzentriere mich auf das Wort »Beziehung«. »Sehr spontan. Am Anfang kannte ich ihn gar nicht richtig, und plötzlich bedeutete er mir alles.«

Ich überlege mir die nächste Frage sehr genau, als hätte ich nur eine bestimmte Anzahl frei. Aber ich will die Geschichte hören, die ganze Geschichte – wie sie sich für mich entschieden hat, und dann, wie sie sich entschieden hat, mich wegzugeben. Schließlich platze ich damit heraus: »Wollte er, dass du mich bekommst? Oder wollte er, dass du abtreibst?«

Sie zuckt zusammen, atmet tief durch und schaut mir endlich in die Augen. Dann nimmt sie meine Hände und sagt meinen Namen, als wollte sie mir gleich ein Geständnis machen. Das tut sie dann auch.

»Ich habe es ihm nie gesagt«, erklärt sie.

Mir ist klar, dass man ihre Aussage nur auf eine einzige Art interpretieren kann, aber ich suche trotzdem nach einer anderen Möglichkeit und blicke wieder auf das Foto von dem Mädchen und dem Jungen. »Du hast ihm nie gesagt, dass du mich gekriegt hast?«

Sie sieht mich an und schüttelt den Kopf. Ihre Wangen färben sich rosa, so wie auf dem Bild, aber aus ganz anderen Gründen.

»Und ... wusste er überhaupt, dass du schwanger warst?« Langsam setzt sich das Bild zusammen.

Sie schüttelt wieder den Kopf. Dieses Mal schafft sie es nicht, mir in die Augen zu schauen.

»Wie das? Ist er weggegangen?« Ich stelle mir vor, wie er sie verlässt, wie er ihr einen Abschiedsbrief überreicht – vielleicht sogar den, den sie vorhin in der Hand hatte. Wie er verschwindet und nie mehr zurückkehrt.

Aber sie schüttelt schon wieder den Kopf. Fast unhörbar sagt sie: »Nein. Ich bin weggegangen.«

»Wie? Du hast ihn verlassen?«

Sie nickt und bestätigt: »Ja. Als ich rausgefunden habe, dass ich mit dir schwanger war, habe ich Schluss gemacht.«

»Dann weiß er also gar nicht, dass es mich gibt?« Vielleicht hat sie ihm ja erst Jahre später von mir erzählt. Vielleicht weiß er ja, dass er irgendwo da draußen ein Kind hat, vielleicht will er mich unbedingt kennenlernen. Vielleicht hat sie ihn in den letzten zwei Tagen kontaktiert und ihm alles gesagt.

Kopfschütteln. »Niemand weiß, dass ich dich geboren habe. Niemand wusste, dass ich schwanger war – nur meine Mutter.«

Ich versuche, die Tragweite der Worte zu begreifen. Wie konnte sie so eine Geschichte bloß durchziehen? »Und was war mit deinem Vater? Oder deiner besten Freundin?«, frage ich und denke an Belinda. Sie wäre der erste Mensch, den ich anrufen würde in einer solchen

Situation. Aber so weit kann ich sowieso nicht denken, denn meine sexuelle Erfahrung beschränkt sich auf drei jämmerliche Knutschereien in betrunkenem Zustand, furchtbar und völlig unwichtig.

»Nur meine Mutter wusste davon«, wiederholt Marian.

»Wie hast du deinen Zustand vor den anderen verborgen?«

»Ich habe ein Jahr College-Pause gemacht. Ich habe denen im Sekretariat in Michigan erzählt, ich hätte gesundheitliche Probleme. Allen anderen habe ich gesagt, ich wäre ausgebrannt und bräuchte Zeit für mich selbst. Und mein Vater dachte, ich schreibe an einem Drehbuch. Er wusste ja, wie wichtig mir das Schreiben war, und hat mir geglaubt. Und dann bin ich eben eine Weile weggegangen.«

»Wohin?«

»In unser Haus am See in Wisconsin. Meine Mom ist immer hin und her gefahren, hat mich zu allen Arztterminen und zur Adoptionsagentur begleitet. Ansonsten habe ich mich versteckt, bis das Baby kam. Also du.«

Ich bin sprachlos. Diese Geschichte gehört genauso zu mir wie die, die meine Eltern mir hundertmal erzählt haben. »Und dann bist du nach Chicago gefahren, um mich da auf die Welt zu bringen?«

Sie nickt. »Genau. Die Wehen kamen am einunddreißigsten März. Das ging den ganzen Tag und die ganze Nacht so weiter, bis du kamst. Am ersten April. Aber das weißt du ja.« Sie lächelt zaghaft und ein wenig steif. »Dann habe ich noch drei Tage mit dir verbracht. Das waren die schwierigsten, traurigsten Tage meines Lebens.«

»Hatten wir ... eine Bindung zueinander?« Meine Augen brennen, mein Magen krampft sich zusammen.

»Ach, Kirby. Ja. Mein Gott, ja«, flüstert sie. »Ich habe jede einzelne Minute – jede Sekunde – mit dir verbracht.«

Ich will wissen, ob sie einen Namen für mich hatte. Wie hat sie mich genannt in diesen drei Tagen?

Sie nickt und sagt ganz leise: »Katherine. Mit K.«

»Das ist mein zweiter Name«, erwidere ich. »Nach meiner Tante.«

»Wahnsinn. Das ist verrückt, oder?«

Ich zucke mit den Schultern. »Na ja, das ist ein ziemlich verbreiteter Name. Aber erzähl doch bitte weiter.«

Sie zögert wieder und redet dann weiter. »Ich habe dir also einen Namen gegeben, obwohl mir die Sozialarbeiterin davon abgeraten hatte. Und ich habe dich gestillt, obwohl sie das absolut unklug fand. Sie meinte, das würde die Trennung von dir bloß schwieriger machen. Aber ich wollte es so gerne ... Ich musste es einfach tun. Einmal wollte mir eine Krankenschwester dich wegnehmen, damit ich ein bisschen schlafen konnte, aber ich habe mich geweigert. Ich wusste ja, dass ich dich irgendwann weggeben musste, und dazu war ich nicht zweimal in der Lage.«

Sie atmet kurz und flach und fährt fort: »Dann war es so weit. Die Frau von der Agentur kam zusammen mit einer Krankenschwester und zwei Leuten vom Jugendamt in mein Zimmer. Da standen vier oder fünf Leute um mein Bett, alles war ganz formal. Sie wedelten mit wichtigen Papieren herum, die sie mir gaben, darunter ein Schriftstück mit dem Titel ›Endgültige und unwiderrufliche Einwilligung zur Adoptionsfreigabe‹. Meine Mutter saß im Schaukelstuhl und hatte dich auf den Knien, während ich die ganzen Papiere las und unterschrieb.«

Ich spüre, wie mir die Tränen kommen, gerade als sie

mich fragt, ob alles in Ordnung ist. Ich nicke. Sie schaut mir in die Augen, und ich schaue zurück und warte.

»Du warst den ganzen Morgen über unruhig gewesen, hörtest aber auf zu weinen, als die Leute ins Zimmer kamen. Als hättest du gewusst, dass etwas sehr Wichtiges im Gange war. Du warst ein besonderes Kind, hattest so einen intelligenten, aufgeweckten Blick – und eine ganz besondere Art, Kontakt zu Menschen aufzunehmen. Mit mir.« Sie schluckt. »Danach habe ich darum gebeten, noch eine Minute mit dir allein zu sein. Ich habe auch meine Mutter gebeten, aus dem Zimmer zu gehen.«

»Hast du ... wolltest du dich umentscheiden?«, frage ich hoffnungsvoll. Ich will hören, dass es nicht leicht für sie war, mich wegzugeben.

»O ja«, versichert sie. »Viele, viele Male während dieser zweiundsiebzig Stunden. Natürlich habe ich geschwankt. Wenn ich in dein Gesicht sah – du hattest große Augen, die niemals zu blinzeln schienen, winzige, ausdrucksvolle, flauschige Augenbrauen und kleine geschwungene Lippen –, dann wollte ich dich für immer festhalten. Aber ich war davon überzeugt, das Beste für dich zu tun. Du solltest eine Mutter und einen Vater haben, die verheiratet waren und ganz für dich da sein konnten, dir eine Familie bieten konnten.«

»Und Conrad?«, frage ich. Die Rührung in mir weicht langsam der Empörung. »Hast du nie daran gedacht, es ihm zu sagen? Vielleicht hättet ihr es ja gemeinsam geschafft?«

»Ach, es war einfach schon zu viel passiert.«

»Was meinst du damit?«

»Ich hatte seit neun Monaten nicht mehr mit ihm gesprochen. Es war einfach zu spät dafür. Außerdem wäre das kein Leben für dich gewesen. Mit zwei Teenagern, die so taten, als wären sie Erwachsene. Ich wusste ja, dass im Krankenhaus ein Paar auf dich wartete. Ein Paar, das sich verzweifelt ein Kind wünschte.«

»Und ... dann ... hast du einfach Tschüss zu mir gesagt?«, stottere ich. Warum hat man keine Erinnerung an seine ersten Tage? Ich würde so gern an diese gemeinsame Zeit zurückdenken können.

»Ja«, erwidert sie. »Zuerst habe ich dich noch einmal gestillt. Dann habe ich dir die Windel gewechselt und ein kleines rosafarbenes Kleidchen übergezogen. Es hatte einen Tunnelzug unten, damit deine Füße warm blieben, aber zur Sicherheit habe ich dir auch noch kleine Schuhe angezogen. Und eine winzige Häkelkappe, passend zum Kleidchen, in Rosa mit weißen Stickereien. Meine Mutter hatte sie für dich gekauft ...«

Ich nicke und sage ihr, dass ich das Kleidchen von einem Foto kenne, dem vermutlich ersten, das meine Eltern von mir geknipst haben. Aber dann wird mir bewusst, dass ich auf dem nächsten Foto, im Auto auf dem Weg nach Hause, etwas anderes anhatte. Sie haben mich also umgezogen. Warum? Hatte ich mich schmutzig gemacht oder wollten sie einen symbolischen Neuanfang mit einem neuen Kleid, so wie sie mir einen neuen Namen gegeben hatten?

»Und dann?«, will ich wissen.

»Und dann ... habe ich dir ein Schlaflied vorgesungen, das Einzige, das ich kenne. ›All die hübschen Pferdchen‹.«

»Wie geht das?«

Sie behauptet, sie könne nicht singen, räuspert sich aber und fängt an: »Schlaf ein, mein Kindchen, weine nicht. Wenn du aufwachst, kommen all die hübschen Pferdchen.«

Ich atme tief und warte aufgeregt auf den Rest der Geschichte, als wüsste ich nicht längst, wie alles ausgegangen ist.

»Dann bist du endlich eingeschlafen. Ich habe dich zum Abschied noch mal geküsst. Auf die Wangen und das Kinn.« Ihre Stimme bricht. »Ich zwang mich, die Tür aufzumachen und raus auf den Flur zu gehen, wo die Sozialarbeiterin des Krankenhauses mit meiner Mutter redete. Ohne ein Wort übergab ich dich an die Frau und ging zurück in mein Zimmer. Ich wollte nicht miterleben müssen, wie sie mit dir wegging.«

Ich schaue Marian an. Plötzlich tut mir die junge Frau in der Geschichte leid. Wie ist sie sich wohl vorgekommen, als sie das Krankenzimmer räumte, als sie sich wieder ihre normalen Kleider anzog, als sie ohne Blumen oder Luftballons oder ein Baby aus dem Krankenhaus kam? Dann denke ich wieder an Conrad. Conrad, der keinen blassen Schimmer hat von meiner Existenz.

»Weißt du, wo er jetzt ist?«, frage ich.

Sie schüttelt den Kopf und sieht schuldbewusst drein, aber noch nicht schuldbewusst genug für meinen Geschmack.

»Du hast *nie* versucht, ihn zu finden?«

Sie seufzt und gibt dann zu, dass sie einmal an seinem Haus vorbeigefahren ist, aber da waren die Knights schon weggezogen. Auf dem Briefkasten hatte ein neuer Name gestanden.

»Und Facebook? Google? Irgendwelche Freunde, die etwas über ihn wissen könnten? Du hast nicht ein einziges Mal nach ihm gesucht?«

»Na ja, ich habe im Laufe der Jahre schon ein paarmal versucht, ihn zu finden. Aber ich hatte nie Erfolg. Und ich habe auch keinen Kontakt mehr zu den Leuten aus der Highschool, aber er war sowieso nicht der Typ, der zu Klassentreffen kommt oder mit den Klassenkameraden in Verbindung bleibt.«

»Das ist alles, was du von ihm hast? Nichts? Als wäre er einfach verschwunden?«

Sie nickt. Wortlos starren wir uns gegenseitig an. Nach längerer Zeit rutscht sie endlich von ihrem Barhocker und umarmt mich, das erste Mal seit damals, als sie mich weggegeben hat. Ich lasse es geschehen, willenlos. Mein einziger Gedanke ist: *Wie konntest du nur?*

10

Marian

Ich muss sie um Verzeihung bitten. Für so viele Dinge. Dafür, dass ich es übers Herz gebracht habe, sie wegzugeben. Dafür, dass ich immer so getan habe, als wäre es nie passiert und als hätte sie nie existiert außerhalb jenes Krankenzimmers, nach diesen drei gemeinsamen Tagen. Dafür, dass ich in meiner Wohnung nie ein Foto von ihr aufgehängt habe. Dafür, dass ich ihr nie Briefe geschrieben habe in all den Jahren, und sei es nur für die Schublade und für die vage Hoffnung auf diesen Tag.

Aber am meisten tut mir leid, dass ich Conrad, ihrem *Vater*, nicht die Wahrheit gesagt habe. Das ist der Teil der Geschichte, den ich am heftigsten zu verdrängen versuche, den ich auch Peter nicht gebeichtet habe. Mir selbst habe ich eingeredet, es wäre nur ein unwesentliches Detail, obwohl ich tief im Inneren genau wusste, dass es viel, viel mehr war. Nein, es ist ein wesentlicher Aspekt, und ich kann nicht länger die Augen davor verschließen. Kirby hat nichts davon gesagt, dass sie ihren leiblichen Vater suchen will, aber ich bin mir sicher, dass sie bald den Wunsch haben wird. Und was dann?

Ich gehe ins Bett, in Gedanken noch bei jenem Tag, jenem Moment, in dem ich Conrad angelogen habe. Kurz davor hatte er mir noch gesagt, dass er mich liebte, und ich hatte nichts darauf erwidert. Es war der Beginn des Versuchs, meine Gefühle zu verleugnen, ihn total aus meinem Gedächtnis zu streichen. Ich erinnere mich noch an die Panik in meiner Kehle, als ich neben ihm auf der Couch saß und seine Hand hielt, während wir die *Simpsons* schauten. An seine Erleichterung über den »negativen« Test und sein Gelächter über Barts flotte Sprüche, das mich nur noch tiefer in meine Verzweiflung stürzte.

»Stimmt was nicht, Baby?«, fragte er einmal, als er merkte, dass ich nicht lachte, obwohl ich die Serie sonst gerne guckte.

Da ließ ich die Bombe platzen. »Ich weiß nicht, ob wir weiter miteinander zusammen sein sollten.«

»Du meinst ... du willst Schluss machen?« Sein Gesicht spiegelte die Angst und die Bestürzung wider, die ich selbst bei dem Gedanken empfand, ihn zu verlieren.

Ich sagte Ja.

»Aber *warum*?«, fragte er ganz verzweifelt.

»Weil der Sommer schon fast vorbei ist«, sagte ich und schaute auf meinen Schoß.

»Aber noch ist er nicht vorbei«, erwiderte er. Anscheinend war für ihn unsere Trennung auch schon beschlossen, nur der Zeitpunkt war noch offen.

»Aber bald. Und ... jetzt ist es einfacher.«

Ich schaute ihn an, aber er wandte den Blick ab, als müsste er sich alles durch den Kopf gehen lassen. Mit unbewegter Miene sah er mir dann in die Augen. »Wenn du es so willst ...«

»Ich glaube, das ist am besten«, sagte ich. Wünschte ich mir eigentlich, dass er mir zustimmte oder dass er um mich kämpfte? Ich wollte beides. Und ich wollte nichts davon. Ich wollte, dass der rosafarbene Strich verschwand.

»Am besten?«, wiederholte er.

»Ja.«

Er nickte. Dann schaltete er den Fernseher aus, legte die Fernbedienung auf den Couchtisch und starrte blinzelnd auf den schwarzen Bildschirm. Plötzlich waren seine langen, dunklen Wimpern feucht. Ich schaute weg und rang mit dem Impuls, ihn zu umarmen, alles zurückzunehmen, mit ihm zu schlafen – und ihm die Wahrheit zu sagen.

Dieses Verlangen wurde noch stärker, als er mir zuflüsterte: »Ich will dich noch nicht verlieren.«

Es war das »noch nicht«, das mir das Herz brach, die Verzweiflung und Resignation, die ich darin hörte. Ich sah ihm in die Augen, während wir beide schwiegen, und stellte mir vor, wie es vielleicht anders laufen könnte. Ich malte mir aus, dass wir das Baby zusammen aufziehen würden, dass wir gemeinsam abseits des Campus in Ann Arbor wohnen und irgendwann heiraten würden. Es wäre kein Zuckerschlecken, aber ich wusste, dass meine Eltern uns unter die Arme greifen würden. Irgendwie würden wir das schon hinkriegen. Er würde auf das Baby aufpassen, während ich meine Vorlesungen besuchte – und abends und am Wochenende konnte er Musik machen. Es wäre keine gewöhnliche College-Zeit. Keine Partys, keine betrunkenen Küsse. Keine Footballspiele oder Tanzabende. Aber es wäre machbar. Vielleicht wäre es sogar schön. Ich konnte dann noch immer auf die Filmhochschule gehen, noch immer Autorin und Produzentin werden. Und Conrad konnte noch immer Musiker werden oder das machen, was er eben tun wollte. Wir konnten ein Team sein. Für immer. Nur wir beide – und dann wir drei. Vielleicht wollte das Schicksal ja, dass es genauso geschah.

Eine Sekunde lang war ich kurz davor einzuknicken, aber dann überfiel mich eine andere Vision: nächtliche Streitereien, Türenknallen, ein schreiendes Baby, dauernde Übermüdung, nicht bestandene Seminare, ein Notendurchschnitt, der nicht fürs Graduiertenstudium reichte und mich geradewegs in einen stumpfsinnigen Bürojob führte. Ich konnte die Scham und die Verbitterung und die Wut und den Selbsthass fast schon spüren, konnte mich selbst hören, wie ich mir immer wieder sagte: »Hätte ich doch damals …«

»Ich muss jetzt wirklich gehen«, sagte ich und stand abrupt auf. »Kannst du mich bitte nach Hause fahren?«

Conrad folgte mir zur Tür und dann zu seinem Auto. Er war am Boden zerstört. Aber er sagte nichts, und auch den Weg zu mir nach Hause über schwiegen wir.

Als wir in unsere Auffahrt zum Haus einbogen, fragte er, ob er mich später anrufen dürfe, damit wir noch einmal darüber reden konnten.

Ich nickte, sah aber in seinen Augen, dass er nicht anrufen würde. Nicht an jenem Abend und auch sonst nicht. Das war das Ende.

Am nächsten Tag, als ich mit meiner Mutter am Pool saß und wir die Checkliste fürs College durchgingen, brach ich in Tränen aus. Inzwischen hatte sie das Wichtigste über Conrad herausbekommen: Er spielte in einer Band und sang Lieder mit nicht jugendfreien Texten. Er hatte einen Alkoholiker zum Vater und keinerlei Ziele im Leben, jedenfalls keine, die ihre Billigung gefunden hätten. Darum war er in ihren Augen natürlich der Böse.

»Habt ihr Schluss gemacht, du und Conrad?«, fragte sie, was mich nur noch heftiger zum Weinen brachte.

Ich bejahte, schluchzte aber, es sei noch schlimmer.

Viel schlimmer. »Das Schlimmste, was man sich vorstellen kann.«

»Bist du schwanger?«, flüsterte sie.

Ich nickte. Ich schämte mich, war aber auch erleichtert darüber, dass sie es nun wusste. Meine Mutter war eine lebenskluge Frau – und in der Not konnte man sich auf sie verlassen. In der Familie wurde die Geschichte erzählt, wie mein Vater bei Gene & Georgetti einmal fast an einem Stück Fleisch erstickt wäre. Als meine Mutter sah, wie er japste, sprang sie auf, rannte um den Tisch herum und warf dabei die Weingläser um. Dann vollführte sie fachgerecht und ohne mit der Wimper zu zucken den »Heimlich«-Handgriff, und das Stück Fleisch löste sich aus seiner Kehle. Wenn sie meinem Vater das Leben retten konnte, dann bekam sie auch das hier in den Griff.

»Es tut mir leid, Mom«, sagte ich. Ich saß auf dem Liegestuhl und umklammerte meine Knie. Unter der Last der Scham und der Schuldgefühle zerbrach ich beinahe. Meine Eltern hatten mir so viel, ja, alles gegeben, und das war der Dank dafür.

Aber meine Mutter blieb stark. »Schatz, es wird alles wieder gut. Wir schaffen das«, sagte sie und streichelte mein Haar. »Wir kriegen das schon hin. Was hat Conrad dazu gesagt?«

»Ich hab's ihm nicht erzählt«, antwortete ich.

»Gut«, erwiderte sie schnell. Sie machte noch eine abfällige Bemerkung über ihn und schob ihm kurzerhand die Schuld zu.

Ich kam mir schrecklich vor, weil ich ihn nicht verteidigte, begriff aber, dass es keinen Sinn hatte. Jetzt ging es darum, eine Lösung zu finden. Und Conrad, ob er nun gut oder böse war, war kein Teil der Lösung.

Am nächsten Tag brachte meine Mutter mich zu ihrem

Gynäkologen. Das Ergebnis der Blutuntersuchung bestätigte offiziell, was wir schon wussten. Laut Dr. Kale, der unangenehmerweise meinem Großvater ähnlich sah, war ich in der sechsten Woche. Meine Theorie stimmte also: Am selben Abend, an dem ich meine Unschuld verloren hatte, war ich schwanger geworden. Das war nun wirklich die schlimmste Strafe, vor allem, wenn man bedenkt, dass Conrad und ich doch verhütet hatten. Ich starrte ausdruckslos auf Dr. Kales Gesicht, als er meine medizinischen Daten aufnahm und darüber sprach, welche Untersuchungen wir durchführen würden, sollte ich das Baby »auf die Welt bringen wollen«.

Meine Mutter machte sich die ganze Zeit Notizen und stellte ab und zu eine Frage, bis es nichts mehr zu besprechen gab. Dann setzte der Arzt sich auf seinen Drehstuhl und rollte damit zum Tisch mir gegenüber. Ich wusste, was jetzt kam: Ja, genau, er lächelte aufmunternd, räusperte sich und erklärte, angesichts meines Alters und der Umstände hätte er gerne, dass ich mich noch mit einer Sozialarbeiterin unterhielt. Er sah meine Mutter an, weil die ihre Einwilligung dazu erteilen musste, und sie nickte.

Kurz darauf, als ich mich wieder angezogen hatte, wurden meine Mutter und ich den Flur hinuntergeführt, in ein kleines, freundliches Büro voller Kinderzeichnungen und Fotos von flachsblonden Zwillingen. Hinter einem extrem aufgeräumten Schreibtisch saß eine zierliche, blonde Sozialarbeiterin namens Megan, die vermutlich die Mutter der Zwillinge war. Sie lächelte uns an und versuchte es mit belanglosem Smalltalk, bevor sie uns die »Optionen« erklärte, die mir im Grunde schon klar waren. Ich konnte die Schwangerschaft beenden. Ich konnte das Kind auf die Welt bringen und alleinerziehende Mutter werden. Oder ich konnte das Kind mit Hilfe und

Unterstützung des Vaters aufziehen. Wir konnten uns als Paar um das Kind kümmern. Vielleicht würden unsere Eltern oder andere Verwandte ja auch helfen. Oder ich konnte das Baby bekommen und zur Adoption freigeben – was wiederum Entscheidungen nach sich zog, die sie jederzeit gerne mit mir erörtern würde. »Du hast über einiges nachzudenken, Süße«, sagte sie.

Meine Mutter dankte ihr in meinem Namen.

»Hast du noch irgendwelche Fragen?«, wollte Megan wissen.

Ich schüttelte den Kopf, obwohl ich gerne noch etwas gesagt hätte, nur fürs Protokoll. Ich wollte Megan erklären, dass ich intelligenter und vernünftiger war als all die anderen Mädchen, die sie in dieser schwierigen Lage schon beraten hatte. Dass ich nicht »diese Art« Mädchen war. Dass alle anderen geschwindelt hatten, wenn sie behaupteten, verhütet zu haben, nur ich nicht. Dass ich nie, nicht mal eine Sekunde lang gedankenlos gehandelt hatte, weil es ja die Möglichkeit zur Abtreibung gab. Dass mir meine Optionen klar waren, und dass ich mir trotzdem nicht vorstellen konnte, ein Kind auf die Welt zu bringen, genauso wenig wie ein Kind abzutreiben oder ein Kind wegzugeben.

Aber natürlich sagte ich nichts davon, als Megan mir ihre Visitenkarte und die Broschüre einer Abtreibungsklinik überreichte. Meine Mutter nahm mir beides aus der Hand, ließ es in ihre Handtasche gleiten und versicherte Megan, wir würden uns wieder bei ihr melden.

»Was soll ich nur machen?«, fragte ich meine Mutter auf dem Nachhauseweg.

Sie hielt die Augen auf die Straße gerichtet und erklärte, das sei meine Entscheidung.

»Mom, sag mir, was ich machen soll.«

Sie atmete tief durch. Dann erklärte sie mir, ich sei schön, begabt, etwas Besonderes. Die Sonne ihres Lebens. Und dass jedes Kind von mir ganz genau so wunderbar und besonders sei. Sie würde mir dabei helfen, das Baby aufzuziehen – sie würde es sogar ganz allein schaffen, wenn das nötig wäre, wenn es das sei, was ich wollte. Dann kam sie auf das Thema Adoption zu sprechen. Sie nannte diese Möglichkeit edel, das Höchstmaß an Selbstlosigkeit. Sie hätte immer großen Respekt für Frauen und Mädchen empfunden, die sich dafür entschieden. Sie sagte auch, es sei hart, das alles durchzuziehen und das Baby wegzugeben, aber ich würde mein ganzes Leben lang in dem Bewusstsein verbringen, jemand anderem das wertvollste Geschenk überhaupt gemacht zu haben.

»Aber wenn ich das Baby bekomme, was ist dann mit dem College?«, fragte ich.

»Wir könnten das im Sekretariat alles erklären ...«

Entschieden schüttelte ich den Kopf. Alles war noch ganz theoretisch, aber ich wollte eigentlich nicht, dass irgendjemand in Michigan davon erfuhr. Oder sonst jemand. Und das sagte ich ihr.

»Marian, das ist nichts, wofür du dich schämen müsstest«, betonte meine Mutter, aber da merkte ich zum ersten Mal während unserer Unterhaltung, dass sie nicht aufrichtig war. Selbst sie konnte das Stigma, mit dem eine minderjährige Schwangere behaftet war, nicht wegdiskutieren.

»Aber ich will es niemandem erzählen. Niemals. Schon gar nicht Daddy«, sagte ich. Es war schlimm genug, meine Mutter zu enttäuschen, aber meinem Vater gegenüber war es noch viel schlimmer, denn ihn mochte ich insgeheim lieber. Ich betete ihn an und eiferte ihm nach, ich wollte, dass er stolz auf mich war, mehr als alles andere. Ich liebte ihn ganz einfach.

Ich starrte aus dem Fenster, während die vertraute Landschaft meiner Heimatstadt an mir vorüberzog. So viele Kindheitserinnerungen an meinen Vater stiegen in mir auf. Die kalten Herbstsamstage beim Football in Ann Arbor, als wir die Wolverines so laut anfeuerten, dass wir auf der Heimfahrt nach Chicago total heiser waren. Der Geruch von frisch gesägtem Holz im Baumarkt, als ich neben ihm stand und zusah, wie die Bretter für sein neuestes Gartenprojekt vermessen und zugeschnitten wurden. All die Abende beim Mathelernen, wenn er die Lesebrille auf die Nase geschoben und einen konzentrierten Blick aufgesetzt hatte; wenn er mir den besten Lösungsweg erklärte, mit Zahlen, die wie gestochen aussahen. Unsere gemeinsamen Fernsehnachmittage mit unseren Lieblingssendungen: alles von *Murphy Brown* über *Verrückt nach Dir* bis zu *Die besten Jahre* – während meine Mutter nie lange genug stillsitzen konnte, um uns Gesellschaft zu leisten. Die endlosen Sommerstunden mit Büchern auf der Veranda unseres Hauses am See; er saß auf einem großen weißen Schaukelstuhl und ich auf einem kleinen.

Ich dachte an seine typischen Sprüche: »Für den ersten Eindruck gibt es keine zweite Chance«, oder: »Der Sinn des Lebens ist ein Leben mit Sinn«, oder: »Wer den Erfolg nicht plant, plant den Misserfolg«. Ich dachte an die Hingabe, mit der er alles im Leben tat: den Weihnachtsbaum schmücken, Kürbislaternen schnitzen, Sandwiches schmieren. Ich habe mir immer vorgestellt, wie er seine Argumente vor Gericht vorbringt; dann dachte ich voller Stolz und ein bisschen traurig, dass ich nie einen so klugen oder gut aussehenden oder tollen Mann finden würde, wenn ich groß war. Vielleicht denken ja alle jungen Mädchen so über ihren Daddy – aber ich hatte recht, was meinen betraf.

»Versprich mir, dass du ihm nichts erzählst«, bat ich. »Egal, wofür wir uns entscheiden.«

Meine Mutter nickte und streckte mir ihre Hand hin. Dann verhakten wir unsere kleinen Finger ineinander – das hatten wir schon seit Jahren nicht mehr getan. Und so besiegelten wir unser Geheimnis.

Während der folgenden zwei Wochen schwankte ich zwischen Unentschiedenheit, Wut, Angst und Schuldgefühlen. Zusätzlich fühlte ich mich noch furchtbar einsam, weil ich mich von Janie und meinen anderen Freundinnen entfremdet hatte. Die wollten auch nichts mehr von mir wissen, nachdem ich sie über so viele Wochen hinweg einfach ignoriert hatte. Dieses Gefühl der Isolation würde noch viel stärker werden, wenn ich mich für das Kind entschied. Und dann war da noch mein gebrochenes Herz wegen Conrad. Ich vermisste ihn sehr – wie konnte man sich nur so nach einem Menschen sehnen? Er rief ein paarmal an, und meine Mutter richtete mir seine Botschaften auch aus, aber ich antwortete nie, weil ich hoffte, dass ein radikaler Entzug es einfacher machen würde – für mich und auch für ihn. Irgendwie erschien mir das wie die Strafe, die wir beide verdienten, weil wir uns benommen hatten wie liebeskranke *Teenager*, während das Leben in mir wuchs, die Zellen sich vervielfältigten, ein kleines Herz entstand. Abgesehen davon konnte ich ihn wohl kaum anrufen, wenn ich nicht vorhatte, ihn an der Entscheidung zu beteiligen. Egal, was er zu sagen hatte oder wie er es sagen würde, ich war mir sicher, dass ich noch mehr leiden würde, wenn ich mich mit ihm darüber unterhielt.

Als wäre das alles noch nicht genug gewesen, litt ich unter extremer Übelkeit: morgens, mittags, abends. Es war ein bisschen wie Achterbahnfahren mit Kater. Die meiste Zeit verbrachte ich allein in meinem Zimmer, mit einem Eimer neben dem Bett, falls ich es nicht mehr bis ins Bad schaffte. Ich hörte Musik, blätterte durch mein Jahrbuch und wünschte mir, ich könnte zum Anfang des Schuljahres zurückreisen – oder wenigstens zum Anfang des Sommers, zurück in eine einfachere, glücklichere, unschuldige Zeit, die inzwischen tausend Jahre vorbei zu sein schien. Ein paarmal klopfte meine Mutter an die Tür und brachte mir Salzgebäck oder setzte sich auf meine Bettkante und strich mir übers Haar. Manchmal unterhielten wir uns über meine Situation, aber meistens ging es mir zu schlecht dazu. Ich konnte nicht klar denken, und mein Herz war voller Angst, dass ich – egal, wofür ich mich auch entschied – es mein Leben lang bereuen würde.

Eines Morgens, nachdem ich dreimal gekotzt hatte, traf ich eine Entscheidung. Meine Eltern waren in der Küche. Mein Vater war gerade im Begriff joggen zu gehen, meine Mutter trank Kaffee. Sie trug den rosafarbenen Morgenrock, den ich ihr zum Muttertag geschenkt hatte.

»Morgen, Kleines«, sagte mein Vater und dehnte seine langen Beine. Ein bisschen erinnerte er mich noch an den Tennisstar, der er im College gewesen war. An diesem Morgen war sein Haar noch dunkel gewesen, nur an den Schläfen leicht ergraut, und ich dachte, wenn er es wüsste, würden seine Haare überall weiß werden.

»Morgen«, murmelte ich. Seit Tagen hatte ich meinem Vater nicht mehr in die Augen gesehen.

»Ich habe einen Brief von meinem Geschichtsprofessor aus Michigan bekommen. Er heißt Barfield, Thomas Barfield. Ein brillanter Mensch. Er unterrichtet noch immer«, berichtete mein Vater.

»Der muss doch uralt sein«, lächelte ich gezwungen.

Mein Dad lachte. »Ja, so wie dein alter Herr.« Er biss von einem Energieriegel ab, von dessen Anblick mir schon wieder schlecht wurde. »Ich habe ihn angerufen und ihm gesagt, dass du kommst. Er soll ein bisschen auf dich aufpassen. Er wäre ein großartiger Mentor für dich. Vielleicht könntest du sogar studentische Hilfskraft bei ihm werden. Das wäre eine tolle Erfahrung für dich. Du musst auf jeden Fall bei ihm vorbeigehen und dich vorstellen.«

»Okay«, erwiderte ich, darauf konzentriert, mich nicht schon wieder zu übergeben.

Einen Augenblick später, als er zur Tür hinaus war, sah ich meine Mutter an und erklärte: »Ich will, dass es verschwindet.«

»Okay, Schatz«, sagte sie und wirkte erleichtert.

»Ich will, dass es aus mir verschwindet. So bald wie möglich.«

»Ich rufe gleich an. Wir vereinbaren sofort einen Termin für dich.«

»Mache ich das Richtige?«, fragte ich.

»Ich glaube schon«, sagte sie und umarmte mich. »Das glaube ich wirklich.«

Drei schreckliche Tage musste ich auf diesen Dienstag warten. Es waren noch zwei Wochen bis zum College-Beginn. Leider war es auch einer der seltenen Tage, an denen mein Vater sich frei nahm, und darum war ich ziemlich bestürzt, als ich ihn in Jeans und Polohemd herumhantieren und seine To-do-Liste für den Haushalt abarbeiten sah. Meine Mutter und ich mussten so tun, als würden wir zusammen in die Stadt gehen, um neue Kleider für mich zu kaufen. Mein Vater machte auch noch Witze darüber, dass er lieber arbeiten gehen sollte, um das nötige Geld dafür zu verdienen, das meine Mutter und ich bei Saks sicher ausgeben würden. Er bemerkte nicht, dass ich bloß lockere Joggingsachen trug, kein Make-up aufgelegt und mir das Haar nur lose hochgesteckt hatte. Ich schaute auf den Boden, bis es Zeit war zu gehen. Außer gelegentlichen Anfällen von Panik fühlte ich gar nichts mehr.

Endlich stiegen wir ins Auto und fuhren los zu der Klinik an der North Elton. Im Kopf sah ich immer wieder die Fotos aus der Broschüre vor mir: das propere, rehäugige junge Mädchen mit der ordentlichen Bobfrisur und das Heer von Ärzten und Krankenschwestern mit den fürsorglich-ernsten Mienen.

Wir sprachen kein Wort. Nur einmal fragte meine Mutter, ob ich Musik hören wollte, und hielt ihre ABBA-CD hoch. Die mochten wir beide gern, darum nickte ich. »Dancing Queen« und »Voulez-Vous« würden mich vielleicht ein bisschen ablenken. Ein paar Songs lang funktionierte das auch: Die bekannten Texte und die klaren Stimmen hypnotisierten mich beinahe, aber als die ersten bittersüßen Takte von »Chiquitita« erklangen, musste ich die Tränen zurückhalten. Ich musste daran denken, wie ich früher immer gedacht hatte, das Lied handle von Bananen, und wie meine Mutter darüber gelacht und mir erklärt hatte, dass »Chiquitita« spanisch sei und »kleines Mädchen« bedeute. Dass ich ihre Chiquitita sei und immer bleiben werde. Die Musik hüllte mich ein. Sie wirkte gleichzeitig beruhigend und traurig auf mich.

Ich blickte zu meiner Mutter, die das Steuerrad umklammerte, und erkannte trotz ihrer übergroßen Sonnenbrille, dass das Lied auch sie berührte. Aus dem Fenster sah ich die ersten Ausläufer der Stadt und sagte mir, dass alles bald vorbei wäre. In ein paar Wochen würde ich aufs College gehen, wo ich viel lernen würde, aus Büchern und von anderen Leuten, und dann würde aus mir eine richtige Erwachsene mit einem echten Beruf werden. Irgendwann würde ich mich wieder verlieben und heiraten. Mein Mann und ich würden die ersten Jahre alleine genießen und danach unser erstes Kind planen. Wir würden alles richtig machen. Geradezu perfekt. Ich würde meine Eltern anrufen und ihnen die frohe Botschaft überbringen – vielleicht würde ich es ihnen auch persönlich sagen, wenn ich dann immer noch in Chicago lebte. Sie würden es als die glücklichste Nachricht ihres Lebens bezeichnen. Und dann wären Conrad und diese Nacht bei Janie, dieser ganze Sommer und besonders dieser Morgen längst vergessen. Heute würde sich alles ändern. Ich würde noch einmal ganz von vorne anfangen. Frisch und unbelastet.

Ich schloss die Augen, lehnte den Kopf an das kühle Fenster und bewegte die Lippen zu den Worten, die ich schon tausendmal zuvor gehört hatte: *You'll be dancing once again and the pain will end. You will have no time for grieving.*

Am Ende aber schaffte ich es nicht, egal, wie sehr ich an meine Entscheidung glaubte und daran, dass ich jedes Recht dazu hatte. Ich beendete ein Leben, anders konnte ich es nicht betrachten. Obwohl ich es wirklich versuchte. Verzweifelt. Ich versuchte es, als ich die Formulare ausfüllte und mir Blut abnehmen ließ. Ich versuchte es, als ich das Krankenhaushemd anzog und mich untersuchen ließ. Ich versuchte es, als ich die lokale Betäubung bekam. Ich versuchte es, als ich auf dem kalten Stahltisch lag und meine Mutter mir die Hand hielt, genau wie sie es ein paar Monate später getan hätte, wenn ich mich anders entschieden hätte. Ich versuchte es, als ich die Beine in die Bügel legte und der Arzt dieses Vakuumdings anstellte, das den Inhalt meiner Gebärmutter »schonend« entfernen würde, wie er sagte, und alle im Raum aufmunternd nickten und sich auf den angeblich schnellen, schmerzlosen Routineeingriff vorbereiteten.

Es fühlte sich aber nicht an wie »Routine«. Und es fühlte sich auch nicht an wie der »Inhalt der Gebärmutter«. Es fühlte sich an wie ein Baby. Als ich die Augen schloss, spürte ich den überwältigenden Drang zu wissen, ob es ein Junge oder ein Mädchen war. Da war es besiegelt – und was ich wollte oder glaubte, tat überhaupt nichts zur Sache. Es war, als hätten mein Kopf und mein Herz gegeneinander gekämpft – und mein Herz hatte gewonnen. Ich riss die Beine aus den Haltebügeln und setzte mich so schnell auf, dass das weiße Papier unter mir riss. Meine Mutter und alle anderen im Raum betrachteten mich überrascht und besorgt – und vielleicht auch enttäuscht.

»Ich kann das nicht tun«, sagte ich laut, aber mehr zu mir selbst als zu irgendwem sonst. »Ich kann nicht.«

Und das war's dann. Ich zog mich wieder an, meine Mutter und ich traten hinaus in den sonnigen Augustmorgen, und wir fuhren zurück nach Hause.

11

Kirby

Am nächsten Morgen klopft Marian an meine Zimmertür, als die Sonne aufgeht. Ich bin schon wach. Wahrscheinlich habe ich nur zwei Stunden oder so geschlafen, weil ich mir die ganze Nacht über Gedanken gemacht habe über das, was sie mir erzählt hat. Ich habe sogar mit meinem Smartphone nach Conrad Knight gesucht.

»Tut mir leid, dass ich dich so früh aus dem Bett werfe, aber ich muss zur Arbeit«, ruft sie durch die Tür. Sie klingt total fröhlich – wahrscheinlich, weil sie weiß, dass sie mich bald los ist. »Ich hab dir einen Hafer-Molke-Proteinshake gemacht!«

»Okay, ich bin gleich da!«, brülle ich zurück.

Ein paar Minuten später, nachdem ich mir die Zähne geputzt und die Haare gebürstet habe, komme ich zu ihr in die Küche. Sie ist schon komplett angezogen, trägt ein einfaches marineblaues Kleid, hohe Schuhe und ziemlich viel Goldschmuck.

»Guten Morgen«, sagt sie und reicht mir ein Glas.

»Guten Morgen«, sage ich und nehme das Getränk entgegen. Es sieht unappetitlich grau aus, aber ich probiere einen Schluck und merke, dass es gar nicht so schlecht schmeckt.

Wir setzen uns an die Kücheninsel, und wieder ist da

dieses peinliche Schweigen. Schließlich sagt sie etwas, als wäre es ihr gerade eingefallen.

»Ach ja. Hier, das habe ich für dich besorgt.« Sie schiebt ein Flugticket über den Tisch. »Das ist besser als der Bus.«

»Ich wollte eigentlich die Bahn nehmen«, sage ich und denke an den letzten E-Mail-Wechsel mit meinen Eltern und an mein Versprechen, den Zug zu nehmen.

»Ach, das dauert doch ewig. Zugfahren ist nur theoretisch angenehm. Oder im Orient-Express.«

»Klar«, sage ich. *Also, in meiner Familie nehmen wir ständig den Orient-Express.*

»Ich habe dir darum einen Direktflug nach St. Louis gebucht. Das Flugzeug geht um zehn.«

»Das wäre aber nicht nötig gewesen.«

»Das ist schon okay, ich habe so viele Meilengutschriften gesammelt ...«

»Danke.«

»Gern geschehen«, sagt sie und schaut auf die Uhr. »Wir haben noch ungefähr eine Stunde, bis du zum Flughafen musst. Kannst du bis dahin alles zusammenpacken?«

»Ja, klar.« Ich betrachte das Ticket und danke ihr noch einmal.

»Dafür brauchst du dich wirklich nicht zu bedanken«, erwidert sie.

Ich sehe ihr in die Augen und kämpfe gegen die Versuchung, ihr zuzustimmen.

Eine Stunde später stehen Marian und ich an der Ecke Madison und Eighty-seventh. Sie hat mir gerade fünfzig Dollar fürs Taxi zugeschoben, die ich widerstrebend angenommen habe. Sie hat mir schon so viel bezahlt, die Kleider, die Schuhe, den Flug, aber andererseits habe ich

Angst, dass ich die Taxifahrt nicht mehr selbst bezahlen kann. Ich betrachte sie, wie sie konzentriert nach einem Taxi Ausschau hält und auf eine Frau auf der anderen Straßenseite deutet. »Unsere Gegenspielerin.« Die Frau sei nämlich auch auf der Suche nach einem Taxi. »Wer schläft, hat das Nachsehen in dieser Stadt«, scherzt sie. Einen Augenblick später tritt sie auf die Straße und hält kühn ein Taxi an, und eine Sekunde später steht sie schon am Kofferraum und hebt meine Tasche hinein. Dann öffnet sie die hintere Tür und trägt dem Fahrer auf, mich zum Delta-Terminal nach LaGuardia zu bringen. Das Ganze geschieht so schnell wie eine von Charlottes Unterwasser-Rollwenden.

Als die Formalitäten geklärt sind, starren wir uns noch ein paar peinliche Momente lang an, dann verschränkt sie die Arme und erklärt: »Wie du von meiner Geschichte von gestern Abend wissen dürftest, bin ich nicht besonders gut im Auf-Wiedersehen-Sagen.«

»Ja, das hab ich schon kapiert«, erwidere ich.

Sie umarmt mich, ein bisschen länger als gestern Abend. Ich spüre ihr seidiges Haar an meiner Wange und rieche ihren Vanilleduft.

»Sagst du mir Bescheid, wenn du gut zu Hause angekommen bist?«, bittet sie. Ich frage mich, ob es nur eine Floskel ist. Oder ob es das ist, was man ehrlicherweise sagen würde, wenn man sich von einem Kind verabschiedet, das man zur Adoption freigegeben hat.

Ich nicke. Mein Magen krampft sich zusammen.

»Du hast ja meine Nummer«, fügt sie noch hinzu. »Ruf mich an oder schick mir eine SMS, wenn du mich brauchst.«

Und was, wenn ich dich nicht brauche? Was, wenn ich nur ein bisschen reden will?

Ich danke ihr, und sie erwidert: »Nein, ich danke *dir*. Dafür, dass du gekommen bist. Dass du nach mir gesucht hast.«

Ich versuche zu antworten, finde aber nicht die richtigen Worte und denke mir, lieber nichts sagen als das Falsche. Darum nicke ich bloß und setze mich auf den Rücksitz. Sie schließt die Tür und winkt. Ich sitze im Taxi und frage mich, ob ich sie je wiedersehen werde. Irgendwas in meinem Inneren sagt mir, dass es nicht so kommen wird – weil sie es so will. Sie hat ihre leibliche Tochter kennengelernt, ihr ein Paar hübsche Schuhe gekauft und ein Flugticket in die Hand gedrückt, und jetzt kann sie diesen Punkt auf ihrer To-do-Liste abhaken und ihr normales Leben wieder aufnehmen.

Kurz darauf fahren wir über eine große Brücke. Auf dem Schild steht, dass es die Robert-F.-Kennedy-Brücke ist. Ich schaue aus dem Fenster. Die Sonne geht auf, der Himmel ist rosa und blitzt hinter Schornsteinen und Gebäuden und Werbetafeln hervor. Ich bin traurig und fühle mich, als hätte man mich von Neuem weggegeben.

Fünfeinhalb Stunden später gehe ich durch die Eingangstür unseres Hauses. Ich bin nur drei Tage weg gewesen, aber alles sieht anders aus und riecht anders – so ähnlich, wie ich mich im Inneren auch fühle. Ich höre Gelächter aus der Küche und schaue hinein – da sitzt meine Schwester zusammen mit Noah Smith, einem der süßesten Jungs der Schule und zufällig auch ein Star-Schwimmer. Ihr männliches Gegenstück also. Sie trinken Root Beer mit Vanilleeis und machen sich gegenseitig schöne Augen wie Vorzeige-Teenies in den verdammten Fünfzigern.

Charlotte springt auf, als sie mich sieht und umarmt mich so ehrlich erfreut, dass ich sie auch drücke. Das habe ich schon lange nicht mehr getan. Für mich ist das die dritte Umarmung innerhalb von vierundzwanzig Stunden. Das ist neuer Rekord, so was gab's zuletzt, als ich vielleicht acht war.

»Dad hat mir gesagt, wo du warst«, flüstert sie aufgeregt. Ihre Augen leuchten, als hätte sie gerade den ersten Platz im Hundert-Meter-Kraul gemacht. Ich fühle mich ein bisschen schuldig, weil ich mich in solchen Momenten nicht stärker für sie freuen kann. Weil ich nicht mal Anteil daran nehmen kann.

Ich schaue zu Noah. Er hat Bartstoppeln auf dem Kinn, nicht schlecht für einen Teenager. Charlotte sagt: »Kennt ihr euch schon?«

Wir verneinen beide, obwohl ich genau weiß, wer er ist. Als Charlotte uns einander vorstellt, steht er halb auf wie ein Kavalier, und Charlotte strahlt vor Stolz. Ich murmele einen Gruß.

»Entschuldige mich kurz«, sagt sie zu Noah und zieht mich ins Esszimmer. »Verdammt, wie war's? Wie ist sie so? Dad sagte, sie ist Fernsehproduzentin!«

»Ja, und außerdem die Chefautorin für die Show.«

»Wow. Das ist Wahnsinn! Und hast du irgendwelche Promis getroffen?«

Ich teile ihr mit, dass ich keinen von den Schauspielern getroffen habe, weil die Serie erst in der Vorproduktion ist, dass ich aber den Sender besichtigt und die anderen Autoren kennengelernt habe. »Die waren alle total klug und witzig ... Es war echt cool.«

»Wow«, sagt sie. »Du Glückspilz!«

Das ist genau der Ausdruck, den Belinda auch verwendet hat – aber aus dem Mund meiner bezaubernden Schwester klingt er bedeutsamer. Ich denke an den niedlichen Typen mit dem sexy Bartschatten und der Baseballjacke, die er lässig über seine Stuhllehne nebenan in der Küche gehängt hat, und versuche mich selbst davon zu überzeugen, dass sie recht hat. Dass zur Abwechslung mal nicht sie, sondern ich das Glückslos gezogen habe, wenn das Wochenende auch nicht alle meine Hoffnungen erfüllt hat. Aber immerhin bin ich mit einer wichtigen Fernsehproduzentin verwandt. Wodurch ich vielleicht auch selbst ein bisschen wichtig bin, wenigstens aus der Sicht meiner Freunde und meiner Schwester.

»Und?«, fragt sie. »Erzähl schon!«

Ich hole tief Luft. Ich kann ihr unmöglich all die widersprüchlichen Gefühle gegenüber meiner leiblichen Mutter schildern, aber ich würde zumindest gerne beschreiben, wie es sich anfühlte, als wir im Konferenzraum saßen und sich die Tafel immer mehr mit Ideen füllte oder als wir ganz oben im Guggenheim standen und unter uns die Meisterwerke wie im Innern eines Schneckenhauses betrachteten. »New York ... also ihre Welt ... also, es ist so ... glamourös, so interessant«, sage ich.

»Und sie ist cool?«

»Total. Total kultiviert. Wie ... eigentlich kenne ich niemanden, mit dem ich sie vergleichen könnte.«

»Wow! Das ist so toll, Kirby. Und was ist mit deinem Vater?«

Ganz kurz spüre ich den vertrauten Zorn. Mein Vater ist doch *ihr* Vater! Aber ich weiß, was sie meint, und darum bleibe ich ganz ruhig.

»Er ist Musiker«, berichte ich.

»Irre, das ist ja so abgefahren«, quiekt sie. »Du bist die Tochter von zwei Künstlern. Das erklärt einiges.«

Ich lächele. Ein warmes Gefühl breitet sich in mir aus.

»Ist er auch berühmt?«, will sie wissen.

Ich schüttele den Kopf. »Nein, ich glaube nicht. Er

heißt Conrad Knight. Er macht Rockmusik. Ich habe noch nie von ihm gehört.«

»Vielleicht hat er sich einen Künstlernamen zugelegt?«

»Vielleicht. Könnte schon sein«, bemerke ich vorsichtig. Ich will ihr nicht die Wahrheit sagen – dass Marian keine Ahnung hat, wo er ist. Dass er nicht mal weiß, dass es mich gibt.

»Alles ist möglich«, erklärt sie. »Diese Geschichte ist der Beweis.«

»Ja, vielleicht«, sage ich und versuche das Thema zu wechseln. »Noah Smith also, hm?«

Sie grinst und hebt die Augenbrauen. »Ja, ist er nicht total heiß?«

»Ja, echt niedlich«, stimme ich zu. »Seid ihr zusammen?«

»Noch nicht«, erwidert sie und kreuzt die Finger. Ihre Nägel sind lang und lavendelfarben angemalt. Letzte Woche hätte ich das noch hübsch gefunden, aber jetzt denke ich an Marian, die nur neutrale Farben auf ihren Nägeln mag, und ich glaube, so halte ich es ab jetzt auch. »Aber warte mal eine Woche ab.«

Ich lächele und bewundere ihr Selbstvertrauen, aber zum ersten Mal nehme ich es ihr nicht übel. Die Geschichte zwischen ihr und Noah scheint mir banal, verglichen mit dem, was ich gerade erlebt habe.

»Und wie geht es Mom?«, frage ich.

Sie zuckt kurz zusammen und sagt: »Na ja, es hat sie ziemlich ... mitgenommen.«

»Hat sie mit dir darüber gesprochen?« Es war ja zu erwarten, dass Mom Charlotte das Herz ausschütten würde.

Aber Charlotte schüttelt den Kopf und antwortet: »Nein, Dad. Er hat ein ›ernstes Gespräch‹ mit mir geführt und mir alles gesagt. Er meinte, Mom könnte es nicht fassen, dass du nicht mit ihr darüber gesprochen hast.« Sie zuckt mit den Schultern. »Aber ich hab ihm gesagt, dass du eben so bist. Dass du alles auf deine Art machst. Also, ich bin jedenfalls nicht sauer, dass du mir nichts gesagt hast. Und ich bin immerhin deine Schwester.«

Ich nicke. Charlotte hätte ich wirklich einweihen sollen.

»Du bist stark und unabhängig und weißt genau, wer du bist und was du willst.«

»Danke«, erwidere ich. Ich freue mich ehrlich über dieses Kompliment. Und ich würde mich noch mehr freuen, wenn es wahr wäre.

»Zuerst möchte ich dir sagen, dass wir froh darüber sind, dass du wieder heil zu Hause angekommen bist«, verkündet mein Vater später am Abend. Er hat seinen Text gut gelernt. Wir sitzen im Wohnzimmer, meine Mutter und ich auf dem Sofa, mein Vater in seinem Fernsehsessel.

»Danke«, murmele ich.

»Und wir verstehen, warum du deine leibliche Mutter kennenlernen wolltest«, fährt er fort. »Wir verstehen sogar, warum du alleine fahren wolltest. *Aber* wir können nicht akzeptieren, dass du uns anlügst.«

»Unter keinen Umständen«, wirft meine Mutter ein. »Lügen sind das Einzige in diesem Haus, das wir nicht tolerieren. Nicht tolerieren *können*.«

»Das Einzige?«, wiederhole ich und ziehe einen Mundwinkel nach oben. Ich weiß genau, dass sie das aufregt.

Tatsächlich ist sie fast außer sich, als sie entgegnet: »Das ist jedenfalls keine Lappalie.«

»Wir haben immer versucht, für dich da zu sein«, sagt mein Vater.

»Hm«, mache ich.

»Warum bist du denn nicht zu uns gekommen?«, fragt er, noch immer ruhig. Aber als ich ihn genauer betrachte, fällt mir auf, dass er ein klein wenig ungepflegt wirkt, so als hätte er seit Tagen nicht mehr richtig geschlafen. Vielleicht ist es aber auch nur der Kontrast zu Marian und Peter, die den ganzen Tag herumlaufen wie aus dem Ei gepellt.

»Ähm, vielleicht, weil ich das nicht wollte?«, antworte ich.

Er lässt sich von meiner flapsigen Bemerkung nicht aus dem Konzept bringen und fragt: »Das beantwortet nicht meine Frage.«

»Also. Da wäre zuerst mal das, was ihr über mich gesagt habt, das habe ich nämlich gehört«, beginne ich und sehe von einem zum andern, während sie ahnungslos tun. »Ich habe gehört, was ihr an dem Abend über mich gesagt habt. Als ihr in der Küche wart und über meine leibliche Mutter gesprochen habt.«

Meine Mutter will wissen, wovon um alles in der Welt ich rede, darum mache ich einfach weiter. »Ihr habt euch darüber unterhalten, dass ihr nicht wisst, wo ich eigentlich herkomme. Oder wer ich bin. Und dass meine leiblichen Eltern vielleicht schuld sind an meinen Problemen. Dass sie die Wurzel allen Übels sein könnten.«

Meine Eltern tauschen einen schuldbewussten Blick aus, und meine Mom sagt: »Keiner hat je das Wort ›Übel‹ gebraucht, Kirby.«

»Na und, ich habe jedenfalls kapiert, was ihr gemeint habt. Darum habe ich beschlossen, sie zu suchen. Ich wollte sehen, ob eure billigen Theorien stimmten.«

»Kirby. Du hast uns total missverstanden«, sagt mein Dad und fährt sich mit den Fingern über die lichte Stelle im Haar.

»Nein. Ich finde, ihr habt euch klar ausgedrückt, Dad. Ihr habt meine leiblichen Eltern beschuldigt, Junkies und Kriminelle zu sein.«

»Davon war überhaupt nicht die Rede!«, schreit mein Vater jetzt unverhohlen.

Eins zu null, denke ich selbstzufrieden. »Und statt der Versagerin, für die ihr sie gehalten habt, lerne ich eine erfolgreiche, kluge Produzentin kennen«, sage ich hämisch. »Eure Theorie können wir dann wohl begraben. Jetzt müssen wir einen neuen Grund dafür finden, warum ich so missraten bin.«

»Kirby!«, ruft mein Dad aus. »Keiner hält dich für *missraten*!«

»Ach ja?«

»Wir glauben einfach, du hast viel mehr Potenzial, als du zeigst.«

»Im Vergleich zu wem? Dir und Mom? Charlotte? Oder meiner unglaublich erfolgreichen leiblichen Mutter?« Ich weiß, dass ich gemein und sarkastisch bin, aber ich kann mich nicht zurückhalten. Immerhin vergleichen sie mich jeden Tag mit ihrem leiblichen Kind. Was ist da der Unterschied?

»Hey! Dieser Ton gefällt mir gar nicht, mein Fräulein!«, sagt mein Dad.

Ich starre ihn an. »Tja, Dad. Und mir gefällt nicht, dass ich mich hier immer wie eine Außenseiterin fühle.«

»Du machst dich zur Außenseiterin«, erklärt mein Dad und zeigt mit dem Finger auf mich.

»Wie das?«, frage ich mit berechnendem Lächeln.

»Indem du dich aus dem Familienkreis ausschließt«, wirft meine Mom ein.

»Weil ich nicht zu den Schwimmwettkämpfen mitkomme?« Ich funkele sie zornig an. »Das geht nicht gegen

Charlotte, aber ich hasse diese Veranstaltungen. Sie langweilen mich zu Tode. Ich finde nun mal nichts an Sport, basta. Ich mag dafür andere Sachen. Filme, Malerei, Musik. Ich bin anders als der Rest der Familie.«

»Siehst du? ›Der Rest der Familie‹«, kontert mein Dad. »Merkst du was?«

»Ich mag auch Filme und Musik«, bemerkt meine Mutter in beleidigtem Ton.

»Also, zuerst mal meinte ich: richtige Filme, nicht irgendeinen Action-Mist oder Liebesschnulzen! Und zweitens gilt Barry Manilow nicht als Musik.«

»Hey!«, dröhnt mein Dad und droht jetzt mit dem Finger. Barry Manilow war wohl zu viel.

»Du hast Barry Manilow immer gemocht«, klagt meine Mutter.

»Ja, mit fünf. Als ihr mir noch vorschreiben konntet, was ich gut finden sollte. Hört mal, es tut mir leid, dass ich nach New York gefahren bin, ohne euch was zu sagen. Aber ich musste sie einfach kennenlernen. Alleine. Und das habe ich gemacht. Schluss.«

»Schluss?«, bezweifelt mein Dad und stellt seine Lehne neu ein. »Geht es dir jetzt besser?«

»Ja.« Ich verschränke die Arme und schweige. Warum kann ich nicht einfach mit der weißen Fahne winken? Sie geben sich doch so große Mühe nett zu sein. Und sie haben noch nicht mal damit gedroht, mir Stubenarrest zu verpassen – das ist ein subtiles und überraschendes Zeichen dafür, dass sich die Machtverhältnisse geändert haben.

»Wirst du mit ihr in Verbindung bleiben?«, will meine Mutter wissen.

Ich zucke mit den Schultern, als hätte ich darüber noch nicht nachgedacht. In Wirklichkeit habe ich mein

Handy schon zwanzigmal gecheckt, seit ich zu Hause bin, weil ich auf eine Antwort auf meine letzte SMS hoffe, in der ich geschrieben habe, dass ich gut angekommen bin.

»Also«, sagt mein Dad. »Wir haben eine Idee.«

»Was für eine Idee denn?«, frage ich unruhig.

»Wir würden sie gerne kennenlernen«, erklärt meine Mutter und zieht ein Gesicht, als hätte sie in eine Zitrone gebissen.

Mein Dad nickt. »Was meinst du, sollen wir sie hierher einladen? Vielleicht zu deiner Schulabschlussfeier?«

»Hm. Also, ich finde, das ist keine so gute Idee«, erwidere ich.

»Und warum nicht?«, fragt mein Dad.

»Weil sie echt viel zu tun hat.«

»Absagen kann sie immer«, sagt mein Dad. »Aber wir möchten die Einladung gern aussprechen. Wenn du nichts dagegen hast.«

»Wir möchten wenigstens mal mit ihr reden«, bemerkt meine Mutter.

»Aber ihr habt überhaupt nichts gemeinsam«, sage ich.

»Wir haben *dich* gemeinsam«, sagt mein Dad.

»Und ich wette, wir denken alle, dass du aufs College gehen solltest«, fügt meine Mutter hinzu. Damit hat sie sich verraten.

»Aha. Daher weht also der Wind.« Ich schnippe mit dem Finger, als hätte ich gerade eine Erleuchtung gehabt. »Ihr wollt sie auf eure Seite ziehen. Drei gegen einen, hm?«

Meine Mutter schüttelt den Kopf, allzu schnell und heftig, und macht dadurch nichts besser.

»Okay. Ich werde darüber nachdenken«, sage ich. Was versetzt mich mehr in Unruhe? Dass sie so offen mit der

Sache umgehen? Oder ist es die Tatsache, dass Marian ohnehin nicht kommen würde?

»Danke«, erwidert mein Dad. »Wir wissen das zu schätzen.«

»Kann ich jetzt gehen?«

»Ja«, sagt mein Dad widerwillig.

Ich stehe auf und gehe in mein Zimmer, um weiter nach Conrad Knight zu suchen. Ich habe keine Ahnung, ob er aufs College gegangen ist, aber ich würde alle Studiengebühren der Welt wetten, dass er kein Fan von Barry Manilow ist.

12

Marian

Ein paar Tage nach Kirbys Abreise bin ich in Peters Loft in Tribeca, wo er wohnt, seit Robin ihn aus dem gemeinsamen Stadthaus an der Upper East Side rausgeschmissen hat. Wir sitzen auf seiner Couch, schauen fern und reden über die Arbeit. Bald wird Aidan kommen. Alles scheint wie immer, aber ich spüre, dass irgendwas zwischen uns nicht stimmt. Ich habe das Gefühl, es hat mit Kirby zu tun. So sehr ich mich bemüht habe, mit ihr abzuschließen, als sie wegfuhr – es geht nicht. Vielleicht vermisse ich sie. Vielleicht ist es das. Oder ich fürchte, dass Peter mich jetzt in einem anderen Licht sieht und noch weniger heiraten will als ohnehin schon. Oder ich habe Gewissensbisse, weil ich ihm nicht die ganze Geschichte erzählt habe.

Ich warte darauf, dass er das Thema anschneidet, aber das tut er nicht. Ich werde noch unruhiger und platze schließlich damit heraus: »Hör zu, es tut mir leid, dass ich sie nicht früher erwähnt habe.« Ich lege meine Hand auf seine. »Ich wünschte, ich hätte es getan.«

»Ich auch«, erwidert Peter. »Dir zuliebe, nicht meinetwegen.«

»Bist du sicher, dass sich dadurch nichts ändert zwischen uns?« Ich schaue ihm in die Augen.

»Weil du mit achtzehn ein Kind gekriegt und zur Adoption freigegeben hast? Hältst du mich wirklich für so oberflächlich?«

»Ich würde dich nicht für oberflächlich halten, wenn du so dächtest«, sage ich.

»Marian. Was du getan hast, war sehr mutig. Ich bewundere das. Ich bewundere dich.« Er schüttelt den Kopf, als durchschaute er das Ausmaß der Geschichte noch immer nicht ganz. »Aber eins begreife ich nicht ... Warum konntest du es mir nicht sagen?«

»Ich habe es niemandem gesagt.«

»Aber ich bin nicht niemand.« Er legt die Füße auf den Couchtisch und überkreuzt sie. »Ich verstehe ja, dass das eine sehr persönliche Angelegenheit ist. Kein Thema für eine Cocktailparty. Aber wir sind seit zwei Jahren zusammen. Wir haben übers Heiraten gesprochen.«

Ich zögere und verbessere: »*Ich* habe übers Heiraten gesprochen.«

Er seufzt, als wäre das bloß eine technische Einzelheit, und fragt: »Wenn sie also nicht aufgetaucht wäre und wir uns verlobt hätten, hättest du es mir dann gesagt?«

Ich spüre, wie unangenehm mir das Thema ist, und entgegne: »Ich weiß nicht.«

»Doch, das weißt du.«

»Okay. Also, vielleicht nicht.«

»Und das findest du in Ordnung? Du hättest ein so großes Geheimnis verborgen vor demjenigen, mit dem du dein Leben teilen willst?«

»Ich weiß nicht«, stottere ich und ziehe die Knie zum Kinn. »Eigentlich wollte ich es für mich behalten. Aber nachdem ich Kirby kennengelernt habe, fühlt sich das wie Verrat an.«

»Du hast mich nicht verraten. Du hast mir nur nicht

vertraut«, stellt Peter fest. Mir wird klar, dass es andere Menschen sind, die ich verraten habe: Conrad und Kirby.

Als könnte er meine Gedanken lesen, sieht er mir tief in die Augen und fragt: »Und ist das jetzt die ganze Geschichte? Kenne ich alle Einzelheiten?«

»Na ja ... also, da ist noch was.« Ich wische mir die feuchten Hände an der Jeans ab.

Er schaut mich an, als wollte er mir sagen, er habe es gewusst. Dann fordert er mich mit einer Geste auf weiterzuerzählen.

»Kirbys leiblicher Vater weiß nicht, dass es sie gibt«, berichte ich mit zitternder Stimme.

Er verzieht keine Miene, als ich ihm von dem Schwangerschaftstest berichte – der Lüge Conrad gegenüber. Und davon, wie ich ihn verließ und nie mehr zurückkam, nie mehr mit ihm geredet habe.

Jetzt verändert sich Peters Gesichtsausdruck. Er schaut mich missbilligend an. »Dieser Typ weiß also gar nicht, dass er ein Kind hat?«

Beschämt schüttele ich den Kopf.

»Aber warum?« Bevor ich antworten kann, fährt Peter aufgeregt fort. »Warum hast du ihm nicht einfach die Wahrheit gesagt? Warum hast du nicht einfach gesagt: ›Verdammt, wir haben ein Problem‹?«

Aus seinem Mund klingt das so leicht. Aber ich weiß nichts zu entgegnen.

»Hast du es verdrängt?«, bohrt Peter weiter. »Hast du deswegen gelogen? Hast du das Geheimnis deswegen für dich behalten?«

Ich zucke zusammen, weil Peter die Wörter »lügen« und »Geheimnis« benutzt hat, als wären sie austauschbar. »Vielleicht. Ich weiß es nicht genau. Ich dachte einfach ... es hätte keinen Sinn.«

»Du hast gedacht, es hätte *keinen Sinn*?«, wiederholt er. »Keinen Sinn, einem Mann zu sagen, dass er ein Kind gezeugt hat?«

Ich versuche es mit einer neuen Sichtweise. »Ich dachte, ich würde ihm etwas ersparen.«

»Wie meinst du denn das?« Peter starrt mir in die Augen.

»Welcher Teenager will denn hören, dass er ein Mädchen geschwängert hat? Das ist doch ein Albtraum. Denk daran, wir waren achtzehn – noch Kinder.«

»Findest du denn nicht, er hätte ein Recht darauf gehabt, es zu erfahren?«

»In dieser Geschichte war ich die Einzige, die ein Recht auf irgendwas hatte.«

»Es geht nicht um das Recht auf die Entscheidung, was mit dem Baby passierte. Das war deine Sache. Aber er hatte einen Anspruch darauf, von dem Kind zu erfahren«, doziert Peter.

»Aber wenn ich das Recht gehabt habe, die Schwangerschaft zu beenden, warum soll ich dann nicht das Recht gehabt haben, das Kind wegzugeben? Welchen Unterschied hätte das für Conrad gemacht?«

»Das will ich dir gerne erklären«, sagt Peter scharf. »Die eine Variante macht ihn zum Vater, die andere nicht. Hat er denn nicht das Recht, von seinem eigenen Kind zu erfahren? Ich an seiner Stelle ... Das könnte ich mir nicht mal theoretisch vorstellen.«

»Aber wir wollten doch nicht heiraten und eine Familie gründen. Ich wollte aufs College. Und er nicht.«

»Ja, ich hab schon kapiert, dass er ein Loser war, der keine Zukunft hatte.«

»Er war kein Loser«, widerspreche ich. Komisch, dass ich ihn jetzt verteidige – ich war ja diejenige, die ihn mies behandelt hat. »Wir waren bloß unterschiedlich. Wir wollten unterschiedliche Dinge. Aber keiner von uns wollte ein Kind.« Ich beiße mir auf die Unterlippe. Es gibt nichts, das ich zu meiner eigenen Verteidigung vorbringen könnte, aber ich probiere es trotzdem. »Ich habe dafür gesorgt, dass Kirby ein solides, liebevolles Elternhaus bekommt. Das hätte er ihr alleine nicht bieten können. Sein Vater war Alkoholiker. Er war pleite. Und ja, er hatte keine Zukunft. Was, wenn er sie aus irgendeinem Grund hätte behalten wollen? Was hätte ich dann gemacht?«

»Ich weiß nicht«, entgegnet Peter und schüttelt den Kopf. »Dann hättest du wohl eine Entscheidung treffen müssen.«

»Das habe ich ja getan. Und es war die richtige, für alle Beteiligten«, sage ich. Zum ersten Mal frage ich mich aber, ob das tatsächlich stimmt.

Einen Moment später – ein schlechteres Timing ist nicht denkbar – höre ich Robins Stimme im Flur. Typisch. Es ist ihr Markenzeichen, zu früh oder am besten völlig unerwartet aufzutauchen. Vielleicht will sie damit Peter ärgern, oder mich.

»Mist, die beiden sind eine Dreiviertelstunde zu früh«, bemerkt Peter. Es sieht mich versöhnlich an: »Tut mir leid.«

Ich nicke und überlege kurz, ob ich mich in Peters Schlafzimmer verstecken soll, reiße mich aber zusammen. Robin rauscht herein, ohne anzuklopfen, Aidan im Schlepptau. Peter steht auf, lächelt und schlägt die Hand seines Sohnes ab – High Five! Dann verwuschelt er Aidans Ponyfrisur, die so gar nicht zu ihm passen will.

»Wann lässt er sich endlich die Haare schneiden?«, fragt Peter Robin.

»Das ist der aktuelle Look, Peter«, erklärt Robin. »Du arbeitest doch beim Fernsehen, du solltest das wissen.«

»Hi, Aidan«, sage ich.

»Hi, Marian«, grüßt Aidan höflich zurück und schüttelt sich das Haar aus den Augen. Er ist ein lieber, gut erzogener Junge, aber wir werden leider nicht richtig warm miteinander. Vielleicht, weil wir uns so selten sehen. Schenkt man Robin Glauben, die ständig über den vollen Terminkalender ihres Exmanns klagt, sieht Peter seinen Sohn allerdings auch nicht gerade sehr oft.

Robin stellt ihre Handtasche und zwei Einkaufstüten auf den Boden und setzt sich erschöpft stöhnend mir gegenüber. Ihr schokoladenbrauner Wildlederrock ist ziemlich kurz und entblößt ihre gestählten und gebräunten Beine. Irgendwie kriegt sie es hin, Sex-Appeal zu verströmen und sich gleichzeitig haarscharf an der Grenze des guten Geschmacks zu bewegen. Peters Schwester hat einmal über Robin gesagt, wenn sie eine einzige Sache auf eine einsame Insel mitnehmen dürfte, wäre es Gleitgel. Diese Bemerkung hätte mich ärgern sollen, weil sie die wilden Zeiten aus Peters Vergangenheit heraufbeschworen, aber aus irgendeinem Grund bin ich noch nie eifersüchtig auf Robin gewesen, auch nicht, als ich sie ein paarmal im Bikini gesehen habe. Das Einzige, was mich an ihr stört, ist, wenn sie so tut, als wäre sie noch immer in ihren Exmann verliebt. Einmal kamen Peter und ich bei ihr vorbei, um Aidan abzuholen, und sie hatte wie zufällig ihr Hochzeitsalbum aufgeschlagen auf dem Couchtisch liegen. Schlimmer noch war aber Peters Reaktion, der einfach über die Sache lachte und seinen üblichen Spruch brachte: »So ist Robin eben.«

Es ist ja nicht so, dass ich mir wünsche, dass Peter und Robin verfeindet sind. Ich mag Robin sogar. Sie kann sehr witzig sein, und für gewöhnlich ist sie mehr als umgänglich. Aber wenn die beiden so tun, als wären sie noch ein Paar, könnte ich aus der Haut fahren.

»Wie geht's dir so, Robin?«, frage ich.

Sie seufzt und beginnt eine Tirade über ihr stressiges Leben. Sie ist eindeutig die gestressteste Nichterwebstätige, die ich kenne. Mitten im Satz über einen Benefizball, den sie organisiert, glotzt sie auf meinen großen Zeh, von dem seit heute Morgen der Nagellack abblättert.

»O je, was hast du denn mit deinem Zeh gemacht? Hast du dich gestoßen?«, fragt sie mit ihrem Südstaatenakzent. Sie ist in Connecticut aufgewachsen, aber in Alabama aufs College gegangen und kann den Akzent ein- und ausschalten, wie es ihr gerade passt.

Ich zucke mit den Schultern und betrachte Peter, der sich mit Aidan unterhält. Dann feuere ich eine Spitze zurück: »Wer weiß? Vielleicht beim Tennisspielen mit Peter.«

Das sage ich absichtlich, weil ich weiß, dass das ein neuralgischer Punkt in ihrer Ehe war. Er hat von ihr nicht verlangt, Marathon zu laufen oder Berge zu erklimmen, aber sie hat sich schon geweigert, sich am Strand die Haare nass zu machen. Er fand, das sei ein Zeichen dafür, was sonst alles nicht zwischen ihnen stimmte. Die beiden sind einfach zu verschieden, was sich nicht zuletzt in der Tatsache zeigt, wie fixiert Robin auf ihr Äußeres ist. (Mit vierundvierzig hat sie sich zum Beispiel das Gesicht liften lassen.)

Das größte und entscheidende Problem in ihrer Ehe aber war Robins chronische Unehrlichkeit. Sie hatte zwar nie eine Affäre – jedenfalls keine, von der Peter weiß – und hat ihm nie eine richtig große Lüge aufgetischt, aber genug kleine Schwindeleien und Halbwahrheiten, die sich irgendwann summierten. Die Hobotasche aus Krokodilleder von Devi Kroell war nicht »sooo teuer« (viertausend Dollar und damit schon ein Problem an sich); sie hatte vier Drinks und nicht sechs getrunken; ihr Ex aus dem College hatte ihr eine Freundschaftsanfrage auf Facebook geschickt, nicht umgekehrt. Robin schien wie die klassische zwanghafte Lügnerin, die auch dann log, wenn es gar keinen Grund dafür gab – bei völlig unwesentlichen Dingen wie der Frage, was sie zum Frühstück gegessen hatte. Peter sagte, als er ihr nicht mehr vertrauen konnte, schwand auch seine Zuneigung zu ihr. Und jetzt verkrampft sich mir beinahe der Magen, weil ich fürchte, dass es ihm mit mir genauso gehen wird.

Noch ein paar Minuten sitzt Robin da und redet in erster Linie mit sich selbst, dann steht sie plötzlich auf und hüpft an Peter und Aidan vorbei zur Tür. »Ich muss los. Hab ein heißes Date!«

Zu ihrer offensichtlichen Enttäuschung wirkt Peter nicht im Geringsten an ihrem Liebesleben interessiert. Oder an ihren Beinen.

»Willst du denn gar nicht wissen, mit wem ich mich treffe?«, fragt sie ihn. Sie legt den Kopf schief und spricht mindestens eine Oktave höher als normal. Aidan geht zur Couch und zieht einen Roman von Ursula Le Guin aus seiner Kuriertasche. Ich habe noch nie einen Jungen gesehen, der so viel liest wie er. Von seiner Mutter hat er das ganz sicher nicht, denn die hat mir einmal ganz offen gesagt, dass sie Lesen *hasst*. Wer gibt so was denn freiwillig zu?

»Ehrlich gesagt nicht«, gibt Peter belustigt zurück. Er sieht aus, als hätte er sie noch immer gern – so, wie man einen Hund mag, der ein paar neue Kunststückchen gelernt hat. »Aber du darfst es mir gerne sagen, wenn du magst.«

»Ich sag's dir. Vor dir möchte ich keine Geheimnisse haben«, erklärt sie und mustert mich kritisch.

Mein Herz beginnt zu klopfen. Hat er es ihr erzählt? Das würde er mir doch nicht antun, oder? Aber worauf soll sie denn sonst anspielen mit dieser Aussage, mit diesem Blick? Zu seinen Gunsten beschließe ich, dass er es ihr nicht gesagt hat, und warte darauf, dass sie ihre Nummer abzieht. Was könnte ich mir von ihr abschauen für meine Serie? Von ihrem Verhalten habe ich schon viele Anregungen bekommen.

»Nathan Bilet«, verkündet sie.

Peter sieht sie ausdruckslos an.

»Aber, Peter. Er ist ein weltbekannter Bildhauer«, erklärt sie. »Weißt du nicht mehr? Bei der Joyful-Heart-Gala vor ein paar Jahren hast du neben ihm gesessen. In allen Zeitungen wurde über ihn berichtet.«

Sie dreht sich zu mir hin und erklärt: »Nathan kreiert kinetische Skulpturen. Kunst mit beweglichen Teilen.«

»Ja, das hab ich kapiert«, sage ich trocken, stelle mich neben Peter und lege ihm den Arm um die Hüfte – teils aus Berechnung, teils weil ich ihn unbedingt berühren will.

»Und er macht auch Klangskulpturen. Absolut avantgardistisch«, schwärmt sie.

Ich warte darauf, dass sie mir erklärt, was »avantgardistisch« heißt oder womöglich »Klang«, aber als nichts mehr kommt, bemerke ich: »Na, er ist sicher ein faszinierender Mensch.«

»Ja. Und er ist Franzose!«, ruft sie und fächelt sich Luft zu. »Vielleicht ein bisschen zu jung für mich, aber das ist bestimmt kein Problem.«

»Sicher nicht, Robin«, sagt Peter, tätschelt sie an der Schulter und führt sie Richtung Tür. »Ich wünsche dir ein tolles Date.«

»Drängst du mich zur Tür raus?«, fragt sie.

Peter lächelt. »Nein, ich will nur nicht, dass du zu spät kommst. Vielleicht mag Nathan es nicht, wenn man zu spät kommt.«

Sie strahlt und ruft dann Aidan zu: »Ich hab dich lieb, Schatz! Bis morgen Abend!«

»Ich hab dich auch lieb, Mom«, erwidert er, ohne von seinem Buch aufzusehen.

»Na gut, dann mache ich mich mal auf den Weg«, sagt sie, als wollte sie noch etwas Zeit schinden. »Ich weiß ja, dass ihr zwei viel zu besprechen habt.« Sie schaut wieder zu mir, und dieses Mal gibt es keinen Zweifel. Sie weiß es. »Kannst du mir einen Gefallen tun?«

»Was denn?« Ich versuche, das Gefühl, verraten worden zu sein, unter Kontrolle zu halten.

Sie flüstert: »Passt auf, dass Aidan nicht *jede* Einzelheit mitbekommt. Ich will nicht, dass er in seinem Alter mit diesen Sachen konfrontiert wird.« Offensichtlich genießt sie ihre Rolle als verantwortungsbewusste Mutter – die sie nicht oft innehat.

»Ja, ich verstehe das, Robin«, sage ich so sarkastisch wie möglich.

»Er weiß Bescheid über die Bienen und die Blumen«, bemerkt sie. »Aber trotzdem ...«

Aus dem Augenwinkel sehe ich, wie Aidan zu seinen Eltern hinüberschaut, als wüsste er ganz genau, was los ist. Dann steht er auf und geht in sein Zimmer, wo er vermutlich den größten Teil der Nacht verbringen wird.

»Tut mir leid. Das sollte keine Anspielung sein ...«, sagt Robin und sieht mich verwirrt an, als hätte sie überhaupt keine Ahnung, was sie falsch gemacht hat. So verrückt es klingt, vielleicht hat sie wirklich keinen Schimmer. Sie ist nicht manipulativ oder gemein, bloß dumm.

Peter dagegen weiß genau, was Sache ist. Robin winkt mit dem kleinen Finger und tänzelt zur Tür hinaus. Ich starre auf den Boden und kann ihm nicht in die Augen sehen. »Wie konntest du nur?«, frage ich.

»Wie konnte ich was?«

»Es ihr sagen.«

»Ich hab's ihr nicht gesagt«, behauptet Peter und legt den Arm um mich.

Ich schüttele ihn ab. »Ja, na klar.«

»Ich habe es Aidan gesagt«, flüstert er. »Er muss es seiner Mutter weitererzählt haben.«

»Du hast es Aidan gesagt?«

»Ja, hast du ein Problem damit?«

Fangfragen erkenne ich sofort. Wenn ich mit Ja antworte, drücke ich damit aus, dass ich Aidan nicht als Teil von ihm betrachte. Das ist ein großes Hindernis, wenn man jemanden heiraten will. Aber ich finde trotzdem, er hätte mich erst fragen müssen. Wir hätten darüber reden sollen, bevor er es seinem Sohn erzählt, gerade weil man damit rechnen musste, dass Aidan es Robin weitersagt. All das erkläre ich Peter, versuche dabei ganz ruhig zu bleiben und Robin aus dem Spiel zu lassen. Hier geht es nicht um sie.

»Marian, er ist *mein Sohn*. Und an dem Morgen, als ich Kirby kennengelernt habe, habe ich mich auch mit Aidan getroffen. Außerdem wollten wir ja eigentlich zu viert essen gehen. Da habe ich angenommen, es wäre in Ordnung, mit ihm darüber zu reden. Und war es nicht das, was Kirby mit ihrem Besuch erreichen wollte? Dass du dich der Geschichte stellst und Farbe bekennst?«

»Farbe bekennen?«, wiederhole ich. »Siehst du, sogar du findest es beschämend.«

»Okay, das war eine schlechte Wortwahl. Ich dachte,

du würdest das ... große Geheimnis endlich lüften. Aber das war natürlich, bevor ich wusste, dass es auch ein Geheimnis für den Vater war.«

»Gott, Peter, das war vor achtzehn Jahren. Warum ist dir das so wichtig?«

»Eben darum«, sagt Peter. »Weil es das Wichtigste auf der Welt ist, wenn man ein Kind hat. Aber das scheinst du ja anders zu sehen ...«

Ich unterbreche ihn. »Ach, und das ist ein weiterer Grund für dich, mich nicht zu heiraten?«

Er sieht mich an. Sein Schweigen sagt alles.

»Ich muss gehen«, sage ich. Ich bin wie betäubt, und außerdem habe ich Angst vor meinen eigenen Gefühlen.

Ich warte darauf, dass Peter mich zurückhält, aber er beobachtet mich bloß. Als ich sein Apartment verlasse und die Tür hinter mir zufällt, habe ich das Gefühl eines Déjà-vu. Dieses Gefühl, einen Ort zu verlassen, auch gegen den eigenen Willen. Das Gefühl, dass man die Dinge nicht immer in Ordnung bringen kann.

13

Kirby

»Willst du einen?«, fragt Mr. Tully und deutet auf die geöffnete Schachtel Donuts. Er selbst hat gerade einen hinuntergeschlungen und nimmt sich noch einen. Ich sitze in seinem Büro, weil ich mich auf diese Art vor der Sportstunde drücken kann. Offiziell bin ich hier, um meine College-Pläne zu besprechen, aber bis jetzt haben wir das Thema noch nicht angeschnitten. »Die sind von Ray's, einfach spitzenmäßig.«

Ich schüttele den Kopf. Donuts mit Puderzucker sind zu schwierig zu essen, besonders wenn man Rot trägt. Und überhaupt, wieso hat er ständig Kuchen und Gebäck in seinem Büro? Sind das vielleicht Geschenke von dankbaren Eltern? Bestechungsversuche von Schülern? Aufmerksamkeiten von verliebten Sekretärinnen? Als ich laut darüber spekuliere, muss er lachen – und sieht dabei noch besser aus als ohnehin schon. Dann nimmt er einen großen Bissen von seinem Donut, so stürmisch, dass der Puderzucker durch die Gegend fliegt. Er leckt sich den Daumen ab, und ich starre auf seine Lippen. Plötzlich schleichen sich Bilder von Mr. Tully beim Küssen in meinen Kopf. Er küsst nicht mich – so weit ist es mit mir dann doch noch nicht –, sondern irgend so ein kicherndes Partygirl mit großen Titten. Na ja, ich hoffe, er hatte einen besseren Geschmack, als er noch jünger war. Ich ändere das imaginäre Mädchen in eine schlanke, intellektuelle Brünette um und blicke verstohlen auf die Uhrzeit, die auf seinem Bildschirm angezeigt wird. Die Sportstunde dauert nur noch zwanzig Minuten.

»Also«, sage ich und strecke den Arm aus, um den Wackelkopf eines manisch grinsenden Baseballspieler-Püppchens auf seinem Schreibtisch anzustoßen. »Ich habe Ihnen was Wichtiges zu sagen.«

»Hast du endlich die quadratischen Gleichungen gelernt?«, fragt er und zwinkert mir zu. »Das wäre in der Tat eine wichtige Sache.«

»Ha-ha. Nein. Außerdem ist es nicht besonders nett, sich über Lernschwierigkeiten lustig zu machen. Das könnte mich traumatisieren, sodass ich später eine Therapie brauche, weil mein Vertrauenslehrer mich dumm genannt hat.«

»Dumm? Nein, das bist du nicht. Du weigerst dich eher stur, wichtige Sachen zu lernen.« Theatralisch zeigt er mit dem Finger auf mich und grinst.

Ich wechsele das Thema. »Jedenfalls hat es nichts mit Mathe zu tun. Sondern damit, wohin ich letzte Woche gefahren bin.«

Er schaut zur Decke, noch immer grinsend. Vielleicht sucht er nach einer witzigen Antwort. Da platzt Scooter Banks ins Büro und dröhnt: »Hey, Mr. Tully! Welche Bildung macht nicht klüger?«

»Die Einbildung. Geh zurück in deine Klasse, Scooter.«

Kichernd verlässt Scooter das Büro. Ich verdrehe die Augen und murmele: »Was für ein Einfaltspinsel.«

»Du hast ein bemerkenswertes Vokabular. Ich hab dir doch gesagt, dass du nicht dumm bist.«

Ich lächele. Der Vorbereitungskurs für die College-Zulassungsprüfung war wohl doch nicht ganz umsonst. Dann komme ich zur Sache. »Ich habe meine leibliche Mutter kennengelernt. Am letzten Wochenende. Ich habe erfahren, dass sie in New York City lebt. Da bin ich dann hingefahren. Ganz alleine.«

Mr. Tully pfeift erstaunt. Dann wirft er mir einen Blick zu, den ich am liebsten für die Ewigkeit festhalten würde. Er drückt echten Respekt aus. Mr. Tully ist beeindruckt, sogar fasziniert. Ich weiß, dass er mich mag, aber so einen Blick erlebe ich zum ersten Mal bei ihm. Überhaupt bei irgendjemandem. Er fordert mich auf weiterzureden, und dann erzähle ich die ganze Geschichte, von dem Anruf bei der Agentur vor sechs Wochen über meine Busfahrt nach New York bis hin zu dem Moment, als ich spätabends an ihre Tür geklopft habe.

»Wow«, ruft er. Dann wiederholt er das Wort noch zweimal.

Ich grinse und erzähle weiter, alles über Marian und ihr Leben. Er hört aufmerksamer zu als Belinda oder meine Schwester, aber das war sowieso klar. Die erste Frage, die er mir stellt, ist sachlich und überlegt. »Findest du, ihr seid euch ähnlich?«

»Vom Aussehen her?«

Er nickt. Das ist ein guter Ausgangspunkt. Ich antworte, dass man die Verwandtschaft definitiv sieht. »Vom Typ her auf jeden Fall. Dieselbe Figur und dieselben großen Ohren«, sage ich errötend.

Mr. Tully schlägt sich mit der Faust an die Brust und fragt: »Und hier drinnen? Seid ihr euch auch da ähnlich?«

So was könnte sonst niemand abziehen, das würde total kitschig wirken, gerade mit dieser Geste zum Herzen hin, aber er ist einfach so cool und so niedlich, dass er damit durchkommt.

»Nein, eigentlich nicht ... na ja, vielleicht ein bisschen«, sage ich.

»Wie meinst du das?«

Ich zucke mit den Schultern. »Das ist schwer zu erklären. Sie ist schlauer als ich. Irgendwie ist sie sehr energisch, sie weiß, was sie will.« Ich muss lachen. »Na ja, das ist die Untertreibung des Jahrhunderts.«

»Ich weiß nicht. Sie mag ja energischer sein als du, aber ich glaube kaum, dass sie schlauer ist. Du bist doch ihre Tochter. Und du bist doch ziemlich schlau.«

»Das behaupten Sie.«

»Das behaupte ich anhand deiner Testergebnisse. Erzähl weiter.«

»Ach, ich weiß nicht. Sie ist relativ still. Aber sie kann auch gut mit Menschen umgehen«, berichte ich und stelle sie mir im Writers' Room vor. »Sie weiß immer genau, was sie tun und sagen muss. Und sie ist immer sehr ... na ja, ganz bei sich.«

»Ist das was Positives?«

»Ja, irgendwie schon. Das ist besser als mein unsicheres Herumgeeiere.«

»Aber so bist du doch gar nicht.«

»Doch.«

»Das empfindest du nur so. Für einen Teenager bist du ziemlich ... selbstbeherrscht.«

»Was soll denn das heißen?«

»Das heißt, dass du anscheinend noch mehr gemeinsam hast mit deiner leiblichen Mutter.«

Ich schüttele den Kopf. »Nein. Sie ist einfach perfekt. Haare, Teint, Kleider. Und ihre Wohnung, die ist total schick. Alles perfekt, echt alles.«

»Klingt ziemlich anstrengend.«

»Für sie ist das ganz leicht.«

»Na, dann klingt es irgendwie ... langweilig«, sagt Mr. Tully.

»Also, so bin ich jedenfalls nicht.« Ich denke an die Klamotten, die sie mir gekauft hat – die ich noch nie angezogen habe. Beinahe erzähle ich ihm alles darüber, aber ich will meinen Verdacht einfach nicht in Worte fassen müssen – dass sie sich nämlich mit Geld aus ihrer Lüge rauskaufen wollte. *Sorry, tut mir leid, dass dein Vater nicht weiß, dass es dich gibt. Aber hey, schau dir mal diese coolen Prada-Schuhe an!*

»Was ist denn?«, will Mr. Tully wissen. Das ist echt unheimlich, wie er mich genau in dem Moment, als ich einen wichtigen Gedanken habe, danach fragt.

Ich schlucke, starre auf meine Hände und schütte ihm dann doch mein Herz aus. »Also ... so, wie es aussieht, hat sie niemandem je von mir erzählt.«

Er legt den Kopf schief. »Niemandem?«

»Nein. Keiner Menschenseele, außer ihrer Mutter.«

Wenn er jetzt geschockt ist, verbirgt er es gut. Sofort stellt er mir eine wesentliche Frage: »Und wie geht es dir damit?«

»Weiß nicht. Das hat mich ziemlich überrascht.«

»Hat es dich verletzt?«

»Ja, schon.« Schnell füge ich noch hinzu: »Aber egal. Ist ja kein großes Ding.«

»Dann weiß dein leiblicher Vater also nicht, dass es dich gibt?«, fragt Mr. Tully.

»Nein.« Mir schießt das Blut in die Wangen. Ich fühle mich, als wäre das eine Aussage über mich – anstatt über Marian. »Sie hat ihm die Schwangerschaft verschwiegen.«

Als er nicht reagiert, sage ich: »Echt krass, oder?«

»Ich bin Vertrauenslehrer«, sagt er und knackt mit den Fingerknöcheln. »Mich schockt so leicht nichts.«

»Tja, wäre wohl gut gewesen, wenn sie mit Ihnen gesprochen hätte. Damals in den Neunzigern.«

»Warum? Meinst du, dann hätte sie sich anders entschieden?«

»Nein«, erwidere ich schnell. »Das will ich damit nicht sagen. Ich wünsche mir einfach, sie hätte es ihm nicht verschwiegen.«

»Na klar.«

»Wissen Sie, was? Ich glaube, ihr geht es genauso. Und vielleicht hätte sie es ja anders gemacht, wenn sie mit jemandem wie Ihnen darüber gesprochen hätte.«

»Also dann! Worauf wartest du noch?«, fragt Mr. Tully.

»Wie meinen Sie das?«

»Warum suchst du deinen Vater nicht auch?«

»Dafür ist es zu spät«, sage ich, obwohl ich am Abend zuvor wieder zwei Stunden im Internet nach ihm gesucht habe. »Für sie ist es jedenfalls zu spät. Weil ihr Leben doch so wahnsinnig perfekt ist und so.«

»Ihr Leben ist nicht perfekt, Kirby«, sagt Mr. Tully, und in dem Moment klingelt die Schulglocke. »Und zu spät ist es ganz bestimmt nicht.«

14

Marian

Am Dienstagmorgen klopft Peter an meine Bürotür. Das hat es noch nie gegeben, ohne dass wir einen Besprechungstermin hatten, und die Besprechungen finden sonst immer in seinem Büro statt. Er fragt mich, ob ich eine Sekunde Zeit habe.

»Klar«, sage ich, und meine Handflächen werden feucht. Seit drei Tagen haben wir nicht mehr miteinander geredet – seit ich seine Wohnung verlassen habe. Ich habe keine Ahnung, was er mir sagen will, aber ich hoffe, es ist was Privates. Innerhalb von wenigen Augenblicken kapiere ich allerdings, dass es um etwas Berufliches geht. Er öffnet einen Ordner und lässt meinen Entwurf einiger Folgen auf meinen Tisch gleiten. Sofort bemerke ich, dass er ihn im »Änderungen verfolgen«-Modus ausgedruckt hat. Die Ränder sind voll mit Anmerkungen.

»Hat er dir nicht gefallen?«, frage ich.

»Natürlich hat er mir gefallen. Vicky und ich mochten ihn beide.« Er meint die Programmdirektorin, meine unmittelbare Vorgesetzte, die jetzt vermutlich vor mir stünde, wären Peter und ich kein Paar.

»Aber wir müssen uns über ein paar Dinge unterhalten«, sagt er. Enttäuschung macht sich in mir breit. Diesen Blick von ihm kenne ich von der letzten Staffel – und von der davor. Das ist der Blick, den er aufsetzt, wenn er mir sagen will, dass ich alles noch mal schreiben soll.

Ich blättere die Seiten durch. Da ist ein Kommentar am Rand: »Zu viel Alkohol.« Ich zeige darauf und sage: »Peter, die Serie spielt in einer Bar. Hat Norm aus *Cheers* vielleicht zu viel getrunken?«

»Hör mal. Fühl dich bitte nicht angegriffen.«

»Tu ich doch gar nicht«, gebe ich zurück und arbeite mich durch weitere Randnotizen, die den »Tonfall« bestimmter Szenen oder Dialoge betreffen.

»Was sollen diese Anmerkungen über den Umgangston? Was ist denn falsch daran?«, frage ich.

»Nichts. Der Ton muss bloß umgänglicher werden.« Er schlägt die Beine übereinander, typisch männlich, und schmunzelt vor sich hin.

Ich verziehe keine Miene.

»Tut mir leid«, sagt er und schlägt die Beine wieder auseinander. »Witze sind jetzt wohl nicht angebracht.«

»Eher nicht. Sag mir einfach direkt, was los ist.«

»Na gut. Der Umgangston ist zu heftig. Zu viel Sex, zu viel Alkohol, zu viele Schimpfwörter, zu viel Gewalt ...«

»Das ist doch keine Familienserie. Das weißt du auch, oder?«

»Ja, ist mir schon klar, aber ...«

»Und der Umgangston ist derselbe, den wir schon immer hatten.«

»Nicht ganz. Das ist ein schmaler Grat, und du bist kurz davor abzurutschen.«

»Aber das mögen die Leute doch an uns. Wir sind nicht langweilig und gewöhnlich.«

»Schau mal, Marian.« Er kehrt jetzt deutlicher den Chef hervor. »Du musst dir klarmachen, dass unser Sendeplatz, donnerstags um neun, eine ziemliche Verantwortung bedeutet. Du trittst gegen harte Konkurrenz an, und wir müssen mehr Zuschauer anziehen, sonst kriegen wir Probleme.«

»Wir sind also keine Goldgrube?«

Er schnaubt, holt ein Dokument aus seinem Ordner und schiebt es mir hin. »Eher nicht.«

Ich werfe einen Blick auf die Zahlen und die demographischen Statistiken und schaue Peter an. Enttäuscht schüttele ich den Kopf. »Du gibst uns ja nicht mal eine Chance. Und mit diesen Änderungswünschen wird es nicht besser. Das würde die Serie total verwässern.«

»Marian, weißt du, was Vicky denkt? Sie will dich auf den Freitagabend abschieben. Da wärt ihr tot. Aber ich hab deinen Hintern gerettet.«

»Ach, und warum?«, kreische ich. Ich beschließe, nicht zu sagen, dass ich Vicky für eine charakterlose Idiotin halte. Das weiß er sowieso schon.

»Wie, warum?«

»Warum hast du meinen Hintern gerettet? Weil wir miteinander schlafen?«, frage ich und stelle unser Verhältnis absichtlich schief dar. »Oder weil du an unsere Arbeit glaubst?«

»Willst du eine ehrliche Antwort? Wegen beidem.«

»Na, dann tu mir bitte den Gefallen, und vergiss den Teil mit unserer Beziehung, wenn du in deinen kleinen Meetings sitzt. Diese Art der Protektion habe ich nicht nötig.« Meine Stimme zittert, und mir wird klar, dass ich einfach nicht gewinnen kann. Wenn die Show Erfolg hat, so wie sie ist, dann weil er nachgeholfen hat. Und wenn er seine Änderungen durchsetzt, verlieren wir unsere Zuschauer und werden abgesetzt. Nervös wende ich mich meinem Computer zu und lösche ein paar E-Mails, nur damit meine Hände etwas zu tun haben.

Er seufzt und sagt: »Schau mal, Marian. Ich tue mein Möglichstes, um dich auf dem Donnerstag zu behalten, aber wir müssen die Uhrzeit auf acht ändern. Du hast einfach nicht die nötigen Werte, um gegen die anderen Neun-Uhr-Sendungen anzutreten, aber um acht Uhr kann man den Werbekunden solche Inhalte nicht zumuten. Das heißt, du musst das Ganze ein bisschen entschärfen. Tut mir leid. Ich weiß, du willst das nicht hören, aber so ist es nun mal. Wir müssen schwarze Zahlen schreiben.«

»So ein Quatsch«, murmele ich, noch immer in die Anmerkungen vertieft.

»Wenn der Inhalt die Werbekunden abschreckt und besorgte Eltern durchdrehen, ist es egal, ob du Millionen von Zuschauern hast.«

Ich funkele ihn wütend an. »Vielen Dank für die Lektion.«

Er geht nicht auf mich ein. »Ich will einfach nicht, dass du abgesetzt wirst, weil du nicht bereit bist, etwas zu ändern. Wir mussten dich auf einen Sendeplatz schieben, auf dem dich dein Publikum nicht mehr finden kann.«

Ich ignoriere seine herablassenden Worte. »Mir ist völlig klar, dass es nur ums Geld geht. Aber du kannst nicht von mir erwarten, dass ich dabei zuschaue, wie du meine kreative Arbeit kaputt machst.«

»Wir machen sie ja nicht kaputt. Wir dosieren sie bloß ein bisschen«, erwidert er mit einem Lächeln, das ich charmant fände, wenn es um die Arbeit von jemand anderem ginge. »Wir bauen ein bisschen was um. Machen es etwas ... bekömmlicher.«

»Also, um es kurz zu machen – du willst eine andere Sendung. Meine Güte, warum sollen wir uns denn nach diesen Trotteln richten? Es gibt auch intelligente Menschen, die Fernsehen gucken. Bist du nicht deswegen zu diesem Sender gekommen?«

»Marian. Beruhig dich, und lies dir die Anmerkungen durch. Deine Show bleibt intelligent. Sie wird nur nicht mehr so ... krass sein. Wir unterhalten uns morgen darüber«, sagt er in aufreizend ruhigem Ton. »Okay?«

»Na schön.« Ich weiß jetzt schon, dass ich alle seine Änderungen umsetzen werde – so wie immer. Ich habe ja doch keine Wahl.

Er steht auf, setzt sich dann wieder hin und schaut mich an.

»Was ist?«, frage ich.

»Möchtest du noch über etwas anderes reden?«

»Eigentlich nicht«, erwidere ich. Ich will unbedingt, dass er noch bleibt, obwohl mir ein sarkastischer, nicht unbedingt konstruktiver Kommentar auf der Zunge liegt. »Höchstens darüber, dass es mir leidtut, wenn dir die Entscheidung, die ich mit achtzehn getroffen habe, nicht gefällt.«

Er verschränkt die Arme und nickt. Dann sagt er leise: »Nun ja, genau genommen ist das eine Entscheidung, die du mehr oder weniger jeden Tag aufs Neue gefällt hast ... Aber es ist dein Leben ...«

»Und es ist dein Fernsehsender«, sage ich. Er schüttelt den Kopf, steht auf und geht.

Am nächsten Tag reden wir nicht miteinander. Auch nicht am übernächsten. Am Freitagabend jedoch sind wir mit Freunden verabredet. Eine halbe Stunde vor dem Treffen ruft er mich zu Hause an, als ich mich gerade umziehe.

»Lass mich raten. Du sagst ab?«, frage ich.

»Ich wollte nur ein paar grundsätzliche Regeln für

heute Abend festlegen«, sagt er in schönstem latent-aggressivem Tonfall.

»Was soll das denn heißen?«

»Das soll heißen: Wissen deine Freunde über Kirby Bescheid?«

»Ach, jetzt sind es nur noch meine Freunde?«

»Unsere Freunde.«

»Nein«, sage ich und schaue mich gehetzt nach meinem Schmuck um. »Ich hab es ihnen noch nicht gesagt. Im Moment habe ich gerade viel damit zu tun, meine Serie umzuschreiben.«

»Wirst du es ihnen noch sagen?«

»Ich weiß nicht. Wenn das Thema zur Sprache kommt, vielleicht.«

»Ich glaube kaum, dass das Thema von sich aus zur Sprache kommt.«

»Na, dann ist die Sache ja klar.«

»Du willst ihnen also weiterhin etwas vormachen?«

»Was denn vormachen?«, frage ich. *Ihnen vormachen, dass wir glücklich sind?*

Er räuspert sich. »Ihnen vormachen, dass es im Moment kein außergewöhnliches Ereignis in unserem Leben gibt?«

Ich freue mich, dass er »unser« und »Ereignis« sagt anstatt »dein« und »Krise«. Aber ich bin trotzdem wütend, dass er mir nicht erlaubt, *mein* Leben einfach weiterzuleben. Sogar Kirby hat mir dieses Recht zugestanden. Seit ihrer Abreise haben wir nur ein paar SMS ausgetauscht, und zu meiner Erleichterung hat sie das Thema Conrad nicht mehr erwähnt. Was ihn betrifft, bin ich noch immer gespalten, aber ich glaube, der Weg, den wir eingeschlagen haben, ist der beste für uns beide. Sie hat eine Familie, und ich will meine eigene. Mit jemandem, der versteht, warum ich getan habe, was ich getan habe.

»Okay. Du willst, dass ich es ihnen sage? Dann mache ich das. Vielleicht beim Nachtisch. ›Ach übrigens, Leute, vor achtzehn Jahren habe ich ein Kind geboren. Habe ich das schon erwähnt?‹«

»Marian, was soll der Zynismus«, sagt er.

»Zynismus? So nennst du es also, wenn man ein Baby zur Adoption freigibt?«, frage ich. Ich starre mein Bild im Spiegel an. Ich sehe alt aus, oder wenigstens müde. Schnell wende ich den Blick ab. »Du findest mich also zynisch?«

Am anderen Ende herrscht Stille.

»Im Moment kannst du mich wohl kaum einschätzen, wir haben uns ja kaum noch gesehen, seit Kirby hier aufgetaucht ist.«

»Ich weiß. Ich habe dir Freiraum gegeben – und du hast ihn dazu benutzt, auf Abstand zu mir zu gehen.«

»Und das von einem Mann, der übers Heiraten nicht mal reden will.« Im Geiste zähle ich, wie oft ich das Thema schon angesprochen habe. Aber inzwischen habe ich eine Grenze überschritten: Ich spekuliere nicht mehr bloß über unsere Zukunft, sondern setze Peter regelrecht unter Druck.

»In unserer Lage verbietet es sich von selbst, übers Heiraten zu reden.«

»Wie praktisch für dich«, gifte ich zurück. »Eine saubere Lösung.«

»Du redest allen Ernstes von einer sauberen Lösung? Was ist denn mit deiner Entscheidung, Marian? Die *perfekte* Lösung. Das Baby zur Welt bringen, es zur Adoption freigeben und keiner Menschenseele was verraten. Da hast du das Problem wirklich sauber gelöst.«

Meine Wangen glühen, meine Hände zittern. »Wenn eine Frau ein Kind zur Welt bringt, ist daran überhaupt nichts sauber und ordentlich. Abtreibung wäre eine saubere und ordentliche Lösung gewesen. Du hast ja keine Ahnung, was ich durchgemacht habe. Was ich gefühlt habe.«

»Okay. Du hast recht. Tut mir leid. Das war ein bisschen zu hart. Ich finde bloß ...« Er seufzt. »Ich finde bloß, du hast dich mit dem Thema nicht intensiv genug auseinandergesetzt.«

»Aber ich habe mich damit doch auseinandergesetzt.«

»Nein. Meinst du es reicht, wenn du deine Tochter mal einen Tag mit zur Arbeit nimmst? Oder einen netten kleinen Ausflug ins Museum mit ihr machst?«

»Ach, und du nennst mich zynisch?«, bemerke ich, obwohl ich weiß, dass er irgendwie recht hat. »Peter, was hätte ich denn sonst mit ihr machen sollen?«

»An deiner Bindung zu ihr arbeiten?«

»Sie war nicht hier, um sich eine neue Mutter zu suchen. Sie hat schon eine.«

»Aber ich bin mir ganz sicher, dass sie sich mehr von ihrem Besuch versprochen hat als Stadtbesichtigung und Shopping. Sie braucht dich.«

»Ach ja? Und was hätte ich machen sollen? Ihr die Ohren darüber vollheulen, wie traurig ich darüber bin, dass ich sie nicht behalten habe?« In dem Moment, als die Worte draußen sind, begreife ich, was ich gesagt habe. Zum ersten Mal nach all den Jahren des Selbstbetrugs spüre ich Reue. Ich hätte sie behalten können. Ich hätte mich für eine offene Adoption entscheiden können. Zumindest aber hätte ich die Wahrheit sagen können.

Peter hat es auch begriffen und gibt einen Laut von sich, den ich als »Na, siehst du« interpretiere.

»Okay«, sage ich. »Du hast gewonnen.«

Sein Tonfall ähnelt plötzlich dem eines Therapeuten, der seine Klientin zu einer schmerzvollen Erkenntnis geführt hat. »Ich will nicht behaupten, dass du was falsch gemacht hast, indem du sie zur Adoption freigegeben hast. Du hast bis jetzt ein wunderbares Leben gehabt. Und sie sicher auch.«

Meine Augen füllen sich mit Tränen, als ich nach meinem Mantel und dem Hausschlüssel suche. »Peter, ich bin sechsunddreißig. Ich will Mutter sein. Und mein Freund will kein Kind mehr ...«

»Das habe ich nie so gesagt.«

»Ach, dann willst du also eins? Oder doch nicht?«

Schweigen.

»Das heißt Nein?«

»Das heißt, ich weiß es nicht.«

»Okay. Mein Lebensgefährte, mit dem ich schon zwei Jahre zusammen bin, *weiß* nicht, ob er noch ein Kind will. Wenn ich mit ihm zusammenbleibe, weiß ich also auch nicht, ob ich ein Kind haben werde. Und wenn ich mit ihm Schluss mache, weiß der Himmel, ob ich einen neuen Partner finde, solange meine rapide abnehmende Fruchtbarkeit noch anhält.«

»Ich gehe mal davon aus, dass du bei deinem Lebensgefährten bleibst«, sagt Peter.

»Aha, dann stehst du mit deiner Einschätzung aber ziemlich alleine da. Vielleicht solltest du heute Abend zu Hause bleiben.«

»Ja, vielleicht«, erwidert er. Jetzt ist er genauso verärgert wie ich.

»Bis dann«, sage ich und lege auf, bevor er die Gelegenheit dazu hat.

Eine Viertelstunde später bin ich am Campagnola an der Upper East Side angekommen. Es ist ein klassischer Italiener mit rustikalem Dekor und zahlungskräftiger Kundschaft – und außerdem eins von Peters Lieblingslokalen. Als ich reinkomme, entdecke ich sofort Claudia und Jess, zwei meiner besten Freundinnen. Sie sitzen an der Bar. Jess ist umgeben von drei Männern, typisch für sie.

»Hallo!«, rufe ich in dem Versuch, das lebhafte Geschnatter und die Sinatra-Nummer des Pianisten zu übertönen. Das Herz ist mir schwer, aber ich gebe mich fröhlich. Ist mein Leben wirklich nur Fassade?

»Hey, Mädel! Willst du einen TLC?«, fragt Jess und hebt ihr Glas.

»Und was ist das?«, will ich wissen.

»Whiskey, Cointreau, Pastis, Wermut, Angostura. Sogar Claudia findet das gut«, erklärt sie und signalisiert dem Barkeeper, dass er noch zwei machen soll.

»*Sogar* Claudia?«, fragt Claudia. Sie weiß, dass sie von uns dreien die Konservativste ist – Jess nennt sie verklemmt –, aber Claudia wehrt sich gegen diese Einschätzung.

Jess lächelt süffisant und wendet sich wieder ihrem Anzugträger-Publikum zu. »Das beweist, dass ich recht hatte. Jeder mag Whiskey, die Frage ist bloß, wie, wann und wo.«

Die Männer lachen ein bisschen zu herzhaft. Sie sind in den Bann einer Frau geschlagen, die Whiskey mag und dazu noch aussieht wie ein Model. Zu allem Überfluss ist Jess eine knallharte Investmentbankerin, die die Insolvenz von Lehman Brothers überlebt hat und inzwischen die Abteilung Healthcare Banking bei Goldman Sachs leitet. Im Scherz habe ich schon oft zu Peter gesagt, dass sie perfekt zu ihm passen würde. Sie ist eine lustigere, hübschere, klügere Ausgabe von mir. Und genau wie Peter hat sie gewisse Bindungsängste.

Inzwischen unterhalte ich mich mit Claudia über die Ereignisse der letzten Zeit. Das Thema Männer klammern wir dabei dezent aus, was uns durch Bens Ankunft noch erleichert wird. Ben ist Claudias Ehemann.

»Wo ist Peter?«, fragt Ben, nachdem wir uns begrüßt haben.

»Er arbeitet. Kann heute leider nicht dabei sein«, sage ich. Keiner schöpft Verdacht, denn das ist absolut nichts Ungewöhnliches. Als wir dann an unserem reservierten Tisch in der Mitte des Raums Platz genommen haben, gestehe ich Claudia doch, dass wir uns gestritten haben.

»Willst du darüber reden?«, fragt sie.

»Worüber reden?«, platzt Jess in unser Gespräch hinein.

»Ach, nichts. Ich habe bloß erzählt, dass Peter und ich uns ein bisschen in die Haare gekriegt haben.« Dankbar halte ich mich an meinem Whiskeyglas fest. »Kann sein, dass wir uns trennen.«

»Ist nicht wahr!«, ruft Jess. »Was ist denn los? O nein, hat er dich betrogen? Bitte sag mir, dass das nicht wahr ist.«

»Nein, es ist ganz anders«, sage ich und denke an all die verheirateten Männer, mit denen sie schon Affären hatte. Insofern wundert mich ihre erste Annahme nicht. »Es ist eine längere Geschichte.«

»Na, dann erzähl sie uns«, fordert Jess. »Es wird dir danach besser gehen.«

Ich lächele, weil wir so verschieden sind. Für sie gibt es unter Freundinnen keine Geheimnisse. »Geht es um seine bescheuerte Ex? Macht sie wieder Ärger?«, rät sie.

»Nein, dieses Mal nicht.«

»Habt ihr ein Problem mit Aidan?«

»Willst du ein Ratespiel veranstalten oder Marian einfach erzählen lassen?«, fragt Claudia.

»Es gibt da ein paar Streitpunkte«, sage ich und denke an Kirby. Ich fühle einen dumpfen Schmerz in meiner Brust. »Ich glaube, er benutzt unsere Diskussionen, um die Tatsache zu rechtfertigen, dass er nicht bereit ist, sich weiterzuentwickeln.«

»Moment mal. Langsam. Und drück dich nicht so kryptisch aus«, sagt Jess. »Was ist los bei euch?«

»Ich glaube, er will kein Kind mehr«, sage ich.

»Aber du weißt nicht, ob das wirklich stimmt, oder?«, fragt Claudia. Sie ist Expertin auf diesem Gebiet. Sie hat vor einigen Jahren mit Ben Schluss gemacht und ihm nach ein paar Monaten wieder verziehen. Bei ihnen war es aber umgekehrt: Er wollte ein Kind und sie nicht. Die Fronten waren verhärtet, bis sie begriffen, dass es doch nicht so wichtig war. Heute haben sie eine dreijährige Tochter namens Frances, und ihre Mutter ist ganz vernarrt in sie.

»Ihr werdet euch schon wieder vertragen«, beschwichtigt mich Ben. Ich sehe ihm ins Gesicht und fühle mich gleich viel besser. Irgendwie verströmt er diese besondere Kraft. Er ist ein Mann, den man sich als Ehemann erträumt, wenn man acht Jahre alt ist und noch an die ewige Liebe glaubt. Der typisch amerikanische Junge, gut aussehend, aber kein Schönling. Witzig, aber nicht eingebildet. Klug und ehrgeizig, aber mit viel Familiensinn. Als Frances geboren wurde, hat er tatsächlich zwei Jahre Auszeit von seinem Architekturbüro genommen und sich den ganzen Tag um sie gekümmert. »Sieh dir Claudia und mich an. Manchmal muss man nur ein bisschen Geduld haben.«

»Vielleicht«, gebe ich zurück. »Aber ich hab nicht mehr viel Zeit, um geduldig zu sein.«

Claudia verdreht die Augen und erklärt, ich solle mich nicht lächerlich machen, aber ich bringe sie zum Schweigen, indem ich sie darauf hinweise, dass sie genauso alt war wie ich jetzt, als sie schwanger wurde.

»Aber ich bin zwei Jahre älter als du, und ich kriege auch nicht die Panik«, sagt Jess.

Ich vermeide es, den Namen Michael auszusprechen (ihr letzter Freund – die Trennung ist noch nicht lange her) und erinnere sie nur dezent daran, dass sie über einen Haufen eingefrorener Eizellen von sich selbst verfügt und sowieso vorhat, sich eine Leihmutter zu nehmen.

Claudia wirkt nachdenklich und sagt: »Und darum ist er heute Abend nicht gekommen? Weil du ein Baby willst und er sich noch nicht entschieden hat?« Ihrem Tonfall entnehme ich, dass sie weiß, dass ich ihnen einen wichtigen Teil der Geschichte verschwiegen habe – auch darum mag ich sie so gerne. Sie ist verdammt clever und versteht es, zwischen den Zeilen zu lesen.

Ich zögere. Ich gebe meine Abwehrhaltung endlich auf, als ich an Kirby denke. An ihr billiges Teenagerparfum und ihr unbeholfenes Make-up. An ihre großen Ohren und ihr süßes, schüchternes Lächeln. An ihre überraschende Rap-Nummer im Writers' Room und ihr kindliches Staunen im Guggenheim. Ich denke an unsere letzte Umarmung, bevor ich sie ins Taxi gesetzt habe, daran, wie sehr ich sie plötzlich vermisse, und daran, was ich alles verpasst habe, weil ich nicht ihre Mutter war. Aber meine Freunde schauen mich gespannt an, darum stelle ich mein Glas ab und sage: »Also gut. Mein Streit mit Peter drehte sich teilweise auch ... ums Heiraten. Ich will ein Kind. Ich will Mutter sein ...«

Claudia nimmt meine Hand, ich atme tief durch und überlege, was ich jetzt sagen soll. Mache ich das eigentlich für mich – oder will ich Peter etwas beweisen? »Und das wünsche ich mir so sehr, weil ... also, weil ich schon mal ein Baby hatte. Vor langer Zeit.«

»Was? Wann denn?«, schreit Jess.

Ich starre auf die Tischplatte, rede aber tapfer weiter. »Mit achtzehn. Vorm College. Ich hab das Baby zur Welt gebracht ... und es dann weggegeben.«

»Zur Adoption freigegeben?«, fragt Jess.

Ich lächele. »Also, ich habe die Kleine nicht im Weidenkörbchen vor der Kirchentür ausgesetzt.«

»Mein Gott, Marian«, seufzt Claudia. Ich muss an ihre Schwester denken, die in offener Adoption ein Kind adoptiert hat. Ben schaut mich voller Mitgefühl an.

»Verdammt«, sagt Jess und nimmt meine andere Hand.

»Tja, heftig, oder?« Ich lächele wieder, um der Situation die Dramatik zu nehmen. Dann kommt die Kellnerin und sagt ihr Sprüchlein auf. Jess bestellt zwei Flaschen von einem toskanischen Rotwein und eine bunte Auswahl unserer üblichen Vorspeisen.

Kurz darauf nimmt Jess das Verhör wieder auf. »Warum hast du uns nie was darüber erzählt?«, fragt sie verblüfft. Sie selbst schafft es nicht mal, vor einem Taxifahrer ein Geheimnis zu bewahren.

»Ich habe es niemandem erzählt«, sage ich. »Achtzehn Jahre lang habe ich die Geschichte geheim gehalten. Nur meine Mutter wusste Bescheid. Selbst meinem Vater habe ich nichts davon gesagt. Und auch nicht dem Vater des Babys. Niemand hatte die leiseste Ahnung. Bis letzten Samstag. Da hat sie plötzlich an meiner Tür geklingelt.«

Ich warte, dass jemand etwas sagt, aber keiner spricht. Dann rede ich weiter, erzähle ihnen von Kirby – und merke mit Schrecken, dass ich kaum etwas über sie weiß. Ich denke an Peters bissige Bemerkungen über Stadtbesichtigung und Shopping und schäme mich.

»Moment mal. Du hast es dem Vater des Kindes nicht gesagt?«, fragt Jess, die sich sofort auf die schlimmste Stelle der Geschichte stürzt. »Das ist ja irre. Und ich dachte immer, du wärst so spießig wie Claudia.«

Claudia und ich überhören den letzten Satz. »Und darum ist Peter heute Abend nicht hier. Er findet, ich habe mich mit der Sache noch nicht intensiv genug auseinandergesetzt«, sage ich.

Am Tisch herrscht Stille. »Seid ihr sauer auf mich, weil ich es euch verschwiegen habe?«

Alle behaupten, nicht sauer zu sein. Ich nehme es ihnen ab. Dann kommt die Kellnerin mit dem Wein und verschafft mir eine kurze Verschnaufpause.

Jess ist die Erste, die ihr Glas erhebt. »Auf streng geheime Adoptionen!«

Alle lachen.

»Ich wollte es euch schon oft sagen«, erkläre ich und schaue zuerst Claudia an. »Als du mir erzählt hast, dass deine Schwester Luke adoptiert hat ... oder als du schwanger warst mit Frances.« Dann wende ich mich Jess zu. »Und auch jedes Mal, wenn du mir eins deiner kleinen Geheimnisse anvertraut hast.« Ich lächele. »Aber ich habe mich schon vor langer Zeit dafür entschieden, niemandem irgendwas zu erzählen. Ich wollte die Sache hinter mir lassen und nach vorne schauen.«

Ben fragt: »Und wo genau liegt für Peter da das Problem?«

Ich zucke die Schultern. »Das weiß ich wirklich nicht. Für ihn geht es anscheinend um Ehrlichkeit und darum, dass ich ihm etwas Wichtiges verschwiegen habe.«

Claudia sieht Ben an und fragt: »Schatz, würde es dir auch so gehen?«

»Ich kann mich nur schwer in die Lage versetzen. Weil du am Anfang doch kein Kind wolltest«, erwidert Ben.

»Na, dann stell dir vor, dass es um etwas anderes geht. Um irgendwas, das sie vor dir geheim gehalten hat«, sage ich.

»Hm, so was wie einen lesbischen Dreier?«

»Tu nicht so«, sagt Claudia. »Schlüpfrige Männerfantasien nimmt dir keiner ab.«

Ben lächelt, nimmt einen Schluck Wein und wird wieder ernst. »Ich würde ja gerne sagen, dass ich dich verstehe. Das heißt, ein reifer Mensch würde dir ohne Weiteres verzeihen. Aber ganz ehrlich, ich wäre vermutlich auch geschockt. Nicht wütend, eher verletzt.«

»Wirklich?« Das nervöse Ziehen kehrt in meine Magengrube zurück. Wenn Ben ein Problem damit hätte, dann hätte jeder andere auch ein Problem.

Er nickt, runzelt die Stirn und fährt fort: »Und ich wäre wohl auch ein bisschen in Sorge. Es geht tatsächlich irgendwie um Aufrichtigkeit und Vertrauen. Möchtest du denn nicht auch daran glauben, dass er dir alles erzählt hat? Wenigstens das Wichtige in seinem Leben? Was, wenn er dir so eine Sache verschwiegen hätte? So einen Knaller?«

Ich versuche mir vorzustellen, dass Robin in Wirklichkeit seine zweite Ehefrau ist, nicht die erste. Oder passender, dass er noch ein weiteres Kind hat, irgendwo in einer anderen Stadt. »Ja, vielleicht würde mir das auch zu schaffen machen.«

»Aber wenn er damit nicht fertigwird, dann liebt er dich vielleicht nicht so, wie es sein sollte«, bemerkt Ben.

Ich schaue ihn gespannt an und warte darauf, dass er weiterredet.

»Das ist ja kein unverzeihliches Vergehen. Eigentlich ist gar nichts unverzeihlich, wenn man sich wirklich liebt«, sagt er und schaut Claudia an.

»Und was ist mit Kirby?«, fragt Claudia. »Bist du froh, dass sie dich gefunden hat?«

»Ja«, erwidere ich. »Irgendwie schon. Ich bin froh, dass es ihr gut geht. Sie scheint eine nette Familie zu haben ... und ein ziemlich schlaues Köpfchen zu sein ...«

»Aber?«, fragt Jess.

»Aber es verkompliziert mein Leben. Nicht nur meine Beziehung zu Peter, sondern alles. Bevor sie aufgetaucht ist, war es allein meine Entscheidung, wem ich was sagen wollte. Jetzt muss ich mich mit ihr auseinandersetzen. Möchte sie vielleicht ihren Großvater kennenlernen? Dann muss ich es auch meinem Dad sagen. Möchte sie ein Teil meines Lebens werden? Dann muss ich ihr zeigen, dass ich sie darin willkommen heiße. Und ...« Ich halte kurz inne und frage mich, ob dieser Teil der Geschichte jemals leichter auszusprechen sein wird. »Und ich werde es dem Vater des Kindes beichten müssen.« Mein Magen verkrampft sich. »Ich weiß, dass sie auch ihn suchen will. Sie hat es zwar nicht offen gesagt, aber ich habe es gespürt.«

»Möchtest du ihn denn suchen?«, fragt Ben.

Ich würde meine Sicht der Dinge gerne schönreden, habe aber nicht die Energie dazu. »Nein. Ich habe mein Leben lang versucht, diesen Fehler zu verdrängen. Ihn und die ganze damalige Zeit. Ich will das alles nicht wieder ausgraben, das ist das Letzte, was ich will.«

»Was willst du nicht wieder ausgraben?«, fragt Jess triumphierend. »Vielleicht deine Gefühle für ihn?«

»Jess, das hier ist keine Soap Opera«, sage ich.

»Könnte aber eine sein.«

»Ach, Quatsch«, gebe ich zurück. Wenn das wirklich eine Soap wäre, dann hätte Peter die Handlung verändert, und Conrad, Kirby und ich wären heute ein glückliches Trio.

»Selbst Quatsch«, blafft sie zurück. »Du musst ihn suchen. Du und deine Tochter, ihr müsst ihn suchen, so wie *Thelma und Louise*!« Sie grinst und macht eine blöde Handbewegung, die aussieht, als würde sie ein Lasso auswerfen.

15

Kirby

»Wir müssen da hin«, sagt Belinda, während wir unter der Aufsicht unserer Lehrerin auf dem Sportplatz joggend unsere Runden drehen. Sie meint natürlich den Schulball – das einzige Thema, das ich noch nerviger finde als das Thema College. Zum hundertsten Mal erkläre ich ihr, dass ich da nicht hingehe. Und denke an Marian und an Conrad. Mein Gespräch mit Mr. Tully ist erst ein paar Tage her, und seitdem bin ich geradezu besessen davon, meinen Vater zu finden.

»Ach komm, Kirby«, sagt sie. »Ich will nicht zu Hause sitzen und Liebesfilme gucken und mich mit Popcorn vollstopfen.«

»Dann guck dir halt keine Liebesfilme an und iss kein Popcorn«, entgegne ich, als Justine Lewis uns gerade zum zweiten Mal überholt. Ihr langer blonder Zopf hüpft herum wie ein Lämmerschwanz und ihre neonpinken Nikes wirbeln den Staub auf wie Pig Pen von den Peanuts. Es ist zwar peinlich, gut in Sport zu sein, aber irgendwie bin ich doch neidisch auf Justine. Ich würde gern Schlagzeug spielen, so wie sie um den Sportplatz rennt – selbstbewusst und in aller Öffentlichkeit.

»Wenn wir nicht hingehen, bereuen wir es für den Rest unseres Lebens«, sagt Belinda.

»O Mann, ich hoffe echt, wir denken nicht für den Rest unseres Lebens an diesen Schulball, Belinda. Oder überhaupt an die Highschool.«

Wenn wir nicht gerade schwanger werden. Aber selbst dann vielleicht nicht.

»Verdammt, Seitenstechen«, sagt sie und wechselt ins Gehen.

Unsere Sportlehrerin Mrs. Tropper schüttelt resigniert den Kopf, als wir an ihr vorbeischleichen.

Belinda sagt: »Aber das gehört zum Erwachsenwerden dazu.«

»Behauptest du.«

»Behaupten alle.«

»Außer mir.«

»Kirby, jetzt mal im Ernst. Die Leute werden uns später fragen: ›Mit wem bist du zum Schulball gegangen?‹ Und wir stottern dann blöd rum. ›Äh, mit niemandem. Wir waren nämlich totale Loser.‹«

Ich wende ein, dass ich noch nie gehört habe, wie jemand über zwanzig diese Frage beantworten musste. Dass ich keine Ahnung habe, ob meine Eltern zum Schulball gegangen sind.

Obwohl ich dunkel in Erinnerung habe, dass es da eine komische Geschichte von meiner Mutter gab, die in letzter Sekunde mit ihrer besten Freundin den Partner tauschte.

»Ich wette, Marian ist hingegangen«, sagt Belinda. »Sie war bestimmt Ballkönigin.«

»Überraschung! Wir haben nicht darüber gesprochen«, sage ich, obwohl Belinda recht haben könnte. Eine Frau, die ihrer wiedergefundenen Tochter teure Designerklamotten kauft, ist früher vielleicht auch Ballkönigin gewesen. Was übrigens ein weiterer Grund dafür ist, dass ich diese Klamotten nicht anziehen oder auch nur Belinda vorführen will.

»Ach komm, Kirby. Bitte. Tu's mir zuliebe«, bettelt sie und bindet sich die Schuhe neu. »Können wir vielleicht ein einziges Mal nicht die Loser sein?«

Ich beobachte, wie sie beide Schuhe mit Doppelschleifen versieht. »Ich glaube, wenn wir zusammen hingehen, sind wir die größeren Loser, als wenn wir überhaupt nicht aufkreuzen.«

Sie schüttelt den Kopf. »Quatsch. Wir werden aussehen wie sexy Frauen – wie moderne, sexy Frauen, die überhaupt keinen Mann brauchen.«

Ich pruste vor Lachen und sage ihr, dass ich keine Frau kenne, die dringender einen Mann braucht als sie.

Wie um mich zu bestätigen, sagt sie: »Obwohl ... vielleicht habe ich ja doch ein Date. Ich hab ein richtig gutes Gefühl bei Jake Mahoney.«

»Wer?«

»Der Typ aus dem Einkaufszentrum.«

Ich stöhne auf.

»Was denn?«

»Aus dem Einkaufszentrum? Belinda, Dates, die man im Einkaufszentrum aufgabelt, können nur Assis sein. Der Typ trägt bestimmt eine echte Assi-Matte.«

»Zu deiner Information: Wir waren in der Galleria und haben uns Sonnenbrillen angesehen. Assis kaufen nicht in der Galleria ein.«

»Bis ihr zwei Hübschen aufgekreuzt seid«, grinse ich.

»Okay. Red du nur schlecht über deine beste Freundin. Aber Jake ist kein Assi. Er wohnt in Clayton. Und geht auf die Chaminade. Er spielt Lacrosse. Nächstes Jahr geht er auf die Washington University.«

»Bitte, Belinda, du weißt genau, dass ein Typ von der Chaminade niemals mit einem Mädchen von der Du-Bourg ausgehen würde.« Das ist ungeschriebenes Gesetz in St. Louis.

»Ach, Kirby. Ich glaube, er mag mich. Echt.«

»Na gut. Dann frag ihn doch. Nur zu.« Als wir in die vierte und letzte Runde gehen, komme ich ins Schwitzen.

»Nur wenn du mitgehst. Er hat einen Freund namens Philip ...«

»Philip? Der heißt wirklich Philip?«

»Was stimmt denn nicht mit dem Namen?«

»Nichts. Wenn du Königin oder Herzogin bist oder so was.«

»Du bist doch sonst nicht so oberflächlich«, bemerkt sie und berührt damit geschickt einen wunden Punkt.

»Schau mal, Belinda. Ich gehe nicht auf diesen Schulball. Und schon gar nicht mit einem Blind Date namens Philip.«

»Der ist echt süß, ich schwör's dir! Du kannst ihn dir bei Facebook angucken.«

»Na klar. Weil die Leute sich bei Facebook ja total ehrlich darstellen. Das weißt du doch am besten«, sage ich und denke an ihre vielen gefakten Status-Meldungen über tausend coole Partys.

»Aber ich lüge doch nicht. Ich helfe bloß der Wahrheit ein bisschen auf die Sprünge. Wozu gibt es schließlich Photoshop?« Sie lacht. »Warum triffst du dich nicht mal mit ihm? Vielleicht mögt ihr euch ja, und dann ...«

»Nein, danke«, entgegne ich. In diesem Moment bläst Mrs. Tropper in ihre Trillerpfeife und verpasst ausgerechnet uns einen Rüffel – dabei trotten noch ein paar andere Nachzügler hinter uns her. »Belinda! Kirby! Etwas flotter, Ladys! Bewegt euch!«

Als sie sich umdreht, um jemand anders anzuscheißen, zeige ich ihr den Stinkefinger. Wir erhöhen das Tempo ganz sachte, und ich denke weiter an den Schulball. Tief im Inneren bin ich vielleicht doch ein bisschen traurig, dass ich nicht hingehe. Erst recht, nachdem Charlotte mir gestern Abend fröhlich erzählt hat, dass Noah sie zum Ball eingeladen hat. Danach musste ich mit ihr den Macy's-Katalog betrachten, in dem sie bereits alle infrage kommenden Abendkleider angekreuzt hatte. Vielleicht hatte ich früher ja auch mal so typisch mädchenhafte Vorstellungen vom Schulball. Ein schönes Kleid aussuchen. Auf den süßen Jungen warten, der mich von zu Hause abholt. Tausend Erinnerungsfotos mit Freunden im Garten schießen. Einen Flachmann in die Stretch-Limousine schmuggeln. Ein langsamer Tanz, wenn der Abend zu Ende geht. Küssen unter den Sternen. Der ganze Scheiß.

Das ist einfach nicht meine Welt. Und Belindas Alternativvorschlag, die Sache auf unsere Weise durchzuziehen, entweder allein oder zusammen mit zwei Snobs aus einer anderen Schule, die es vermutlich doch nur auf Sex abgesehen haben, ist auch keine Lösung. Ich werde dadurch nicht cooler oder glücklicher – und andere werden dadurch auch nicht glauben, dass ich plötzlich cool oder glücklich bin. Im Gegenteil, ich würde mich nur noch schlechter fühlen, weil der Abend wahrscheinlich darauf hinauslaufen würde, dass Belinda sich zügig die Kante gibt und ihrem Date ins nächstbeste Hotelzimmer folgt, während ich mit einem Push-up-BH, schlecht aufgetragenem Selbstbräuner und einem Trottel namens Philip irgendwo blöd herumstehe. Nein, danke.

Als wir die Ziellinie überqueren, brüllt Mrs. Tropper unsere Zeit heraus und schüttelt den Kopf. »Dreizehn

Minuten und zweiundvierzig Sekunden. Das ist ja ein Witz! Meine Oma rennt schneller als ihr.«

Ich zucke mit den Schultern und glotze sie ausdruckslos an, um ihr zu zeigen, wie egal mir das alles ist. Das ist das Einzige, worin ich wirklich gut bin.

16

Marian

Früh am Montagmorgen platzt Angela Rivers in mein Büro und legt einen Auftritt hin, der ihrer Serienfigur alle Ehre machen würde. Ich muss an die dramatische Szene in einer der letzten Folgen denken, in der sie erfährt, dass ihr Freund eine Affäre mit seiner Ex hat. Eine Sekunde später begreife ich, dass das Leben die komischeren Geschichten schreibt.

»Er vögelt sie«, wehklagt sie und zeigt die ganze Bandbreite ihrer Schauspielkunst, vom mitleiderregenden Schluchzen bis zur rasenden Wut. Sie hat rote Augen und schlechte Haut, und ich bemerke schnell, dass sie irgendwas mit ihren wunderschönen, langen roten Haaren angestellt hat. Die sind ihr Markenzeichen. Aber jetzt stimmt die Farbe nicht mehr – sie sehen eher nach Cyndi-Lauper-Orange aus. Als sie den Kopf in die Hände legt, sehe ich außerdem, dass hinten ein riesiges Loch klafft. Wenn sie das nicht selbst verbockt hat, hat sie einen eindeutig bösartigen Friseur. Insgeheim überlege ich fieberhaft, wie ihre Frisur noch zu retten ist – und wichtiger noch, wie wir die Änderung ins Drehbuch einarbeiten können.

Ich betrachte sie, höre sie klagen und frage mich, warum ich ihren Schmerz nicht ernster nehmen kann. Bin ich so egoistisch? Geht es mir nur darum, wie sich diese Neuigkeit (und die Haarkatastrophe) auf meine Sendung auswirken wird? Oder glaube ich, dass sie mir bloß etwas vorspielt? Sie scheint zwar aufgewühlt zu sein, aber Tränen entdecke ich nicht.

»Wer vögelt wen?«, frage ich ein bisschen zu laut. Ich werfe einen Blick in den Flur, in der Hoffnung, dass niemand mich gehört hat – während Angela wahrscheinlich hofft, dass alle uns gehört haben. Inzwischen blicken zwei Assistenten neugierig in mein Büro. Aber Angela soll ja meine Frage beantworten, darum schließe ich die Tür.

»Damien«, sagt sie. »Ich hätte nie jemandem vertrauen sollen, dessen Name für den Teufel steht!«

»Wie bitte?« Ich bin verwirrt.

»Damien Thorn. *Das Omen*!«, erklärt sie, als wäre ich schwer von Begriff, nur weil ich nicht sofort kapiere, das sein Vorname zufällig mit der Figur einer Horrorserie aus den Siebzigern übereinstimmt. »Ich kann nicht mit ihm arbeiten.«

Ich glotze sie an und versuche, das mögliche Ausmaß der Situation zu begreifen. Nach Angela ist Damien unser zweitwichtigster Schauspieler. In Hollywood nennt man ihn einen »kommenden Star«, und das Magazin *People* hat ihn kürzlich in seine Liste der fünfzig schönsten Menschen der Welt aufgenommen. Anders ausgedrückt: Sie täte gut daran, mit ihm zu arbeiten. Und dann erinnere ich mich an Jeanelles Bemerkungen im Writers' Room und bete, dass an den Gerüchten nichts dran ist und er *nicht* unsere drittwichtigste Schauspielerin vögelt: Carrie England.

Doch Angela jammert: »Ich kann es nicht fassen, dass er mich betrogen hat. Und dazu noch mit ihr! Er weiß doch, wie sehr ich Carrie hasse!«

In der Tat, wir alle wissen, wie sehr sie Carrie hasst, schon seit längerer Zeit, aber niemand weiß so richtig, warum. Carrie ist nämlich eine der freundlichsten, liebenswürdigsten, unkompliziertesten Schauspielerinnen, mit denen ich je gearbeitet habe – eine große Ausnahme in dieser Branche. Vielleicht ist es ja das, was Angela so aufbringt: die Tatsache, dass jeder ständig betont, wie wunderbar Carrie ist. Vielleicht ahnt Angela ja, dass man das von ihr nicht behaupten kann. Und vielleicht ist sie langsam dahintergekommen, dass es nicht nur auf Aussehen ankommt. Aber wenn ich ehrlich bin, glaube ich es nicht.

Das Leben ahmt hier also mal wieder die Kunst nach, aber bevor ich kluge Bemerkungen machen kann, schüttelt Angela den Kopf, faltet die Hände und setzt eine oscarverdächtige verletzte Miene auf.

»Es tut mir leid, Marian. Aber ich steige aus.«

»Jetzt beruhige dich erst mal«, entgegne ich, obwohl ich selbst ziemlich beunruhigt bin.

Mein gut gemeinter Rat reizt sie bloß noch mehr. Sie wirft ihr ramponiertes Haar auf eine Seite und verkündet: »Ich werde nicht mehr mit denen zusammenarbeiten. Mit keinem von beiden. Ich steige aus. Es sei denn ...« Sie sieht mich an. Ihr Blick ist einstudiert wie vor der Kamera. »Es sei denn, du feuerst sie.«

»Ich soll sie feuern? Damien und Carrie?«

»Ja. Beide.« Sie überlegt einen Moment und fügt hinzu: »Oder wenigstens Carrie.«

Sie schaut mich herausfordernd an. Da begreife ich, dass Rache der wahre Grund ihres Besuchs ist.

»Aber sie haben laufende Verträge«, sage ich und schüttele den Kopf. Im Geiste rechne ich allerdings schon aus, was es kosten würde, Carrie aus ihrem Vertrag zu entlassen und einen Ersatz für sie zu finden.

Theoretisch wäre das natürlich möglich, aber es geht ums Prinzip. Es wäre ungeheuerlich, wenn eine Serienschauspielerin eine andere rausekeln könnte. So weit darf man es nicht kommen lassen. Das würde außerdem signalisieren, dass Angela die Fäden in der Hand hat. Ich würde die Kontrolle verlieren, und niemand würde mich mehr respektieren. »Das kann ich nicht«, sage ich.

»Okay, dann steige ich eben aus.« Sie dreht sich um und will gehen.

»Halt! Halt! Wir rufen Standish an«, schlage ich vor. Alle nennen Peter nur »Standish«. »Lass uns ganz vernünftig bleiben.«

»Ich bin vernünftig«, sagt sie. »Ich bin betrogen worden. Und darauf reagiere ich vernünftig. Bist du schon mal betrogen worden?«

Einen Moment lang tut sie mir leid. »Ich glaube nicht«, erwidere ich.

»Dann kannst du auch nicht ermessen, wie sich das anfühlt.«

»Aber diese Show macht dich groß!« Ich versuche es mit der besten Waffe in meinem Arsenal: Ich appelliere an ihr Ego. »Du bist auf dem Weg zum Star. Du warst für einen ›People's Choice Award‹ nominiert. Wenn du weiter solche Mätzchen machst, ist deine Beliebtheit bald beim Teufel.«

»Das sind keine Mätzchen«, erwidert sie. »Das sind meine Gefühle. Ich bleibe einfach nur mir selbst treu. Mein Herz ist mir wichtiger als meine Karriere.«

»Aber die Leute werden das so nicht wahrnehmen. Sie werden dich für eine Diva halten.«

Weil sie eine ist.

»Diva? Ich bin keine Diva. Carrie ist eine.«

Ich seufze. Vielleicht sollte ich in Zukunft lieber Romane

schreiben, da können mir die Figuren wenigstens nicht einfach weglaufen.

Plötzlich schreit sie: »Das ist alles nur deine Schuld!«

»Meine Schuld?«

»Ihr Schreiberlinge«, sagt sie und deutet auf mich. »Ihr habt sie zusammengebracht. Ich habe euch gesagt, dass das ein Fehler ist.«

»Du hast gesagt, dass es nicht zu Damiens Charakter passen würde. Nicht dass du Angst davor hast, was dabei herauskommt.«

»Trotzdem habe ich euch gewarnt.«

»Okay. Weißt du was, ich rufe jetzt Standish an«, sage ich, drehe mich in meinem Stuhl um und tippe seine Nummer ins Telefon. Als er sich meldet, flüstere ich: »Äh, ich bin's. Hallo. Kannst du vielleicht kurz runterkommen?«

»Sofort?«, fragt er.

»Äh, ja. Es ist so was wie ein Notfall.«

»Es *ist* ein Notfall!«, brüllt sie über mich hinweg.

»Mist, ist das Angela Rivers?«, fragt Peter. »Ich habe schon gehört, dass sie im Haus ist.«

»Hm-hm«, sage ich.

»O nein, haben wir einen zweiten Charlie Sheen am Hals?«

»Hm, ja. Kannst du nicht einfach runterkommen?«

»Bin gleich da«, sagt er. Er klingt halb gereizt, halb panisch – zu Recht. Wir wissen beide, dass solche Sachen lebensgefährlich für Projekte sind.

Ich lege auf und schaue Angela fest in die Augen. »Er kommt.«

»Wie läuft es eigentlich so zwischen euch?«, fragt sie.

»Super«, schwindele ich. Ist ihre Bemerkung Zufall, oder kursieren da etwa bereits Gerüchte?

Eine Sekunde darauf ist Peter da und strahlt ruhiges Selbstbewusstsein aus – sehr sexy. Sofort setzt er sich neben Angela und gibt ihr das Gefühl, wichtig zu sein, während sie die ganze Tirade über Carrie noch einmal abspult – inklusive ihres Wunsches, dass wir sie feuern mögen.

Als sie fertig ist, versucht er, sie aufzubauen. »Angela, seien Sie die Klügere«, sagt er. »Zeigen Sie ihnen, dass Sie ein echter Profi sind.«

Sie schnieft und entgegnet: »Ich *bin* ein Profi.«

»Ich weiß.« Er nickt mitfühlend, blickt dann aber auf die Uhr. »Tut mir leid, meine Damen. Ich muss in eine Marketing-Sitzung.«

»Ich muss auch los«, sagt Angela. Sie erhebt sich und geht Richtung Tür. »Aber vielen Dank, Mr. Standish. Haben Sie vielen, vielen Dank. Für Ihre Sichtweise.«

»Peter«, verbessert er mit einem herablassenden Lächeln. Ihrem sinnlichen Blick nach zu urteilen hat sie seine Mimik falsch verstanden.

»Danke, Peter. Sie haben mir eine ganz neue Perspektive eröffnet.«

»Toll«, erwidert er. »Wir hören voneinander, ja?«

Sie lächelt, schüttelt sich das massakrierte Haar aus dem Gesicht und haucht: »Das hoffe ich doch.«

Als sich die Tür hinter ihr schließt, verdrehe ich die Augen und sage: »Nicht zu fassen.«

»Ach, das ist durchaus zu fassen«, entgegnet Peter. »Sie ist eine völlig durchgeknallte, verblendete Schauspielerin. Die sind so. Aber was soll dieser Pippi-Langstrumpf-Look? Was ist denn da passiert?«

»Keine Ahnung. So weit sind wir nicht gekommen.«

Er zuckt mit den Schultern: »Mach dir keine Sorgen, die beruhigt sich schon wieder.«

»Was, wenn nicht? Gehen wir auf sie ein und feuern Carrie?«

»Meinst du das ernst?«, fragt Peter entsetzt. »Willst du dich unglaubwürdig machen? Beim ganzen Personal? Bei den anderen Autoren, den Schauspielern und dem Stab?«

»Ich weiß, ich weiß.« Habe ich mich bei ihm schon unglaubwürdig gemacht? »War ja nur eine Frage.«

»Auf keinen Fall. Wir müssen sie aber beobachten. Und die Lage unter Kontrolle behalten. Das Ganze könnte sich sogar positiv für uns entwickeln. Wir müssen Anita in der PR-Abteilung Bescheid sagen, damit wir die Deutungshoheit behalten. Und Angelas Agentin bei CAA anrufen, damit die sie zurückpfeift, bevor sie der Presse etwas anderes erzählt.«

»Ja. Jennifer Peros, mein Kontakt bei *Us Weekly*, hat mir gerade gemailt«, sage ich mit einem Blick in meine Inbox.

Er schüttelt den Kopf und knackt mit den Fingergelenken. »Was für ein Drama.«

»Ja.«

Peter sieht mich an. »Ich vermisse dich. Aber vielleicht ist es so am besten. Mit einer kleinen Sendepause.«

Ich nicke und tue so, als wäre ich seiner Meinung, obwohl ich ihm am liebsten um den Hals fallen und mein Gesicht an seine Brust drücken will.

»Wir beide haben einiges, das wir wieder ins Lot bringen müssen«, sagt er.

Ich möchte ihn fragen, was genau er wieder ins Lot bringen muss. Seine Gefühle für mich, meine Vergangenheit oder unsere Zukunft? Aber ich habe Angst vor der Antwort, die ich bekäme. Ich habe Angst davor, dass er mir erklärt, dass das alles miteinander zusammenhängt.

Oder dass er mich genau so heuchlerisch umschmeichelt wie vorhin den Star meiner Show.

Als ich an diesem Abend nach Hause komme, finde ich ein Paket vor. Es ist von Kirby. Ihre Adresse in St. Louis steht in der oberen linken Ecke, in ordentlichen Druckbuchstaben. Ich habe keine Ahnung, was drin sein könnte, aber als ich es öffne, wird mir das Herz schwer. Es sind die Kleidungsstücke, die ich ihr gekauft habe, und die Schilder hängen alle noch dran. Die Schuhe, auch sie noch ungetragen, stecken ordentlich in der marineblauen Prada-Schachtel. Als Letztes entdecke ich einen Brief in so winziger Handschrift, dass ich meine Lesebrille aufsetzen muss, um sie zu entziffern.

> *Liebe Marian,*
> *vielen Dank noch mal, dass ich bei dir wohnen durfte, als ich in New York war, und dass du mir das Flugticket nach Hause spendiert hast. Das war sehr nett von dir. Ich fand es auch toll, dass du mich mit zur Arbeit genommen hast. Das hat mir echt Spaß gemacht, und ich freue mich auf deine Serie (besonders auf Shaba. Ha!). Wie du siehst, schicke ich dir die Klamotten, die du mir gekauft hast, zurück. Das war wirklich cool von dir, aber mir ist nicht ganz wohl dabei, sie zu behalten. Sie sind einfach zu teuer, und außerdem bin ich nicht so der Typ dafür. Ich hoffe, du verstehst das. Nochmals danke für alles.*
> *Viele Grüße*
> *Kirby K. Rose.*

Ich lese den Brief noch einmal. Kein Wort über Conrad. Kein Wort darüber, dass sie froh ist, mich kennengelernt zu haben. Kein Hinweis darauf, dass wir mehr sind als nur Bekannte. Ich falte das Blatt zusammen und stecke es in die oberste Schublade meines Kleiderschranks, zusammen mit dem Bild von Conrad. Mir wird bewusst, dass das alles ist, was ich von ihr habe, und ich schäme mich dafür, dass ich so wenig über sie weiß. Dass ich nicht ein einziges Foto von ihr gemacht habe, als sie hier war. Dass ich es tatsächlich für eine gute Idee hielt, ihr solche Geschenke zu machen – noch bevor ich ihr die Wahrheit gesagt hatte. Dass Peter recht hat – Geheimnisse und Lügen sind im Grunde dasselbe. Und mein Leben ist eigentlich nur eine einzige große Lüge.

Bevor ich es mir anders überlegen kann, nehme ich den Hörer und wähle ihre Nummer, in der Hoffnung, dass sie rangeht. Sie tut es und klingt überrascht, wodurch sich meine Schuldgefühle bloß verstärken.

»Hallo Kirby«, sage ich. »Hier ist Marian.«

»Ich weiß«, antwortet sie. »Hallo.«

»Ich habe dein Paket bekommen.«

»Ja. Ich hoffe, du findest das nicht unhöflich. Ich bin dir echt dankbar und so, aber ...«

Ich schüttele den Kopf. Gleich weine ich. »Nein, Kirby, ich hab's schon kapiert. Es tut mir leid.«

»Was tut dir leid?«, will sie wissen, aber ich merke, dass es eher ein Abtasten ist als eine echte Frage.

»Dass ich mit dir shoppen gegangen bin. Wo wir doch viel wichtigere Dinge zu erledigen hatten. Zu besprechen hatten. Ich weiß wirklich nicht, was in mich gefahren ist. Ich ... ich glaube, ich wollte einfach in einer Umgebung sein, in der ich mich sicher fühle.« Was sagt es über mich aus, dass ich Barney's als »eine Umgebung, in der ich mich sicher fühle« bezeichne? »Es war wirklich eine blöde Idee.«

»Ja«, erwidert sie. Ich habe anscheinend genau das Richtige gesagt. Endlich.

»Ich hatte solchen Schiss«, gestehe ich.

»Ich weiß. Ich auch.«

»Ich habe immer noch Schiss«, seufze ich. Ich bin erleichtert, nicht nur, weil ich ihr gesagt habe, was wirklich passiert ist, sondern auch, was ich wirklich empfinde. Das ist ein großer Schritt. Irgendwie fühlt es sich an wie der erste ehrliche Moment zwischen uns.

Eine Sekunde lang sind wir beide still. Dann räuspert sie sich und fragt: »Und jetzt?«

»Ich weiß nicht«, erwidere ich. »Aber ich hoffe, wir finden es zusammen heraus.«

»Ja«, sagt sie. »Hoffe ich auch.«

17

Kirby

»Also. Ich muss dir was gestehen«, trällert Belinda, als sie im Rückspiegel ihren Lippenstift auffrischt. Wir stehen auf dem Parkplatz meines Lieblingskinos, dem Tivoli. »Bitte sei mir nicht böse.«

Ich hebe die Brauen, und sie sprüht sich etwas Parfüm in die Armbeuge und in den Nacken. »Willst du auch was?«, fragt sie und hält mir das Fläschchen »Vera Wang Glam Princess« hin, das sie immer im Handschuhfach aufbewahrt. Sie hat außerdem eins in ihrem Schulspind und eins in ihrem Zimmer zu Hause.

»Nein, danke«, sage ich. »Was ist los, Belinda?«

»Aaalso. Ich hab Jake und Philip angerufen ... und sie gefragt, ob sie heute auch kommen wollen. Und da sind sie!«, quiekt sie aufgeregt und deutet auf zwei Jungs, die gerade aus dem Auto steigen.

»O nein. Das kann doch nicht wahr sein!«, rufe ich und begreife, wieso sie heute so sehr darauf aus war, das Schminken bei mir zu übernehmen, und warum sie mich – ohne Erfolg – dazu überreden wollte, eins von ihren tief ausgeschnittenen Kleidchen zu tragen.

»Ach komm, Kirby! Schau sie dir doch einfach mal an. Die sind heiß! Echte Athletenkörper!«

Mit zusammengekniffenen Augen betrachte ich die

beiden. Nur einer sieht aus wie ein Sportler, er hat breite Schultern und einen selbstsicheren Gang. Der andere ist kleiner und schmaler und sieht asiatisch aus. Aber egal, was für Typen sie sind, ich will nicht mit ihnen reden. Ich verschränke die Arme vor der Brust, schüttele den Kopf und sage ihr, dass sie mich nach Hause fahren soll.

Belinda schaut mich böse an und piekt mir einen Finger in die Schulter. »Steig aus, Kirby. Sofort. Dieses Date findet statt, ob du willst oder nicht.«

Bewegungslos sitze ich mindestens eine halbe Minute da, während die Jungs zum Kinoeingang gehen. Belinda schwitzt, jammert und bettelt. Ich funkele sie wütend an und murmele, dass ihr das noch leidtun und der Abend eine Katastrophe werden wird.

»Bitte gib dich aufgeschlossen und positiv«, zwitschert sie und checkt ihr Aussehen ein letztes Mal im Taschenspiegel. Dann sind wir auch schon beim Kartenschalter.

»Ja-aake!«, ruft Belinda, und er und sein Kumpel drehen sich um. Sie tippelt hinüber, stellt sich auf die Zehenspitzen und küsst ihn auf die Wange. Ziemlich starker Auftritt. Aber trotzdem.

»Hey, Belinda«, grüßt er. Ich mustere ihn. Er ist groß, muskulös, blond und gut aussehend – so ein Typ fällt einfach auf. Und das weiß er anscheinend auch. Er trägt ein sehr enges T-Shirt, eine Baseballmütze mit der Aufschrift »Chaminade Lacrosse« und eine Ray-Ban-Sonnenbrille mit verspiegelten Gläsern, die ihn in meinen Augen noch weniger vertrauenerweckend erscheinen lassen als ohnehin schon.

Nachdem Belinda ihn mit berechnendem Tittenkontakt umarmt hat, setzt er die Brille ab und guckt entsetzlich eingebildet. Ich kenne den Blick schon an Jungen, die Belinda frisch angemacht hat und denen sie sich bereits entgegenkommend gezeigt hat. Letzten Sommer, als sie mit Richie Hayworth auf dem Taco-Bell-Parkplatz aus dem Audi seiner Mutter stieg, hatte er diesen »Sie hat mir gerade einen geblasen«-Blick drauf. Plötzlich zweifele ich daran, dass es ihr erstes Treffen seit dem Kennenlernen im Einkaufszentrum ist. Es wäre auch nicht das erste Mal, dass Belinda mir etwas vorschwindelt über die Typen, mit denen sie »ausgeht«. Echt komisch. Manchmal glaube ich, sie spielt ihre sexuellen Abenteuer hoch, und dann denke ich wieder, sie versteckt irgendwas vor mir. Vielleicht heißt das, dass sie selbst nicht genau weiß, ob sie stolz oder peinlich berührt sein soll, was ihre Jungsgeschichten angeht.

Dieser Jake jedenfalls hat ein Minimum an Manieren, das ist ein Fortschritt im Vergleich zu den bisherigen Typen. Sofort stellt er mir seinen Freund vor – und er weiß meinen Namen, ohne dass Belinda ihm hilft. Wie gruselig.

Philip nickt und lächelt mich wissend an. Auf einmal habe ich das Gefühl, dass er genauso genervt ist wie ich und dass er nur seinem Freund zuliebe gekommen ist. In dem Moment beschließe ich, dass er eigentlich ganz niedlich ist mit seiner leicht dunklen Haut und seinem langen, glänzend schwarzen Haar.

»Ich hab gehört, ihr wollt keinen Film sehen, in dem das Blut spritzt«, sagt er mit einem trockenen Lächeln.

»Ja, ich hab was gegen grundlose Gewalt«, sage ich und bemerke die ungewollte Schärfe in meiner Stimme.

»Tja, und ich habe mein Veto gegen grundlosen Sex eingelegt«, sagt Philip und betrachtet Jake und Belinda, die gerade knutschen. »Aber die beiden haben mein Memo wohl nicht gekriegt.«

Ich muss lachen. Okay, ich gebe ihm eine Chance. Oder wenigstens dem Abend. Wir laufen hinter Jake und Belinda her und gehen rein. Nachdem der Kartenabreißer unsere Tickets inspiziert hat, nimmt Belinda sie Jake aus der Hand und stopft sie sich in die Gesäßtasche ihrer engen weißen Jeans. Sie wirft mir einen Blick über die Schulter zu, der wohl sagen soll: »Nach dem Schulball werden die zu Erinnerungsstücken!«

»Also, was gucken wir uns an?« Belinda schaut fragend zu Philip.

»Einen brasilianischen Film«, antwortet er.

»Na, hoffentlich habt ihr Ladys Spanischunterricht genommen!«, brüllt Jake.

»Portugiesisch, Alter«, sagt Philip. »Außerdem gibt es Untertitel, du Blödmann.«

Ich lächele. Noch ein Punkt für Philip.

Belinda verzieht das Gesicht. »Untertitel?«

Jake schüttelt den Kopf und verpasst Philip einen so kräftigen Klaps auf die Schulter, dass er beinahe umfällt. Dann sagt Jake: »Tja, Kirby. Der Kerl versucht, intelligent rüberzukommen.«

»Ich *bin* intelligent«, gibt Philip grinsend zurück. »Ich versuche, dich intelligent rüberkommen zu lassen. Aber das hast du ja gerade versaut.«

»Egal, Alter«, sagt Jake. »Will jemand Popcorn?«

Ich lehne dankend ab, aber Belinda sagt, sie hätte gerne welches. Ich weiß genau, dass sie es bloß will, um so früh wie möglich Körperkontakt herzustellen. Ich kenne alle ihre Tricks. Zusammen mit Jake stellt sie sich am Popcornstand an. Philip sieht mich an. Dann lächelt er und fragt: »Bist du sicher, dass du nichts willst?«

»Ja. Aber vielen Dank.« Ich überlege, was ich sagen kann. »Haben sie dich auch unter Vorspiegelung falscher

Tatsachen hierhergelockt?« Was Besseres ist mir nicht eingefallen.

Er lacht und sagt: »Nein, ich hab gewusst, was Sache ist. Jake hat mir ein Foto von dir gezeigt. Da bin ich dann mitgekommen.«

Ich spüre, wie ich rot werde. Sein beiläufiges Kompliment klingt echt.

»Tut mir aber leid, wenn du nicht freiwillig hier bist.«

»Nein, so habe ich das nicht gemeint«, sage ich und denke an etwas, das Belinda mir mal aus einem Teenie-Magazin vorgelesen hat: *Auch Jungs haben Gefühle.*

»In welcher Klasse bist du?«, frage ich in dem Versuch, vernünftigen Date-Smalltalk zu machen.

»Zwölfte. Du auch?«

Ich nicke, und er stellt die unvermeidliche Frage nach dem College, das ich mir ausgesucht habe.

»Ich hab mich noch nicht entschieden«, sage ich.

Er lacht. »Du bist ganz schön spät dran, oder? Was steht denn zur Auswahl?«

»Missouri«, sage ich. »Oder gar nichts.«

Anstatt mich als einen totalen Loser zu betrachten, wirkt er ehrlich interessiert. »Und warum?«

Ich zucke mit den Schultern und erkläre: »Weiß nicht. Irgendwie finde ich es blöd, mit der halben Highschool aufs College zu gehen.«

»Kann ich verstehen«, erwidert er. »Und warum hast du dich nicht außerhalb von Missouri beworben?«

»Kein Geld«, sage ich direkt. »Meine Eltern können sich das nicht leisten. Und ein Stipendium kriege ich auf keinen Fall.«

Er nickt. Seine Miene verrät kein Urteil. Ich frage: »Und wo gehst du hin? Ich wette, auf eine Eliteschule.«

»Ich bin bloß Halbkoreaner«, sagt er lachend. »Meine

Mathenoten sind mies. Und ich spiele weder Cello noch Schach.«

»So habe ich das nicht gemeint«, sage ich verlegen. Ich bin in die Klischeefalle getappt, aber das hat vermutlich eher damit zu tun, dass er auf die Chaminade geht und gern ausländische Filme guckt.

»War nur Spaß«, erwidert er. Offensichtlich hat er es mir nicht übelgenommen. »Ich gehe nach Colorado.«

»Cool.«

»Ja, ich komme nämlich ursprünglich aus Denver. Wir sind vor sechs Jahren hierhergezogen, weil mein Dad versetzt wurde. Er arbeitet als Ingenieur bei Boeing.«

»Gefällt es dir in Colorado besser?«

»Ja, da ist es echt schön. Ich liebe das Wasser und die Berge. Ich bin einfach gerne in der Natur.«

»Und was machst du diesen Sommer?« Ich frage mich, ob er einen Ferienjob hat oder einer dieser verwöhnten Clayton-Jungs ist, die den Sommer über im Country Club faulenzen oder im schicken Ferienhaus der Eltern Party machen.

»Ich fahre nach Alaska«, erwidert er und strahlt. »Ich hab ein Praktikum als Assistent bei der UNAVCO. Beim Plate-Bound-Observatorium.«

Auf meine Frage hin erklärt er mir, dass die UNAVCO sich damit beschäftigt, GPS-Stationen einzurichten, mit denen die Kontinentalplatten im Pazifik vermessen werden.

»Cool!«, sage ich. Seine Antwort hat mich so verwirrt, dass ich nicht mehr weiß, was ich als Nächstes fragen soll.

»Ja, ich freue mich total! Ein Freund von mir hat letztes Jahr ein Praktikum dort gemacht und meint, es sei echt harte Arbeit. Man benutzt Elektrobohrer, fliegt im Helikopter herum und schleppt schweres Zeug durch die Gegend.« Er spannt seinen nicht existenten Bizeps an. »Ich muss ja ein paar Muskeln kriegen, um die Mädels im College zu beeindrucken.«

»Warum jobbst du nicht bei einer Umzugsfirma? Wäre das nicht einfacher?«

Er lacht.

»War nur Spaß. Das klingt echt aufregend.«

»Ja. Ist zwar harte Arbeit, aber ich lerne dadurch was über Geologie und Geophysik und komme in menschenleere Gegenden von Alaska.« Er lächelt mich unsicher an. »Da soll es total schön sein.«

Ich nicke und fühle mich plötzlich so ähnlich wie vor drei Wochen in New York, auf der Fifth Avenue und im Guggenheim und im Writers' Room. Als mir klar wurde, wie wenig ich über die Welt eigentlich weiß. Und dass es wirklich tolle Sachen gibt, die das Leben so zu bieten hat.

Kurz darauf sind Jake und Belinda wieder da, mit einem riesigen Becher Popcorn, einer Packung Erdbeer-Twizzlers und zwei Bechern Cola, in denen ein Eichhörnchen ertrinken könnte. Immerhin, Belinda weiß, dass Jungs es nicht mögen, wenn Mädchen bloß an einem Salatblatt knabbern.

Wir betreten den ziemlich leeren Kinosaal. Philip führt uns die Stufen hinauf und wählt die erste Reihe der Loge aus. Ich setze mich neben ihn, Belinda nimmt den Platz auf meiner anderen Seite, und Jake setzt sich außen neben Belinda. Als ich mit Philip weiter über Alaska rede, höre ich einen Satzfetzen aus der Unterhaltung zwischen Belinda und Jake mit an. Es geht um die Vorzüge der verschiedenen Knabbereien, die man im Kino kaufen kann. Das heißt wohl, dass unser spontanes Date bislang besser läuft als ihr geplantes.

»Und was ist mit dir?«, fragt Philip. »Hast du schon Pläne für diesen Sommer?«

»Ich sitze in St. Louis fest. Ich arbeite im Supermarkt, als Einpackhilfe«, antworte ich. Gern hätte ich etwas Interessanteres gesagt, aber dann fällt mir ein, dass ich ja noch etwas anderes im Arsenal habe. »Ich bin aber gerade zurück aus New York City. Das war echt klasse.«

»Wow. Was hast du denn da gemacht?« Er betrachtet mich so intensiv, dass ich unruhig werde.

»Ich habe meine leibliche Mutter besucht.«

»Deine leibliche Mutter?«

»Ja, ich bin adoptiert«, erkläre ich. Ich weiß genau, dass ich mich in diesem Moment damit interessant machen will.

»Ach, so ist das«, sagt er lächelnd.

»Ja, ich habe sie gerade erst gefunden. Ich habe bei der Adoptionsagentur angerufen und dort ihre Adresse bekommen. Sie wohnt in New York. Manhattan.« Irgendwie fühle ich mich ein bisschen heuchlerisch, weil ich ihm gegenüber mit meiner tollen leiblichen Mutter prahle, nachdem ich ihr genervt die teuren Kleider zurückgeschickt habe. Aber trotz allem: Sie ist meine leibliche Mutter. Und ich habe sie ganz alleine gefunden. Das ist schon ziemlich cool.

Philip lächelt mich begeistert an. Er ist beeindruckt. So ähnlich hat Mr. Tully mich auch angeschaut, aber der Blick fühlt sich anders an, weil er von jemandem kommt, der in meinem Alter ist, und weil wir in einem abgedunkelten Kinosaal sitzen und ein Date haben, mag es nun inoffiziell oder offiziell oder sonst wie sein. »Ziemlich verrückt«, sagt er.

»Ja. Sie ist Produzentin beim Fernsehen.«

Belinda, die unserer Unterhaltung mit einem Ohr zugehört hat, mischt sich ein und schüttet mir dabei Popcorn auf den Schoß. »Ihre Mom ist total berühmt. Kennst du *South Second Street*?«

»Hab schon mal davon gehört.«

»Das ist die Serie ihrer Mutter!«, brüllt Belinda. Ich spüre Dankbarkeit für Belindas felsenfeste Loyalität und ihren Enthusiasmus. Und vielleicht auch dafür, dass sie mich zu diesem Date gezwungen hat.

Eine Sekunde später wird das Licht im Saal komplett abgedunkelt, und die Werbung beginnt. Philip zieht eine Brille mit dunklem Gestell aus der Tasche. »Ich bin blind ohne diese Brille«, sagt er und lächelt mich von der Seite an. Ich finde, sie steht ihm gut.

»Und?«, flüstert er. »Wie findest du es bis jetzt so?«

»Den Film?«

»Nein, das Date«, erwidert er trocken.

»Bis jetzt«, sage ich und spüre, wie die Schmetterlinge in meinem Bauch herumfliegen, »gefällt es mir ziemlich gut.«

18

Marian

»So, so, wer hätte das gedacht. Meine Tochter lebt noch!«, ruft meine Mutter. Das ist ihre Art, mir Vorwürfe dafür zu machen, dass sie mich nie telefonisch erwischt. »Ich wollte schon veranlassen, dass meine Leute deine Leute anrufen ...«

»Sehr witzig«, antworte ich und lege sie auf den Lautsprecher, damit ich mich ein bisschen im Stuhl ausstrecken kann.

»Aber das ginge ja gar nicht. Weil ich keine Leute habe«, lacht sie.

»Doch, du hast Leute.« Sie hat einen Gärtner, einen Hausmeister, einen Pooljungen, einen Hundesitter und ihre langjährige Haushälterin Martha.

»Wie geht's dir so, mein Schatz? Ich habe mir Sorgen um dich gemacht«, sagt meine Mom.

»Mir geht's gut«, erwidere ich und schalte sie wieder auf den Hörer um. Schnell berichte ich ihr, was bei der Arbeit so alles passiert ist, unter anderem das Drama um Angela. Sie hat tatsächlich »bis auf Weiteres« eine »zen-mäßige Auszeit in Uruguay« angekündigt, um ihren »Geist zu reinigen und über den Verrat hinwegzukommen«. Zwei Tage später brachten die Boulevardzeitungen Fotos, die nicht unbedingt für eine innere Einkehr sprechen: eine barbusige Angela am Strand eines Luxushotels, zusammen mit einem brasilianischen Fußballstar, der in Südamerika für seine Frauengeschichten, Partys und zahlreichen gelben Karten bekannt ist.

»Ist das alles?«, fragt sie. »Und wie läuft's privat?«

Ich werde nervös, denke an Kirby, meine Beziehung mit Peter – am stärksten aber an Conrad. »Ich weiß nicht, Mom«, sage ich. »Da sieht es nicht so gut aus.«

»Was ist denn los?«, will sie wissen.

Als ich keinen Ton herausbringe, sagt sie: »Marian? Soll ich kommen, und wir gehen zusammen essen? Ich habe Lust auf ein bisschen Shopping. Vielleicht auch ein Musical. Dein Vater könnte auch eine kleine Auszeit gebrauchen.«

»Nein, lass Dad zu Hause«, rufe ich so schnell, dass sie sofort alles begreift.

»Schatz, geht es um ... damals?«, fragt sie.

So reden wir über Kirby, wenn sie überhaupt zur Sprache kommt: mit wehmütigen Andeutungen. Als wollten wir uns gegenseitig vor noch mehr Schmerz beschützen. Ich denke an Peters Vorwürfe – dass mein einziges Interesse ist, dass alles perfekt und ordentlich ist – und merke plötzlich, dass er recht hat. Und wo ich das herhabe.

»Ja«, flüstere ich, beschämt darüber, dass ich drei Wochen gebraucht habe, um meiner eigenen Mutter zu erzählen, dass meine Tochter zurückgekommen ist.

Sie stellt keine weiteren Fragen, sagt nur: »Ich gucke jetzt mal nach Flügen und bin heute Abend da.«

»Danke Mom.« Ich lege auf, in dem Gefühl, dass wir wieder da sind, wo wir angefangen haben, zurück in jenem heißen Sommer. Und dass ich, einmal mehr, meine Mutter wirklich brauche.

Später an diesem Abend, kurz nachdem meine Mutter in LaGuardia gelandet ist, laufe ich Peter in die Arme, auf der Straße vor dem Firmengebäude. Er steigt gerade in ein Taxi. Aus dem Augenwinkel nimmt er mich wahr, bemerkt mich aber erst richtig, als er zum zweiten Mal hinschaut. Dezent winkt er mir zu.

Ich beiße mir auf die Unterlippe und winke zurück, dann drehe ich mich um.

Als ich höre, wie er meinen Namen ruft, wende ich mich wieder um und schaue ihn kühl an. Dann gehe ich ein paar Schritte auf ihn zu.

»Hi«, sagt er.

»Hi«, sage ich.

Er blickt in den unheilverkündenden schwarzen Himmel. »Wir bekommen Sturm.«

»Ja. Vielleicht kühlt es dann ein bisschen ab.« So weit ist es also gekommen mit uns – wir reden über das Wetter.

»Bist du auf dem Weg nach Hause?«, fragt er.

»Nein. Ich gehe essen.«

Er hebt die Brauen. »Ein Date? Jetzt schon?«

»Ja. Mit meiner Mom.«

Jetzt hellt sich seine Miene auf. Er liebt meine Mutter nämlich. »Dann grüß sie schön von mir.«

»Mach ich.« Ich starre auf seine smaragdgrüne Krawatte und das farblich passende Einstecktuch. Widerwillig frage ich: »Und wo willst du hin?«

»JFK«, antwortet er. »Ich nehme den Neun-Uhr-Flug nach L. A.«

»Geschäftlich oder zum Vergnügen?«, frage ich leicht sarkastisch.

»Na, was glaubst du?«

Ich zucke die Schultern, um zu zeigen, dass ich schließlich keine Ahnung habe, was in seinem Leben gerade vorgeht. Vielleicht ist er ja wirklich auf dem Weg zu einem Date mit einer dümmlichen Schauspielerin. Vielleicht hat er beschlossen, dass er sich nicht weiter mit meinen Problemen auseinandersetzen will, sondern lieber ein Verhältnis mit einer scharfen Fünfundzwanzigjährigen anfängt, die kein Baby möchte. Die auch noch kein Baby auf die Welt gebracht hat. In mir steigt eine irrationale Eifersucht auf, vermischt mit Traurigkeit und Wut und bitterer Enttäuschung.

»Für Vergnügungen habe ich keine Zeit. Ich muss ein paar Pilotfolgen vorführen und an den endgültigen Fassungen feilen«, sagt er.

»Und, sind wir über den Berg?«

Er sieht verwirrt aus. »Ach so. Ich dachte, du meinst uns. Meinst du deine Sendung?«

»Ja. Ist sie über den Berg?«

Ich frage, obwohl ich eigentlich nicht glaube, dass es ernsthafte Probleme geben wird. Aber er zuckt bloß unsicher die Schultern, als wäre er nur ein Botenjunge und nicht der Chef des Senders.

»Und du? Weißt du, was jetzt Sache ist mit Rivers?«

»Nein«, sage ich. Ich könnte ihm auch antworten, dass ich derzeit bei vielen Dingen nicht weiß, *was Sache ist*, aber ich lasse es sein. »Warum? Ist sie so wichtig?«

Er zieht ein Gesicht. Plötzlich kriege ich Angst, dass nicht nur meine Beziehung in Gefahr ist, sondern auch meine Serie und meine Karriere. Dass es um mehr geht als nur einen anderen Sendeplatz und verwässerte Dialoge.

»Meinst du das ernst?«, frage ich.

»Die Werbekunden sind nicht glücklich mit der neuesten Entwicklung.«

Verzweiflung steigt in mir auf, aber ich bleibe gelassen und versuche, meinem Chef mit Argumenten zu kommen.

»Unsere Besetzung lebt doch vom ganzen Ensemble. Und wir haben immer noch Damien und Carrie. Sie haben eine halbe Million Twitter-Follower. Seit diese Geschichte angefangen hat, haben sie ihre Follower verdoppelt. Verdreifacht wahrscheinlich!«

»Marian, ganz ruhig.«

»Nein, Peter, ich kann nicht ruhig bleiben. Nicht bevor du mir sagst, dass wir über den Berg sind. Manchmal muss man einfach Vertrauen haben ... Es wird schon alles gut. Auch ohne sie. Ich meine, wenn *The Office* ohne Carell weitermachen kann, dann schaffen wir das doch auch ohne so einen C-Promi.«

»Du gehst nicht gerade geschickt vor, wenn du deine Hauptdarstellerin einen C-Promi nennst.«

»Aber Peter, es geht doch eigentlich nicht um die Schauspieler. Es geht ums Buch.«

Er lächelt. Eine Sekunde lang glaube ich, er macht sich über mich lustig, aber dann bemerke ich, dass Zärtlichkeit in seinem Blick liegt. So hat er mich früher immer angeschaut. Er bewundert meine Hartnäckigkeit. Aber »Champ« hat er mich schon lange nicht mehr genannt.

»Kämpf für uns, Peter. Überzeug deine Leute, dass wir unsere Zuschauer behalten werden. Davon bin ich nämlich überzeugt. Du auch, oder?«

Bevor er antworten kann, öffnen sich plötzlich alle Himmelsschleusen, und ein heftiger Platzregen setzt ein. Zum Glück stehe ich gerade unter dem Vordach des Gebäudes, aber ich ärgere mich trotzdem, dass ich keinen Schirm dabeihabe. Jetzt ein Taxi zu bekommen ist nämlich ein Ding der Unmöglichkeit. Peter schaut mich mitfühlend an, rutscht zur Seite und klopft auf den Platz neben sich.

»Steig ein. Ich nehme dich mit.«

Ich zögere und tue mein Bestes, ihm zu widerstehen. »Du wirst deinen Flug verpassen«, gebe ich zu bedenken.

»Wo bist du zum Essen verabredet?«

»Im *Modern*. Das liegt nicht gerade auf dem Weg.«

»Es ist bloß ein Umweg von vier Blocks. Komm schon, steig ein, zier dich nicht so.«

Ich klettere auf den Rücksitz, schließe die Tür, verschränke die Beine und lehne mich zum Fenster, also weg von ihm.

»Wir lassen die Dame auf der Fifty-third aussteigen, zwischen der Fifth und der Sixth«, weist er den Fahrer an. Der Regen auf dem Autodach und das Quietschen des Scheibenwischers untermalen unser Schweigen. Endlich räuspert er sich und greift nach meiner Hand, aber eher wie ein Bruder oder ein guter Freund als wie ein Partner oder auch Expartner. »Ich werde tun, was ich kann«, sagt er.

»Na, dann sollte ich mir wohl keine Sorgen machen«, sage ich spitz. »Immerhin bist du der Chef des Senders. Und als Chef des Senders bist du natürlich am Funktionieren des großen Ganzen interessiert.«

»Natürlich«, gibt er zurück, und wir schweigen wieder. Obwohl dichter Verkehr herrscht, sind wir kurz darauf beim Restaurant. Mir ist es nur recht.

»Danke fürs Mitnehmen«, sage ich kurz angebunden. »Und danke für das Gespräch. Ich weiß deine Ehrlichkeit zu schätzen.«

»Marian, bitte«, sagt er.

»Was denn?«, belle ich.

Ich warte darauf, dass er etwas sagt, aber er schüttelt nur den Kopf und wendet sich ab, als wüsste er schon, dass er meine Sendung absetzt oder unsere Beziehung beendet. Oder beides.

»Okay, mach's gut«, sagt er endlich. »Ich rufe dich an, sobald ich etwas weiß.«

»Gut«, erwidere ich. Dann steige ich aus dem Auto, knalle die Tür zu und renne durch den strömenden Regen zu meiner Mutter.

Als ich am Ende des tunnelartigen Restauranteingangs angekommen bin, entdecke ich meine Mutter in einem roten, zweireihigen Trenchcoat. Sie hat den Rollkoffer von Goyard dabei, den sie neulich bei Ebay ergattert hat, »ein absolutes Schnäppchen«, wie sie betont hat.

»Das ist ja perfektes Timing«, ruft sie und stürzt auf mich zu. Wir umarmen uns ein wenig länger als gewöhnlich, dann küsst sie mich auf die Wange und schaut mir direkt in die Augen. »Wie schön, dich zu sehen, mein Schatz.«

»Dich auch«, sage ich. Jetzt bin ich mir sicher, dass sie weiß, worum es geht.

Aber sie gibt sich zurückhaltend wie immer. »Du siehst gut aus. Wirklich. Hast du was an deiner Frisur verändert?«

»Die Farbe ist ein bisschen heller«, erkläre ich und streiche mir durchs Haar. »Jetzt, wo der Sommer vor der Tür steht.«

Sie lächelt und sagt, vielleicht sollte sie auch was mit ihren Haaren machen, wo sie schon mal hier ist.

»Wann geht dein Rückflug?«, will ich wissen.

»Ach, ich weiß noch nicht. Ich hab einfach irgendwas am Computer angeklickt. Vielleicht Freitagnachmittag ... ich muss mir das noch durch den Kopf gehen lassen.«

»Ich kann versuchen, einen Termin bei Dana für dich zu bekommen«, biete ich an. Dana ist meine langjährige Stylistin bei Louis Licari.

»Das wäre toll«, sagt sie, und wir gehen rein und geben unsere Mäntel und den Koffer meiner Mutter an der Garderobe ab. Das Garderobenmädchen hat lange kastanienbraune Haare und wäre sicher ein toller Ersatz für Angela Rivers.

Dann werden wir ohne viel Getue (im Gegensatz zu weniger exquisiten Restaurants) zu unserem Platz in dem gewölbeartigen, glänzend weißen Raum geführt – zu einem Zweiertisch mit Blick auf den Skulpturengarten. Das ist Peters üblicher Tisch. Auf einmal wird mir bewusst, dass das ein weiterer Nachteil des Lebens ohne ihn wäre: Ich würde nicht mehr kurzfristig die besten Tische in den besten Restaurants bekommen.

Nachdem wir uns hingesetzt haben, blickt sich meine Mutter im Raum um, dann betrachtet sie den Garten. Sie ist überwältigt. »Das ist ja bezaubernd hier. Fantastisch! Ist der Besitzer derselbe Bursche, der auch das Union Square Café und die Gramercy Tavern aufgezogen hat?« Sie ist immer top informiert, was die besten Hotels und Restaurants in Manhattan betrifft (und nicht nur dort, sondern auch in Paris, London und L. A.).

Ich nicke. »Ja, Danny Meyer. Ihm gehört auch das Eleven Madison und das Shake Shack.«

»Und wer ist der Küchenchef?«, fragt sie und bewundert das riesige, ausgefallene Blumenarrangement in Rosa und Lila in der Mitte des Raums.

»Gabriel Kreuther. Klassische Schule. Kommt aus dem Elsass und war vorher im Ritz im Central Park South. Marc Aumont ist sein Konditor«, plappere ich und begreife plötzlich, dass meine Mutter und Peter beide kulinarische Snobs sind. Ich hätte vermutlich keine Ahnung von Restaurants, wenn Peter nicht wäre.

Wir werfen einen Blick in die Speisekarte und betrachten das Vier-Gänge-Menü. Für meine Mutter hat die Auswahl ihrer Gerichte beinahe etwas Religiöses. Nach etwas Bedenkzeit bestellen wir einen Sauvignon Blanc aus Sonoma und fast identische Speisen: Wir nehmen beide die Spargelsuppe, die Jakobsmuscheln und den Kabeljau – aber halt, in letzter Sekunde entscheidet sie sich doch für den Hummer. Als Dessert wählen wir den Erdbeer-Rhabarber-Vacherin.

Während wir auf den Wein warten, versuche ich, das offensichtliche Thema zu umgehen und spreche stattdessen über Angela und meine jüngste Unterhaltung mit Peter. Wie üblich ist sie vorbehaltlos auf meiner Seite und sagt wunderbare Dinge über meine Sendung: wie stark das Drehbuch ist, wie wenig wir auf Angela angewiesen sind und dass der Sender schrecklich kurzsichtig wäre, wenn er uns absetzen würde. »Du bist einfach zu gut«, sagt sie.

»Danke, Mom«, erwidere ich. »Leider passiert es aber ständig, dass gute Shows abgesetzt werden.«

»Das stimmt.« Und sie zählt ein paar Serien auf, die sie gern gesehen hat, manche davon vor über zehn Jahren. »Und die fürchterlichen Serien laufen einfach weiter. Ach, manchmal wünsche ich mir, die Leute hätten einen besseren Geschmack.«

Ich lächele und denke, das ist wohl das Hauptärgernis in ihrem Leben. Dann kommt unser Ober mit dem Wein, entkorkt ihn und lässt mich kosten. Das ist normalerweise Peters Aufgabe. Ich schwenke den Wein im Glas, probiere ihn und nicke lächelnd. Der Ober füllt unsere Gläser – bis auf den Millimeter genau gleich voll.

Als wir wieder allein sind, hebt meine Mutter ihr Glas und prostet mir zu. »Auf Mütter und Töchter.«

Ich bemühe mich, das Zittern in meinen Händen zu

unterdrücken, und stoße mit ihr an. Dann nehmen wir synchron einen Schluck und stellen die Gläser wieder ab.

»Also«, fange ich an, weil ich weiß, dass ich das Thema nicht länger hinauszögern kann. »Du weißt bestimmt, was los ist, oder?«

»Ich habe eine Vermutung.«

»Sie hat Kontakt zu mir aufgenommen«, bestätige ich.

»Meine Güte«, sagt sie betroffen. »Erzähl mir alles.«

Und das mache ich dann auch, ohne die Teile, die Peter betreffen, auszulassen. Ich beginne an dem Abend, an dem ich übers Heiraten reden wollte und sie an meine Tür geklopft hat, und schließe mit der Taxifahrt hierher. »Sie ist ein wunderbares Mädchen«, sage ich und denke an ihren Brief und die Kleider und daran, wie direkt und bodenständig sie ist. »Und ich glaube, wir können eine echte Beziehung zueinander aufbauen. Ich weiß noch nicht, wie die genau aussehen wird, aber wir haben viel miteinander geredet ... und das fühlt sich gut an.«

Ich warte darauf, dass sie etwas entgegnet – egal was –, denn es geht ja um ihr eigen Fleisch und Blut, aber sie sagt nur: »Sei vorsichtig.«

»Sei vorsichtig?«, wiederhole ich. Wieso ist ausgerechnet das ihre erste Reaktion? Aber tief im Inneren kann ich ihr keinen Vorwurf dafür machen, denn ich weiß ja, dass ich genau dasselbe gedacht habe, als Kirby bei mir war.

»Sei vorsichtig damit, irgendwelche Türen zu öffnen, die du nicht öffnen willst. Peter wird dir vielleicht versprechen, dich zu unterstützen, aber will er sich so etwas wirklich aufladen? Du hast hart gearbeitet für dieses Leben. Sehr hart.«

Ich weiß, dass sie eher an Conrad denkt als an Kirby, und sie hat vermutlich recht, wenn sie befürchtet, dass alles noch viel schwieriger wird, wenn wir ihn finden.

Aber ich frage mich auch, was sie mit »diesem Leben« meint. Und ob es wirklich die harte Arbeit war, die mich an diesen Punkt gebracht hat – oder waren es eher glückliche Zufälle und äußere Umstände.

Später an diesem Abend sitze ich auf dem Bett im Gästezimmer, in dem Kirby geschlafen hat, und schaue meiner Mutter dabei zu, wie sie ihren Koffer auspackt. Für ihre Verhältnisse reist sie mit leichtem Gepäck, wahrscheinlich, weil sie nicht viel Zeit hatte, mehr einzupacken. Nachdem sie ihre gewohnten St. John-Strickkleider in den Schrank gehängt hat, zieht sie ein langes, geblümtes Kleid hervor, das man nur als hawaiianisches Muumuu bezeichnen kann.

»Wie findest du das?«, fragt sie und hält sich das Kleid vor den Körper.

Ich verziehe das Gesicht und entgegne: »Ganz okay ... Aber es passt irgendwie nicht zu dir.«

Sie lacht. »Ob du's glaubst oder nicht, mir gefällt es. Dein Vater hat es mir gekauft.«

»Seit wann kauft Dad dir Kleider?«, frage ich. »Das da wäre sogar *mir* zu gewagt.«

»Seit Neuestem. Er möchte gern romantisch sein und macht mir Geschenke ohne Anlass. Einfach, weil er nett sein will.«

Ich lächele und denke an die Mütze von Peter. Dann frage ich sie, warum Dad sich solche Mühe gibt.

»Wir haben eine schwierige Phase durchgemacht«, erklärt sie.

»Wann denn?« Das ist mir ja ganz neu. Ich dachte immer, meine Eltern kommen gut miteinander aus. Ich kann mich kaum daran erinnern, dass sie einmal gestritten hätten.

»Ach, ich weiß nicht. Ab und zu hat es mal kleinere Reibereien gegeben. Und auch größere ... Aber so ist das eben in Beziehungen. Die verlaufen zyklisch. Man muss sich Mühe geben, geduldig sein und – ja, auch wachsam. Vielleicht solltest du mit Peter in eine Paartherapie gehen. Dadurch könntet ihr wieder gegenseitiges Vertrauen aufbauen. Man muss wachsam sein ... und miteinander reden.«

»Bist du denn auch der Meinung, wir sollten es Dad sagen? Das mit Kirby?«

Ein seltsamer Ausdruck huscht über ihr Gesicht, und dann vergräbt sie sich in den Inhalt ihres Koffers.

Ich warte auf ihre Antwort, aber sie summt nur nervös und bringt ihre Kosmetika ins Bad. »Mom? Hast du meine Frage gehört?« Als sie zurückkommt, spüre ich einen deutlichen Stimmungswechsel bei ihr.

»Liebling ...«, beginnt sie. Das Zittern in ihrer Stimme beunruhigt mich. Hat sie vielleicht Krebs oder eine andere schlimme Krankheit? »Dein Vater ...« Sie bricht ab, atmet tief durch und setzt wieder neu an. »Dein Vater weiß es schon.«

»Du meinst, du hast mit ihm gesprochen? Heute Abend?« Theoretisch hätte sie ihn zwischen Hauptgang und Dessert anrufen können, als sie kurz auf der Toilette war.

»Nein«, sagt sie mit einer Grimasse.

»Seit wann weiß er es?« Ich versuche verzweifelt, meine Gefühle unter Kontrolle zu halten – eine Mischung aus Schock, Beschämung und dem Gefühl, hintergangen worden zu sein.

»So ziemlich von Anfang an«, gesteht sie.

Ich starre sie an und gehe aus dem Zimmer.

Wenige Minuten später kommt sie zu mir in die dunkle

Küche, setzt sich neben mich auf den Barhocker und fängt an zu reden. Sie sagt, es sei einfach zu schwer gewesen. Eine Abtreibung hätte sie ihm verschweigen können, nicht aber die Schwangerschaft und die Geburt. Und außerdem fand sie es richtig, es ihm zu erzählen. Ich war zwar schon erwachsen damals, aber immer noch sein kleines Mädchen, und er hätte das Recht gehabt, alles über sein Kind zu erfahren. Sein einziges Kind.

Widerstrebend akzeptiere ich ihre Erklärung. Immerhin habe ich diesen Gedanken auch schon gehabt, seit Kirby hier gewesen ist. Was ich aber nicht akzeptieren kann, ist die Tatsache, dass sie mir nie gesagt hat, dass er es weiß. Dass sie nie mit offenen Karten gespielt haben. Dass meine Eltern diejenigen mit dem Geheimnis waren – und ich diejenige war, die von nichts wusste. All die Jahre über. Ich weiß ja noch nicht einmal, was mein Vater über die ganze Sache denkt. Ich frage meine Mutter danach und betrachte ihre Hände. Wann haben sie sich eigentlich in die Hände einer älteren Frau verwandelt?

Sie atmet tief durch und sagt: »Also, zunächst mal war dein Vater wütend, dass ich dich zu einer Abtreibung begleiten wollte, ohne zuerst mit ihm darüber zu sprechen. Er wollte unbedingt, dass du das Baby zur Welt bringst.«

»Ach ja?« Meine Kehle schnürt sich zu. Ich bin froh, das zu erfahren, aber auch traurig, dass er nie die Gelegenheit dazu hatte, Kirby im Arm zu halten oder sich von ihr zu verabschieden. Wenn meine Mutter ehrlich zu mir gewesen wäre, hätte er dabei sein können.

»Du weißt doch, dass er gegen Abtreibung ist. Er meint, du hättest eine solche Entscheidung irgendwann bereut.«

Ich nicke und frage mich, ob mein Wissen von seinen

Überzeugungen meine endgültige Entscheidung beeinflusst hat. Auf einmal fallen mir einige Bemerkungen kontra Abtreibung ein, die er während des Präsidentschaftswahlkampfs 1996 gemacht hat. Damals dachte ich, er hätte einfach seine grundlegende politische Meinung geäußert, aber vielleicht hat er ja versucht, mir eine Botschaft zu senden. Jetzt muss ich alles neu beleuchten, alle unsere Unterhaltungen während der vergangenen Jahre. Unser ganzes Beziehungsgefüge erscheint plötzlich in einem anderen Licht. Nichts ist mehr, wie es schien – aber das ist wohl immer so, wenn man hinter ein großes Geheimnis kommt. Ich begreife, wie Peter sich vorgekommen sein muss, kann mir aber noch immer nicht vorstellen, wie Conrad reagieren würde, wenn er es je erfährt.

»Und bist du auch seiner Meinung?«, frage ich. »Glaubst du, ich hätte diese Entscheidung je bereut?«

»Ganz ehrlich, das weiß ich nicht.« Jetzt weint sie fast. »An dem Tag in der Klinik wollte ich, dass alles so schnell wie möglich vorbei ist, damit du einfach normal weiterleben konntest. Aber ich habe deine Entscheidung respektiert. Genau wie ich deine Entscheidung respektiert habe, sie wegzugeben.«

»Und Dad? Wie stand er zu der Adoption?«

Sie seufzt. »Dein Vater wollte sie behalten. Er dachte, du könntest auf die Northwestern oder ein anderes College in der Nähe gehen. Er hatte auch die Idee, dass wir für ein paar Jahre nach Ann Arbor ziehen, damit wir dir beim Aufziehen deiner Tochter helfen können. Er hat sogar vorgeschlagen, dass wir es für dich tun. Dass wir sie selbst aufziehen, wie eine eigene Tochter.«

»So viel zum Thema Geheimnisse«, sage ich.

»Ich weiß.« Sie nickt. »Aber das schien ihm damals die beste Lösung zu sein. Wir hatten danach eine ziemliche

Krise. Wegen der Entscheidung und weil ich nicht zugelassen habe, dass er mit dir darüber spricht. Er war wirklich wütend auf mich. Und ich glaube, es hat auch sein Verhältnis zu dir beinträchtigt.«

»Wie denn das?«, frage ich, obwohl ich die ganze Zeit über ein ähnliches Gefühl hatte.

»Ihr beiden seid euch so nah gewesen. Du warst immer Daddys kleines Mädchen. Aber seitdem steht etwas zwischen euch. Ihr geht irgendwie so gezwungen miteinander um.«

Ich nicke und denke an die Zeit vor Kirby, als wir uns so nahestanden, wie das zwischen Vater und Tochter nur möglich ist. »Die halten zusammen wie Pech und Schwefel«, sagte meine Großmutter immer.

Aber nach diesem Sommer war plötzlich alles anders. Damals sagte ich mir, es sei Teil des Erwachsenwerdens. Ich ging aufs College und führte mein eigenes Leben. Und ich redete mir ein, wir wären uns immer noch nah, nur auf andere Art. Jetzt erkenne ich, dass das einfach ein Teil meiner Lüge war. Ich habe den Kontakt zu ihm vermieden, und er hat dasselbe getan. Selbst wenn wir allein miteinander waren, redeten wir nie über wichtige Sachen wie Heiraten und Kinderkriegen, Leben und Tod. Wir blieben immer nur an der Oberfläche, weil unsere Geheimnisse zwischen uns standen.

Ich sehe meine Mutter an. Wäre alles anders gelaufen, wenn sie mein Geheimnis bewahrt hätte? Vielleicht käme ja alles wieder in Ordnung, wenn mein Vater und Kirby sich kennenlernten. Aber kann man wirklich zu einem bestimmten Punkt im Leben zurückkehren?

19

Kirby

Es ist Sonntagmorgen, mein Lieblingsvormittag, seit meine Mom es aufgegeben hat, mich in die Messe zu treiben. Total konzentriert spiele ich Schlagzeug – unsere Nachbarn zu beiden Seiten sind nämlich in der Kirche. Ich arbeite mein Repertoire an klassischen Schlagzeugsolos ab: Zuerst Led Zeppelins »Moby Dick« (John Bonhams Solo ist eins der besten aller Zeiten) und »One World« von The Police (Stewart Copeland übertrifft sich da selbst), danach ein bisschen Gina Schock (ich habe ein altes Poster der Go-Go's über dem Bett hängen), Sheila E. (die zwar nicht viele eigene Sachen gemacht hat, aber mit den ganz Großen zusammengespielt hat wie Prince, Ringo Starr *und* Marvin Gaye) und sogar Karen Carpenter (vermutlich die einzige Musikerin auf meinem iPod, von der meine Eltern schon mal gehört haben).

Meine Gedanken kreisen aber auch um das Date am Abend zuvor. Die besten Momente ziehen wie ein Musikvideo durch meinen Kopf. Nach dem Film hatten wir nur noch Zeit für einen schnellen Burger im Blueberry Hill, weil ich leider schon nach Hause musste. Aber ich habe trotzdem gemerkt, dass Philip mich mag. Zumindest auf freundschaftliche Art, und vielleicht ist da ja auch noch mehr. Er hat nicht viel dazu gesagt, aber ich habe es daran gemerkt, wie er mich angeguckt hat. Belinda hat es »sein riesiges, dämliches Lächeln« genannt, als wir auf dem Klo waren und Lagebesprechung gehalten haben. Ich habe gegen das Wort »dämlich« protestiert, aber Belinda darin recht gegeben, dass es ein hundertprozentiges, ehrliches Lächeln war.

Ich setze die Kopfhörer ab, lege die Trommelstöcke weg und gehe auf Facebook, weil ich an ihn denken muss. Da entdecke ich eine Freundschaftsanfrage von Philip. Mein Puls rast, als ich auf »Bestätigen« klicke. Nur Sekunden darauf lese ich ein Posting auf meiner Pinnwand: *»Zerbreche mir immer noch den Kopf über das Ende des Films. Fand es echt toll gestern. Treffen wir uns bald wieder?«*

Ich lasse seine Worte auf mich wirken und kapiere, dass ich nicht nur ein tolles Date (mein erstes richtiges überhaupt) mit einem netten Jungen hatte. Nein, ihm hat es auch noch Spaß gemacht, und jetzt bittet er mich um ein weiteres Date, sodass alle es lesen können. Na ja, zumindest meine 114 Freunde. Das ist irgendwie arm, aber so cool bin ich mir nicht mal im Writers' Room vorgekommen, als ich gerappt habe. Ich schreibe die Antwort auf seine Pinnwand, damit seine 316 Freunde sie auch lesen können: *»Fand es auch schön. Hätte auch Lust auf Runde 2. Melde dich einfach.«*

Gierig klicke ich mich durch seine vier Fotoalben, hauptsächlich Bilder vom Zelten und Skifahren. Da klingelt mein Telefon. Es ist Belinda. Grinsend gehe ich dran. »Ja?«, frage ich. »Kann ich Ihnen helfen?«

»O mein Gott! Ich hab's gerade auf Facebook gelesen!« Dann quiekt sie so laut weiter, dass ich den Hörer von mir weghalten muss.

»Was soll denn ›Runde zwei‹ heißen? Habt ihr gestern Runde eins in deinem Bett ausgetragen?«

»O Mann, Belinda. Krieg dich wieder ein.« Kann man mein Posting wirklich so missverstehen? Oder denkt sie wirklich die *ganze* Zeit nur an das eine? Sogar am Sonntagmorgen, wenn sie eigentlich in der Kirche sein sollte? »Ich meinte den Film.«

»Gib's zu, du findest ihn toll! Du findest ihn total toll!«

»Er ist cool«, gebe ich zurück. Ich will nicht – nicht mal meiner besten Freundin gegenüber – zugeben, dass ich ein bisschen verliebt bin – zum ersten Mal in jemanden, der nicht berühmt oder Mr. Tully ist.

»Du willst mit ihm ins Bett.«

Ich seufze laut, sage aber nichts, so als wäre ihre Bemerkung keine Antwort wert.

»Findest du ihn süß?«, fragt sie.

»Ich habe das doch schon gestern Abend beantwortet. Ja, ich finde ihn süß. Er hat schöne Augen.«

»O mein Gott! Wir gehen *doch* zum Schulball! Du musst ihn fragen!«

»Vielleicht. Lass uns nichts überstürzen.«

»Es sind bloß noch zwei Wochen! Du musst es überstürzen. Mach schon!«

»Hast du Jake denn schon gefragt?« Ich denke daran, wie sehr sie sich während des Films befummelt haben. Während Philip und ich beim Essen über den bizarren Schluss diskutierten, hatten sie überhaupt keine Ahnung, was passiert war.

»Das wollte ich dir gerade erzählen.«

»Und?«

»Er hat Ja gesagt!« Sie kreischt wieder wie eine Irre und singt dann »Best I Ever Had« von Drake – leider ziemlich falsch.

»Und was habt ihr beide danach noch gemacht?«, will ich wissen. Sie braucht sich nicht an bestimmte Ausgehzeiten zu halten – und außerdem hat ihre Mutter einen sehr tiefen Schlaf.

»Wir waren bei uns im Keller, und er hat mich obenrum befummelt. Und danach hab ich ihm einen geblasen. Ich hab's nicht verlernt.«

Ich verziehe das Gesicht. »Iihhh, das ist ja eklig.«

»Jemandem einen blasen ist nicht eklig«, widerspricht sie und beginnt ausführlich, Jakes beeindruckende Anatomie zu beschreiben. »Es war nicht leicht, ihn ganz reinzukriegen. Aber ich hab's geschafft. Das Üben mit der Salatgurke hat sich ausgezahlt.«

»Hör auf!«, brülle ich und muss lachen.

»Okay. Aber nur, wenn du Philip fragst, ob er mit dir zum Ball geht.«

»Mal sehen.« Das komische Gefühl im Bauch kehrt zurück.

»Hurra!«, ruft sie. »Bald kriegt Philip auch einen geblasen!«

Ich schüttele den Kopf. Plötzlich sehe ich Philip vor mir, auf dem Fahrersitz seines Autos, die Hose halb heruntergelassen. Mein Hinterkopf stößt gegen das Lenkrad, und in seinen Augen sehe ich tiefe Befriedigung. Ich habe nicht vor, dieses Bild so bald Wirklichkeit werden zu lassen – wenn überhaupt –, aber ich merke entsetzt, dass ich die Vorstellung gar nicht mal so widerlich finde.

Ein paar Tage später hat Philip mir schon mehrere private Nachrichten über Facebook geschrieben und nach meiner Telefonnummer gefragt. Und dann klingelt mein Handy. Ich bin im Wohnzimmer mit Charlotte, der ich alles erzählt habe – bis auf die Tatsache, wie ich mich im Inneren fühle. Aber ich glaube, sie hat es sowieso gemerkt, und sie freut sich total für mich und redet die ganze Zeit über den Schulball. Sie stellt den Fernseher auf stumm, hebt die Brauen und fragt: »Na? Ist er das?«

Ich nehme das Handy vom Couchtisch und lese Philips Namen – natürlich habe ich ihn schon in mein Adressbuch eingegeben. Ich nicke und lächele. Dann renne ich aus dem Zimmer und melde mich erst, als ich schon halb die Stufen hoch bin.

»Na, was machst du so?«, fragt er, als hätten wir schon tausendmal miteinander telefoniert.

»Ach, nicht viel«, erwidere ich ein bisschen außer Atem. Ich schließe meine Zimmertür hinter mir und werfe mich aufs Bett. »Bisschen fernsehen und die Hausaufgaben rauszögern, ohne dass es meine Eltern mitkriegen. Wie immer.«

»Ja, das kenne ich«, sagt er und versichert mir noch einmal, dass es ihm neulich wirklich gut gefallen hat. Eine warme Welle schwappt durch meinen Körper, und gleichzeitig habe ich wieder eine sehr intime Vision von uns beiden, dieses Mal aber ganz jugendfrei und romantisch. Philip trägt einen Smoking, ich habe ein wunderschönes Seidenkleid an, und wir tanzen zu langsamer Musik.

»Mir ging's genauso«, sage ich mutig. Aber dann kriege ich feuchte Hände, Herzrasen und einen trockenen Mund, als ich es schließlich wage: »Du Philip, ich hätte da eine Frage ...«

»Frag.«

Ich atme tief durch und mich überkommen plötzlich Zweifel. »Also, ich weiß nicht, ist wohl eine blöde Idee ... total kitschig ... und eigentlich bin ich gar nicht der Typ dafür ... aber vielleicht wird es ja ganz schön ... und Belinda und Jake gehen auch hin ... also könnten wir vielleicht auch ...«

»Kirby«, sagt Philip endlich. »Willst du mich fragen, ob ich dich zum Schulball begleite?«

»Hm, ja«, lache ich nervös. »Das habe ich zumindest versucht.«

»Dann frag mich doch richtig. Ohne dieses Drumrumgerede.«

»Möchtest du zu unserem Schulball gehen? Mit mir?« Die letzte Frage hänge ich an, damit absolut kein Zweifel besteht, worum es geht.

»Aber gerne«, sagt er, und sein fröhliches Lächeln scheint durch die Telefonleitung zu strahlen.

»Gut«, lächele ich zurück. »Das ist dann also ein Date.«

Gleich am nächsten Tag fährt meine Mutter Charlotte, Belinda und mich zum Brautmodengeschäft, um uns Ballkleider anzusehen. »Es ist höchste Zeit«, sagt Belinda. Immerhin ist der Ball schon in neun Tagen. Bald wird klar, dass sich Belinda und Charlotte hauptsächlich für lange Roben in frischen Frühlingsfarben interessieren, während ich mich eher zu kürzeren, schwarzen Kleidern hingezogen fühle – vielleicht, weil ich mehrere davon in Marians Kleiderschrank gesehen habe. »Kleine Schwarze« hat sie die genannt. Sie meinte auch, jede Frau bräuchte wenigstens eins davon, besser gleich zwei oder drei.

Aber meine Mutter erklärt sofort, dass schwarze Kleider nichts für Teenager sind und rümpft die Nase, sobald ich eins vom Ständer hole. Einmal wähle ich ein Zwanziger-Jahre-Hängerkleid mit Fransen, und wie aufs Stichwort bemerkt sie: »Dieses Kleid ist viel zu reif für dich.«

»Zu reif?«, frage ich. »Ich dachte, du willst, dass ich reif bin.«

»Du weißt, was ich meine«, sagt meine Mom.

Charlotte springt mir zur Seite. »Mom, die Schwarze-Kleider-Regel stammt aus deiner Zeit. Heute tragen alle Schwarz. Es gibt sogar Kinderklamotten in Schwarz. Hast du schon mal die Kinder von Angie und Brad gesehen?«

Meine Mom verdreht die Augen und erklärt, wir sollten »diesen Spinnern« bloß nicht nacheifern.

»Egal. Du hast versprochen, nicht über die Kleider zu urteilen«, erinnere ich sie.

»Ich meine es nicht böse, Mrs. Rose, aber aus dem Grund gehe ich nie mit meiner Mom einkaufen«, sagt Belinda. »Das macht eigentlich niemand, den ich kenne.«

»Das stimmt nicht«, entgegnet meine Mom und funkelt Belinda böse an – wie so oft. »Letzte Woche habe ich Mary Margaret mit ihrer Mutter bei Dillard's gesehen. Sie hatten ein sehr hübsches wadenlanges Kleid in der Hand …«

»Wadenlang?«, wiederholt Belinda, als hätte sie gerade etwas Unangenehmes gerochen. »Das ist ja wohl dermaßen out. Entweder kurz oder lang, da gibt es nichts dazwischen.«

»Was ich sagen will, ist, ich bin nicht die einzige Mutter, die …«

Ich unterbreche sie, weil ich einen nicht ganz unwichtigen Punkt einwenden muss: »Mary Margaret ist voll behindert. Sie geht mit ihrer Mom einkaufen, weil sie keine Freunde hat.«

»Ihre Mutter hat mir gesagt, dass sie im Organisationskomitee des Balls ist.« Meine Mom gibt sich offensichtlich Mühe, meine Wortwahl zu ignorieren. »Bestimmt hat jemand, der im Organisationskomitee mitmacht, genügend Freunde.«

»Sollte man denken«, sagt Charlotte. »Aber nicht in diesem Fall. Niemand kann sie leiden.«

»Sie hat ja nicht mal ein Date«, ätzt Belinda, und wir grinsen uns an. Innerhalb von nur wenigen Tagen haben wir uns in die Mädchen verwandelt, die ihrem Ideal entsprechen – und vielleicht auch meinem eigenen, auch wenn ich das nie zugeben wollte. Ich fühle mich sogar in der Schule anders, obwohl niemand von der Veränderung weiß, die mit mir vorgegangen ist, oder sich überhaupt dafür interessiert. Aber ich weiß es, und das ist ein ziemlich gutes Gefühl.

»Okay, okay, ich habe die Botschaft verstanden. Ich sage nichts mehr«, erklärt meine Mutter in dem Versuch, die lustige Mom zu sein, obwohl ihr das total widerstrebt. »Sehr freundlich von euch, dass ich euch beim Einkaufen begleiten darf, aber ich werde von jetzt an meine altmodische Meinung für mich behalten.«

Ich nicke, und wir stürzen uns wieder auf die Ständer mit den Kleidern, unterstützt von einer jungen Verkäuferin namens Shelly. Eine halbe Stunde später stehen wir in verschiedenen Umkleidekabinen und probieren ein Kleid nach dem anderen an. Die meisten verwerfen wir sofort, bei manchen bitten wir Shelly um eine andere Größe. Ständig jammern wir darüber, wie furchtbar wir aussehen, aber manchmal kommen wir raus, um ein besonders lächerliches oder ein ganz nettes Modell vorzuzeigen.

Nach vielen Diskussionen, Vetos und Ermutigungen haben wir drei endlich unsere Lieblingsmodelle gefunden und präsentieren uns meiner Mom und Shelly vor dem großen Spiegel.

»Ach, Mädchen, ihr seht umwerfend aus! Ich bin so gerührt, dass ich beinahe weinen muss!«, ruft meine Mom.

»Du weinst ja wirklich«, bemerke ich.

»Mom!«, tadelt Charlotte. Sie sieht sich nervös im Laden um und flüstert: »Hör sofort auf. Das ist ja total peinlich. Das sind doch nicht unsere Brautkleider!«

Dann dreht sie sich mit perfekter Haltung zu mir um und murmelt: »Obwohl ich Noah auf jeden Fall irgendwann heiraten werde.«

»Meine Mädchen sind jetzt erwachsen. Ich erinnere mich genau daran, wie ihr noch Windeln getragen habt und mit Schwimmflügeln herumgelaufen seid. Und jetzt schaut euch bloß an!« Meine Mutter ist so in ihrer Nostalgie gefangen, dass sie ihren Zorn auf Belinda ganz vergisst. Und den auf mich gleich mit.

»Okay, fangen wir mit Lottie an«, sagt Belinda und betrachtet meine Schwester in ihrer langen Chiffonrobe.

»Dreh dich um«, bitte ich sie.

Sie dreht sich um die eigene Achse, und Belinda und ich murmeln unsere Zustimmung. Anders als Belinda und ich sieht Charlotte in wirklich jedem Kleid super aus, aber dieses hier ist mit Abstand das schönste. Der lachsrosa Ton passt perfekt zu ihrem Haar und ihrem Teint, und das trägerlose Oberteil betont ihre tolle Schwimmerinnenfigur. Das Kleid ist trendy, aber auch zeitlos auf eine märchenhafte Art und scheint allen Generationen im Raum zu gefallen. Belinda und ich versichern Charlotte, dass sie ihr Kleid gefunden hat und kein weiteres anprobieren muss. Charlotte ist ganz unserer Meinung, flattert auf Zehenspitzen durch den Umkleidebereich und bewundert sich selbst aus jeder Perspektive im Spiegel. Sie übt sogar schon einen anzüglichen Blick ein, der meine Mom viel eher beunruhigen sollte als die Farbe Schwarz.

»Wie viel kostet das?«, flüstert meine Mom Shelly zu, obwohl sie weiß, dass wir alle gute Ohren haben. Sie schaut nervös drein, auch nachdem Shelly ihr zwitschernd versichert hat, dass es relativ günstig ist.

»Wie günstig?«, will meine Mom wissen.

»Dreihundert …«

Meine Mutter keucht, aber Shelly beendet ihren Satz: »Aber Sie haben Glück, es ist um die Hälfte herabgesetzt!« Sie beugt sich über ihren großen Taschenrechner und tippt ein paar Zahlen ein. Charlotte und ich tauschen einen amüsierten Blick. Sogar ich schaffe diese Rechnung im Kopf.

»Einhundertundfünzig plus Mehrwertsteuer«, sagt Shelly.

»Perfekt«, erwidert meine Mom, und wir wenden uns Belinda zu. Sie trägt ein langes, türkisfarbenes Kleid aus Rohseide. Eine Schulter ist frei, und hinten läuft es in einer langen, mit Glitzersteinen besetzten Schleppe aus, sodass Belinda aussieht wie eine sexy Meerjungfrau. Belinda findet, das Kleid wirkt Wunder, weil es ihre Hüften und ihren Bauch versteckt und dafür ihren runden Po (den sie gerne »Ghetto-Booty« nennt) und ihre Brüste betont.

»Es ist klasse«, sage ich.

»Finde ich auch«, sagt Charlotte.

»Ist es nicht ein bisschen zu gewagt?«, fragt meine Mom.

»Nein, Mom«, erwidere ich, und Charlotte ergänzt, dass es nicht mal ein besonders tiefes Dekolleté hat. Natürlich versteht Belinda das als Aufforderung, ihre »Mädels«, wie sie ihre Brüste nennt, ein Stück nach oben zu schieben. Meine Mutter ignoriert das. Sie hält Belinda ohnehin für einen hoffnungslosen Fall.

»Ich muss allerdings dazu sagen, dass das eins unserer teuersten Modelle ist«, bemerkt Shelly.

»Ich weiß«, entgegnet Belinda. »Ich hab das Preisschild gesehen.«

»Wie viel?«, frage ich.

»Vierhundert«, antwortet Shelly mit entschuldigender Miene.

»Ist es auch herabgesetzt?«, fragt Belinda.

»Leider nein«, erwidert Shelly. »Aber es ist wirklich sein Geld wert. Die Schleppe ist sehr aufwendig gearbeitet.«

»Ruf deine Mom an. Oder deinen Dad. Vielleicht bezahlen sie jeweils die Hälfte.«

»Keine Chance«, sagt Belinda, aber sie geht trotzdem zurück in ihre Kabine und versucht ihr Glück am Telefon. Ich höre, wie sie ihre Mom fragt, ob ihr Dad endlich mal wieder einen Scheck geschickt hat, und ich merke an Belindas Reaktion, dass die Antwort, wie üblich, Nein heißt.

Wenige Sekunden später kommt sie heraus. Sie hat sich umgezogen und trägt wieder ihr altes, verwaschenes Polohemd und den engen Khakirock. Sie schaut traurig drein. »Du bist dran, Kirby«, sagt sie.

Voller Mitleid nicke ich und betrachte mich in meinem schwarzen Zwanziger-Jahre-Kleid. Es ist echt toll. Es steht mir gut und sieht raffiniert aus, nicht nur wegen der Farbe, sondern auch wegen des Schnitts. Und außerdem ist es originell. Ich wette, außer mir hat niemand so ein Kleid. Es flattert so schön, wenn ich mich auf die richtige Art bewege, und beim Tanzen wäre der Effekt sicher noch cooler.

»Es passt total gut zu dir«, sagt Belinda, die sich im Schneidersitz auf den Boden gesetzt hat. »Echt klasse.«

Auch meine Mom und Charlotte sind sich einig, dass es mir sehr gut steht. Ich bitte meine Schwester, mit ihrem

Handy ein Foto von mir zu machen. Ich werfe mich in Pose, lege eine Hand auf meine Hüfte und stelle ein Bein leicht vor das andere, so wie die Models immer in den Zeitschriften zu sehen sind. Aber ich muss irgendwas falsch machen, denn ich komme mir ziemlich komisch vor. Auf dem Bild sehe ich dann auch echt doof aus. Ich bitte Charlotte, noch ein Foto zu machen, aber dieses Mal stelle ich mich ganz normal vor sie hin.

»Willst du Marian das Bild schicken?«, fragt meine Mom. Sie versucht, möglichst beiläufig zu klingen, aber ich weiß, dass sie der Gedanke bekümmert – was mich wiederum gleichzeitig anrührt und wütend auf sie macht.

»Nein, Mom«, erwidere ich. Wahrscheinlich hatte ich tatsächlich vor, Marian mein Ballkleid zu zeigen. Um ihr auf meine Art noch mal zu sagen, dass ich ihr das mit den teuren Klamotten nicht übelnehme. Und außerdem, weil ich weiß, dass es ihr gefallen würde.

»Doch, du solltest es ihr echt schicken!«, ruft Charlotte. »Dann kannst du sie auch gleich fragen, ob sie Tipps in Sachen Handtasche, Schmuck und Schuhe für dich hat.«

»Halt, halt! Handtasche, Schmuck und Schuhe?«, sagt meine Mutter. »Ich weiß nicht, ob das noch drin ist. Ihr könnt euch was von mir ausleihen.«

»Vielleicht leiht Marian dir ja auch was von ihrem Zeug«, meint Charlotte. »Die hat sicher total abgefahrene Sachen ... Welche Schuhgröße hat sie?«

»Siebenunddreißig, wie ich«, sage ich.

Meine Mutter, die vierzig trägt, spitzt die Lippen und sagt: »Also, ich glaube, Marian findet dein Kleid toll. Sie hat sicher auch nichts gegen Schwarz.«

Ich nicke. Es gefällt ihr bestimmt – und Philip hoffentlich auch.

Wir fragen nach dem Preis – es ist etwas teurer als Charlottes Kleid, aber auch im Angebot. Ich schaue meine Mutter an, und sie nickt zum Zeichen ihres Einverständnisses.

»Ich nehme es«, sage ich zu Shelly, öffne den seitlichen Reißverschluss und ziehe das Kleid aus. Dankbar lächele ich meine Mutter an. »Danke«, wispere ich und reiche ihr das gute Stück.

»Gern geschehen«, flüstert sie zurück und geht mit den beiden Kleidern zur Kasse.

Während ich wieder in meine Alltagsklamotten schlüpfe, kommt Belinda in meine Kabine und sieht geknickt aus.

Ich sehe sie mitfühlend an. »Gefällt dir denn sonst kein Kleid?«

»Keins auch nur annähernd so gut wie das eine.«

»Okay, wie viel hast du gespart?« Die Antwort kenne ich schon, bevor sie mit Daumen und Zeigefinger eine große Null formt.

»Also, ich würde dir ja was leihen. Aber ich hab alles für New York auf den Kopf gehauen. Außerdem – *vierhundert* Dollar! Belinda, das ist der helle Wahnsinn für ein Kleid, das du allerhöchstens einmal anziehst.«

»Es sei denn, du bist Marian«, sagt sie. »Für die ist das sicher bloß Kleingeld. Du hast echt Glück, dass du eine so reiche Verwandte hast.«

Das ist das erste Mal, dass jemand Marian als meine »Verwandte« bezeichnet. Ich mag es, wie das klingt, denke aber an die Kleider, die ich ihr zurückgeschickt habe, und erkläre Belinda, dass ich mir nicht von Marian das Kleid bezahlen lasse.

Belinda seufzt und geht in ihre Umkleidekabine, um ihre große gefälschte Gucci-Tasche zu holen.

Kurz darauf sitzen wir wieder im Auto meiner Mutter, Charlotte vorne, Belinda und ich hinten. Ich checke mein Handy und sehe eine SMS von Philip: *»Erfolgreich gewesen?«*

Er meint natürlich das Kleid. Ich schreibe zurück: *»Ja, hab einen guten Fang gemacht.«*

Sofort kommt seine Antwort: *»Mit deinem Kleid oder deinem Date? LOL.«*

»Mit beidem«, schreibe ich. Ich bin so übermütig, dass ich dahinter ein Semikolon und eine schließende Klammer setze – das erste Mal, dass ich einen zwinkernden Smiley benutze. Ich hatte mir eigentlich geschworen, das niemals zu tun.

»Philip?«, fragt Belinda.

Ich nicke lächelnd. »Hast du heute schon was von Jake gehört?«

»Lass mich mal sehen«, sagt sie und greift in ihre Tasche, um ihr iPhone und ein Päckchen Zimt-Kaugummi rauszuholen. Sie nimmt sich eins und bietet mir dann die Packung an. Ich drücke mir einen Kaugummi heraus und beuge mich vor, um die Packung wieder in Belindas große Tasche zu tun.

Da fällt mir ein leuchtend türkisfarbenes Stück Stoff auf dem Boden der Tasche ins Auge. Ich schaue Belinda mit hochgezogenen Brauen an, und sie blickt von ihrem Handy auf, mit einer Mischung aus Schuldgefühlen und Beschämung und Trotz. So einen Ausdruck habe ich bei ihr zuletzt in der vierten Klasse gesehen, als ich sie bei einer Schwindelei über eine Pyjamaparty bei Amy Bunce erwischt hatte. Die beiden hatten mich eingeladen, in der letzten Sekunde aber wieder ausgeladen, mit einer komischen Geschichte über Amys Mutter, die angeblich einen Migräneanfall hatte. Ich habe Belinda deswegen nie zur

Rede gestellt, obwohl ich lange Zeit total beleidigt war und noch immer nicht verstehe, wie sie mir das antun konnte.

Jetzt fühle ich mich ähnlich hintergangen und verwirrt, aber ich weiß nicht genau, wieso. Belinda hat schon früher Sachen geklaut, wenn ich dabei war, etwa ein Päckchen Zigaretten oder billigen Modeschmuck. Einmal hat sie sogar ein Paar Leggings gestohlen, die sie unter ihre Jeans angezogen hat. Ich habe das nie offen verurteilt, immer bloß gesagt, dass die Sachen das Risiko einfach nicht wert seien. Letztlich habe ich ihr Verhalten mit einem Lachen abgetan. Aber dieses Mal ist es anders. Erstens hat sie mich nicht eingeweiht. Zweitens kostet das Kleid vierhundert Dollar. Das fällt nicht mehr unter einen Bagatelldiebstahl. Ich versuche, Blickkontakt mit ihr aufzunehmen, aber sie schaut weg und vergräbt sich in ihrem Handy. Was würden meine Eltern wohl machen, wenn sie das wüssten? Ich dürfte bestimmt nicht mehr mit ihr zusammen sein. Aber aus irgendeinem Grund muss ich auch an Marian denken. Wie würde sie reagieren, wenn ich ihr das erzählte? Was würde sie über Belinda denken? Und was würde sie erst über mich denken? Ich schaue scheinbar teilnahmslos aus dem Autofenster und tue so, als würde das geklaute Vierhundert-Dollar-Ballkleid zu meinen Füßen gar nicht existieren.

20

Marian

Ein paar Tage, nachdem meine Mom wieder nach Chicago zurückgeflogen ist, schaue ich *Mad Men* und frage mich, wie die Programmmacher in meinem Sender diese Serie wohl ruinieren würden, wenn sie die Gelegenheit dazu bekämen. Da klingelt das Telefon. Ich werde ganz aufgeregt, als ich Kirbys Namen auf dem Display lese.

»Hallo!«, rufe ich.

»Hallo. Störe ich dich bei irgendwas?« Sie klingt niedergeschlagen. Ob es noch um die Kleider geht? Oder ist sie eins von den Mädchen, die immer traurig klingen, während andere ständig fröhlich daherplappern?

»Nein, ich habe bloß ein bisschen ferngesehen. Was ist los?«, will ich wissen. Ich hoffe wirklich, dass alles in Ordnung ist bei ihr, und spüre, dass ich gerne mit ihr reden will. Egal über was. Meinetwegen auch über Conrad.

»Also ... ich gehe zum Schulball«, erzählt sie verlegen, aber auch stolz, als sei das etwas Außergewöhnliches für sie.

»Das ist ja toll. Sehr aufregend!«, sage ich. »Und wer ist der Glückliche?«

»Er heißt Philip Chang«, berichtet sie. »Er geht auf eine andere Schule, aber meine Freundin Belinda hat uns zusammengebracht. Sie geht mit seinem besten Freund auf den Ball. Wir sind also zu viert.«

»Bist du ein bisschen verliebt in ihn? Oder seid ihr nur befreundet?«

Sie zögert. »Ich weiß nicht. Er ist nett und echt schlau. Und wir haben viel gemeinsam. Er ist ganz anders als die Jungs auf meiner Schule. Hm, ja, ich glaube, ich bin schon in ihn verliebt.«

Das aufgeregte Trällern in ihrer Stimme versetzt mich plötzlich in frühere Zeiten. Ich werde ganz nostalgisch, als ich an Conrad denke, und daran, wie nahe ich mich ihm fühlte während unserer kurzen Beziehung. Ich fand ihn so anziehend, weil er eben nicht war wie die anderen. Ob er noch immer so ist? Oder haben die Jahre ihn verändert? Ich kann ihn mir wirklich nicht als Vorstadt-Daddy vorstellen, mit Kindern, einem Minivan und einem Bürojob, den er hasst. Aber ich verbanne ihn aus meinen Gedanken und sage Kirby, dass ich mich sehr für sie freue.

»Danke. Ist ja keine große Sache. Aber ich habe ein Kleid gefunden«, sagt sie.

Ich bitte sie, es zu beschreiben: Es ist ein schwarzes Kleid im Zwanziger-Jahre-Look. »Ich schicke dir ein Bild«, bietet sie an.

»Ja, bitte! Ich will alle deine Ballbilder sehen. Schieß jede Menge Fotos!«

»Klar«, meint sie und fragt, ob ich damals zum Schulball gegangen bin.

Ich erzähle ihr, dass ich in der Elften nicht hingehen konnte, weil da gerade das Pfeiffer'sche Drüsenfieber herumging, dass ich in der Zwölften aber dort war.

»Mit Conrad?«, will sie wissen.

»Nein«, erwidere ich verlegen. »Mit meinem damaligen Freund Todd Peterson.«

»Hast du dich gut amüsiert?«

»Ja«, sage ich nicht ganz überzeugend. Dann lache ich los. »Na ja, eigentlich nicht. Wir haben uns die meiste Zeit gestritten.«

»Über was denn?«

Ich klemme mir den Hörer zwischen Ohr und Schulter und binde den Gürtel meines Bademantels fester. »Er war ziemlich unreif. Und seine Freunde waren noch schlimmer – ganz furchtbar. Die meisten konnte ich nicht leiden, weil der Abend für sie ein reines Besäufnis war.«

»Und du wolltest lieber einen romantischen Ball?«

»Ich wollte wenigstens ein bisschen tanzen. Oder meinetwegen auch nur im Ballsaal sein. Aber ich habe den ganzen Abend in einem verrauchten Hinterzimmer im DoubleTree verbracht und ihm dabei zugeschaut, wie er sich betrunken hat. Es war wirklich armselig.«

»Echt blöd«, meint sie.

»Ich will ja gar nicht sagen, dass der Schulball der wichtigste Abend deines Lebens ist. Aber man sollte sich schon darum bemühen, etwas Besonderes draus zu machen. Wenigstens sollte man nüchtern genug bleiben, damit man sich hinterher daran erinnert, anstatt schon um neun ins Koma zu fallen.«

»Hast du darum mit ihm Schluss gemacht?«, fragt sie. Was wäre eigentlich geschehen, wenn Todd nicht so unreif gewesen wäre? Wenn wir weiter miteinander ausgegangen wären? Hätte ich dann irgendwann mit ihm geschlafen? Wäre ich vielleicht sogar von ihm schwanger geworden? Hätte ich es *ihm* gesagt? Und hätte ich das Baby dann behalten?

»Ja, schon. Aber ich glaube, ich habe ihn nie richtig gemocht. Wir haben uns jedenfalls am nächsten Tag getrennt, als wir gerade in einem Vergnügungspark waren und vor der Achterbahn anstanden. Er prahlte die ganze Zeit über damit herum, wie besoffen er war – als wäre das ein Grund, stolz zu sein. Ich konnte ihn keine Sekunde länger ertragen. Da bin ich einfach weggegangen, um mir alleine Zuckerwatte zu holen.« Ich lache. »Am Schluss hat er während der Fahrt auf ein Kind gekotzt, das war also eine gute Entscheidung von mir.«

Sie kichert und wird wieder still. »Ich wollte dich was fragen. Dich nach deiner Meinung fragen. Es geht um Belinda, meine beste Freundin.«

»Okay.«

Ich höre sie tief durchatmen, bevor sie langsam weiterspricht. »Wir haben nach Ballkleidern geguckt. Meine Schwester, Belinda und ich. Zusammen mit meiner Mom. Charlotte und ich haben Kleider gefunden, die ziemlich günstig waren, bloß so hundertfünfzig Dollar. Sie waren um die Hälfte herabgesetzt.«

»Das klingt ja super«, bemerke ich nervös.

»Ja, das war gut. Aber Belinda hat sich in ein Kleid mit Glitzersteinen verliebt. Es war superteuer, vierhundert Dollar. Ich weiß, für dich ist das nicht viel, aber für uns. Belinda hat nicht mal im Traum so viel Geld.«

Als sie »für uns« sagt, schäme ich mich ein wenig, weil ich an den Nachmittag bei Barney's denken muss. Aber Kirby redet weiter: »Ihre Mom ist alleinerziehend, und ihr Dad ist ein Versager. Belinda spart auch nichts, darum war der Preis eigentlich ganz egal, es hätte auch eine Million kosten können, weißt du?«

»Ja«, erwidere ich und versuche, hinter den Sinn der Geschichte zu kommen. »Hat sie sich dann ein anderes ausgesucht?«

»Nein. Sie hat es einfach ... genommen.«

»Wie denn das? Hat sie es auf Pump gekauft?«

»Neeein«, sagt sie, als wäre ich schwer von Begriff.

Sie seufzt und erklärt: »Sie hat es geklaut, Marian. Sie hat es in die Handtasche gesteckt und ist aus dem Laden spaziert. Einfach so.«

Ich setze mich auf dem Bett auf und schüttele den Kopf. Haben wir die Rollen getauscht? Ich erinnere mich an die Mädchen aus meiner Highschool, für die Ladendiebstahl eine Art Sport war. Die meisten von ihnen hatten Geld wie Heu, brauchten aber den Kitzel.

»Hast du sie dabei beobachtet?«, frage ich. Hoffentlich hat sie nicht mitgemacht.

»Nein. Ich habe bloß das Kleid in ihrer Tasche gesehen. Nachdem sie es schon geklaut hatte.«

»Hast du sie darauf angesprochen?«

»Nein, ich hab so getan, als hätte ich es nicht gesehen. Wir haben beide so getan ... Was ich dich fragen wollte: Findest du, ich sollte mit ihr darüber reden?«, fragt Kirby, die offenbar dringend meinen Rat sucht.

»Auf jeden Fall«, sage ich. Es fühlt sich an wie meine erste Amtshandlung als Mutter – ein wichtiger Moment.

»Was soll ich denn zu ihr sagen?«

»Sag ihr, dass du weißt, dass sie das Kleid geklaut hat und dass du das falsch findest. Sie soll es zurückbringen. Sie kann das ja anonym machen. Aber das Kleid muss zurück in den Laden. Es gibt bestimmt ein anderes Modell, das sie sich leisten kann.«

Kirby schweigt, angestrengt nach möglichen Schwierigkeiten suchend. »Das macht sie nie. Belinda weiß genau, was sie will. Im Auto habe ich ihr Gesicht gesehen. Sie wird bloß wütend auf mich sein, wenn ich was zu ihr sage.«

Vorsichtig frage ich, ob sie ihren Eltern etwas erzählt hat.

»Bloß nicht«, ruft sie. Ich fühle mich gleichzeitig geschmeichelt und von der Verantwortung überwältigt. »Ich hab es überhaupt niemandem erzählt. Kann ich deswegen Ärger kriegen? Habe ich was Illegales gemacht?«

»Ich glaube nicht. Solange du ihr nicht geholfen hast ... Aber ich finde, du solltest sie dazu bringen, das Kleid zurückzugeben.«

»Mist.«

»Ich weiß, das ist echt schwierig.«

Ich höre sie atmen. Wahrscheinlich denkt sie über meinen Vorschlag nach.

»Rede einfach mit ihr. Sag ihr, wie es dir damit geht. Und versuch, ehrlich und offen mit ihr umzugehen.«

Als ich diese Worte ausspreche, merke ich, dass genau das immer mein Problem gewesen ist – und dass ich Kirby wünsche, dass sie in diesem Punkt anders ist als ich.

»Vielleicht solltest du auch mit deinen Eltern reden«, füge ich hinzu.

»Nein, auf keinen Fall. Sie können Belinda sowieso nicht leiden. Und sie würden sie wahrscheinlich anzeigen oder so. Bei solchen Sachen kennen sie keine Kompromisse, für sie gibt es nur richtig und falsch.«

»Ja, manche Leute sind so drauf«, bestätige ich und denke an Peters Credo: Immer das Richtige tun, um jeden Preis, selbst wenn es nicht angenehm ist oder andere verletzt. Aber Loyalität ist ja auch sehr viel wert. Manchmal möchte man jemanden schützen, den man liebt. Hatte ich das im Sinn, als ich Conrad anlog? Und das Geheimnis vor meinem Dad bewahrte? Und vor Peter? Oder wollte ich mich nur selbst schützen? Mir wird klar, dass ich nur wenige Antworten habe – und wie schwer es ist, Mutter zu sein. Eine *echte* Beziehung zu haben.

»Versuch einfach, auf dein Herz zu hören«, rate ich

Kirby, obwohl ich weiß, wie klischeehaft das klingt. Aber mir hat es bei der schwierigsten Entscheidung meines Lebens geholfen – sie zur Welt zu bringen. »Immer, wenn ich auf mein Herz gehört habe, hat sich das als richtig erwiesen. Und immer wenn nicht …«

Ich beende den Satz nicht, spüre aber seine Tragweite. Jede von uns denkt den Satz alleine weiter. Ich denke an die letzten achtzehn Jahre meines Lebens. An die vielen Geheimnisse und Lügen. Für die ich natürlich meine Gründe hatte. Meine Rechtfertigungen. Aber tief im Inneren wusste ich immer, dass ich falsch handelte. Und jetzt weiß ich, dass es an der Zeit ist, endlich wieder alles in Ordnung zu bringen.

»Kannst du mit meinem Rat was anfangen?«, frage ich hoffnungsvoll.

»Ja«, erwidert sie. »Kann ich. Danke, Marian.«

»Gern geschehen, Kirby.« Ich wünschte, ich hätte ihr noch mehr zu sagen. Ich wünschte, die Dinge wären so einfach, wie ich sie gerade dargestellt habe.

21

Kirby

Nach der Schule treffe ich Belinda in der Küche ihrer Eltern an. Sie macht sich gerade eine Erdbeer-Götterspeise und guckt dabei eine Soap. Als ich reinkomme, schaut sie gar nicht groß auf. Sie ist daran gewohnt, dass ich ohne zu klopfen ihr Haus betrete.

»Hallo!«, rufe ich. Meine Unsicherheit überspiele ich mit einem breiten Lächeln.

»Psst!«, antwortet sie und deutet auf den uralten Fernseher auf dem Küchentresen. Mit einem Holzlöffel rührt sie die Götterspeise an. Ich schaue auf den Bildschirm und frage sie, was in der Serie gerade passiert.

Ohne den Blick vom Fernseher abzuwenden, rattert Belinda monoton herunter: »Taylor hat gerade EJ zur Rede gestellt. Hat gefragt, ob er für Ariannas Tod verantwortlich ist.«

Ich nicke. Kurz folge ich der Serie, die ich bloß ab und zu gucke, aber dann fällt mir wieder ein, dass wir auch in Wirklichkeit gerade eine kleine Seifenoper aufführen. Eine Sekunde später erwacht auch Belinda aus ihrer Trance, weil ein Werbespot für einen Teppichreiniger die Handlung unterbricht.

»Na, was gibt's Neues?«, fragt sie.

»Ach, nicht viel«, sage ich, nehme die leere Götterspeisenpackung in die Hand und studiere die Nährwerttabelle. »Wahnsinn, nur zehn Kalorien pro Portion?«

»Ja, klasse, oder? Seit letzter Woche habe ich schon fast zwei Kilo abgenommen. Ich esse fast nur Götterspeise.«

»Hm«, erwidere ich, angestrengt nach einer Gesprächseröffnung suchend. »Warum willst du denn abnehmen? Du siehst doch toll aus.«

»Ich will bloß einen flacheren Bauch«, sagt sie. »Wenn Jake mich ohne meinen Taillenformer sieht ...«

»Ach, du hast also ein Kleid gefunden?« Die Frage klingt so hilflos, wie ich mich fühle.

Sie nimmt die Fernbedienung, drückt heftig auf die Stumm-Taste und rührt weiter. »Hör doch auf, Kirby«, sagt sie.

»Womit denn?«, frage ich mit aufgerissenen Augen, als wäre ich diejenige, die hier die Unschuld spielen muss.

»Du weißt doch genau, dass ich ein Kleid gefunden habe«, sagt sie und setzt das Wort »gefunden« mit den Fingern in Anführungszeichen.

Ich starre sie betont ausdruckslos an und warte auf ihr Geständnis. Als jedoch nichts von ihr kommt, versuche ich eine lahme Erwiderung. »Hör du doch auf.«

Sie verdreht die Augen.

»Du hast das Kleid geklaut«, stelle ich fest.

»Und?«

»Und? Was soll das heißen, *und*?«

»Dass ich das Kleid geklaut habe, das soll *und* heißen.« Sie zuckt mit den Schultern, leckt den Löffel ab und nickt zufrieden, als hätte sie gerade eine feine Soße komponiert und nicht bloß Wasser in ein fertiges Gemisch gekippt.

»Das ist ... nicht richtig.« Ich merke, wie selbstgerecht ich klinge. Aber wie soll ich es denn sonst ausdrücken?

»Ach nee. Klar ist das nicht richtig. Aber es ist nur *ein*

lächerliches Kleid. Weißt du eigentlich, wie viel Gewinn der Laden mit seinen Klamotten macht? Wahrscheinlich haben sie es für vierzig Dollar aus China importiert.«

Ich starre sie an. Mit Belinda zu streiten ist schwierig – nicht weil sie besonders gut, sondern weil sie so schlecht darin ist. Man hat einfach keinen gemeinsamen Nenner, über den man zueinanderfinden könnte. Weil sie sich die Welt so hindreht, wie sie sie haben will, und sich auch durch logische Argumente nicht überzeugen lässt. Aber ich versuche immer noch verzweifelt, einen neuen Einstieg zu finden. »Belinda. Das ist es einfach nicht wert. Überleg mal, wenn du so kurz vor dem Schulabschluss richtigen Ärger kriegst. Denk daran, wie hart Louie dafür bestraft wurde, dass er Alka-Seltzer ins Schwimmbecken geworfen hat. Er kriegt keinen Abschluss und ...«

Sie schüttelt den Kopf. »Die Schule kann mir gar nichts wollen. Selbst wenn ich ins Gefängnis käme, können die mir nix, weil es nicht in der Schule passiert ist.«

»Aber du kannst von der Schule geschmissen werden wegen einer Straftat«, gebe ich zu bedenken.

»Das ist doch keine Straftat. Das ist höchstens ein Bagatelldelikt.«

»Hast du das etwa vorher recherchiert? Dann hast du das Kleid also vorsätzlich geklaut und nicht spontan?«

»Nein, ich hab es nicht vorsätzlich geklaut. Ich hätte es ja bezahlt, wenn sie nicht so einen wahnsinnigen Preis dafür verlangt hätten.«

»Belinda!«

Aber sie schaltet den Fernseher wieder auf Laut, schon bevor ihre Serie weitergeht. Offensichtlich will sie mir zeigen, wie lächerlich sie unsere Unterhaltung findet. Lächerlicher als die lange Liste der Nebenwirkungen, die in einem Werbespot für ein Antidepressivum aufgezählt werden.

Ich bin frustriert, fast schon wütend, und spreche so laut ich kann, ohne zu schreien. »Belinda. Bitte. Gib das Kleid zurück.«

Sie schaut mich amüsiert an und äfft mich nach, mit derselben Stimme, die sie immer für Schwester Viola benutzt, das ist die unbeliebteste Lehrerin an unserer Schule. »Merkst du überhaupt, was du zu mir sagst? Seit wann bist du hier eigentlich der Sittenwächter?«

Bevor ich antworten kann, hat sie schon ihre eigene Theorie entwickelt. »Ist das vielleicht der Einfluss von dieser eingebildeten Tussi in New York?«

Das ist wirklich der letzte Quatsch, und doch rege ich mich so darüber auf, dass ich ihr ein Ultimatum stelle, zum allerersten Mal, seit wir befreundet sind. »Bring das Kleid zurück, oder ich gehe nicht mit dir zum Schulball!« Sobald ich diese Worte gesagt habe, bereue ich sie auch schon. Aber es ist zu spät.

Sie zuckt mit den Schultern. »Okay. Ich brauche dich nicht. Ich habe ein tolles Date. Und ein Vierhundert-Dollar-Kleid, das ich umsonst gekriegt habe ...«

»Na gut, das war's dann, ich bin raus.«

»Tschüss«, sagt Belinda kalt. Ich habe schon oft erlebt, dass sie fies sein kann, aber so hat sie mich noch nie behandelt.

Ich gehe, drehe mich aber noch mal um und sage: »Damit du's weißt, Marian ist nicht eingebildet. Sie ist einer der coolsten Menschen überhaupt.«

»Schade, dass du keins von ihren coolen Genen geerbt hast«, entgegnet sie. Ich tue so, als hätte ich ihre Gemeinheit überhört, aber ihre Worte gehen mir auf dem Heimweg noch lange im Kopf herum. Und irgendwie scheint an ihnen vielleicht sogar etwas dran zu sein.

Am Nachmittag rufe ich Marian an, um ihr zu berichten. Sie nimmt sofort ab. Im Hintergrund höre ich den Lärm der Großstadt.

»Was machst du gerade?«, frage ich.

Sie sagt, dass sie gerade auf dem Weg in ein Lokal ist, um schnell was zu essen, und dann zurück ins Büro geht. »Hast du mit Belinda gesprochen?«, will sie wissen.

Ich erzähle ihr, wie es gelaufen ist, aber die Beleidigung am Schluss lasse ich weg. »Und jetzt gehe ich wohl nicht zum Ball.«

»Oh, tut mir leid, dass es nicht besser ausgegangen ist. Vielleicht kommt sie ja doch noch zur Vernunft.«

»Glaube ich kaum«, sage ich. Die Tragweite des Ganzen wird mir jetzt erst klar. Es geht mir dabei nicht so sehr um den Schulball, der hat ja erst seit Kurzem Gestalt angenommen, sondern eher darum, dass ich vielleicht meine beste Freundin verloren habe. »Hast du dich schon mal so übel mit einer Freundin gestritten?«, frage ich Marian.

»Nein. Aber ich habe mich mit meiner besten Freundin aus der Highschool irgendwie auseinandergelebt. Ohne dass wir uns gestritten hätten.«

»Wie das?«

»Ach, das hatte viele Gründe. Der Hauptgrund ist aber, dass ich nicht ehrlich zu ihr war.«

»Weil du mit mir schwanger warst?«

Sie zögert und bejaht. »Ich glaube, es ist viel besser, unter Freunden so zu handeln wie du. Du hast ganz offen mit ihr geredet.«

»Ja, aber jetzt hasst sie mich.«

»Sie hasst dich nicht. Gib ihr einfach ein bisschen Zeit. Vielleicht kannst du ihr einen Brief schreiben und ihr erklären, dass du ihre Handlung nicht billigen kannst, sie aber trotzdem gern hast und ihr viel Spaß beim Schulball wünschst.«

»Und was soll ich Philip sagen?«

»Ach, den meisten Jungs ist der Schulball ziemlich egal. Du kannst das bestimmt irgendwie wiedergutmachen.«

»Hm«, mache ich. Und dann halte ich es keine Sekunde länger aus, ich muss es ihr einfach sagen. »Ich habe nach ihm gesucht.« Zitternd warte ich auf ihre Erwiderung.

»Nach wem gesucht?«, fragt sie. Diese Reaktion hätte ich mir eigentlich denken können.

»Nach Conrad«, erkläre ich. »Ich habe schon seit meiner Abreise aus New York nach ihm gesucht. Auf Facebook, LinkedIn, Google, sogar auf Schulfreunde-Seiten.«

»Und?«, fragt sie nervös.

»Nichts. Es gibt zwar einen Conrad Knight auf Facebook – er hat kein Profilfoto –, aber er ist es nicht. Ich habe es gemerkt, als er auf meine Freundschaftsanfrage geantwortet hat.«

Ich mache eine kleine Pause und rede dann weiter. »Ich wollte nur von dir wissen ... ob du mir vielleicht bei der Suche helfen würdest. Du könntest mir doch ein paar Tipps geben. Weißt du zum Beispiel, wie seine Freunde hießen?«

»Kirby«, sagt sie, aber ich lasse sie nicht zu Wort kommen.

»Das ist total in Ordnung, wenn du nicht magst. Hab's schon kapiert. Ist wirklich in Ordnung...«

»Kirby«, sagt sie noch mal schärfer.

»Was denn?« Ich halte den Atem an und überlege, wie ich weiter vorgehen soll, jetzt, wo ich nicht auf ihre Hilfe zählen kann.

»Ich habe ihn schon gefunden«, sagt sie.

Ich erstarre. Mein Puls rast. »Echt? Wann denn?«

»Gestern Abend.«

»Und wo wohnt er?«

»Immer noch in Chicago. Nur eine halbe Stunde entfernt von dort, wo wir aufgewachsen sind. Ich habe seine Adresse und Telefonnummer.«

»Wie hast du ihn denn gefunden?«, will ich wissen.

»Er steht im Telefonbuch. Er wohnt in Lincoln Park«, sagt sie.

Ich schüttele den Kopf. Wie konnte ich die naheliegendste Möglichkeit bloß übersehen?

»Bist du sicher, dass es der richtige Conrad Knight ist?«, frage ich und stapfe barfuß durch mein Zimmer, über das kalte Parkett.

»Ja«, sagt sie.

»Und wie das?«

»Also ... ich habe ihn angerufen. Aus dem Büro. Seine Stimme ist unverändert.«

»Hast du mit ihm gesprochen?«, frage ich aufgeregt.

»Nein. Ich habe nur den Anrufbeantworter drangehabt. Aber ich habe keine Nachricht hinterlassen.«

»Oh«, sage ich ein bisschen erleichtert. Ich will auf keinen Fall, dass sie irgendwas kaputtmacht. Vielleicht will er ja keinen Kontakt zu mir, weil sie ihn hintergangen hat. Ich muss die Sache perfekt planen. Oder ihn einfach überrumpeln.

»Ich habe mir überlegt ... Also, möchtest du ihn mit mir zusammen besuchen?«, fragt Marian.

»In Chicago?« Meint sie das ernst?

»Ja. Das heißt, wenn du willst. Du könntest dort auch meine Eltern kennenlernen. Aber vielleicht willst du ihn ja lieber alleine besuchen?«

»Nein, ich will dich dabeihaben«, sage ich und denke

an das Foto der beiden. Das ist so lange her. Mein ganzes Leben und das halbe Leben von Marian und Conrad. Ein Schauer läuft mir über den Rücken. »Wann können wir losfahren?«

Am nächsten Abend nach dem Essen schlagen meine Eltern vor, zur Eisdiele zu fahren – das ist eine Familientradition, mit der ich nie brechen würde. Das Eis ist einfach verdammt gut. Charlotte fragt, ob sie Noah mitbringen darf. Meine Mutter zögert und schaut mich an, als wäre es meine Entscheidung. Ich zucke mit den Schultern und sage, klar, aber mein Vater legt sein Veto ein.

»Ein anderes Mal, Charlotte. Heute Abend gehen nur wir vier Eis essen.«

Meine Schwester wirkt enttäuscht, akzeptiert die Entscheidung aber, ohne zu meckern. Sie schreibt Noah eine SMS. Ich frage mich, wann sie mal einen Familienstreit vom Zaun gebrochen hat, kann mich aber an keinen einzigen erinnern. Das ist nicht normal. Charlotte steht auf, um mir beim Spülen zu helfen, aber meine Mutter hat einen Anfall von Spontaneität und ruft: »Ach wisst ihr, die Küche kann warten. Lasst uns gehen!«

Kurz darauf sitzen wir alle im Auto, und meine Eltern plaudern fröhlich. Meine Schwester hängt immer noch am Handy und schreibt sich SMS mit Noah. Aber nur, wenn meine Mutter aus dem Fenster guckt – dann tanzen ihre Finger über die Tasten. Einmal sehe ich kurz, dass sie viele Smileys, Ausrufezeichen und auch ein rotes Herz benutzt.

Als wir von der Chippewa Street auf den Parkplatz einbiegen, sehen wir die lange Schlange bis auf die Straße. Und es ist noch nicht mal Sommer. Wir steigen aus, stürmen die Eisdiele und werfen einen Blick auf die Karte, als wüssten wir die nicht längst auswendig und hätten nicht auch längst unsere Lieblingssorte: Ted's Frozen Custard mit verschiedenen Toppings. Auch heute nehmen wir alle das Übliche. Wir lehnen uns an ein Geländer, während wir essen. Langsam schlendern wir wieder zum Auto zurück, noch immer damit beschäftigt, das Eis mit unseren roten Plastiklöffeln in uns hineinzuschaufeln. Meine Mutter ist als Erste fertig und will meinem Vater seinen Becher wegnehmen.

Aber er hält ihn so, dass sie nicht drankommen kann, und sagt: »Liebling! Ich hab dir doch gesagt, du sollst nicht die kleine Portion nehmen!«

»Aber ich bin auf Diät!«, entgegnet sie. »Bis zu Kirbys Abschluss müssen noch fünf Kilo runter.«

»Ach, und die Kalorien aus meinem Becher zählen nicht?«, lacht er.

»Ach komm! Nur einen Löffel!«

Ich blende ihr Geplänkel aus und frage mich, wie ich das mit Chicago ansprechen soll. Schließlich räuspere ich mich und sage es geradeheraus. »Ich habe gestern Abend mit Marian telefoniert«, beginne ich.

Charlotte unterbricht mich und grinst. »Und wie geht's meiner leiblichen Tante?«

Meiner Mutter gefällt die Frage gar nicht. Sie wirkt augenblicklich niedergeschlagen. Charlotte ist zwar klug, aber mit ihrer unverblümten Art haut sie auch immer mal wieder voll daneben. Vielleicht ist das das Einzige, in dem ich besser bin als sie – aber was hat mir das bis jetzt schon gebracht?

»Es geht ihr gut«, sage ich.

»Wunderbar!«, erwidert mein Dad etwas lauter als nötig. Er rührt in seinem Eis herum, nimmt einen Happen und sagt: »Ich finde es großartig, dass du mit ihr redest.«

»Hast du ihr ausgerichtet, dass wir sie herzlich einladen?«, fragt meine Mom.

»Und dass sie gerne bei uns übernachten kann?«, fügt mein Dad hinzu.

»Art, ich bin mir sicher, dass sie sich in einem Hotel wohler fühlen würde. Es ist vielleicht nicht *das* Plaza, aber unser Chase Park Plaza ist auch nicht übel.«

»Also ... wir haben darüber gesprochen, dass wir zusammen wegfahren wollen«, sage ich.

»Wann?«, will meine Mom wissen.

»Nächstes Wochenende.«

»Aber da ist doch der Schulball!«, sagen meine Mom und Charlotte gleichzeitig entsetzt.

Ich zucke mit den Schultern und erkläre, ich hätte mich jetzt eben anders entschieden. Das Kleid können wir ja zurückbringen.

»Hast du dich vielleicht mit Philip gestritten?«, fragt Charlotte.

Ich schüttele den Kopf und betone, dass alles bestens ist zwischen uns.

»Ist es, weil wir gesagt haben, dass wir ihn vorher kennenlernen wollen?«, fragt mein Dad.

»Nein. Ob ihr's glaubt oder nicht, ihr würdet ihn toll finden. Er ist höflich und intelligent. Vielleicht würden seine Eltern *mich* ja nicht gut finden – aber ihr würdet ihn mögen.«

Meine Eltern werfen sich unsichere Blicke zu.

»Wo wollt ihr denn eigentlich hinfahren?«, will meine Mom wissen.

»Nach Chicago.«

»Wieso nach Chicago?«, fragt mein Dad, als wäre das nicht offensichtlich. Als hätten sie meine Adoptionspapiere nicht gerade dort unterschrieben.

»Weil mein leiblicher Vater dort wohnt«, erkläre ich betont geduldig.

»O mein Gott! Das ist ja irre! Er ist Musiker«, informiert Charlotte unsere Eltern.

»Ach ja? Ist das wahr?«, fragt mein Dad.

»Er *war* Musiker. Was er jetzt macht, wissen wir nicht genau.«

»Wir?«, wiederholt mein Dad.

»Marian und ich. Sie hat ihn ziemlich lang nicht mehr gesehen.«

Ungefähr achtzehn Jahre.

»Das ist typisch für so eine Highschool-Affäre«, erklärt meine Mutter und blickt Charlotte wissend an. Sie könnte genauso gut sagen: *Steig bloß nicht mit diesem Noah ins Bett, sonst könntest du auch eines Tages Besuch von einem Teenager bekommen.* Sie wendet sich mir zu und fragt: »Sie waren damals auf der Highschool, nicht wahr?«

»Ja, sie hatten gerade den Abschluss gemacht«, sage ich. Wahrscheinlich hat sie es von Charlotte. Ich habe es meiner Mom jedenfalls nicht gesagt.

»Und wo ist er aufs College gegangen?«, fragt meine Mom betont lässig, obwohl das Thema so schwierig ist.

Süffisant erwidere ich: »Ich glaube, er war gar nicht auf dem College.«

»Ernsthaft?«, fragt mein Dad.

Ich kann es nicht lassen. »Ja. Und aus irgendeinem Grund hat sich Marian trotzdem in ihn verliebt.«

Wieder einmal versteht Charlotte die Anspielung nicht. »Warum sollte sie sich deswegen nicht in ihn verliebt haben? Du gehst doch vielleicht auch nicht aufs College und bist trotzdem ein toller Mensch!«

»Genau«, sage ich. »Danke, Charlotte.«

»Natürlich ist Kirby ein toller Mensch, den wir lieben,

egal, wie sie sich entscheidet«, sagt meine Mutter. »Aber wir wollen, dass sie sich anmeldet, eben weil wir sie lieben.«

»Es hängt ganz von dir ab, Kirby«, sagt mein Dad. »Wir zwingen dich zu nichts.«

»Allerdings läuft die Einzahlungsfrist für die Studiengebühren bald ab«, sagt meine Mutter. »Ich wollte dich nur daran erinnern.«

»Weil der große Zettel am Kühlschrank nicht reicht?«

»Wir wollen dir bloß sagen, Schatz ... dass es so langsam knapp wird. Und keine Entscheidung ist auch eine Entscheidung«, erklärt mein Dad.

»Vielleicht kann dir dein leiblicher Vater ja bei der Frage helfen«, hofft meine Mom. »Und dir einen guten Rat geben.«

»Ja, vielleicht«, sage ich. »Marian meint, er hat ziemliche Ahnung.«

»Ja, das ist doch toll«, sagt mein Dad. In seiner Stimme schwingt jetzt jene Unruhe mit, die bei meiner Mutter schon von Anfang an zu hören war. »Er freut sich bestimmt sehr, dich kennenzulernen.«

Kurz überlege ich, meinem Vater die Wahrheit zu sagen: dass Conrad nämlich nicht das Geringste von mir weiß, aber ich erwidere bloß: »Ja, wir haben sicher viel Spaß zusammen.«

Dann schicke ich ein stummes Stoßgebet zum Himmel, dass der Plan nicht in einem totalen Desaster enden wird. Dass Conrad ein erfolgreicher – oder wenigstens glücklicher – Mensch ist, der nur zufällig nicht auf dem College war. Dass er mich nicht dafür hasst, was Marian ihm angetan hat. Und dass – wie Mr. Tully gesagt hat – der Zug für uns noch nicht abgefahren ist.

22

Marian

Am nächsten Abend rufe ich mit Kirbys Erlaubnis (die sie mir erst nach großem Zögern und mit dem Hinweis erteilt hat, sie sei doch schon achtzehn und könne tun, was sie will) ihre Eltern an. Während es im Hörer tutet, fühle ich mich nervöser, als ich vorher geglaubt hatte. Als Kirbys Dad sich meldet, mit einem lauten, fröhlichen »Hallo, hier ist Art«, werde ich auch nicht gerade ruhiger.

»Hallo«, antworte ich und schaue aus meinem Bürofenster. »Hier ist Marian Caldwell. Spreche ich mit Kirbys Vater?«

»Ja, klar! Hi! Ich bin Arthur Rose. Aber nennen Sie mich doch Art.«

»Danke, Art. Also ... Sie wissen sicher Bescheid darüber ... was in den letzten Wochen so passiert ist.« Ich schließe die Augen und schüttele den Kopf. Für einen Drehbuchprofi habe ich gerade eine ziemlich jämmerliche Eröffnung hingelegt.

»Ja, klar! Das war ja ein Ding. Meine Frau und ich freuen uns sehr für Sie und Kirby. Dass Sie sich wiedergefunden haben und so weiter ... wirklich toll, das alles.« Er lacht, und ich merke, dass er überkompensiert – wahrscheinlich ist er genauso unsicher wie ich.

»Ja, das war wirklich toll«, sage ich. »Und Kirby hat

Ihnen sicher von unseren Plänen für dieses Wochenende erzählt? Dass wir nach Chicago fahren wollen?«

»Ja. Um Ihre Verwandten kennenzulernen, nehme ich an?«, dröhnt Art.

»Ja.«

»Und wie sollen wir diesen Burschen eigentlich nennen? Ich habe nie groß an ihn gedacht ... bis neulich.«

»Ja, ich weiß auch nicht so richtig, wie ich ihn nennen soll. Ihren biologischen Vater? Ihren leiblichen Dad? Vielleicht sollten wir einfach die Namen verwenden. Das ist sicher am einfachsten für uns alle.«

»Gute Idee«, gibt er zurück. »Gefällt mir. Wie heißt er denn?«

»Conrad Knight«, sage ich, und mein Magen krampft sich zusammen, weil mir gerade wieder deutlich wird, was mir bevorsteht. »Wir wollen ihn gern besuchen.«

»Also, meine Frau und ich sind ein bisschen besorgt ... aber wir wollen das Beste für Kirby. Und wir sind froh, dass sie uns dieses Mal eingeweiht hat und nicht einfach abhaut wie beim letzten Mal.« Er kichert, und ich höre Kirby im Hintergrund reden – sie macht irgendeine spitze Bemerkung. Und ich bekomme eine SMS von ihr: *Sorry, er schwafelt immer so.*

»Aber wir haben ihr verziehen«, sagt Art. »Wir wissen jetzt, warum sie es getan hat. Wir haben uns immer vorgenommen, ihr bei der Erforschung ihrer Herkunft zu helfen, wenn sie das Bedürfnis danach hat. Und jetzt freuen wir uns für sie. Und auch für Sie, Marian. Für Sie beide.«

»Danke«, erwidere ich.

»Meine Frau und ich sind ganz glücklich darüber, dass Sie eine tolle Frau sind. Wow!« Er pfeift einen langgezogenen, steigenden und wieder fallenden Ton. »Fernsehproduzentin, toll!«

»Vielen Dank, Art.« Irgendwie ist das Gespräch mit ihm noch viel surrealer als der Moment, als ich Kirby kennengelernt habe – vielleicht, weil meine Verbindung zu ihm nur auf einem einfachen Zufall beruht. Ich wurde schwanger und bekam ein Kind; sie wollten eins; die Agentur hat ihnen mein Kind zugewiesen; fertig, aus.

»Das ist wirklich beeindruckend«, sagt Art, und ich spüre, dass er es ernst meint – und dass er ein sehr netter Mann ist. Ich würde trotzdem gern das Thema wechseln. Aber ich habe keine Chance.

»Kirby ist so stolz auf Sie. Zu Recht. Das ist wirklich klasse – Sie produzieren eine Serie und leben in New York. Im Big Apple. Wahnsinn. Ich bin mal mit meiner Frau da gewesen.« Wieder ein Pfiff. »Eine Wahnsinnsstadt. Wir hatten viel Spaß dort, aber ich weiß nicht, wie Sie das alles schaffen ... Moment. Warten Sie bitte kurz, Marian, ja?«

Ich höre einen geflüsterten Wortwechsel. Wahrscheinlich nimmt Kirby ihn gerade in die Zange. Als Art wiederkommt, wirkt er eine Idee abgeklärter.

»Also. Ich gebe Ihnen noch meine Frau. Sie möchte unheimlich gern mit Ihnen reden.«

Ich atme tief durch. Das Gespräch mit Art habe ich also geschafft, aber vor Kirbys Mutter habe ich einen ziemlichen Respekt. Mein Herz schlägt vor Aufregung. Gleich werde ich mit der Frau sprechen, die mein Baby aufgezogen hat.

»Hallo?«, sagt sie, und ich merke, dass ich sie schon jetzt genau überprüfe. Ich will sie gleichzeitig mögen und irgendwelche Fehler an ihr finden.

»Hi«, sage ich. Wahrscheinlich geht es ihr in diesem Moment genauso wie mir, nur noch extremer. »Hier ist Marian.«

»Hier ist Lynn.«

»Nett, Sie kennenzulernen«, sage ich und schlucke. »Wenigstens am Telefon.«

»Ja, ich freue mich auch, Sie kennenzulernen.«

Wir schweigen beide, und ich überlege, was ich sagen kann, irgendwas, das sie davon überzeugt, dass ich eine verantwortungsbewusste Erwachsene bin, aber nicht versuche, ihren Platz einzunehmen.

»Ich bin Ihnen und Art wirklich dankbar, dass Sie Kirby erlauben, mit mir nach Chicago zu fahren«, sage ich schließlich.

»Tja, sie ist achtzehn. Da brauchen wir gar nichts mehr zu erlauben«, entgegnet sie recht kühl, was mich überrascht. Warum habe ich sie nur so eingeschätzt, als ließe sie sich alles bieten? »Aber wir finden es in Ordnung. Wir stehen hinter ihr. Und wir stehen hinter Ihnen.«

Es sind nette, aber gezwungene Worte. Ich spüre, dass sie sich nur wünscht, so zu empfinden. Das kommt mir irgendwie bekannt vor und erinnert mich an meine gelegentlichen Unterhaltungen mit Peters Exfrau. Sie will, dass ihr Sohn mich mag – aber nicht zu sehr. Und ich muss natürlich immer an meine Rolle und die damit einhergehenden Grenzen denken. Selbst wenn ich seinen Vater heirate, werde ich nie seine Mutter sein. So wie ich niemals Kirbys Mutter sein werde.

»Danke«, erwidere ich, auf schmalem Grat balancierend. »Es war wunderbar, Ihre Tochter kennenzulernen.«

Ihre Tochter, wiederhole ich im Geiste, und ich glaube, Lynn denkt auch gerade über meine Worte nach, denn sie ist plötzlich merklich freundlicher. »Sie waren sehr nett zu ihr. Vielen Dank dafür.«

»Nichts zu danken«, sage ich.

»Sie wollen also dieses Wochenende fahren?«, fragt sie. »Art und ich freuen uns für Kirby. Nur schade, dass sie deswegen den Schulball verpasst.«

Eine weitere SMS von Kirby: *Himmel. Jetzt weißt du, womit ich mich rumschlagen muss.*

»Ach, der Schulball ist auch nicht alles«, bemerke ich und weiß sofort, dass ich das Falsche gesagt habe.

Kurz herrscht eisiges Schweigen in der Leitung. »Art und ich verstehen das einfach nicht. Warum will sie auf diesen besonderen Abend verzichten, wenn sie doch schon Pläne gemacht und sich ein Kleid ausgesucht hat?«

Ich denke an Belindas Kleid, atme tief durch und versuche, das Thema zu wechseln.

»Aber so ist Kirby halt. Sie hat ihren eigenen Kopf«, sagt Lynn.

Genau wie Conrad, denke ich, und mein Herz flattert.

»Art und ich haben beschlossen, sie selbst entscheiden zu lassen. Ob sie den Schulball verpassen will, ist allein ihre Sache. Sie kennt unsere Meinung. Und jetzt sind auch Sie informiert.«

»Genau.« Vorsichtig formuliere ich die nächsten Worte. »Und egal, wie sie sich entscheidet ... ich möchte, dass Sie wissen, dass Sie sich absolut auf mich verlassen können. Ich bin nicht Kirbys Erziehungsberechtigte ... aber ich werde gut auf sie aufpassen. Auf *Ihre* Tochter.«

Am nächsten Morgen ruft Peter an und lädt mich zum Mittagessen ein. Ich nehme die Einladung an, schließlich ist er immer noch mein Chef, und meine Sendung ist in Gefahr. Er schlägt das Aquavit vor, aber ich bin nicht in der Stimmung für ein feines Restaurant, schon gar nicht für eins, in dem Hering und Graved Lachs und Wildpasteten auf der Speisekarte stehen.

»Na gut, dann entscheide du, wo wir hingehen«, sagt er.

»Burger Heaven«, beschließe ich. Absichtlich habe ich eine mit Neonröhren beleuchtete Klitsche gewählt, die hauptsächlich Touristen und hungrige Arbeiter anzieht – Peter gehört weder zur einen noch zur anderen Spezies.

»Burger Heaven? Ernsthaft?« Ich kann mir gut vorstellen, wie er das Gesicht verzieht.

»Ja«, sage ich.

»Ist das nicht eine *Kette*?«, fragt er, als sei das ein schlimmes Wort.

»Ja«, sage ich. »Die haben die besten Thunfisch-Sandwiches in der Stadt. Lass uns in den in der Fifty-fourth gehen, Ecke Madison. Um halb zwei.«

Ein paar Stunden später sitzen wir uns an einem blauen Plastiktisch gegenüber – so was hat Peter seit Jahren nicht mehr gesehen.

»Burger Heaven, hm?«, sagt er, legt sich die Krawatte über die Schulter und faltet seine Papierserviette auf. »Du bist wirklich sauer auf mich.«

»Du bist ein Snob«, entgegne ich.

»Ach, bist du vielleicht kein Restaurant-Snob?«

»Nein, bin ich nicht«, sage ich. Ich denke an Kirby und ihre Eltern und will mich in Zukunft von dieser Manhattan-Arroganz distanzieren. »Ich bin überhaupt kein Snob.«

Peter beugt sich zu mir hin. »Ein Thunfisch-Sandwich macht in dieser Hinsicht keinen besseren Menschen aus dir.« Er zwinkert mir zu und sieht so verdammt gut aus. Da kommt schon die Kellnerin, zückt ihren Block und fragt, ob wir gewählt haben.

»Die Dame hätte gern ein Thunfisch-Sandwich«, sagt

Peter, dem das alles Spaß zu machen scheint. »Mit allem drum und dran.«

»Nein, ganz normal«, widerspreche ich. »Auf Weißbrot.«

»Die Bescheidenheit in Person«, flüstert er mir zu und wendet sich dann wieder der mürrischen Kellnerin zu. »Und ich nehme einen Ihrer himmlischen Burger.«

»Mit Käse?«

»Aber gern. Mit Cheddar. Und Bacon.«

»Pommes dazu?«

»Warum nicht.«

»Was zu trinken?«

»Nur Wasser«, sagen wir beide gleichzeitig.

»Leitungswasser für mich, Mineralwasser für ihn«, sage ich und grinse ihn triumphierend an, als er nicht widerspricht.

»Mit Kohlensäure, bitte«, fügt er hinzu. »Haben Sie Perrier?«

Sie nickt, fragt, ob das alles ist, und verschwindet.

»Okay. Was soll das Ganze?«, fragt er und schaut sich im Raum um.

Ich zucke mit den Schultern. In Wirklichkeit weiß ich selbst nicht, was ich damit bezwecke, außer dass ich ihm beweisen will, dass er scheinheilig und voreingenommen ist, in jeder Hinsicht. Nicht nur in Sachen Fast Food, auch, was geschlossene Adoptionen betrifft. »Also dann, sag mir bitte, wie es um meine Serie bestellt ist. Deswegen sind wir doch hier, oder?«

»Ja«, lächelt er. »Wir haben Angela aus ihrem Vertrag entlassen, aber deine Serie habe ich gerettet. Du bist zwar noch immer auf dem Acht-Uhr-Sendeplatz, aber den Donnerstag darfst du behalten, und das Budget wurde nur um zehn Prozent gekürzt.«

Ich nicke und lächele ihn reserviert an. Es hätte schlimmer ausgehen können.

»Gern geschehen«, sagt er.

»Danke«, sage ich und frage mich, warum ich mich nicht freue.

»Es war ziemlich knapp. Weil Angela nicht mehr dabei ist. Du musst jetzt wirklich etwas bringen, wenigstens in den nächsten paar Folgen.«

»Mache ich.«

»Hast du schon eine Story in petto?«

»Wir machen den McLean mit ihr«, sage ich – eine Anspielung auf McLean Stevenson und den Tod seiner Rollenfigur Henry Blake in *M*A*S*H*.

Peter lächelt. Er versteht sofort, und ich zitiere Radar, eine weitere Figur aus *M*A*S*H*, einer meiner ersten Lieblingsserien: »›Henry Blakes Flugzeug wurde über dem japanischen Meer abgeschossen ... es ist ins Trudeln gekommen ... es gibt keine Überlebenden.‹«

»Das ist einer der vielen Gründe, warum ich dich liebe«, sagt Peter lachend. »Aber ich warne dich, die Werbekunden könnten es ziemlich unpassend finden, wenn Angelas Figur gewaltsam zu Tode kommt.«

»Sag ihnen, dass ich effektvolle Abgänge immer ziemlich gut hinkriege.«

Er schüttelt den Kopf. Meine erneute Anspielung gefällt ihm anscheinend. »Ich vermisse dich, Champ. Können wir beide es nicht noch einmal versuchen?«

»Und wie soll das aussehen?«, frage ich. »Sind wir dann wieder das erfolgreiche Paar, das die besten Restaurants von Manhattan frequentiert?«

»Vergiss Brooklyn nicht«, sagt er. »Ich liebe Steakhäuser.«

Ich starre ihn an, ohne zu lächeln.

Er blickt sich um, weil er daran gewöhnt ist, dass die anderen Gäste genau wissen, wer er ist. Dann wirft er mir einen verführerischen Blick zu.

»Was ist?«, frage ich.

Er beugt sich über den Tisch und nimmt meine Hände. »Dann sind wir wieder das Paar, das miteinander schläft. In feinen Hotels oder billigen Motels, ganz wie du willst.«

Ich spüre eine Welle des Verlangens, versuche aber, ihm zu widerstehen. Ich ziehe meine Hände weg. Er packt noch fester zu – das macht mich ganz schwach. Schrecklich, wie sehr ich das mag.

»Hör auf«, sage ich und tue so, als meinte ich es ernst.

Er wartet eine Sekunde und lässt dann los. Wir schauen uns noch immer in die Augen.

»Komm mit mir nach Hause«, sagt er. »Ich muss sofort mit dir schlafen.«

»Um zu beweisen, dass du mich liebst?«

»Du weißt, dass ich dich liebe.«

Ich schüttele den Kopf. »Ich muss noch eine Serienfigur umbringen. Und meinen Koffer packen.«

Er hebt die Brauen. »Wohin fährst du denn?«

»Nach Chicago. Freitag geht es los.«

»Zu deinen Eltern? War deine Mom nicht erst hier?«

»Ich will Conrad besuchen«, sage ich. »Zusammen mit Kirby.«

Peter lächelt mich breit an. Wenn ich nicht so viel Angst hätte, würde ich jetzt dahinschnmelzen. Er strahlt vor lauter Freude und Überraschung. »Das finde ich toll«, sagt er. In seiner Stimme liegt nur ein Hauch von Hochmut – so wenig, dass ich es ihm nicht einmal vorwerfen kann. Es sei denn, ich wollte ihm *alles* vorwerfen: seine Karriere, seine Intelligenz, sein unverschämt gutes Aussehen. »Willst du darüber reden?«

»Nein.«

»Und was ist mit uns beiden? Können wir über uns reden?«

»Wir können über uns reden, wenn ich zurück bin«, sage ich. Bevor ich nach Chicago aufbreche, kann ich nicht über unsere Beziehung nachdenken.

»Dann reden wir eben danach. Können wir dann auch miteinander schlafen?« Peter streicht mir eine Haarsträhne aus dem Gesicht und steckt sie mir hinters Ohr.

»Wir werden sehen«, sage ich. Hoffentlich kann er meine Gänsehaut nicht sehen. Die Wahrscheinlichkeit, dass ich Peter abweisen werde, ist ungefähr genauso hoch wie die, dass Conrad völlig okay finden wird, was ich ihm angetan habe.

23

Kirby

Es ist Freitagabend, die Woche vor dem Schulball, und ich habe Philip noch immer nicht gesagt, dass wir nicht hingehen. Wir haben uns SMS geschrieben und einander Nachrichten hinterlassen und über Facebook kommuniziert, aber so richtig haben wir noch keine Gelegenheit gehabt, ausführlich miteinander zu reden. Als ich ihn dann endlich am Telefon erwische, freue ich mich wahnsinnig, seine Stimme zu hören.

»Was machst du so?«, frage ich, während ich dasitze und mit den Armen meine Knie umfasse.

In gedämpftem Ton informiert er mich, dass er gerade im Buchladen stöbert.

»Gehst du freitagabends immer in den Buchladen?«, will ich wissen. Ich meine die Frage ernst, fürchte aber, ich könnte klingen wie Belinda, die sich über alles lustig macht, was nach freiwilligem Lernen riecht.

»Ich habe gedacht, heute Abend wäre hier eine Lesung. Von einem Autor, den ich mag«, erzählt er. »Aber ich habe mich im Datum geirrt. Sie findet erst nächsten Freitag statt. Also hänge ich hier bloß ein bisschen ab. Willst du auch kommen?«

»Ja«, sage ich, ohne zu zögern. »Sehr gerne. Bist du im Central West End?«

»Ja. Auf der Euclid. Mach schnell.«

»Wieso?«, frage ich. Schließt der Laden bald oder muss er vielleicht noch woandershin?

»Wieso? Ich weiß nicht ... weil ich dich vermisse.«

»Oh.« Ich muss grinsen. »Ich vermisse dich auch.«

Berauscht lege ich auf und renne zur Tür, zum Glück ohne dabei auf meine Eltern zu stoßen. Gut, dann muss ich nicht schon wieder ihre nervigen Fragen beantworten, wieso ich nicht zum Schulball will. *Ach, ich weiß nicht, vielleicht, weil es ein kleines bisschen interessanter ist, drei Blutsverwandte kennenzulernen, als einen Haufen Idioten, darunter eine blöde Kuh mit einem gestohlenen Kleid, beim Tanzen zu beobachten?*

Das Central West End liegt nur zehn Kilometer von meiner Wohngegend entfernt. Jetzt, wo die Rushhour vorbei ist, bin ich schnell dort, aber es fühlt sich an wie eine andere Welt. Schon auf der Fahrt dorthin, wo die schicken Boutiquen und Restaurants liegen, komme ich mir ein bisschen cooler vor als sonst. Ich finde einen Parkplatz direkt vor dem Buchladen und zirkele den schäbigen Honda Accord, den ich mir mit Charlotte teile, ordentlich in die Lücke hinein. Ich entdecke Philip durch die offene Tür. Er sitzt im Schneidersitz auf dem Boden und streichelt eine graue Langhaarkatze. Neben ihm ein Stapel Bücher.

Als ich aus dem Auto steige, empfängt er mich mit einem breiten Grinsen. »Hey!«, ruft er. »Lange nicht gesehen!«

»Hi«, sage ich und betrete den Laden. Dann setze ich mich neben ihn auf den Boden. Die Katze fühlt sich so wohl bei ihm, dass sie nicht mal in meine Richtung guckt.

»Kirby, darf ich dir Spike vorstellen, die belesenste

Katze der Welt. Spike, das ist Kirby«, sagt Philip. »Sie ist die ... äh ...«

»Also, Spike, sagen wir einfach, ich bin nicht das belesenste Mädchen der Welt«, gestehe ich.

»Ja, aber sie ist viel klüger, als sie vorgibt«, flüstert Philip in Spikes freies Ohr – in das, das gerade nicht gekrault wird. »Und sie ist eine totale Musikkennerin. Sie hat den besten Musikgeschmack überhaupt.«

Ich lächele. Das Kompliment höre ich gerne. Da bemerke ich, dass er ein königsblaues T-Shirt trägt, auf dem in Druckbuchstaben steht: WILLIE, EMMYLOU, MERLE & LACY J.

»Dein T-Shirt gefällt mir«, sage ich.

»Du magst Country Music?«

Ich lache. »Nö, eigentlich nicht, aber ich finde es interessant, wie stark Country andere Richtungen beeinflusst hat. Und Merle ist natürlich ein Phänomen.«

»O ja, Spike ist auch deiner Meinung. Er liebt ›Okie from Muskogee‹, aber sonst ist sein Musikgeschmack ziemlich ausgefallen. Genau wie deiner.« Spike schnurrt und legt sich auf den Rücken.

Ich lächele und murmele, dass Spike eine wirklich nette Katze ist.

»Ja, er ist süß ... Hast du Captain Nemo oder Jamaica kennengelernt? Spikes Vorgänger?«

Ich schüttele den Kopf. Wie kann es angehen, dass Philip immer bloß nette und charmante Sachen sagt?

»Die waren auch toll. Captain Nemo war der Erste. Er ist fast ertrunken und wurde dann gerettet, daher der Name. Und Jamaica wurde nach Jamaica Kincaid benannt. Die beiden Jamaicas sind sich sogar einmal begegnet, als die Autorin hier gelesen hat.«

Ich nicke und schließe daraus, dass Jamaica Kincaid

eine Schriftstellerin ist. Ob sie sehr berühmt ist? Sollte ich vielleicht schon mal von ihr gehört haben? Ich nehme mir vor, alles über sie nachzuschlagen, so wie ich es mit Edith Wharton gemacht habe, nachdem ich aus New York zurückgekommen bin. Ich sage mir auch, dass ich – egal, ob ich aufs College gehe oder nicht – in Zukunft mehr lesen muss, gerade, wenn ich mit so schlauen Leuten wie Philip zusammen bin.

»Ja, Nemo und Jamaica waren toll, aber Spike habe ich am liebsten. Er ist mutig und ziemlich hartnäckig. Er weiß, was er will, und er hat keine Angst, einem das mitzuteilen«, sagt Philip, gerade als Spike sich mit einem langgezogenen Miau in die Unterhaltung einmischt.

»Na, siehst du, was ich meine?«, lächelt Philip.

Ich lache.

Philip und ich schauen uns nervös, aber vielsagend an. Ich bekomme eine Gänsehaut.

»Einmal hat Spike aber auch Ärger gekriegt. Stimmt's, Spike?«

»Was hat er denn angestellt?«, frage ich grinsend.

Philip flüstert: »Er hat versucht, ein Kinderbuch über eine Katze zu klauen. Hat es einfach an sich genommen und im Hinterzimmer versteckt. Der Besitzer war gar nicht froh darüber.«

Mein Lächeln verblasst einen Tick. Weiß Philip etwa von der Sache mit Belinda? Kann Belinda sich Jake anvertraut haben? Könnte Philip die Geschichte kennen und mich für ein bisschen spießig halten, so wie Belinda es tut? Unmöglich. Auch wenn er gerade einen Witz über die klauende Katze gemacht hat, glaube ich nicht, dass er Ladendiebstahl als ein Kavaliersdelikt ansieht. Kurz überlege ich, ob ich ihm alles erzählen soll, entscheide mich aber dagegen.

Philip muss meinen unsicheren Blick gesehen haben. Er steht auf, wischt sich die Hände an der Jeans ab, so dass die Katzenhaare nur so fliegen, und niest dreimal. »Was ist los?«

Ich ignoriere die Frage. »Gesundheit. Bist du allergisch gegen Katzen?«

Er nickt. »Ja, aber Spike ist es wert.«

Ich lächele und denke wieder an Belinda. Ob sie es auch wert ist?

»Ich wollte was mit dir besprechen«, sage ich. Hoffentlich hat Marian wirklich recht. Abgesehen von der Geldausgabe für den Smoking (hoffentlich kann er ihn noch zurückbringen) ist es Jungs wahrscheinlich egal, ob sie zum Schulball gehen oder nicht. »Können wir irgendwo anders hingehen, damit wir uns besser unterhalten können?«

»Klar«, sagt er. »Hast du Hunger? Wir können eine Pizza bei Pi essen.«

Ich schüttele den Kopf. »Nein, ich habe keinen Hunger. Können wir einfach ein bisschen spazieren gehen? Es ist so ein schöner Abend. Das heißt, wenn du nicht unbedingt was essen willst.«

»Das ist okay, ich würde gerne ein bisschen rumlaufen«, sagt er und wirft mir einen wissenden Blick zu. Dann verabschiedet er sich von der Frau an der Kasse und von Spike und führt mich durch die offene Tür auf die Euclid Avenue.

Es wird gerade dunkel, wir sagen beide nichts und laufen die stille, baumbestandene Straße entlang. Irgendwann wage ich es. »Also, was den Schulball angeht ... da muss ich dir leider absagen.«

»Ernsthaft?« Er bleibt stehen und schaut mich enttäuscht an.

Ich nicke. »Tut mir leid. Ich wollte echt hingehen ... aber ich kann nicht.«

»Ist schon okay. Aber sag mir bitte, dass du mich nicht abservierst wegen so einem coolen Typen von der DuBourg?«

»Nein!«, rufe ich und denke an einen Ausdruck, den ich für den College-Zulassungstest gelernt habe. »Ein ›cooler Typ von der DuBourg‹ – das ist sowieso ein Oxymoron.«

Er lächelt, und wir gehen langsam weiter.

»Es ist nicht, weil ich nicht mehr will. Aber Belinda und ich haben uns total gestritten. Ich will nicht auf den Ball, bevor wir das nicht geklärt haben.«

»Aber vielleicht habt ihr es ja bis dahin geklärt?«

»Ich glaube kaum.«

»Okay«, sagt er. »Meinst du nicht, wir könnten auch alleine gehen? Ohne Jake und Belinda?«

Ich schüttele den Kopf. »Weißt du ... Belinda ist meine einzige gute Freundin in der Schule.« Ich beobachte seine Reaktion genau. Macht mich das jetzt uncool in seinen Augen? Nein, es scheint ihn gar nicht zu stören. »Ich bin irgendwie eine Einzelgängerin.«

Er nickt unbeeindruckt.

»Darum würde ich lieber gar nicht hingehen. Ich bin sowieso nicht der Typ, der sich wie verrückt auf den Schulball freut.«

»Hab ich mir schon gedacht«, sagt er lächelnd.

»Ja, eigentlich hat Belinda mich dazu überredet. Und ich habe Ja gesagt, weil ... na ja, mir gefiel die Idee, in feinen Klamotten mit dir irgendwo hinzugehen.«

»Echt? Jetzt werde ich bestimmt ganz rot.«

»Du kannst rot werden?«

»Was, glaubst du, Asiaten werden nicht rot?«, lacht er.

»So meinte ich das nicht«, sage ich und spüre, wie mir selbst das Blut in die Wangen schießt. »Ich dachte bis jetzt nur, dass dir nie was peinlich ist.«

»Ich wette, du könntest mich zum Erröten bringen«, sagt er – als würde er mich herausfordern.

»Okay.« Unser Flirt setzt mir ganz schön zu. Ich schwitze und fange an, komisch zu atmen. »Deine Augen finde ich toll.«

»Danke.«

»Welche Farbe haben die eigentlich?«

»Hellbraun.«

»Ich würde die Farbe vielleicht als ›Topas‹ bezeichnen.« Er lächelt mich schüchtern an und guckt dann auf den Boden.

»Und ich mag dein Lächeln«, sage ich, während es immer breiter wird. »Ich wäre wirklich gern mit dir zum Ball gegangen.«

»Okay, jetzt hast du's geschafft, ich werde rot. Du kannst aufhören.«

Tatsächlich, seine weichen, goldenen Wangen sind mit einem zarten Rosa überzogen.

»Aber ich kann nicht zum Ball gehen. Wegen Belinda. Und weil ich nach Chicago fahre. Ich werde Marians Eltern kennenlernen. Und meinen Dad. Nicht meinen echten Dad natürlich ... den anderen«, stottere ich. »Wir haben uns ganz spontan dazu entschieden. Weil Marian ein freies Wochenende ...«

»Kirby, das ist okay, ich hab's kapiert. Das ist total in Ordnung.« Unsere Arme schwingen jetzt synchron. Sie berühren sich leicht – und Zehntelsekunden später liegt meine Hand in seiner. »Ich freue mich wirklich für dich. Und ich will, dass du mir alles erzählst, wenn du wieder zurück bist.«

»Ja, das ist echt aufregend«, sage ich, obwohl ich mich gerade nur auf eine Sache konzentrieren kann: dass ich Händchen haltend herumspaziere, und zwar mit dem einzigen Jungen, in den ich je verliebt war.

Und dann, als wäre das noch nicht genug, bleibt Philip plötzlich stehen, direkt vor dem großen Brunnen auf der Maryland Plaza. Er schaut mich an, nimmt meine rechte Hand in seine linke, zieht mich zu sich heran. Jetzt sind wir nur noch Zentimeter voneinander entfernt, und ich merke, dass er genauso nervös ist wie ich. Und dann passiert es: Er beugt sich zu mir hin, unsere Gesichter stoßen gegeneinander. Er lächelt, ändert seine Position ein bisschen und startet einen neuen Anlauf. Dieses Mal klappt es. Der Kuss ist süß und langsam, und tief in meinem Innern geschieht etwas mit mir. Ich muss daran denken, wie Charlotte und ich immer Buttertoffee in der Mikrowelle geschmolzen haben – das Äußere blieb fest und das Innere wurde ganz weich.

Einen Moment danach ist der Kuss zu Ende. Nervös blicken wir uns um, ob uns irgendjemand gesehen hat, dann gehen wir ganz normal weiter, als hätte sich nicht gerade etwas Weltbewegendes ereignet.

»Erzähl mir doch mal was über dein Schlagzeug«, bittet er.

»Mein Schlagzeug?« Bis jetzt habe ich mir große Mühe gegeben, nicht übers Trommeln zu reden. Ich glaube zwar nicht, dass er denkt, alle Mädchen, die Schlagzeug spielen, sind komisch, aber man weiß ja nie.

»Ich habe ein Bild von einem Schlagzeug auf Facebook gesehen. Ist das deins?«

»Ja.«

»Das ist echt cool.« Ich spüre, dass er es ernst meint.

Ich lächele und fange an, übers Trommeln zu reden.

Dabei fühle ich mich immer besser. Er stellt viele Fragen, ganz so, als wäre er wirklich interessiert an dem Thema – und an mir.

»Mal im Ernst«, sagt er. »Das ist echt die coolste Sache, die mir bei einem Mädchen je untergekommen ist.«

»Danke«, sage ich. Und ich grinse übers ganze Gesicht, als wir weiterreden und rechts abbiegen, dann links, dann wieder rechts. Ganz langsam schlendern wir durch die Straßen des Central West End.

24

Marian

Am Abend vor der Reise nach Chicago besuchen mich Claudia und Jess. Sie helfen mir beim Packen und wollen mich moralisch unterstützen – oder, wie Jess es nennt, eher »unmoralisch« unterstützen. Sie ist gerade besonders frech und ausgelassen, was auf ihr Getränk aus Red Bull und Wodka und einen Besuch bei ihrem Dermatologen zurückzuführen ist. Wie Claudia immer lästert, scheint Botox auch ihre Psyche mit nützlichen Polstern zu versorgen.

»Das ist ja süüüß! Wann hast du dir denn das gekauft?«, fragt Jess und zieht ein Zopfmusterkleid von Chanel aus meinem Schrank. Ohne zu zögern, zieht sie ihre Jeans und das weiße T-Shirt aus und probiert es an. Furchtbar, an ihr ist es sowohl zu kurz als auch zu weit. Aber Jess ist eben sehr groß und dünn.

»Zieh das sofort wieder aus«, sage ich. »Du darfst mich gerne klein und dick nennen, aber vorführen musst du es mir nicht.«

Jess schüttelt den Kopf, als würde ich mich lächerlich machen, aber ich beobachte genau, wie sie das Kleid in der Taille zusammenhält, um zu sehen, wie es ein bis zwei Nummern kleiner an ihr aussehen würde.

»Konzentrier dich«, fordert Claudia und schnippt

zweimal mit den Fingern. Sie klingt ganz freundlich, aber ich merke, dass sie langsam die Geduld verliert mit Jess. Sie möchte darüber reden, was sich emotional gesehen in meinem Leben gerade Bedeutsames tut.

»Ich bin konzentriert«, erwidert Jess, die jetzt nur Jeans und einen BH mit Leopardenmuster am Leib hat. Sie beugt sich hinunter und inspiziert den Inhalt meines Koffers. Dann sagt sie, so als wäre ich gar nicht im Zimmer: »Ich finde wirklich, sie sollte etwas hübschere Unterwäsche einpacken, meinst du nicht auch?«

Claudia wirft einen Blick auf meinen Stapel ordentlicher weißer Baumwollhöschen. »Jess, diese Unterwäsche ist doch total in Ordnung.«

»Ich denke, sie sollte was einpacken, das mehr als ›in Ordnung‹ ist.« Jess versucht, eine Grimasse zu ziehen, aber ihre erstarrte Stirn lässt das nicht zu.

»Wieso denn das?«, will ich wissen, obwohl ich genau weiß, worauf sie anspielt.

»Na, falls du und Conrad ... falls ihr wieder Gefallen aneinander findet.«

»Jess!« Claudia sieht genauso entsetzt aus wie ich.

»Was denn?«, fragt Jess. »Kann doch sein, dass der Funke wieder überspringt.«

»Derselbe Funke, der mein Leben kaputtgemacht hat?«, bemerke ich.

»Derselbe Funke, der ein Leben erschaffen hat«, sagt Jess, plötzlich ganz weise.

Ich nicke. Der Punkt geht an sie. Insgeheim weiß ich, dass ich nie bereuen werde, was passiert ist, schon gar nicht, nachdem ich Kirby kennengelernt habe.

»Außerdem, hat dir deine Mutter etwa nicht beigebracht, dass man immer gute Unterwäsche tragen sollte, falls irgendwas passiert?«, fragt Jess.

»Ja, falls es brennt«, gebe ich zurück.

»Genau«, sagt Jess und zeigt auf mich.

»O Gott. Glaubst du echt, dieses Wochenende könnte in irgendeiner Form romantisch werden?«, frage ich.

»Ja«, erwidert Jess. »*Jedes* Wochenende sollte romantisch werden können.«

Ich sage ihr, dass sie ziemlich seltsame Vorstellungen hat, und Claudia erklärt ihr, dass ich schon einen Freund habe.

»Aber ihr seid doch in einer Beziehungspause«, kontert Jess.

»Denk an die Beziehungspause von Ross und Rachel aus *Friends*, und dann kam Chloe dazwischen«, sage ich. Ich kontere gerne mit Fernseh-Anspielungen.

»Pfff«, macht Jess. »Nur Ross, eine rückgratlose, erfundene Figur, ist blöd genug, eine Affäre während einer Beziehungspause zuzugeben.«

Claudia wirft ihr einen bösen Blick zu. Sie denkt wohl gerade an ihre eigene kurze Affäre während der Pause mit Ben. »Ach ja? Und deine beste Freundin? Darf ich dich an Richard erinnern?«

Jess lacht. »Ach ja. Du und Ross. Das macht dann schon zwei Dummköpfe.«

»Okay, hört mal zu«, sage ich und lege eine supergemütliche Pyjamahose und ein uraltes Michigan-T-Shirt in den Koffer. »Ich werde dieses Wochenende niemanden küssen. Und wenn doch, mache ich zuerst mit Peter Schluss.«

Jess wirkt enttäuscht. Dann räuspert sie sich. »Okay. Was glaubst du, wie euer Treffen wird? Was wirst du zu ihm sagen?«

»Keine Ahnung.«

»Meinst du, du solltest ihn vorher anrufen, um ihn vorzuwarnen?«, fragt Claudia.

»Findest du denn, dass ich das machen sollte?« Als hätte ich mir über diese ziemlich offensichtliche Frage noch nicht den Kopf zerbrochen.

»Ich weiß nicht. Hättest du es besser gefunden, wenn Kirby dich angerufen hätte, bevor sie an deine Tür geklopft hat?«, will Claudia wissen.

In dem Versuch, meine Entscheidung zu rechtfertigen, erkläre ich ihr, dass ich mir nicht sicher bin, ob das viel ausgemacht hätte. Vielleicht wäre ich dadurch auch schrecklich nervös geworden.

»Ich glaube, insgeheim hoffst du, dass er nicht zu Hause ist«, sagt Jess. »Klassische Konfliktvermeidung. Dann könntest du noch zehn Jahre länger Ruhe haben. Oder zwanzig.«

Sobald sie die Worte ausgesprochen hat, wird mir klar, dass sie den Nagel auf den Kopf getroffen hat. Ich habe den Mund ziemlich voll genommen, vielleicht auch wegen Kirby, aber in Wirklichkeit ist Conrad Knight der letzte Mensch, den ich besuchen will. Und auf eine Aussprache mit meinem Vater bin ich auch nicht gerade scharf. Schon von dem Gedanken daran wird mir schlecht, und ich frage meine Freundinnen, ob ich wirklich dabei sein muss, wenn Kirby an die zweite wichtige Tür klopft.

»Verdammt, machst du Witze?«, fragt Jess und lässt die Kinnlade auf übertriebene Art herunterklappen. Einen anderen Gesichtsausdruck hat sie im Moment wahrscheinlich nicht drauf.

Claudia ist derselben Meinung und schüttelt heftig den Kopf. »Marian. Das kannst du Kirby nicht antun. Und Conrad auch nicht.«

»Es war ja bloß ein Gedanke«, sage ich.

»Ein ziemlich bescheuerter«, bemerkt Jess, und Claudia nickt zustimmend.

»Ja, da musst du jetzt durch. Zieh deine vernünftige Unterwäsche an wie ein braves Mädchen«, sagt Jess. »Es ist Zeit.«

»Höchste Zeit«, fügt Claudia hinzu.

»Okay, okay, ich hab's ja kapiert«, sage ich. Die Rolle auf dem heißen Stuhl ist ungewohnt. Normalerweise sitzt Jess dort. Ich atme tief durch und frage mich, wie ich die nächsten zweiundsiebzig Stunden überstehen soll. Eins weiß ich ganz sicher: Ich werde mir eine andere Strategie als die der letzten achtzehn Jahre zulegen müssen.

Zwölf Stunden später stehe ich müde (mein Flug ging unverschämt früh) am Gepäckband des O'Hare-Flughafens und warte auf meinen Koffer und meinen Vater. Diese Situation habe ich schon zigmal erlebt, seit ich von zu Hause ausgezogen und aufs College gegangen bin. Aber dieses Mal ist alles anders. Als ich auf das Gepäckband starre, das vor lauter Koffern überquillt, wünsche ich mir, ich hätte ein Auto gemietet oder meine Mutter darum gebeten, mich abzuholen. Aber sie hat darauf bestanden, dass es so am besten sei – dass mein Vater und ich ein bisschen Zeit alleine miteinander verbringen, bevor Kirby kommt, um »ihrer Vergangenheit zu begegnen«, wie meine Mutter es ausdrückt. Mein Dad und ich haben noch nicht miteinander gesprochen, seit alles ans Licht gekommen ist. Als ich meinen Koffer aus dem Schacht fallen sehe, wird mir plötzlich klar, dass das der erste ehrliche Moment zwischen uns beiden seit achtzehn Jahren sein wird – seit ich erwachsen bin. Obwohl ich furchtbar nervös bin, hoffe ich, dass wir einen neuen Anfang machen können – und dass er auch so empfindet.

Kurz nachdem ich meinen Koffer in Empfang genommen habe, drehe ich mich zum Ausgang um und sehe ihn auf mich zukommen. Er ist schon immer schmal gewesen, aber jetzt wirkt er geradezu hager und irgendwie müde. Aber in seinem Gesicht lese ich Konzentration und Entschlossenheit – so sieht er aus, wenn er sich durch einen wichtigen, anstrengenden Prozess kämpft.

»Hallo, Dad«, sage ich, als er nur noch einen Schritt von mir entfernt ist.

»Hallo, Liebes«, sagt er und feuert seine üblichen Fragen ab. *Wie war der Flug? Nur einen Koffer? Hast du Hunger?*

Gut, ja, nein. Wir gehen zu seinem Auto, und ich versuche mich ebenfalls in Smalltalk. *Wie läuft's bei der Arbeit? Habt ihr schon Urlaubspläne? Ganz schön warm heute. Der Sommer kommt, sogar in Chicago.*

Je mehr Zeit vergeht, desto mehr Spannung baut sich zwischen uns auf. Es ist aber keine nervöse Spannung, eher ein fast schon beruhigendes Prickeln. Als wüssten wir beide ganz genau, was der Zweck meines Besuchs ist und worüber wir uns bald unterhalten werden. Keiner von uns ist besonders in Eile. Wir haben so lange gewartet, da fallen ein paar Kilometer mehr nicht ins Gewicht. Wir fahren gemächlich dahin, und die Stimmung im Auto verändert sich mit den verschiedenen Songs aus dem Radio.

Als wir bei der Ausfahrt Green Bay Road abfahren, sind wir schon fast zu Hause. Er räuspert sich. Jetzt ist es also so weit. Er wird von jenem Sommer reden. Über meine Entscheidung. Über unsere Besucherin aus St. Louis, die wir in wenigen Stunden erwarten. Aber er sagt nur: »Deine Mutter ist im Kochstress. Sie macht sich wie immer viel zu viel Arbeit. Sollen wir ihr noch ein bisschen mehr Zeit geben? Wir könnten doch das Richtungsspiel spielen ... Es ist lange her, dass wir das gemacht haben.«

Ich schaue ihn von der Seite an und erinnere mich an das Spiel, das wir erfunden haben, als ich etwa fünf oder sechs war. Wir stiegen ins Auto, ich schloss die Augen, und immer, wenn wir zu einer Kreuzung kamen, fragte er: rechts, links oder geradeaus? Dann entschied ich mich für eine Richtung. Manchmal wechselte ich ab, manchmal blieb ich auch immer bei derselben Richtung während des ganzen Spiels über.

Links, rechts, links, geradeaus, verlangte ich, und er witzelte, dass wir in Guatemala oder Kanada rauskämen – was ich damals gar nicht so unwahrscheinlich fand. Spannend und gleichzeitig furchterregend war aber auch der Gedanke, dass wir uns total verfahren und nicht mehr nach Hause finden würden. Gestrandet am Ende der Welt, ohne Essen und Wasser, bei extremen Temperaturen. Natürlich wusste ich, dass so etwas nicht wirklich passieren konnte, dass wir nie weiter kamen als bis nach Naperville oder in ein anderes Vorstadtgebiet. Aber immer, wenn wir in einer Sackgasse angekommen waren und mein Vater mir sagte, ich könne die Augen wieder aufmachen, war ich ganz verzaubert von dem Ort, an den es uns verschlagen hatte, mochte es ein Gebrauchtwagenhändler, ein Optikerladen oder eine fremde Auffahrt gewesen sein. Die Zufälligkeit der Orte war aufregend, besonders wenn wir unser Spiel weiterführten und in die Geschäfte hineingingen, etwa um das kirschrote Audi-Cabrio anzuschauen oder Lesebrillen aufzuprobieren. Einmal haben wir sogar an einer fremden Haustür geklingelt und so getan, als würden wir nach unserem entlaufenen Hund suchen.

Als ich etwas älter wurde und mich besser auskannte,

blinzelte ich manchmal heimlich, und mein Vater tat so, als merkte er es nicht. Und wie durch ein Wunder endete unser Weg bei der Eisdiele oder dem Einkaufszentrum oder einem unserer Lieblingsparks. Dann sagten wir uns immer, dass wir wohl einen Glückstag erwischt haben mussten. Jetzt fällt mir auf, dass unser damaliges Spiel ganz ähnlich ablief wie das, was gerade im Auto vor sich geht: Beide spielen wir eine Rolle und wissen doch genau, dass der andere es weiß.

»Ja, sehr gerne«, sage ich. »Ich bin bereit.«

»Hast du die Augen geschlossen?«

»Ja«, schwindele ich.

»Na schön. Los geht's. Links, rechts oder geradeaus?«

»Rechts«, sage ich und versuche, seine Gedanken zu lesen. Wo möchte er gerne hinfahren? Ich entscheide mich für den Gillson Park als Ziel. »Auf jeden Fall nach rechts.«

Dann dirigiere ich ihn von der Green Bay nach Osten zur Sheridan, der Straße, die die Vorstädte des Nordufers miteinander verbindet und sich idyllisch am See entlangschlängelt, vorbei an schönen Häusern, Bootsanlegern und kleinen Tälern – eine Landschaft wie aus einem John-Hughes-Film.

»Geradeaus«, kommandiere ich, und wir fahren weiter nach Süden, durch das feine Winnetka und das verschlafene Kenilworth, bis wir an die Kreuzung Lake und Sheridan kommen.

»Links«, sage ich und führe uns auf der Michigan Avenue dann sofort wieder nach rechts, und dann fahren wir schon durch das südliche Eingangstor des Parks.

»Okay! Sackgasse!«, jubiliert mein Vater. »Du wirst nie erraten, wo wir sind.«

Ich drehe mich zu ihm hin und spiele die Überraschte.

»Ohhh! Wir sind im Gillson Park! Das ist ja nicht zu glauben!«

Er schüttelt lachend den Kopf und steuert den Parkplatz neben dem Softballfeld an.

»Gut gemacht«, sagt er, als wir aus dem Auto steigen.

»Was meinst du damit?«, frage ich unschuldig. »Ich habe nichts gesehen. Wir hätten überall herauskommen können.«

»Sogar in Kanada«, sagt er.

»Sogar in Kanada«, wiederhole ich, als wir über den kleinen Weg zur Bootsanlegestelle gehen. Es ist ein sonniger, warmer Tag, aber trotzdem ziemlich windig, sodass ich mir das Haar hinten zusammenhalte, damit es mir nicht ständig ins Gesicht weht.

Er greift in die Tasche und zieht ein Gummiband hervor.

Ich schüttele den Kopf. »So was hast du ganz zufällig bei dir?«

»Ich habe sogar eine Büroklammer, wenn du eine brauchst«, grinst er.

»Vielleicht auch eine Sicherheitsnadel?«

»Im Auto.«

»Gut zu wissen.«

Wir kommen zu einer Bank am Wasser und setzen uns hin, beide eher in die Mitte. Ich erzähle ihm, dass ich mich noch genau daran erinnere, wie ich so klein war, dass meine Füße in der Luft baumelten. Er kontert damit, dass er noch weiß, wie er mich im Kinderwagen herumgeschoben hat, als ich noch ein Baby war.

Und da ist das Wort. *Baby*. Wir können das Thema nicht länger hinauszögern.

Ich bin diejenige, die anfängt. »Also Dad ... Mom hat gesagt, du wolltest, dass ich sie behalte?«

Ohne zu zögern, erwidert er: »Ich bin einfach nur froh, dass du sie zur Welt gebracht hast.«

Ich nicke. Mir wird klar, wie ähnlich wir uns sind. Beide können wir ein Thema lange ruhen lassen, und wenn es dann zur Sprache kommt, stoßen wir gleich zum Kern der Sache vor.

Ich bemerke plötzlich auch, dass er die Frage nicht beantwortet hat. »Aber du wolltest, dass ich sie behalte, nicht wahr?«

»Das ist eine schwierige Frage. Ich wollte sie nicht für immer verlieren«, sagt er. Er trägt eine dunkle Pilotenbrille, kneift aber trotzdem die Augen zusammen. Um seine Augen herum bilden sich Fältchen, die sich langsam zum Mund vorarbeiten. »Aber wie sich jetzt herausstellt, haben wir sie ja nicht verloren.«

»Dad?« Ich schaue ihn an. Auch meine Augen habe ich hinter einer Sonnenbrille versteckt.

»Ja, Liebling?«

»Es tut mir leid, dass ich es dir nicht gesagt habe. Heute wünsche ich mir, ich hätte es getan.«

»Das ist in Ordnung, Liebling.«

»Ich habe mich einfach so sehr geschämt«, sage ich mit zitternder Stimme. Das Wort ist nicht stark genug, um meine damaligen Gefühle zu beschreiben. »Ich war gedemütigt, erstarrt vor Angst. Und ich wollte dich nicht enttäuschen. Heute bin ich sechsunddreißig Jahre alt und kann beurteilen, dass es damals nicht ... das Ende der Welt war. Aber mit achtzehn konnte ich das noch nicht.«

»Schatz, ich kann dich verstehen. Ich habe dich immer verstanden. Du warst mir deswegen nicht weniger wert. Ich wäre nur gern für dich da gewesen.«

»Aber es war nicht nur deswegen. Ich wollte dich einfach nicht schockieren. Du arbeitest so hart – und du hast mir immer alles gegeben, was ich mir gewünscht habe. Und ich bin einfach losgegangen in die Welt und habe den größten Fehler begangen, den ein Mädchen nur machen kann ...«

»Aber Liebling, genau das war es doch – ein Fehler. Du hast es doch nicht mit Absicht gemacht. Du hast dich vielleicht selbst enttäuscht, aber nicht mich.«

»So kann das nicht gewesen sein«, widerspreche ich. »Das sagst du vielleicht jetzt, aber damals ...«

»Marian. Sieh mich an.« Er nimmt die Brille ab. »Deine Mutter und ich sind immer stolz auf dich gewesen. Immer.«

Ich nicke und danke ihm flüsternd.

Ein Moment des Schweigens stellt sich ein. Dann seufze ich. »In Wirklichkeit war Mom an allem schuld.« Ich lächele, aber seine Miene bleibt unbewegt.

»Sie hat getan, was sie konnte«, sagt er, und seine Worte rühren mich an.

»War doch nur Spaß«, sage ich.

»Ich weiß. Aber ich habe ihr tatsächlich lange die Schuld gegeben. Länger, als es mir selbst klar war. Jedes Mal, wenn wir ein Baby gesehen haben ... oder ein Bekannter einen Enkel bekommen hat, habe ich mich nach meiner Enkeltochter gesehnt.« Dann zieht er ein Foto von ihr aus seiner Brieftasche. Dasselbe, das auch ich habe. Das Einzige, das ich von ihr habe.

»Sie ist dir wie aus dem Gesicht geschnitten«, sagt er. »So hast du als Baby auch ausgesehen.«

Ich nicke.

»Sieht sie immer noch so aus?«, will er wissen. Er blinzelt.

»Ja. Sie hat auf jeden Fall meine Ohren«, sage ich und

drücke sie mir an den Kopf. »Und deine. Vielen Dank auch.«

Er versucht ein Lachen, aber aus seiner Kehle kommt nur ein erstickter Laut.

»Du wirst es ja sehen«, sage ich. »Bald lernt ihr euch kennen.«

»Ja. Aber ich kann einfach nicht glauben, dass sie groß geworden ist. Sie ist jetzt eine junge Frau.«

Ich nicke. »Ich fühle mich so alt.«

»Hast du eine Ahnung«, sagt er und fährt sich mit den Fingern durch das silberne Haar. Plötzlich wird mir bewusst, dass auch er altert und eines Tages nicht mehr da sein wird. Ich bin so froh, dass ihm bis jetzt nichts zugestoßen ist.

»Weißt du, heute Morgen beim Rasieren habe ich an dieses Babyfoto gedacht«, sagt er und betrachtet es. »Über die Jahre habe ich es mir oft angeschaut und versucht, sie mir vorzustellen. Und heute dachte ich, jetzt lerne ich sie endlich kennen, aber das kleine Baby ist für immer verschwunden.«

Ich höre ihm zu. An seinen Worten merke ich, dass er nicht einfach nur laut denkt, sondern auf eine bestimmte Botschaft zusteuert.

»Und dann wurde mir klar ... dass das unweigerlich passiert. Es ist mit dir passiert. Mein Baby ist verschwunden. Mein kleines Mädchen ist verschwunden.«

»Dad! Ich bin nicht verschwunden!«, rufe ich.

»Ja, ich weiß. Aber auf bestimmte Art eben doch. Klar, wir sehen uns regelmäßig. Wir unterhalten uns miteinander. Ich weiß, was du so machst. Ich bekomme mit, dass du Freundschaften und Beziehungen pflegst und Karriere machst. Aber du bist einfach nicht mehr mein kleines Mädchen.«

Er schaut auf, so wie im Gerichtssaal, wenn er nach Worten sucht, die er früher oder später finden wird. »So ist es eben. Kirby ist jetzt achtzehn, nicht?«

»Ja.« Es ist das erste Mal, dass er ihren Namen ausspricht.

»Sie wird bald von zu Hause weggehen. In die Welt aufbrechen und ihr eigenes Leben leben. Hoffentlich ein gutes Leben. Selbst wenn wir sie all die Jahre über gehabt hätten ... selbst wenn *du* sie all die Jahre über gehabt hättest, so würde sie dich jetzt doch verlassen. Ich glaube, ich will sagen, dass das Leben in rasantem Tempo fortschreitet. Und es wird immer schneller. Manchmal ist mir nicht klar, welche Jahreszeit wir gerade haben ... oder sogar welches Jahr. Aber wir müssen das Beste daraus machen. Aus unseren Entscheidungen. Aus unseren kurzen gemeinsamen Momenten.« Er atmet ein und langsam wieder aus. »Uns sind viele Tage und Jahre und Erinnerungen mit ihr versagt geblieben. Aber jetzt können wir sie kennenlernen. Und sie in unsere Familie aufnehmen. Und das werden wir auch tun.«

Sein Kinn zittert. Plötzlich sieht er alt aus. Aber er schafft es, nicht zu weinen. »Verdammt«, sagt er und schüttelt den Kopf. »Ich habe ein Gummiband und eine Büroklammer, aber kein Taschentuch.«

Ich lache. Er beugt sich zu mir hinüber und umarmt mich so lange wie noch nie in meinem Leben.

»Lass uns nach Hause fahren«, schlägt er vor. »Ich will meine Enkeltochter kennenlernen.«

Wir nehmen den schnellsten Weg nach Hause. Meine Mutter ist in der Küche und bereitet ein aufwendiges Essen vor. Meistens hat sie die Rezepte im Kopf, aber heute liegen zwei aufgeschlagene Kochbücher auf dem Tisch.

»Hallo, ihr Lieben«, sagt sie und guckt uns neugierig an. Erst betrachtet sie meinen Dad, dann mich. Sie will natürlich wissen, wie der Stand der Dinge ist, aber mein Vater und ich halten absolut dicht. Wir machen ihr bloß Komplimente wegen der Vorspeisen.

»Das sieht ja köstlich aus«, sagt Dad.

»Und wunderschön«, füge ich hinzu.

Doch ihre Geduld ist am Ende. »Jetzt sagt schon, wie ist es gelaufen?«

»Wie ist was gelaufen?«, frage ich.

»Habt ihr miteinander geredet?«, will sie wissen.

»Ja«, sage ich.

»Ja«, wiederholt mein Dad. »Das haben wir.«

»Und?«

»Wir haben sämtliche Lügen der letzten achtzehn Jahren auseinandergenommen«, bemerke ich ganz trocken.

»Es gab keine Lügen im Plural«, wendet sie ein, wickelt Frischhaltefolie um eine Platte mit pikant gefüllten Eiern und stellt sie in den Kühlschrank.

»Lüge Nummer eins«, sage ich und zitiere sie: »›Ich werde deinem Vater nichts erzählen.‹«

»Lüge Nummer zwei«, sagt mein Vater und zählt sie an seinen Fingern ab. »›Wir können Marian nicht sagen, dass du es weißt.‹«

Meine Mutter gibt vor, uns nicht zu hören, während sie die Bruschetta fertig macht. Dann zieht sie die Schürze aus, hängt sie an den großen Eisenhaken in der Abstellkammer und kommt fröhlich auf uns zu. Sie trägt ein pflaumenfarbenes Seidenkleid mit goldenen Knöpfen. Dazu Schuhe, deren Absätze mindestens sieben Zentimeter hoch sind – sie ist ganz klar overdressed. Vielleicht nicht für den Anlass, aber bestimmt, wenn man Kirby kennt. Am wichtigsten ist heute aber, dass wir alle wir selbst sind – dass wir die ehrliche Version von uns selbst verkörpern, als Individuen und als Familie. Und dazu gehört eben auch, dass meine Mutter immer zu viel kocht und zu schick angezogen ist.

»Also«, sagt meine Mutter angriffslustig. »Ihr habt euch also dafür entschieden, mich zum Sündenbock zu machen.«

»Ja, genau«, erwidere ich.

»Das ist eine sehr gute Zusammenfassung«, witzelt mein Dad und legt meiner Mom einen Arm um die Hüfte. Er räuspert sich und setzt eine ernste Miene auf.

»Marian und ich haben uns sehr intensiv miteinander unterhalten«, berichtet er leise, als wären seine Worte nur für sie bestimmt.

»Das fühlt sich gut an, nicht?«, fragt meine Mom. »Jetzt ziehen wir endlich alle am selben Strang.«

Einen Moment lang bade ich in dieser Wärme, aber dann fällt mir Conrad ein. Wahrscheinlich wirke ich beunruhigt, denn mein Vater fragt: »Was ist denn los, Liebling?«

Ich beschließe, dass es heute keinen Platz für Lügen gibt und setze mich an den Küchentisch. Unsicher antworte ich: »Ach, ich musste gerade an Conrad denken.«

»An wen?«, fragt mein Dad.

Ratlos schaue ich ihn an. Dann wird mir klar, dass heute im Gillson Park kein einziges Wort über Conrad gefallen ist. Und meine Mutter hat ihn in New York auch nicht erwähnt.

»Kirbys leiblicher Vater. Erinnert ihr euch noch an ihn?«

»Nicht so richtig«, sagt meine Mutter mit einem Achselzucken. »Nur ganz vage. Wir haben ihn ja nur einmal gesehen.«

»Stimmt. Genau hier in der Küche«, sage ich und denke an den Tag, als ich den Schwangerschaftstest gemacht habe.

Die Gedanken wirbeln wild durch meinen Kopf, und mein Vater wirft meiner Mutter einen bedeutungsvollen Blick zu.

»Was denn?«, frage ich. »Was meinst du damit?«

Meine Mutter schüttelt den Kopf.

»Keine Geheimnisse mehr«, fordere ich.

»Okay«, sagt sie. »Wir haben ihn noch ein weiteres Mal gesehen.«

»Wann denn?«, frage ich. Gleich wird mir schlecht. »Wo denn?«

»Ach, nur so. Wir haben ihn einmal zufällig getroffen ... irgendwo. Ich glaube, es war auf diesem Biomarkt in Winnetka«, erzählt meine Mom und schaut meinen Dad an. »Beim Gemüsestand.«

Bevor mein Vater bestätigen kann, dass er sich an Conrad oder den Gemüsestand erinnert, frage ich energisch danach, wann das alles passiert ist.

»Kirby war da vielleicht gerade sechs«, schätzt mein Dad.

»Eher acht«, sagt meine Mom.

»Habt ihr mit ihm geredet?«

»Kurz«, sagt meine Mom ein wenig verkrampft. »Wir haben ihn gegrüßt.«

»Dann habt ihr euch also an ihn erinnert?«

»Nicht auf Anhieb«, erwidert sie. »Er war ein bisschen fülliger geworden. Und seine Haare waren irgendwie ... anders.«

»Wie, anders?«, frage ich mit klopfendem Herzen.

»Einfach ... anders«, antwortet meine Mom. »Vielleicht kürzer? Ich weiß es nicht mehr. Das ist zehn Jahre her.«

»Hat er was zu euch gesagt?«, will ich wissen.

»Ich glaube, er hat sogar zuerst gegrüßt. Dann haben wir auch Hallo gesagt«, erzählt mein Dad. »Das war's. Wir haben uns nicht unterhalten, falls du das denkst. Wir haben uns höflich verhalten, aber gewiss nicht herzlich, nach dem, wie er sich verhalten hat in dieser ganzen ... Sache.«

»Wie bitte?« Tadelnd betrachte ich meine Mutter.

Meine Mutter legt die Stirn in Falten. Schuldig im Sinne der Anklage.

»Mom? Ist das Lüge Nummer drei?« Dann wende ich mich meinem Dad zu und sage: »Conrad wusste überhaupt nicht, dass ich schwanger war.«

»*Nicht?*«, fragt mein Dad verwirrt.

»Nein«, antworte ich. »Ich habe es ihm nie gesagt. Nach dem Schwangerschaftstest habe ich ihn nicht mal mehr gesehen. Das habe ich damals so entschieden.«

»Genau«, sagt meine Mom. »Es war deine Entscheidung. Dann gib mir jetzt auch nicht die Schuld.«

»Moment. Er hat es nie erfahren?«, fragt mein Dad. Jetzt wirkt er so schockiert wie Peter und meine Freunde.

»Nein. Und Mom hat ganz recht – es war meine Schuld. Er hat überhaupt nichts falsch gemacht.«

Meine Mom seufzt. »Na schön. Aber können wir uns nicht darauf einigen, dass das Schnee von gestern ist?«

Entschlossen schüttele ich den Kopf. »Nein, darauf können wir uns nicht einigen. Und so etwas sagen wir auch nicht, wenn Kirby dabei ist. Conrad gehört genau so zu ihr wie ich.«

Meine Mom verzieht das Gesicht. »Das würde ich nun nicht behaupten.«

»Nicht? Gehöre ich etwa mehr zu dir als zu Dad?«, frage ich.

»Also, weißt du«, erwidert meine Mom empört. »Du hast sie neun Monate in dir getragen und hast die verantwortungsvolle Entscheidung getroffen, sie wegzugeben, während dieser Junge vermutlich ...«

»Conrad«, unterbreche ich. »Er heißt Conrad.«

Tief im Inneren weiß ich, dass Selbstgerechtigkeit mich nicht weiterbringen wird. Ich bin schließlich diejenige, die die ganze Kettenreaktion in Gang gesetzt hat. Aber immerhin ist Kirby jetzt da. Und Conrad werden wir auch bald finden. Aber das Mindeste ist, dass er einen Namen und einen Platz in dieser Geschichte bekommt.

»Wir wissen nicht, wie er sich verhalten hätte«, gebe ich zu bedenken und erinnere mich an meine Unterhaltung mit Peter. Jetzt nehme ich seine Position ein. »Ich habe ihm ja nie eine Chance gegeben.«

»Und was willst du jetzt tun, Marian? Ihm alles gestehen?«, fragt sie trotzig.

»Ja«, erwidere ich. »Morgen, zusammen mit Kirby.«

Meine Mutter starrt mich mit großen Augen an. »Ist es dafür nicht ein bisschen zu spät?«

»War es zu spät für Kirby, um mich zu finden? Ist es zu spät für euch, sie kennenzulernen?«

Mein Vater schüttelt den Kopf. Ich bin mir nicht ganz sicher, ob er damit meine Frage beantwortet oder einen Kommentar zu der ganzen Situation abgibt.

»Und was hat er noch gesagt? An dem Tag, als ihr ihn getroffen habt? Abgesehen von ›Hallo‹?« Hat er vielleicht nach mir gefragt?

»Nichts weiter«, erwidert meine Mom.

Mein Vater konzentriert sich. »Ich glaube, er hat außerdem noch bemerkt: ›Das sind aber schöne Tomaten.‹«

Käme diese Aussage nicht von meinem Vater, würde ich Sarkasmus vermuten. Aber er versucht bloß, in allen

Einzelheiten so präzise wie möglich zu sein. Wahrscheinlich ist er deswegen auch so ein famoser Anwalt.

»Und das war's?«, frage ich.

»Das war's«, bestätigt er leise.

Ich nicke und erkläre, dass ich mich noch kurz auf mein Zimmer zurückziehen werde, bis Kirby ankommt. Im Flur sehe ich plötzlich Conrad am Gemüsestand vor mir. Ich denke an seine Hände, daran, wie sie aussahen und sich anfühlten, ganz warm auf meiner Haut. Hat er einen Ring getragen an jenem Tag, als meine Eltern ihn trafen? Wird er morgen einen am Finger haben?

25

Kirby

Noch sechzig Kilometer auf der Interstate 55 liegen vor mir. Bis jetzt war die insgesamt fünfstündige Fahrt total problemlos, nur einmal habe ich angehalten, um zu tanken und aufs Klo zu gehen. Außerdem habe ich meine Eltern angerufen und ihnen gesagt, dass alles wie am Schnürchen läuft, dass das Wetter schön ist und kein starker Verkehr herrscht. Mein Vater erinnert mich noch einmal daran, immer auf der rechten Spur zu bleiben, zu den großen Lastwagen Abstand zu halten und beim Fahren nicht zu telefonieren.

»Ach ja. Deine Mutter lässt dir ausrichten, du sollst den Pekannusskuchen nicht vergessen. Er schmilzt, wenn du ihn im Auto liegen lässt.« Der Kuchen ist mein Gastgeschenk. Meine Mutter hat ihn gestern noch gebacken – und nebenher noch vier Stoffservietten mit dem Buchstaben »C« bestickt. Beide Projekte sind zuerst in die Hose gegangen: Der erste Kuchen ist ein bisschen zu braun geraten und bei den Servietten hat sie sich zuerst für lilafarbenes Garn entschieden, was ihr letztlich aber nicht gefallen hat. Darum hat sie bis spät in die Nacht in der Küche weitergearbeitet. Als ich bei ihr vorbeigekommen bin, hat sie so konzentriert ausgesehen wie sonst nur beim Beten. Irgendwie hat sie mir leidgetan.

»Brauchst du Hilfe, Mom?«, habe ich gefragt. Sie hatte sich inzwischen für ultramarinblaues Garn und ein keltisches Knotenmuster entschieden, jedenfalls laut dem aufgeschlagenen Stickbuch auf dem Tisch.

Sie blickte über ihre Lesebrille hinweg und schüttelte wehmütig den Kopf. »Kirby, mein Schatz. Du weißt doch, dass du nicht sticken kannst. Und auch nicht backen.« Sie seufzte. »Da habe ich als Mutter – wie so oft – versagt.«

»Du hast als Mutter nicht versagt«, erwiderte ich relativ aufrichtig.

»Natürlich habe ich das. Alle Eltern versagen irgendwo, das ist unvermeidlich. Das wirst du eines Tages auch merken.«

Ich nickte. Was kann man darauf schon sagen? »Soll ich mich ein bisschen zu dir setzen?«

Überrascht blickte sie mich an. »Du solltest ins Bett gehen.« Aber sie protestierte auch nicht, als ich mich an den Tisch setzte.

»Bist du aufgeregt?«, fragte sie.

»Ein bisschen.« Ich gähnte.

»Das gehört auch dazu.«

»Ich weiß.«

»Ich freue mich für dich.«

»Danke.«

»Ich bin so gespannt, was du erzählst über ... deine zweite Familie.«

Ich merkte sofort, dass das ein Test war. Das ärgerte mich. Aber ich sagte trotzdem, was sie hören wollte. »Das ist nicht meine zweite Familie. Ich habe nur eine Familie.«

»Es ist in Ordnung, wenn du sie als deine zweite Familie betrachtest.«

»Tue ich aber nicht. Das sind Fremde für mich.«

»Marian ist doch keine Fremde.«

»Okay, Marian nicht. Aber ich sehe sie mehr als eine Art Freundin.«

»Du siehst sie nicht als deine Mutter an?«

»Mom, bitte. Lass es sein.«

Sie unterdrückte ein Gähnen, und ich erklärte, dass ich sofort ins Bett gehen würde.

»Ja, mach das. Morgen ist ein großer Tag.«

Ich trank meine Milch aus, stellte das Glas in die Spüle und ging Richtung Tür.

»Mom?«, sagte ich, als ich neben ihr stand.

»Ja, mein Schatz?«

»Danke.«

»Wofür?«, fragte sie mit einem märtyrerhaften Ausdruck im Gesicht – als wäre es total normal, mitten in der Nacht zu sticken und zu backen.

»Dafür, dass du das alles machst. Ich bin mir sicher, die Caldwells finden die Servietten wunderschön.«

»Na, das hoffe ich. Ich bin froh, dass ich mich doch für Blau entschieden habe. Blau mag jeder, oder?«

»Ja. Und wer mag keinen Pekannusskuchen?«, fügte ich dankbar und auch ein bisschen schmeichlerisch hinzu.

Sie nickte. »So Gott will, haben sie keine Allergie gegen Nüsse. Der Gedanke kam mir gerade.«

»Ja, so Gott will.«

Und jetzt bin ich auf der Interstate 55 und ertappe mich selbst beim Beten. Ich bitte Gott darum, dass das Wochenende gut laufen wird. Dass alle mich mögen und als Blutsverwandte akzeptieren werden.

Auf dem Beifahrersitz klingelt mein Handy und unterbricht meine Konversation mit Gott. Obwohl mein

Vater mir eingeschärft hat, nicht während der Fahrt zu telefonieren, blinzele ich hinüber und sehe Philips Namen. Ich nehme das Gespräch an und halte mir das Handy ans Ohr. So viel ich über das kommende Wochenende auch nachdenke – bestimmt die Hälfte der Zeit spukt Philip durch meinen Kopf. Seit Freitag haben wir jeden Tag mindestens eine halbe Stunde miteinander telefoniert und uns noch zweimal geküsst. Gestern Abend habe ich es sogar zugelassen, dass er mir unters T-Shirt gegangen ist.

Aber ich denke auch an Marian und Conrad und frage mich, ob ihre Beziehung so ähnlich war wie meine zu Philip. Ich weiß, dass Philip und ich nicht ewig zusammen sein werden, denn er geht nach Alaska und dann nach Colorado, da wäre es schon viel verlangt, einfach nur in Verbindung zu bleiben. Aber ich will ihn als Freund nicht verlieren. Wie muss es Marian jetzt zumute sein, die kurz davor ist, Conrad nach all den Jahren wiederzusehen?

Nachdem ich eine weitere Stunde mit Hilfe der Songs von Ray LaMontagne hinter mich gebracht habe, führt mich das Navi in die Maple Hill Road, eine wunderschöne Straße mit Häusern, die mindestens viermal so groß sind wie die in meiner Wohngegend. Das Haus von Marians Eltern ist das herrschaftlichste in einer ganzen Reihe von hübschen Villen mit englischem Rasen und bunten Blumenbeeten. Als ich in die Auffahrt biege, fällt mir auf, dass es dem Haus aus dem Film »Vater der Braut« sehr ähnelt – ist es vielleicht sogar das Original? Ich parke hinter einem Landrover und einem Mercedes-Cabrio, die beide mit Wachs auf Hochglanz poliert sind.

Ich zögere einen Moment, bevor ich aussteige, und überprüfe mein Aussehen im Rückspiegel. Außerdem schicke ich meinen Eltern eine SMS mit dem Text: *»Bin gut angekommen«*, dann eine weitere, etwas ausführlichere an Philip. Ich atme tief durch und nehme meine Handtasche und den Kuchen vom Rücksitz. Auf die Verpackung hat meine Mutter einen Aufkleber mit der Aufschrift »Hausgemacht« angebracht. Dann nehme ich die Stoffservietten, die sie in einen goldenen Geschenkbeutel gesteckt hat. Ich öffne die Tür, klettere raus und werfe die Tür mit einem lauten Knall zu.

Ich bin nervös und atme flach, aber ich bin auch wahnsinnig neugierig auf Marians Eltern. Ich will sehen, wo sie aufgewachsen ist. Ich stelle mir vor, wie Conrad vor der Tür steht, um seine Freundin abzuholen. Schließlich klingele ich an der Tür, und eine hübsche Melodie aus sechs Tönen erklingt.

Ich höre das Klacken von hohen Absätzen, dann schwingt die Tür auf und Marians Mutter steht vor mir. Sie ist noch viel schicker als Marian. Sie trägt ein orangefarbenes Kleid und breitet die Arme aus, um mich zu empfangen.

»Hallo, Kirby!«, ruft sie. Es riecht köstlich nach Essen.

»Hi, Mrs. Caldwell«, erwidere ich, und da erscheint Marian hinter ihr in der Tür.

»Nenn mich doch Pamela«, sagt sie und macht Anstalten, mich zu umarmen, entscheidet sich dann aber doch anders.

Ich nicke, reiche ihr den Kuchen und die Servietten und sage: »Das ist von meiner Mutter.«

»Wie lieb von ihr!«, ruft Pamela, tätschelt die Servietten und stellt sie auf den Tisch im Flur. Dann nimmt sie den Kuchen und lobt ihn überschwänglich. Marian drängt sich an ihrer Mutter vorbei und umarmt mich. Das fühlt sich sowohl förmlich als auch herzlich an, und ich frage mich, ob das gleichzeitig geht – und wenn nicht, welchen Teil ich mir bloß einbilde.

»Ich freu mich, dich zu sehen«, sagt Marian.

»Ich freu mich auch«, erwidere ich.

»Komm rein, Liebes, komm rein«, sagt Pamela und führt mich den breiten Flur hinunter in eine riesige Küche voller Essen. »Was möchtest du trinken? Wir haben frisch gepressten Grapefruitsaft, Orangensaft, Pflaumensaft und Wasser mit und ohne Kohlensäure.«

Pflaumensaft?, denke ich. Ganz offensichtlich sind diese Menschen genau so seltsam wie alle anderen auch.

»Mom, gib ihr erst mal etwas Zeit zum Ankommen«, bittet Marian, aber Pamela ist nicht aufzuhalten. Sie öffnet den Kühlschrank und schaut mich erwartungsvoll an.

»Ein Wasser, bitte«, sage ich.

Sie nickt, holt eine Riesenflasche Evian aus der Tür und füllt ein großes, blau geflecktes Glas, das perfekt zu den Servietten meiner Mutter passen würde.

»Setz dich doch«, fordert sie mich auf und deutet auf den Tresen. Da kommt Marians Vater herein. Er hat eine Ausstrahlung, die sofort den Raum erfüllt. Ich finde ihn auf Anhieb sympathisch.

»Kirby«, sagt er, kommt zu mir herüber und nimmt meine Hand. »Endlich. Willkommen.«

»Danke«, sage ich. Im Inneren wird mir ganz warm.

Er steckt die Hände in die Taschen und lächelt mich an. Dann nickt er, als würde ihm gefallen, was er sieht. »Ich bin froh, dass du da bist. Es ist einfach wunderbar, dich kennenzulernen!«

»Danke, Mr. Caldwell«, erwidere ich, obwohl ich weiß, dass er mich gleich verbessern wird.

Richtig: Er sagt sofort, dass ich ihn »Jim« nennen soll.

Marians Mutter ist zwar nett, aber ihr Vater ist ein ganz anderer Typ. Mein erster Gedanke ist, dass ich mich mit ihm verwandt fühle. Auf jeden Fall merkt man, dass er sich auch mit mir verwandt fühlt.

»Betrachtest du gerade meine großen Ohren? Vielleicht sollte ich mich bei dir entschuldigen«, sagt er.

Ich lache. Es ist ein ehrliches Lachen. »Ja. Aber eigentlich machen die mir nichts aus.«

»Sie machen dir bei dir selbst nichts aus? Oder bei ihr?«, fragt er und zeigt auf Marian.

»Bei uns allen«, sage ich und spüre, dass ich lockerer werde.

»Wenigstens könnt ihr Mädchen sie unter den Haaren verstecken«, bemerkt er.

»Klar, ich mit meinen dünnen Haaren«, klagt Marian.

Er fährt sich mit den Fingern durch sein dickes, volles Haar, das nur an den Schläfen etwas zurückgeht, und sagt: »Moment mal! Dafür kannst du mir nicht die Schuld geben!«

Marian schaut ihre Mutter an, die diesen Vorwurf gar nicht gerne hört und sich verteidigt. »Wir haben kein dünnes Haar, sondern feines. Das ist ein großer Unterschied.«

Marian fragt: »Und worin besteht der?«

»Unsere Haare sind fein, aber dafür haben wir eine Menge davon«, sagt Pamela und wendet sich dem Geschenkbeutel zu.

Ich denke an meine Mutter und ihr dickes, lockiges Haar. Endlich weiß ich, wo ich meins herhabe. Dann erinnere ich mich daran, wie sie mir immer über den Kopf gestrichen und gesagt hat, dass sie jedes einzelne Haar auf meinem Kopf liebt. Plötzlich spüre ich eine große Zuneigung zu ihr.

»Oh, die sind aber schön«, ruft Pamela, als sie die Servietten sieht.

»Meine Mutter hat sie selbstgemacht«, erkläre ich.

»Sie sind wirklich schön. Wunderschön!«, sagt Pamela ein bisschen zu euphorisch.

Ich erwidere, dass ich froh bin, dass sie ihr gefallen, während sie weitere Lobeshymnen singt. Irgendwie erinnert sie mich an eine bestimmte Art Mensch – vor allem an meinen Dad, das heißt, an eine wohlhabendere, schickere Version meines Dads. Pamela ist – wie mein Vater – immer zum Plaudern aufgelegt, nett und kontaktfreudig, aber ich habe ständig das Gefühl, dass sie mich nicht richtig an sich heranlässt. Mein Dad ist genauso mit seinem Sport. Er hat zwar gute Freunde, aber sie scheinen nie über die üblichen Sprüche über die Cardinals und die Rams hinauszukommen. So ist es vielleicht auf bestimmte Art auch mit Pamela.

»Was würdest du heute gerne unternehmen? Möchtest du in die Stadt gehen?«, fragt sie. »Warst du schon mal in Chicago?«

»Sie ist hier geboren«, murmelt Marian.

Ich schaue zu Marian und dann wieder zu Pamela. »Aber ich war schon lange nicht mehr hier.«

»Man kann hier so vieles unternehmen. Es gibt Museen, Kunstgalerien und schicke Geschäfte. Gehst du gerne shoppen, Kirby?«

»Klar, manchmal schon«, antworte ich und denke, der Apfel fällt nicht weit vom Stamm.

»Liebling, ich glaube, heute ist kein Tag zum Shoppen«, sagt Jim. »Möchtet ihr euch nicht lieber ein bisschen unterhalten? Damit wir uns kennenlernen?«

Pamela hebt die Hand, als würde sie einen Fehler eingestehen. »Aber essen dürfen wir doch? Ich habe nämlich ein Festessen gekocht!«

»Ja«, sagt Marian. »Essen dürfen wir, Mom.«

»Gut, dann bitte zu Tisch!«, fordert Pamela uns auf.

Ich lächele. Wenigstens eins hat meine Familie mit dieser hier gemeinsam – aber so ist es vielleicht in allen Familien: Im Zweifel hilft ein gutes Essen über alle Schwierigkeiten hinweg.

26

Marian

Am nächsten Morgen, nachdem Kirby und ich uns erfolgreich vor einem von meiner Mutter zubereiteten Frühstück gedrückt haben, springen wir ungeduscht in den Landrover meines Vaters und fahren ein bisschen durch die Gegend. Kirby möchte sehen, wo ich aufgewachsen bin, und hat sogar eine Liste der Orte, die sie besuchen möchte: meine Highschool, unsere Kirche (obwohl ich ihr gesagt habe, dass wir fast nie dort waren), Conrads früheres Haus und Janies Haus.

»Und, wie geht's Philip?«, frage ich, als wir die Auffahrt hinunterfahren. Ich sage ihr nicht, dass ich sie fast bis Mitternacht am Handy reden und lachen gehört habe.

»Gut.«

»Dann läuft es also gut mit euch beiden?«

»Ja«, lächelt sie. »Ich glaube, zwischen uns hat's gefunkt.«

Ich warte auf weitere Einzelheiten, merke aber, dass sie nicht darüber reden will. Ich lasse das Thema auf sich beruhen.

Ein paar Minuten später biegen wir um die Ecke. Da ist mein altes Revier. »Das ist die New Trier High School«, sage ich und deute auf das vertraute Gebäude. »Heimat der berühmt-berüchtigten ›Trevians‹.«

Sie nickt, und ich greife nach meinem Kaffeebecher. Ich nehme einen Schluck schwarzen Kaffee und steuere das Auto mit der anderen Hand auf das Schulgelände. Nach einer Runde um das Haus parke ich den Wagen und starre gedankenversunken auf den Sportplatz.

»Woran denkst du? An deine Tage als Cheerleaderin?«, fragt sie mit einem Hauch von Sarkasmus.

»Ha!«, gebe ich zurück, obwohl ich genau daran gedacht habe. »Ich habe gehört, sie haben die Mannschaft aufgelöst. Es gab nicht genügend Mädchen. Aber das ist eigentlich ganz gut. Mädchen sollten sich nämlich nicht damit zufriedengeben, bloß die Jungs anzufeuern.«

Sie grinst. »Warst du etwa nicht gerne Cheerleaderin?«

»Doch, es war okay. Aber ich hätte lieber beim Fußball bleiben sollen. Fußball gefällt mir, aber ich habe den Sport aufgegeben, um bei den Cheerleaderinnen mitzumachen. Wegen Todd. Pfff«, mache ich und verdrehe die Augen. »Er war der Quarterback.«

»Natürlich war er der Quarterback«, gibt sie zurück.

»Hey! Ich habe doch gesagt, dass ich es bereue. Spricht das nicht für mich?« Insgeheim bereue ich aber nicht alles daran. Janie und ich hatten nämlich auch viel Spaß im Team – und mit dem kurzen Faltenrock und den Puscheln habe ich mich wirklich ziemlich cool gefühlt in einer Zeit, in der Coolsein alles war.

Kirby schaut mich an und blickt dann wieder zum Sportplatz hinüber. Ein Junge sprintet die Zuschauerränge immer wieder hinauf und hinunter, mit solcher Entschlossenheit, als trainierte er für Olympia. »Doch, das spricht für dich ... Aber dass du mit Conrad zusammen warst, spricht noch mehr für dich.«

Ich nicke. Sein Name fährt wie ein elektrischer Funke durch meinen Körper. Ich versuche, meine Reaktion zu überspielen, indem ich unseren Schlachtruf anstimme: »›Wir rufen New Trier, und ihr ruft Trevians! New Trier!‹« Ich schaue sie an und gebe ihr das Zeichen für ihren Einsatz. Kirby spielt mit und ruft lustlos: »Trevians.«

Ich lächele und fahre fort: »›Wir rufen Grün, und ihr ruft Blau. Grün!‹«

»Blau«, sagt sie und ballt ironisch die Faust.

Wir fahren zum Haupteingang. Auf dem Schulbusparkplatz zeige ich ihr ein großes weißes Schild mit roten Buchstaben, auf dem steht: PARKEN VERBOTEN. »Siehst du das Schild?«

»Ja.«

»Das habe ich umgefahren, als ich gerade frisch den Führerschein hatte. Es landete in einer riesigen Schneewehe.«

»Hast du das absichtlich gemacht?« Vielleicht glaubt sie, die Geschichte wäre eine Episode aus meiner rebellischen Jugend, dabei war es nur ein kleines Missgeschick, das ich damals allerdings als ziemlich traumatisch erlebt habe.

»Nein. Es war ein Unfall. Ich hatte eine Tüte von McDonald's auf dem Armaturenbrett liegen. Als ich gewendet habe, ist sie runtergefallen. Und dann wollte ich sie aufheben, habe aber dummerweise das Lenkrad nicht losgelassen. Ich bin mitten auf die Böschung gerollt. Todd war auch dabei, er hat gebrüllt, ich solle bremsen, aber ich habe aus Versehen aufs Gaspedal getreten. Natürlich standen die komplette Matheklasse und die Ringermannschaft auf dem Parkplatz herum, als es passierte. Und Todd ist sofort zu seiner Mannschaft gerannt, weil ihm die Sache so peinlich war.«

»Lass mich raten. Er war in der Matheklasse.«

»Ha-ha, sehr lustig. Todd war natürlich bei den Ringern. Er war der zweitbeste Ringer in Illinois im Weltergewicht.«

»Was, nur der zweitbeste?«

»Ja, Mann«, sage ich und imitiere seine Idiotenstimme. »Es war total knapp! Die haben mir den Sieg geklaut!«

Kirby lacht. »Und, hast du Ärger gekriegt? Wegen dem Schild?«

»Ja. Der Direktor kam wutentbrannt rausgerannt, aber dann hat er gesehen, dass ich es war. Ich hatte einen ganz guten Ruf, darum hat er sich schnell wieder beruhigt. Aber ich musste zwei Extrastunden Fahrunterricht nehmen, und der Fahrlehrer hatte furchtbaren Mundgeruch. Das war ein bisschen unangenehm.«

»Hast du sonst jemals Ärger bekommen?«, fragt sie und schaut mich mit einem Blick an, als meinte sie eigentlich: *bevor du dich hast schwängern lassen?*

»Nein, das war's eigentlich. Ich hab nicht mal geschwänzt an dem Tag, als mein ganzer Jahrgang kollektiv geschwänzt hat«, sage ich, als wir wieder auf die Winnetka Avenue einbiegen. »Ich war ziemlich brav und langweilig.«

Na klar, prompt kommt ihre Entgegnung: »Brave und langweilige Mädchen werden eigentlich nicht mit achtzehn schwanger.«

»Ich schon. Wohin willst du als Nächstes?«

»Zu Conrads Haus«, bittet sie.

Meine Hände werden feucht und klammern sich ans Lenkrad, mein Puls beschleunigt sich, als wir das Präsidentenviertel erreichen – es heißt so, weil alle Straßen nach früheren Präsidenten benannt sind. Ich nehme den langen Weg, aber wir brauchen trotzdem bloß fünf Minuten bis zu Conrads altem Haus.

»Hier ist es«, sage ich und bremse ab. Das Haus im

Ranch-Stil ist jetzt in einem gedämpften Blau angestrichen und hat eine ziegelrote Eingangstür. »Früher war es weiß mit grünen Fensterläden.«

»Musst du jetzt an damals denken?«, fragt sie.

»Ja, schon. An das Schöne und das Schlechte, aber hauptsächlich an das Schöne.«

Ich betrachte das Haus und denke an die Abende, die ich darin verbracht habe. Er hat Gitarre gespielt, wir haben geredet und gelacht, uns Filme angesehen und miteinander geschlafen. »Das war sein Zimmer«, erkläre ich und deute auf ein Fenster an der rechten Seite. Dann erzähle ich ihr, dass wir uns im Wohnzimmer getrennt haben. »Direkt nachdem ich ihn mit dem Schwangerschaftstest belogen habe.«

Sie nickt und schluckt.

»Das ist das Einzige, was ich wirklich bereue«, sage ich.

»Wirklich das Einzige? Was ist damit ... dass du überhaupt schwanger geworden bist?«

»Wie könnte ich das denn bereuen?« Ich sehe ihr in die Augen.

»Ja, heute vielleicht nicht mehr. Aber damals musst du es doch bereut haben.«

Ich nicke und gestehe ihr, dass es tatsächlich so gewesen ist. »Das würde man einfach keinem Teenager wünschen. Ich würde es dir jedenfalls nicht wünschen. Ich glaube, man sollte ein bisschen damit warten, mit einem Jungen zu schlafen. Wenn schon nicht bis zur Hochzeit, dann eben so lange wie möglich. Wenn du dann schwanger wirst, kannst du damit besser umgehen als ich damals.« Insgeheim hoffe ich, dass sie noch Jungfrau ist.

»Du meinst, dann wäre es leichter, das Baby zu behalten?«

»Ja, genau das meine ich.«

Ich sehe sie an und wähle meine Worte mit Bedacht. »Ich wünschte, ich hätte dich behalten können. Ich wünschte, das wäre für dich am besten gewesen.«

»So sehe ich das auch«, sagt sie. »Ich liebe meine Eltern und meine Schwester, aber ich sehe das genau wie du.«

Ich spüre Stiche im Herzen, als ich ihren Namen sage. »Ich werde jetzt nicht behaupten, dass alles, was passiert, aus einem bestimmten Grund geschieht. Vieles im Leben ist reiner Zufall. Aber eins will ich dir sagen. Ich bin froh, dass sich alles so zugetragen hat. Ich bin froh, dass ich mit dir schwanger geworden bin und dich auf die Welt gebracht habe. Ich bin froh, dass du eine Familie hast, die dich liebt. Aber das Beste von allem ist, dass du jetzt hier bei mir bist.«

Sie lächelt schwach, und ich rede weiter. Da muss ich jetzt durch.

»Aber ... ich hätte ihn nicht anlügen sollen. Das war wirklich falsch von mir«, sage ich kopfschüttelnd.

»Aber das bringst du ja wieder in Ordnung. Gleich heute. Stimmt's?«

»Ich werde es zumindest versuchen.« Mein Magen krampft sich zusammen. Wenn es schon so schwierig ist, an seinem alten Haus vorbeizufahren, wie will ich es dann erst bis zu ihm selbst schaffen?

Als Kirby erklärt, dass wir weiterfahren können, atme ich tief durch und starte den Motor. Dann überquere ich die Eisenbahngleise und steuere den Wagen zu Janies Haus – das ist der letzte Punkt auf Kirbys Liste. Dort angekommen sehe ich Janies Mutter im Vorgarten. Sie arbeitet in Khakishorts und Strohhut. Sofort entdeckt sie mein Auto und kommt zu uns rüber. Das alles geht so schnell, dass ich Kirby nicht mehr mitteilen kann, dass ich sie eigentlich nie gemocht habe. Sie ist ein Mensch, der gern sagt: »Ich bin ein Mensch, der ...« Dann beendet sie den Satz mit einer Tugend, die entweder ein ziemlicher Allgemeinplatz oder sehr selbstgefällig ist. (»Ich bin ein Mensch, der gern anderen hilft.«) Als Kind fand ich sie richtiggehend blöd, und meine Ablehnung hat sich mit der Zeit noch verstärkt. Aber jetzt habe ich sie seit bestimmt sechs oder sieben Jahren nicht mehr gesehen.

»Marian! Ich habe doch gleich gesehen, dass du das bist! Deine Mutter hat mir gesagt, dass du übers Wochenende hier bist. Wie geht es dir so?«

»Gut, danke«, sage ich und bemerke, dass sie Kirby nur einen kurzen Blick zuwirft. Daraus schließe ich, dass meine Mutter den wahren Grund meines Besuchs nicht verraten hat. Wie lange wird es wohl dauern, bis mein Lügengebäude total in sich zusammenfällt? Wird es wie bei der Berliner Mauer sein, die am Anfang hier und da nur ein paar Löcher hatte, bis die Vorschlaghämmer kamen und der Tanz begann? Ich kann mir meine Mutter allerdings beim besten Willen nicht dabei vorstellen, wie sie ein offenes Gespräch über Kirby anfängt – warum eigentlich? Um die Wahrheit zu verbergen oder die Tatsache, dass wir gelogen haben? Und kann man die beiden Dinge nach so langer Zeit überhaupt noch voneinander trennen?

»Wie geht's Janie?«, frage ich, obwohl ich genau weiß, dass uns jetzt ein zwanzigminütiger Vortrag über Janies Leben in Cincinnati bevorsteht. Dabei weiß ich doch schon alles aus Janies Weihnachtsrundbrief, der auch ein Foto von ihrer Familie – alle in weißen Sommerkleidern am Lake Michigan posierend – enthielt. Die Briefe sind jedes Jahr gleich. Immer geht es um die Hobbys und Heldentaten ihrer drei Söhne (»Pfadfinder! Schachklub!!

Brandons erster Home Run!!!«), Janies wohltätige Aktivitäten (»Fünfhundert Osterkörbchen für benachteiligte Kinder – ein Rekord!«) und die beruflichen und sportlichen Leistungen ihres Mannes Keith (»Ich weiß nicht, wie er das alles schafft!«). Aber ich höre Mrs. Wattenberg trotzdem zu. Ihr Monolog endet mit einem Lob auf den Mittleren Westen und seine althergebrachten Werte: die Familie und die ruhige Lebensart.

»Und wie geht es dir so in der großen Stadt?«, fragt sie dann.

Bevor ich antworten kann, schüttelt sie den Kopf und erklärt, wie stolz sie auf mich ist und wie gut ihr meine Serie gefällt. Und sogar ihr Mann, der normalerweise keine Serien guckt, schaut sie sich an, und sie haben all ihren Freunden gesagt, dass sie die Sendung wenigstens aufnehmen sollen, weil das gut für die Einschaltquoten ist. Sie tun, was sie können!

Ich danke ihr, und sie atmet erschöpft durch. »Wann habt ihr euch eigentlich das letzte Mal gesehen, du und Janie?«

»Das ist leider schon ein Weilchen her«, sage ich und überschlage, dass es etwa zum zehnjährigen Abschlussjubiläum gewesen sein muss. Da habe ich Janie gesagt, dass ich der Arbeit wegen nicht kommen kann. In Wirklichkeit wollte ich aber wegen Conrad nicht erscheinen. Ich wusste, dass er nicht aufkreuzen würde, aber ich wollte weder seinen Namen hören noch irgendjemanden treffen, der ihn kannte. Ich wollte überhaupt nicht mehr an ihn denken.

»Aber ihr habt euch doch nicht gestritten, oder?«, fragt Mrs. Wattenberg.

»Nein, nein. Wir ... haben uns einfach ein bisschen auseinandergelebt. Das kommt ja vor.«

»Tja, ihr habt euch wirklich in verschiedene Richtungen entwickelt, das ist wahr«, sagt sie und wirft einen Blick auf meine linke Hand, und da bemerke ich, dass ich noch immer das Lenkrad umklammere.

»Und, läuten bei dir bald die Hochzeitsglocken?«, will sie wissen. »Deine Mutter schwärmt ja in höchsten Tönen von deinem Lebenspartner. Sie hat mir mal ein Foto von ihm gezeigt. Er sieht ja aus wie der junge Richard Gere, hach, der war schon immer mein Lieblingsschauspieler! Seit *Pretty Woman*. Wer hätte gedacht, dass man einen Mann bewundern kann, der zu einem Straßenmädchen geht?«

Ich lächele. »Ja, das ist wirklich ein Ding!«

»Und?«

Ich schüttele den Kopf und halte meine ringlose linke Hand hoch. »Noch nichts in Sicht!«, zwitschere ich.

»Nur Geduld! Irgendwann klappt es. Und dann kommen auch die Babys. Du hast noch Zeit. Und wer weiß, vielleicht bekommst du ja Zwillinge! Hast du gewusst, dass die Wahrscheinlichkeit, Zwillinge zu kriegen, mit dem Alter zunimmt? Vielleicht kriegst du sogar Drillinge! Dann kannst du in einem Schwung mit Janie gleichziehen.«

Kurz denke ich darüber nach, ihr zu sagen, dass Fortpflanzung kein Wettbewerb ist, genauso wenig wie der Zulassungstest fürs College, die Aufnahme ins Cheerleaderteam, die Frage, ob man es auf ein gutes College schafft, und all die anderen Dinge, aus denen Mrs. Wattenberg einen Wettkampf gemacht hat, als Janie und ich noch jünger waren. Meine Mutter erzählt, sie hätte sogar darauf geachtet, welche von uns als Erste Zähne bekommt. Ich habe nie verstanden, wieso Mrs. Wattenberg so versessen darauf war, den Punktestand zwischen uns zu verfolgen. Janie hatte in dieser Hinsicht jedenfalls keinerlei Ehrgeiz – vielleicht eine Reaktion auf das Verhalten ihrer Mutter.

Im Rückblick begreife ich aber, dass ich wahrscheinlich doch an dem Wettbewerb teilgenommen habe. Vielleicht haben ihre kleinen Bemerkungen mich deshalb so genervt. Und vielleicht ist das auch der Grund dafür, dass ich nicht wollte, dass Janie oder sonst jemand die Wahrheit erfährt. Ich hatte vermutlich Angst davor, dass sie sich an meiner misslichen Lage weiden würden. Man hatte mich zu jener Schülerin gewählt, die am wahrscheinlichsten eine große Karriere machen würde, ich hatte ein akademisches Stipendium für Michigan in der Tasche, ich kam aus guter Familie, mein Vater war erfolgreicher Anwalt – und dann das: schwanger mit achtzehn, und auch noch von Conrad Knight. Was für ein Absturz.

Heute verstehe ich auch, wie ichbezogen ich damals gedacht habe, indem ich glaubte, mein Schicksal würde irgendjemanden großartig tangieren. Die Leute hätten sich ein paar Wochen lang das Maul über mich zerrissen – oder vielleicht auch nur einen Abend lang –, und dann wären sie zu einem anderen Thema übergegangen. Vor allem wäre es doch vollkommen egal gewesen, was sie über mich gesagt hätten. Erst jetzt wird mir klar, wie unwichtig das alles gewesen wäre. Wie viel ich für einen Fehler geopfert habe, auch die Freundschaft mit Janie. Ich vermisse sie zwar schon lange nicht mehr, aber ich bereue, dass ich unsere Freundschaft nicht gepflegt habe. Obwohl wir nicht mehr viel gemeinsam haben, hätten wir immer noch die Vergangenheit gehabt, und die ist auf bestimmte Weise genauso wichtig wie die Gegenwart und die Zukunft. Die Vergangenheit hat uns geprägt und zu den Menschen gemacht, die wir heute sind.

Ich sehe Kirby an. Sie betrachtet Mrs. Wattenberg mit einer gewissen Verachtung. Sollen wir schnell weiterfahren? Nein, ich weiß genau, was ich jetzt tun muss. Ich räuspere mich und wage den Schritt. »Ach, Mrs. Wattenberg, es tut mir leid, dass ich vergessen habe, Ihnen Kirby Rose vorzustellen.«

»Hi«, sagt Mrs. Wattenberg ohne das geringste Interesse. Nun, das wird sich gleich ändern.

»Kirby ist meine Tochter«, sage ich.

Mrs. Wattenberg erstarrt. Eine Weile hat es ihr die Sprache verschlagen. »Bitte? Deine Tochter?«, lacht sie nervös. »Du hast doch gar keine Tochter. Moment mal«, sagt sie und schaut sich um, als würde sie ein Kamerateam hinter der Hecke vermuten. »Ist das die versteckte Kamera oder so was?«

»Nein, das ist nicht fürs Fernsehen«, sage ich. »Das ist echt.«

»Aber ... was soll das heißen?«

»Kirby ist meine Tochter«, wiederhole ich. »Stimmt's, Kirby?«

Kirby nickt grinsend und begreift sofort, was sie sagen soll. »Stimmt genau, *Mom*.«

»Aber ...«, keucht Mrs. Wattenberg. »Ist sie deine Stief...«

»Nein.« Ich schüttele den Kopf. »Sie ist meine leibliche Tochter.«

»Aber ... wie alt bist du denn?«, fragt sie Kirby mit plötzlicher Faszination.

»Achtzehn«, erwidert Kirby.

»Ja, Mrs. Wattenberg. Ich wurde in dem Sommer nach dem Schulabschluss schwanger. Das ist nämlich der wahre Grund dafür, dass ich ein Jahr später mit dem College angefangen habe. Ich habe sie zur Welt gebracht und dann beschlossen, sie zur Adoption freizugeben. Damals hielt ich das für das Richtige. Aber zum Glück hat sie mich jetzt gefunden. Und jetzt lernen wir uns alle kennen.« Ganz emotionslos erzähle ich das alles, denn es geht nicht mehr um die Nachricht an sich. Es geht darum, dass ich es ihr endlich gesagt habe. Ich fühle mich seltsam befreit. Die Ehrlichkeit tut mir gut. *So und nicht anders bin ich. Akzeptiert es, oder lasst mich in Ruhe.*

»Meine Güte. Ich hatte ja keine Ahnung«, flüstert Mrs. Wattenberg. Sie wirkt nicht nur überrascht, sondern regelrecht durcheinander. Wahrscheinlich, weil sie nicht daran gewöhnt ist, solch delikate Geschichten einfach auf dem Silbertablett serviert zu bekommen; normalerweise muss sie sich Klatsch und Tratsch hart erarbeiten, Stück für Stück.

»Das ist schon in Ordnung, Mrs. Wattenberg, niemand hat davon gewusst. Wir haben es geheim gehalten. Aber wir hätten es nicht tun sollen. Bitte sagen Sie es Janie, und richten Sie ihr aus, es tut mir leid, dass ich sie angelogen habe. Sie dürfen es auch gerne allen anderen weitersagen.« Als hätte sie diese wunderbare Geschichte nicht auch ohne meine Erlaubnis allen in der klatschsüchtigen Nachbarschaft weitererzählt. Ich will gerade noch offenbaren, wer der Vater ist – sie stirbt bestimmt vor Neugier –, aber im letzten Moment bremse ich mich und beschließe, dass Conrad es zuerst erfahren muss.

»Na, das sind ja Neuigkeiten«, sagt Mrs. Wattenberg, und ich kann nicht genau erkennen, ob sie findet, dass ich mich dafür schämen muss oder stolz darauf sein kann. Aber da wird mir klar, dass es völlig egal ist. Weil ich sowieso schon stolz bin.

Wir fahren weiter, und ich lächele in mich hinein. Wenn Mrs. Wattenberg wüsste, wo die ganze Geschichte angefangen hat: ganz in ihrer Nähe, nämlich in ihrem eigenen Himmelbett.

»Was ist denn so lustig?«, will Kirby wissen.

Sie merkt einfach alles.

»Ach, ich weiß nicht ... das war einfach schön.«

»Dass du ihre Welt aufgemischt hast?«

»Ja. Und dass ich ihr einfach gesagt habe, dass du meine Tochter bist. Dass ich ihr die Wahrheit gesagt habe.«

»Das war die Generalprobe«, sagt Kirby.

»Ja.«

»Sollen wir es jetzt wagen? Sollen wir zu ihm fahren und es hinter uns bringen?«, fragt sie.

»Es ist noch nicht mal zwölf«, wende ich ein.

»Ja, du hast recht, schlechte Nachrichten überbringt man erst am Nachmittag.«

»Aber das sind doch gute Nachrichten.«

Sie setzt ein übertriebenes Topmodel-Lächeln auf. »Ich bin bestimmt genau die Tochter, die er sich immer gewünscht hat.«

Sie macht Witze, aber ich betrachte sie ernst und nicke, um ihr zu sagen, dass da durchaus etwas dran ist.

27

Kirby

Eine Stunde später treffen wir uns frisch geduscht im Flur. Unbeabsichtigt tragen wir Partnerlook: Beide haben wir Jeans und ärmellose blaue Tops angezogen (ihres ist im Gegensatz zu meinem natürlich von einem teuren Designer). Als wir uns anschauen, müssen wir lachen. Dann gehen wir in ihr Zimmer und schminken uns. Ich bemerke, dass Marians Hände zittern, als sie sich den Lidstrich aufträgt. Sie verzieht gestresst das Gesicht, weil sie mit dem Stift verrutscht ist. Jetzt muss sie alles wieder abwaschen und von vorne anfangen. Beim zweiten Mal arbeitet sie langsamer und beißt sich vor lauter Konzentration auf die Unterlippe. Das Ergebnis sieht eigentlich nicht anders aus als vorher, vielleicht war es beim ersten Mal sogar besser, aber sie gibt seufzend auf und wendet sich dem Rouge zu.

Als wir fertig sind, gehen wir runter. Marian legt ihren Eltern einen Zettel hin, kontrolliert mindestens viermal den Inhalt ihrer Handtasche, öffnet eine Flasche Wasser aus dem Kühlschrank, nimmt einen Schluck und fragt mich, ob ich auch was will. Meine Antwort – nein, danke – kommt gar nicht richtig bei ihr an.

»Marian«, sage ich schließlich.

»Hm?«

»Gehen wir?«

Sie nickt lächelnd und bewegt sich geistesabwesend zur Tür, so als läge jetzt nicht eine Mission vor uns, die etwa achtzehn Jahre zu spät kommt.

Dann sitzen wir endlich im Auto. Die Adresse in Lincoln Park haben wir ins Navi eingegeben, und jetzt dirigiert uns eine selbstgerechte Frau mit britischem Akzent herum. Marian ist bald von ihr genervt und äfft ihren Akzent nach.

»Ach, halt doch den Mund!«, schreit sie, aber sie schafft es nicht, die Lautstärke herunterzudrehen.

»Glaubst du, er ist verheiratet?«, entfährt es mir plötzlich.

Sie starrt geradeaus. »Nein, ich glaube nicht. Aber ich weiß nicht, wieso. Vielleicht hat er ja eine feste Freundin. Oder er ist geschieden.« Sie lacht nervös. »Ich habe wirklich keine Ahnung. Ich kann ihn mir gar nicht vorstellen. Ich meine, ich erinnere mich genau an ihn, und ich kann mir auch ausmalen, wie er heute aussieht, und es sind ja immerhin fast zwanzig Jahre vergangen, aber ich kann mir sein Leben einfach nicht vorstellen. Was er so macht. Aber das werden wir bestimmt bald herausfinden.«

Ich nicke. Zwanzig Minuten später informiert uns unsere britische Freundin, dass wir unser Ziel erreicht haben: Armitage, Nr. 1130, ein graues Sandsteinhaus, das von roten Backsteinhäusern flankiert wird.

»Also, da sind wir«, sagt sie. Sie sieht blass aus, als sie vor dem Haus in eine Lücke einparkt.

»Bist du sicher, dass du das durchziehen willst?«, frage ich. »Wir können auch einfach wieder fahren. Oder ich mache es allein.«

Zuerst scheint ihr die Idee zu gefallen, aber dann schüttelt sie den Kopf. Sie stellt den Motor aus und packt das Lenkrad, als müsste sie sich irgendwo festhalten. »Nein, ich bin bereit.«

Wir steigen aus, gehen über den Bürgersteig und steigen die Stufen zum Haus hoch, als wären wir auf dem Weg zu einer Beerdigung. Mit zitternder Hand drückt sie auf den Klingelknopf mit der Aufschrift »2C Knight«. Wir warten. Nichts. Ihr Finger schwebt über dem Knopf, dann atmet sie tief durch und drückt noch einmal. Sekunden vergehen. Immer noch nichts.

»Er könnte verreist sein«, sage ich, insgeheim erleichtert, jedenfalls stellvertretend für Marian.

»Oder er ist vielleicht bloß einkaufen«, sagt sie. Ich habe Angst, dass sie gleich in Ohnmacht fällt. »Wir können es ja in einer Stunde noch mal probieren. Vielleicht essen wir schnell was und kommen dann wieder?«

»Okay«, sage ich widerstrebend und drehe mich auf dem Absatz um. Am Fuß der Treppe zögert Marian kurz, wendet sich nach rechts, entscheidet sich dann wieder um und macht eine Drehung um hundertachtzig Grad. Dabei stößt sie fast mit einem Mann zusammen, den ich plötzlich erkenne, noch bevor Marian oder der Mann irgendwie reagieren. Als sie beide einen Schritt zurücktreten, merkt man, dass ihnen ein Licht aufgeht. Ich kriege Gänsehaut, als ich sie so zusammen sehe. Meine Eltern. Hier sind wir drei vereint, geht es mir durch den Kopf. Zum ersten Mal sehe ich, was hätte sein können.

Mein nächster Gedanke ist ziemlich peinlich, und der lautet: Mein Vater sieht verdammt scharf aus. Viel besser als alle anderen Väter, die ich kenne. Ein künstlerhafter Typ mit markanten Gesichtszügen, dunklem, lockigem Haar und tollen Augen. Er trägt verwaschene Jeans, braune Lederstiefel, eine Kreuzung aus Cowboy- und Bauarbeiterstiefel, ein weißes Hemd, das ihm aus der Hose hängt, und einen langen, gemusterten Baumwollschal, den er sich locker um den Hals geschlungen hat. Ich kann mir vorstellen, dass er nach Räucherstäbchen oder Gras riecht, und dann merke ich, dass er tatsächlich so einen Duft verströmt, zumindest, was den Teil mit den Räucherstäbchen angeht. Im Arm hält er eine Einkaufstüte aus Stoff, aus der oben ein Baguette schaut. Er verströmt einfach coolen Großstadtflair.

Die beiden starren sich weiter an, ohne eine Miene zu verziehen oder sich zu bewegen. Es ist die seltsamste Begegnung, die ich je miterlebt habe. Es scheint, als versuchten beide, den anderen zum ersten Satz zu zwingen. Sie schauen sich an wie Fremde, aber wenn sie sich wirklich fremd wären, würde bald einer von beiden etwas sagen und sich verlegen entschuldigen. Ich frage mich inzwischen, ob es wirklich so schlau ist, dass sich meine Eltern wiederbegegnen.

Schließlich sagt er etwas: ihren Namen, ganz sachlich, und nickt zaghaft. Und dann: »Was verschlägt dich hierher?« Er klingt nicht unfreundlich, aber doch distanziert und ziemlich kühl. Er nimmt die Tüte in den anderen Arm, und ich betrachte seine Hand. Kein Ring.

Marian öffnet den Mund, um etwas zu sagen, sieht mich dann aber verzweifelt an. Ich wusste ja, dass sie nervös ist, aber ich hatte keine Ahnung, dass sie so fertig ist. »Ich ... wir ... ich wollte mit dir reden«, stottert sie.

Sehr souverän, denke ich.

»Mit mir reden?«, fragt er und legt den Kopf schief.

»Ja.«

»Worüber denn?«, fragt er ganz cool.

Sie schaut wieder zu mir hin. Will sie am Ende alles hier auf der Straße ausbreiten? Ich schüttele den Kopf, um ihr zu signalisieren, dass das kein guter Plan ist. Aber sie guckt jetzt wieder ihn an. »Können wir irgendwo hingehen, um ... zu reden? Vielleicht irgendwo einen Kaffee trinken?«

»Ich trinke keinen Kaffee.«

»Hast du früher aber.«

»Jetzt nicht mehr.«

Ich merke, dass ich den Atem anhalte, während ich ihnen zuschaue. Es ist so spannend wie im Fernsehen. Ich zwinge mich auszuatmen.

»Dann vielleicht einen Tee?«, fragt sie. »Wir können uns auch einfach irgendwo hinsetzen.«

Er zuckt mit den Schultern und schaut zum ersten Mal zu mir hin. Nichts deutet darauf hin, dass er mich erkennt. Er guckt mich gleichgültig an, mit einem Anflug von Gereiztheit. Dann schaut er auf die Uhr und murmelt, dass er nicht viel Zeit hat.

»Es dauert nicht lang«, sagt sie.

Er nickt. »Na schön. Ich verstaue nur noch eben meine Einkäufe. Bin gleich wieder da.«

Während er die Stufen hochsteigt, immer zwei auf einmal nehmend, sehe ich, dass Marian heftig atmet. Zum ersten Mal überhaupt erlebe ich sie in einem Zustand, in dem sie sich nicht total im Griff hat. Selbst bei unserer ersten Begegnung war sie ja ziemlich beherrscht. Aus irgendeinem Grund fühle ich mich ihr dadurch näher. Und ich merke, dass ich sie liebenswerter finde. Ohne groß zu überlegen, tätschele ich ihren Arm und sage: »Das war doch ein guter Anfang.«

»Er hasst mich«, sagt sie, als wir nebeneinander auf der untersten Stufe sitzen.

»Das ist besser als gar kein Gefühl«, sage ich, obwohl ich in Wirklichkeit eher kalte Gleichgültigkeit als Hass bei ihm gespürt habe.

»Findest du?« Sie schaut mich an, als hoffte sie, es wäre tatsächlich so.

Ich nicke und schreibe Philip schnell, dass ich gerade meinen Vater gesehen habe.

Eine Minute später geht die Tür auf, und Conrad erscheint wieder. Wir springen auf und gehen in Habacht-Stellung. Jetzt stehen wir uns wieder gegenüber. Ich bemerke, dass er seinen Schal abgelegt und Flipflops statt der Stiefel angezogen hat, als hätte die kurze Begegnung ihn erhitzt. Ich betrachte das als ein gutes Zeichen. Aber was erhoffe ich mir eigentlich genau von ihm? Was wünsche ich mir von ihm, außer dass er meine Geburt – und mich – zur Kenntnis nimmt? Und kann er mich denn akzeptieren, wenn er sie doch hasst?

Er schaut mir in die Augen, als würde er mich zum ersten Mal sehen. »Ich bin Conrad«, sagt er, ohne mir die Hand hinzustrecken.

Überwältigt starre ich ihn an. Genausogut hätte er sagen können: »Ich bin George Clooney« – das hätte die gleiche Wirkung auf mich gehabt. Für mich ist er so anbetungswürdig wie ein Hollywoodschauspieler.

»Und wie heißt du?«, fragt er.

»Kirby.« Ich komme mir blöd vor, weil ich vergessen habe, mich vorzustellen.

»Aha. Kirby«, sagt er leicht genervt. Meine paranoide Übersetzung lautet: *Danke, dass du mir deinen Namen gesagt hast, aber wer bist du eigentlich und was machst du hier mit Marian?*

Marian räuspert sich und fragt: »Wo wollen wir hingehen?«

Er zuckt mit den Schultern. »Ein paar Blocks von hier ist eine Tee-Bar. An der Sheffield.«

»Okay«, erwidert sie. »Klingt super.«

Er schaut sie ausdruckslos an, wohl um ihr mitzuteilen, dass nichts an der Situation gerade »super« ist. Vielmehr ist sie bizarr und unangenehm – im besten Fall. Im schlimmsten ist sie direkt mit Feindseligkeit aufgeladen. Aber er kommt die letzten paar Stufen herunter und wendet sich nach links. Marian und ich laufen hinter ihm her, schweigend und im Gänsemarsch.

Als wir die Tee-Bar betreten, empfinde ich das Gewimmel darin als Erleichterung. Das warme Licht und der Duft von Backwaren tun auch gut. Conrad stellt sich in die Schlange und sagt: »Sucht schon mal einen Tisch, ich bestelle. Was möchtet ihr?«

»Ich hätte gern ... einen grünen Tee, bitte«, sagt Marian und schaut zu mir.

»Ich auch«, sage ich, obwohl ich überhaupt keinen Tee mag.

Marian zieht ihr Portemonnaie hervor und wühlt nach einem Schein, aber Conrad sieht sie höhnisch an. »Das geht auf mich«, sagt er.

»Danke«, erwidert sie und steckt das Portemonnaie weg.

»Danke«, wiederhole ich und folge Marian zu einem freien Tisch mitten im Raum.

Nachdem wir uns hingesetzt haben, fordere ich: »Du musst es ihm sagen. Sobald er bei uns am Tisch ist, musst du ihm sagen, wer ich bin.«

»Das hast du doch schon selbst getan«, gibt sie zurück.

Ich verdrehe die Augen. So dämlich kann doch niemand sein. »Sag ihm, dass ich seine Tochter bin«, präzisiere ich. »Sonst tue ich es.«

28

Marian

Als er mit dem Tee an unseren Tisch kommt, bin ich mit den Nerven völlig am Ende. Ich greife nach meiner Tasse und bemerke (und Kirby und Conrad vermutlich auch), dass meine Hände zittern. Mir ist schwindlig, ich schwitze und bekomme meine Atmung nicht unter Kontrolle.

»Und wie ist es dir so ergangen?«, beginne ich. Gleichzeitig hasse ich mich selbst für diese absurd-banale Einleitung. Aus dem Augenwinkel sehe ich, wie Kirby mir einen wütenden Blick zuwirft.

»Hm, gut«, antwortet Conrad. »Und dir?«

»Super«, sage ich. »Gut.«

»Schön.« Er öffnet den Plastikdeckel seiner Tasse einen Spaltbreit, um nach dem Beutel zu sehen, ohne zu viel Dampf entweichen zu lassen. »Du hast es offensichtlich bis ganz nach oben geschafft«, bemerkt er, ohne mich anzuschauen. »Ich habe deine Sendung nicht gesehen, aber sie ist sicher toll. Gratuliere.«

Ich habe mir schon gedacht, dass er vielleicht von meiner Fernsehkarriere gehört hat, bin aber trotzdem überrascht, dass er sie erwähnt. »Danke«, sage ich und starre auf meine Hände. »Und was machst du so?«

»Dies und das.«

»Aha.« Ich nicke ein bisschen zu heftig dafür, dass er überhaupt nichts Konkretes gesagt hat.

»Meinst du, womit ich mein Geld verdiene?«, fragt er und vermeidet noch immer jeden Blickkontakt.

»Ja, das meinte ich wohl.«

»Dann frag doch gleich danach.«

»Okay«, sage ich und wippe mit einem Bein unter dem Tisch. »Womit verdienst du dein Geld?«

»Ich arbeite in einer Bar«, antwortet er.

Ich nicke wieder, aber dieses Mal lächele ich zusätzlich.

»So was hast du dir schon gedacht, stimmt's?«

»Was meinst du damit?«, frage ich, obwohl ich genau weiß, was er damit meint.

»Hör mal, Marian. Was soll das alles?« Er schaut mir direkt in die Augen. Meine Handflächen kribbeln. Alles kribbelt. Ich leide unter emotionaler Reizüberflutung. Eine bizarre Sekunde lang sind wir wieder achtzehn, aber dann fällt mir ein, dass das nicht stimmt – Kirby ist hier diejenige, die achtzehn ist. Und das ist das Schwerste, mal abgesehen von dem, was früher passiert ist: Kirby beobachtet mich und wartet darauf, dass ich etwas in Ordnung bringe, das man eigentlich nicht mehr in Ordnung bringen kann. Jedenfalls nicht alles davon. Vielleicht auch überhaupt nichts davon. Und schon gar nicht hier an diesem Tisch bei einer Tasse Tee.

Weil ich kein Wort herausbringe, redet er weiter: »Es ist schön, dich mal wiederzusehen. Aber warum bist du hier?«

Ich schaue ihn an. Ahnt er das noch immer nicht? Er kann doch die Puzzleteile zusammensetzen: Kirbys Alter. Ihre Anwesenheit an diesem Tisch. Ihre Augen. Jetzt sehe ich zu ihr hinüber und merke, dass sie fuchsteufelswild ist. Achtzehn Jahre hat sie gewartet, und jetzt das? Ich lecke mir über die Lippen. Meine Kehle ist ausgetrocknet. Dann nehme ich einen Schluck Tee und verbrenne mir fast den Mund.

Er schüttelt den Kopf. »Ja, sie machen den Tee hier ziemlich heiß. Ich hätte dich vorwarnen sollen.«

»Alles in Ordnung«, sage ich mit zitternder Stimme.

Zwei Atemzüge später höre ich mich selbst zusammenhanglose Fetzen einer Entschuldigung oder einer Erklärung stammeln. Die beiden anderen glotzen mich an: Conrad verblüfft, Kirby entsetzt. Was hat sie nur für eine verwirrte Mutter?

An dem Tag damals bei dir ... Am letzten Tag, an dem wir uns gesehen haben ... da habe ich gelogen ... aber ich hatte solche Angst ... Ich habe alles falsch gemacht ... Es tut mir so leid, dass ich es dir nie gesagt habe ... Ich war schwanger ... und ich habe sie zur Welt gebracht ... Aber ich habe sie weggegeben ... weil ich dachte, das wäre das Richtige ... aber ich hätte es dir trotzdem sagen müssen ... Es tut mir so leid.

Als ich plötzlich verstumme, sagt er: »Moment mal. Was meinst du damit, du warst schwanger?«

»Ich war schwanger«, wiederhole ich wie eine Blöde. »Ich habe dir aber gesagt, ich wäre nicht schwanger ... damals, als wir bei dir waren. Aber ich war's doch.«

»Das hast du später gemerkt?«, fragt er und blinzelt ganz verwirrt.

»Nein, ich habe es schon an diesem Tag gewusst. Im Badezimmer. Der Test war positiv. Aber dir habe ich erzählt, er wäre negativ. Ich habe dich angelogen.«

»Aber wieso denn das?«

»Ich weiß nicht.«

»Du weißt es nicht?«

»Ich hatte Angst.«

Er nickt, akzeptiert meine Begründung aber nicht. »Dann hast du das Baby also zur Welt gebracht?«

»Ja. Aber ich habe sie zur Adoption freigegeben. Weil ich dachte, das wäre am besten. Wir waren doch noch so jung ...«

»Wir?«, wiederholt er. »*Wir* haben nicht gewusst, dass du schwanger warst.« Seine Stimme ist schneidend.

»Ich weiß. Es tut mir leid.«

»Das hast du schon gesagt.«

»Ja, stimmt.« Ich schüttele den Kopf, schließe die Augen und öffne sie wieder.

»Und wer hat sie dann adoptiert? Wo ist sie?«

Ich halte den Atem an. Das kann nicht wahr sein, er hat es noch immer nicht begriffen. Und dann wandert sein Blick zu ihr, und ich sehe, wie die Erkenntnis ihn überkommt. Alles scheint gleichzeitig auf ihn einzustürzen.

»Verdammt«, flüstert er. »Dann bist du ...«

»Ja«, sagt Kirby vollkommen souverän. »Die bin ich.«

»Meine Tochter?«, fragt er und starrt ihr in die Augen. In *seine* Augen.

»Ja, so ungefähr«, erwidert sie.

Er betrachtet sie noch immer und schüttelt perplex den Kopf. Und ich sage noch einmal – an beide gerichtet –, wie leid mir das alles tut.

29

Kirby

»Wie heißt du noch mal?«, fragt Conrad mich, nachdem Marian es geschafft hat, das Überbringen der Nachricht total zu vermasseln. *Überraschung, es ist ein Mädchen! Ach, und übrigens, du bist der Vater.* Danach hat sie irgendeine Entschuldigung gestammelt, die er noch nicht angenommen hat. Soweit ich erkennen kann, hat er das auch nicht vor. Und das kann ich ihm nicht mal übel nehmen.

»Kirby«, sage ich. Vielleicht sollte ich noch eine biographische Information hinzufügen: *Kirby, aus St. Louis. Kirby, Musikerkollegin. Kirby, und ich bin nicht hier, um Alimente aus dir herauszuholen.*

»Kirby«, wiederholt er. »Ich sollte jetzt wahrscheinlich etwas wirklich Tiefsinniges sagen, aber ...« Er zeigt uns seine leeren Handflächen.

Ich nicke. Plötzlich möchte ich ihm unbedingt gefallen – oder ihn wenigstens nicht noch mehr verärgern. »Ich brauche nichts Tiefsinniges«, erwidere ich.

»Ja, gut. Ich habe nämlich nichts zu sagen.«

»Das ist schon in Ordnung«, flüstere ich.

»Und ich muss jetzt sowieso zur Arbeit.« Er zieht ein iPhone aus der Tasche und sagt: »Magst du mir deine Nummer geben? Vielleicht können wir uns ja mal unterhalten. Über die letzten ... wie alt bist du noch mal?«

»Achtzehn.«

»Über die letzten *achtzehn* Jahre.« Er schüttelt den Kopf und murmelt irgendwas, das klingt wie »so was Abgefahrenes«.

Ich schlucke und gebe ihm meine Nummer. Ich beobachte ihn genau dabei, wie er sie in sein Telefon eingibt. Wird er mich je anrufen?

»Und wie heißt du mit Nachnamen?«, will er wissen und schaut mich wieder an.

»Rose«, sage ich verunsichert.

Er tippt die vier Buchstaben ein. »Schöner Name.«

»Danke.«

»Sind sie denn nett zu dir?«

»Wer?«

»Die Roses. Deine Familie.«

»Ach so. Ja. Ganz nett. Normal halt.«

»Aha. Das ist schön. Da bin ich wirklich froh«, sagt er. Seine Stimme klingt ärgerlich, aber beherrscht, und er wirft Marian einen zornigen Blick zu. Dann nimmt er seinen Teebecher und steht auf. »Also, ich muss los. Aber danke, dass ihr gekommen seid, ihr beide. Hat mich wirklich gefreut.«

Marian nickt, noch immer auf den Tisch starrend. Dann sieht er mich an. »Schön, dich kennengelernt zu haben, Kirby.«

»Finde ich auch«, sage ich und muss mir eine Träne verkneifen. Ich weiß, dass Marian daran schuld ist, aber es trifft mich trotzdem, dass er nicht länger bleiben und mit mir reden will. Das Ganze fühlt sich so furchtbar an. Er verlässt unseren Tisch, geht zur Tür hinaus und verschwindet um die Ecke. Weg.

Ich bin schrecklich enttäuscht, sage mir aber, dass ich es nicht persönlich nehmen darf. Und außerdem gehört

Zurückweisung einfach zum Thema Adoption dazu. Was habe ich denn erwartet? Ich kann froh sein, dass man mir nicht gleich zweimal die Tür vor der Nase zugeschlagen hat.

»Hm«, sage ich und nehme einen Schluck bitteren Tee, der zu meiner Stimmung passt. »Das ist ja super gelaufen.«

Als wir zu Marian nach Hause kommen, hat ihre Mutter schon wieder ein köstliches Mahl gezaubert. Anscheinend wissen ihre Eltern, was wir vorhatten, und stellen ein paar vorsichtige Fragen. Schnell wird klar, dass unser Treffen nicht gerade ein Erfolg auf ganzer Linie war.

Marians Mom lächelt selbstgefällig, was mich nervt, und murmelt etwas wie: »Ich habe es euch doch gesagt«, und: »So ist es am besten.« Marians Dad dagegen scheint zu verstehen, dass es so eben nicht am besten ist, jedenfalls nicht für mich. Er legt mir eine Hand auf die Schulter und versucht mich zu trösten.

»Er muss das erst mal verdauen«, sagt er. »Das war einfach ein bisschen viel auf einmal. Aber er wird sich schon wieder beruhigen.«

Marian sieht so skeptisch drein, wie ich mich fühle, aber keine von uns spricht aus, was ich denke: Er wird sich eben nicht wieder beruhigen, keine Chance! Er hasst sie und logischerweise dann auch mich. Es ist nicht seine Schuld, sage ich mir immer wieder. Für einen Vater ist es nicht leicht, mit einem Kind konfrontiert zu werden, das er noch nie getroffen hat, selbst wenn er von dessen Existenz gewusst hat. Aber das, was wir mit ihm gemacht haben, kann man nur als einen emotionalen Hinterhalt bezeichnen.

Mir ist bewusst, dass Marian an allem schuld ist, und

doch tut sie mir leid. Es geht ihr nicht gut, das kann ich sehen. Außerdem muss ich ihr zugutehalten, dass sie den Mut hatte, mich zu begleiten. Sie hätte ihm ja auch einen Brief schreiben können (was im Rückblick vielleicht der bessere Weg gewesen wäre). Sie hätte mich vor seinem Haus absetzen und sich hinter der nächsten Ecke verstecken können (was vermutlich immer noch schlauer gewesen wäre). Sie hätte die Nachricht arrogant oder gleichgültig überbringen können. Dieses Herumgestotter und Gestammel hat mir immerhin gezeigt, wie sehr das Ganze sie berührt – und dass sie weiß, welchen Blödsinn sie gemacht hat.

Nachdem wir eine halbe Stunde mit ihren Eltern geplaudert haben, vibriert mein Handy – eine SMS. Ich schaue auf das Display, in der Hoffnung, dass Philip mir geschrieben hat. Aber es ist eine unbekannte Nummer mit der Vorwahl 312. Bevor ich mir noch mehr Gedanken mache, öffne ich die Nachricht und lese: *»Kirby. Ihr habt mich kalt erwischt. Ich weiß, dass es nicht deine Schuld ist. Conrad.«*

Ich starre auf die Worte, und mir wird klar, dass Marians Dad recht hatte – absolut recht. Ich spüre eine riesige Erleichterung, und da kommt auch schon eine zweite SMS: *»Würde mich gern mit dir unterhalten. Ruf mich an oder komm vorbei, wenn du kannst. Bin im Zelda's auf der Rush. Da gibt's Live-Musik und gutes Essen. Bin den ganzen Abend dort.«*

Meine Miene verrät anscheinend alles. Marian schaut mich an und fragt: »Was ist denn?«

»Eine SMS von ihm. Von Conrad.«

»Was schreibt er?«, fragt sie.

Marians Mom spitzt die Lippen und steht auf.

Ich reiche Marian das Handy, und sie liest regungslos die Nachricht. »Möchtest du hingehen?«

»Wo hingehen?«, fragt Marians Mom von der Spüle aus. »Wir haben Pläne fürs Abendessen.«

Marian wirft ihrer Mutter einen strengen Blick zu, der wohl heißen soll: *Halt dich da raus.* Dann sagt sie zu mir: »Mach dir keine Gedanken wegen dem Abendessen. Tu das, wonach dir ist.«

Ich nicke.

»Willst du hingehen?«, fragt sie.

Ich senke den Blick und flüstere: »Ja.«

Denn das will ich wirklich, mehr als alles andere.

»Okay«, erwidert Marian. »Dann fahren wir.«

Was meint sie damit? Will sie mich nur fahren oder mich begleiten?

»Danke«, sage ich vorsichtig. »Könntest du mich vielleicht einfach dort absetzen? Dieses Mal sollte ich alleine gehen.«

»Ja, natürlich.« Sie nickt, als würde sie alles verstehen. Aber ich entdecke ein Flackern von Enttäuschung in ihren Augen, was sie überspielt, indem sie besonders laut sagt, dass das eine hervorragende Idee sei. »Ihr zwei solltet allein miteinander sein. Jetzt, wo Conrad von dir weiß, haben er und ich uns nichts mehr zu sagen.«

»Absolut nichts«, mischt ihre Mutter sich ein.

Als es dämmert, setzt Marian mich vor einem unauffälligen roten Backsteingebäude an der Rush Street ab. Nur ein kleines, orangefarbenes Neonschild mit der Aufschrift »ZELDA'S – LIVE-MUSIK AN 365 TAGEN IM JAHR« deutet auf eine Kneipe hin.

»Um elf bin ich wieder da«, sagt sie, als ich schon halb ausgestiegen bin. Sie ist nervös. Wegen Conrad, den ich gleich treffen werde, oder weil sie weiß, dass meine Eltern austicken würden, wenn sie wüssten, dass ich in eine

Bar gehe? »Wenn du früher wieder abgeholt werden willst, brauchst du nur anzurufen.«

Ich nicke. Auf keinen Fall will ich vor elf Uhr wieder gehen, wenn auch nur wegen der coolen Musik, die durch die Tür auf die Straße dringt. »Nein, elf ist gut.«

»Und du hast auch Geld, um was zu essen?«

»Ja, hab ich.«

»Und du wirst auch keinen ... Alkohol trinken?«

»Nein, Marian.« Ich verdrehe die Augen.

Als sie keine Anstalten macht abzufahren, winke ich ihr auffordernd zu, überquere den holprigen Bürgersteig und steige die Stufen in das Kellerlokal hinab. Ich ziehe die schwere Metalltür auf und betrete einen großen, länglichen Raum, in dem ich mich sofort wohlfühle. Die intime Atmosphäre wird durch die niedrige Decke und die vielen Menschen, die sich im Raum drängen, noch verstärkt. Überall flackern dicke Kerzen, und hinter dem alten Eichentresen leuchten Weihnachtslichter.

Es gibt kaum einen freien Platz. Viele Leute stehen an der Bar, andere belegen die seitlichen, podestartigen Flächen, die meisten sitzen an den runden Tischen vor der kleinen Bühne, die sich im rückwärtigen Teil des Raums befindet. Ein junger Typ hat gerade eine ziemlich coole Version von Stevie Ray Vaughans »Tin Pan Alley« gespielt, und jetzt ist die Bühne leer bis auf einen Stutzflügel und ein glitzerndes, weißes Schlagzeug. In einer Bühnenecke liegen Gitarrenkästen, Verstärker und anderes Equipment herum. Das Publikum ist ein ziemlich gemischter Haufen. Alle Rassen und Altersklassen sind vertreten, aber die meisten sind älter, ziemlich hippiemäßig und sehr entspannt – der Hipster-Faktor tendiert hier gegen null. Viele sehen wie Stammgäste aus, und zwar der Musik wegen – und nicht, weil sie flirten wollen, so wie ich es in den Bars zu Hause in St. Louis erlebt habe, als ich mit Belinda mal eine verbotene Kneipentour gemacht habe.

Ich schaue mich im Raum um. Wo ist Conrad? Ich kann ihn nicht entdecken und arbeite mich zur Bar vor, so wie er mir in seiner letzten SMS geraten hat. Hier wollen wir uns treffen. Die Barfrau – mit Bettie-Page-Frisur, muskulösen Armen mit japanischen Tätowierungen und einem unglaublich flachen Bauch, der zwischen einem kurzen Top und einer Hüftjeans hervorblitzt – fragt mich, was ich trinken will. Kurz bin ich versucht, einen Wodka Tonic oder wenigstens ein Bier zu bestellen, denn sie würde mich wahrscheinlich nicht nach meinem Ausweis fragen, aber ich will nichts riskieren und ordere eine Cola. Als ich ihr einen Fünf-Dollar-Schein hinstrecke, sagt sie, dass die Cola aufs Haus geht.

»Du willst den Chef sprechen, stimmt's?«, fragt sie und reicht mir meine Cola.

»Äh, ich möchte mit Conrad sprechen.«

»Ja, er ist der Chef.«

»Oh.« Warum hat er Marian denn nicht gesagt, dass es seine Bar ist?

Ein älterer schwarzer Mann, der zwei Hocker entfernt sitzt, nickt der Barfrau zu, und sie erwidert sein Signal. »Noch einen?«

Er nickt, und sie mixt einen Bourbon mit Soda und stellt das Glas vor ihn hin. Dann kommt sie wieder zu mir und deutet zur Bühne. »Conrad ist irgendwo da hinten. Manchmal läuft der Open-Mic-Abend ein bisschen schleppend an, dann muss er den Leuten erst Mut machen. Wenn sich dann doch niemand traut, muss er den ganzen Abend alleine bestreiten.«

»Singt er denn noch?«, frage ich ganz aufgeregt.

»Ob er noch singt?«, lacht sie. »Ja, er singt noch, und außerdem spielt er noch Bass und Gitarre und Saxophon und Klavier. Hast du ihn schon mal spielen gehört?«

Ich schüttele den Kopf und würde ihr gerne verraten, dass er mein Vater ist und dass wir uns erst heute kennengelernt haben. Aber da kommt er schon und grüßt alle paar Meter nach rechts und links. Er wirkt lässig und cool in seiner Jeans (dieselbe wie heute Mittag), dem schwarzen T-Shirt und der John-Deere-Baseballmütze mit ramponiertem Schild. Mein Herz klopft heftig, als er sich neben mich auf den Hocker setzt und mich anschaut. »Schön, dass du gekommen bist«, sagt er ganz entspannt. Die Gereiztheit der ersten Begegnung ist weg.

»Danke für die Einladung«, erwidere ich. Jetzt nimmt eine Frau in lilafarbenem Kleid und schwarzen Lacklederschuhen Platz am Klavier und spielt eine gänsehauterzeugende Version von Joni Mitchells »Both Sides Now«.

Conrad hört ihr einen Augenblick lang zu und nickt der Frau wohlwollend zu. Dann reicht ihm die Barfrau ein Coors-Light-Bier. Er dankt ihr und sagt zu mir: »Steph hast du ja schon kennengelernt?« Er spricht etwas lauter als notwendig. Man kann sich noch gut verständigen, ohne zu brüllen.

»Ja«, antworte ich und sage zu ihr: »Ich bin Kirby.«

Sie nickt und wendet sich an Conrad: »Ich habe ihr gerade erklärt, dass es beim Open-Mic-Abend meistens entweder Tops oder Flops gibt.«

Conrad schüttelt den Kopf. »Nein, die meisten sind richtig gut. Sogar die Amateure. Und damit meine ich auch unsere Barleute.« Er lächelt sie an.

»Hey! Wen nennst du hier einen Amateur? Neulich habe ich fünfzig Dollar für einen Auftritt bekommen!«

»Ach ja? Wo denn das?«

»Bei der Abschlussfeier meiner Nichte. Technisch gesehen bin ich jetzt also Profi.«

Conrad lächelt und sagt zu mir: »Du siehst, wir mögen hier Live-Musik. Hier gibt es keinen Karaoke-Müll. Nur handgemachte Musik. Rock, Soul, Funk, Jazz, Blues.«

Ich nicke und überlege, wie ich ihm zeigen kann, dass ich von Musik was verstehe – von guter Musik, und dass ich nicht bin wie Charlotte oder Belinda. »Ja, das habe ich schon gemerkt. Hier hört man Stevie Ray Vaughan und direkt danach Joni Mitchell – nicht schlecht.«

Er hebt die Brauen und lächelt. »Du hast wirklich Ahnung.«

Ich nicke.

»Machst du Musik?«

»Ja. Ich singe ein bisschen und spiele Gitarre. Aber in erster Linie spiele ich Schlagzeug.« Noch nie habe ich jemandem so viel so schnell über mich selbst preisgegeben. Sogar Philip habe ich das mit dem Schlagzeug erst gesagt, als er ein Foto von meinen Drums auf Facebook entdeckt hatte. Ich mache Fortschritte.

»Du spielst Schlagzeug?«, fragt er überrascht – und respektvoller als die meisten Menschen, wenn sie das erfahren.

»Ja.« Ich glaube, ich muss mich kneifen. Ich rede übers Schlagzeugspielen, in einer solchen Umgebung – und mit meinem Vater.

»Das ist echt stark.«

»Wieso? Weil ich ein Mädchen bin?«, frage ich gespielt beleidigt, obwohl ich seine Aufmerksamkeit und Anerkennung insgeheim genieße.

»Weil ich Drummer immer stark finde. Und auch, weil du ein Mädchen bist, ja.« Er wirft mir einen neckischen

Blick zu. »Ein kleines Mädchen. Ein echtes Fliegengewicht.«

»Vielleicht. Aber ich kann spielen«, sage ich. »Und ich schlage fest zu.«

Er schenkt mir ein breites Lächeln. »Was hörst du denn so?«

»Alles Mögliche. Rock, Folk, R&B, auch Rap«, erwidere ich. »Alles bis auf Country. Aber meine Familie findet Country ganz toll. Die glauben, dass von Alan Jackson die Originalversion von ›Summertime Blues‹ stammt.«

Er wirft den Kopf zurück und lacht aus voller Kehle. Dann schaut er mich ernst an und fragt: »Was sind deine fünf Lieblingsbands?«

»Puh, das ist eine schwierige Frage. Vielleicht Wilco, Radiohead, Van Morrison, R.E.M. und die Velvets«, zähle ich an einer Hand ab. »Maureen Tucker ist wirklich die Größte. Dicht gefolgt von Yael.«

»Verdammt, du bist echt meine Tochter.«

»Ja.« Ich kriege eine Gänsehaut. »Die bin ich.« Ich nehme einen großen Schluck Cola, lege den Strohhalm auf den Tresen und frage: »Und was ist mit dir? Marian hat erzählt, dass du mal in einer Grunge-Band gespielt hast?«

Als ich ihren Namen sage, reagiert er merklich gereizt. Dann sagt er: »Das ist lange her. Damals habe ich Flanellhemden getragen und dreckige Sounds geliebt, mit jeder Menge Fuzz-Box und Rückkopplungen. Wir hatten das ganze Programm drauf.«

»Was denn?«

»Nirvana, Pearl Jam, Alice in Chains, Mudhoney.« Einen kurzen Moment lang wirkt er wehmütig. Dann schüttelt er den Kopf. »Aber das ist vorbei. Ich habe mich weiterentwickelt.«

»In welche Richtung?« Ich versuche noch immer, cool

rüberzukommen, aber ich bin so verblüfft darüber, wie gut mein Vater aussieht. Das verunsichert mich irgendwie.

»Ach, jetzt mache ich ein bisschen von allem. Wie du. Von Bo Diddley bis hin zu den Violent Femmes. Ich liebe Classic Rock. Die Stones, die Beatles, Bob Dylan. Ich höre sogar Country. Wenn man älter ist, lernt man die schlichte Botschaft der Texte erst richtig schätzen. Wird dir auch noch so gehen. Denk an Waylon Jennings und Hank Williams. Die sind einfach klasse.«

Ich denke an Philips T-Shirt und entgegne: »Ja, aber die sind doch eigentlich nicht Country.«

»Ach!« Er lacht. »Was sind die denn sonst?«

»Einfach Klassiker.«

»Wie alt bist du noch mal?«

»Achtzehn«, sage ich, und da huscht wieder ein Schatten über sein Gesicht. Denkt er jetzt an sie? *Vor achtzehn Jahren.* »Wie sauer bist du eigentlich auf sie?«, platze ich heraus.

Ich habe erwartet, dass er überrascht ist oder versucht, das Thema herunterzuspielen, aber er schüttelt den Kopf und antwortet: »Verdammt sauer.«

Ich nicke und betrachte meinen Bierdeckel.

»Aber eins will ich dir sagen: Ich bin sauer auf *sie*. Nicht auf dich.« Das weiß ich mittlerweile, aber ich freue mich trotzdem darüber, es von ihm zu hören. »Was sie gemacht hat, das ist wirklich total ...« Zuerst sagt er »abgefuckt«, verbessert sich dann aber zu »total daneben«.

»Ich weiß«, sage ich und schaue ihm in die Augen. »Und sie weiß es auch.«

»Ja, mag sein.« Er knackt mit den Fingergelenken.

»Sie hatte Angst«, sage ich. »So viel Angst, dass sie mich nicht behalten konnte.«

»Deswegen hätte sie es mir trotzdem sagen müssen.«

»Ich glaube, sie wollte auch nicht, dass du mich behältst.«

»Das ist ja wohl klar.«

»Ja.«

»Aber weißt du«, sagt er, »das war nichts, was sie alleine entscheiden durfte.«

»Wenn du mich behalten hättest, hätten es alle erfahren. Und das wollte sie nicht.«

»Noch mal«, sagt er und faltet eine Serviette einmal, zweimal. »Das war nicht nur ihre Entscheidung. Selbst wenn sie vielleicht die richtige Entscheidung für dich getroffen hat – und das scheint ja so zu sein –, hatte sie trotz allem nicht das Recht, mir mein eigenes Kind zu verschweigen.«

»Ich weiß.«

Wir sind beide kurz still.

Dann sagt er: »Tja. Sie hat ihr schickes Leben bekommen. Sie hat, was sie wollte.«

Ich weiß, worauf er anspielt – dass keiner von uns beiden ein Teil ihres Plans für das Glitzerleben an der Fifth Avenue war. Obwohl ich weiß, dass auch ich sie dafür hassen sollte, tut sie mir leid, denn ich weiß auch, dass sie vieles ungeschehen machen würde, wenn sie nur könnte.

»Ihr Leben ist auch nicht perfekt«, sage ich und überrasche mich selbst mit dieser Erkenntnis. »Ich weiß nicht, ob sie überhaupt glücklich ist. Obwohl sie Geld und Erfolg hat. Sie hat ein superschickes Apartment in New York – und einen reichen Freund, der ihr wahrscheinlich bald einen Heiratsantrag macht. Ihm gehört praktisch der ganze Sender ...«

Conrad hebt eine Hand und sagt: »Ja, das ist cool. Aber ich möchte gar nicht alle Einzelheiten wissen.«

»Ja, okay, tut mir leid.«

»Schon in Ordnung. Aber Marian und ich sind einfach ... sehr verschieden. Waren wir schon damals.«

»Bist du verheiratet?«, will ich wissen.

Er schüttelt den Kopf. »Nee. Aber ich war's mal. Ungefähr drei Jahre lang.«

»Hast du Kinder?«, frage ich nervös, obwohl ich gar nicht weiß, welche Antwort ich mir erhoffe. Es wäre eigentlich ziemlich cool, einen Bruder oder noch eine Schwester zu haben – mit Conrad als unserem gemeinsamen Vater. Wir kämen bestimmt gut miteinander aus – besser als ich mit Charlotte, weil wir uns ähnlicher wären. Auf der anderen Seite wäre es aber auch schön, ihn ganz für mich allein zu haben.

»Nein, ich habe keine Kinder«, sagt er. »Sie wollte keine.«

»Aber du wolltest Kinder?«

»Ja, unheimlich gern.« Er lächelt mich an, und mir läuft ein Schauder über den Rücken. Es fühlt sich schön an, wenn er das sagt. Marian hat sich nie so eindeutig geäußert.

»Hast du dich deswegen von ihr getrennt?« Es wäre echt verrückt, wenn gleich zwei seiner Beziehungen wegen Kindern kaputtgegangen wären – einmal, weil eins da war, und einmal, weil keins da war.

Er lacht und tauscht einen Blick mit der Barfrau, die unserer Unterhaltung mit halbem Ohr lauscht. Oder sich zumindest sehr intensiv um unsere möglichen Getränkewünsche kümmert.

»Tut mir leid«, sage ich. »Das geht mich ja eigentlich nichts an.«

»Nein, das ist schon in Ordnung. Aber du kannst sie genauso gut selbst fragen.« Er deutet auf Stephanie und sagt: »Sie ist meine Ex. Gute Barfrau. Weniger gute Ehefrau.«

Stephanie bewirft ihn mit einem Limettenviertel, das er mit einer Hand abwehrt. »Hey! Fass dir an die eigene Nase! So schlecht war ich jetzt auch wieder nicht.«

»Klar. Wenn du dich nicht als Hete ausgegeben hättest, wärst du die perfekte Ehefrau gewesen.«

Beide lachen. Sie tragen sich anscheinend nichts nach. »Ich bin bi. Krieg das endlich auf die Reihe. Und du warst auch nicht besonders pflegeleicht.« Stephanie lacht und geht ans andere Ende der Bar, um eine Margarita zu machen. Während ich sie dabei beobachte, wie sie einen Salzrand ans Glas zaubert, frage ich: »Weiß sie, wer ich bin?«

Conrad schüttelt den Kopf. »Nein. Ich habe es noch niemandem gesagt.« Er sieht mich an, will etwas sagen und überlegt es sich dann doch anders.

»Was ist?«, frage ich.

Er wirft einen Blick auf die Bühne und sagt: »Ich wollte dir nur sagen, dass sie allerdings deine Mutter kennt.«

»Wie denn das?« Waren die beiden vielleicht Klassenkameradinnen?

»Ist halt so.« Er zuckt die Schultern.

So einfach mache ich es ihm nicht. Ich starre ihn weiter an, bis er sagt: »Weil Marian meine große Liebe war. Für lange Zeit. Und so was erzählt man seiner Freundin, wenn man jung und dumm ist und darauf hofft, dass das Leben noch viel mehr zu bieten hat als das, was man verloren hat. Über so was kann man endlos weitergrübeln. Aber ich versichere dir, das bringt dich nicht weiter. Denk immer dran, ja? Lebe in der Gegenwart, und halte dich nicht damit auf, über die Vergangenheit nachzudenken oder über das, was hätte sein können.«

Ich schaue ihm direkt in die Augen, und er erwidert meinen Blick. »Ja, ich weiß. Meine große Liebe hat mir nicht mal gesagt, dass sie ein Kind von mir bekommen hat. Ich bin schön bescheuert, was?« Er schüttelt den Kopf und lacht verbittert.

»Das ist nicht bescheuert«, sage ich.

»Tja, aber es sagt etwas aus über …«

»Ich glaube nicht, dass das irgendwas über dich aussagt. Oder über mich.« Plötzlich sehe ich die Wahrheit vor mir. »Ich glaube eher, es sagt was über *sie* aus. Über die Person, die sie früher gewesen ist.«

»Die ist sie immer noch«, bemerkt er. »Menschen ändern sich nicht.«

Ich sage ihm, dass ich mir da nicht so sicher bin. Aber diese Erkenntnis hört sich aus meinem Mund vermutlich ziemlich seltsam an – ich bin ja gerade mal halb so alt wie er, und außerdem ist er mein Vater.

Er guckt mich skeptisch an. »Ach, meinst du?«

»Okay, vielleicht hast du recht. Aber sie hat wenigstens versucht, die Sache wieder in Ordnung zu bringen. Sie ist diejenige, die dich aufgesucht hat. Und sie ist mitgekommen.«

»Aber achtzehn Jahre zu spät, findest du nicht auch?«

»Stimmt schon. Aber wenigstens sitzen wir jetzt zusammen hier.«

Er lächelt, nimmt einen großen Schluck Bier und sagt: »Ja. Da hast du recht, meine kleine Trommlerin. Das ist eine gute Lebenseinstellung. Versuch, sie dir zu erhalten.«

Ich lächele. Das, was ich gesagt habe, klingt eigentlich gar nicht nach mir, eher nach meinen Eltern oder Charlotte. *Sieh immer die positive Seite. Sei dankbar für das, was du hast. Mit gesundem Optimismus kann man vieles errei-*

chen. Plötzlich spüre ich ein bisschen Heimweh, aber keins, das mich traurig macht. Eher die Art von Heimweh, die einen daran erinnert, wer man ist und wo man herkommt.

»Und wie sind deine Eltern so?«, will ich von ihm wissen. Sie sind bestimmt ganz anders als Marians Eltern.

»Mein Dad ist so eine Art Nomade. Er lässt sich treiben und hat nichts als Flausen im Kopf. Dreimal war er schon verheiratet, und einen festen Job hat er noch nie gehabt, weil er findet, dass alle Chefs Idioten sind. Man kann sich nicht auf ihn verlassen. Aber er ist liebenswert, und alle mögen ihn.«

»Und deine Mom?«

Conrad sieht mich an. In seinen Augen flackert etwas. »Meine Mom ist bei einem Autounfall gestorben, als ich elf war.«

Mir schnürt sich die Kehle zusammen. »Oh ... das tut mir leid.« Warum hat mir Marian so was Wichtiges über ihn nicht gesagt?

»Ja, das war schlimm. Sie war eine tolle Mutter ... das sage ich jetzt nicht, weil sie gestorben ist. Sie war wirklich etwas Besonderes. Mit ihr war alles lustig, sogar als wir bettelarm waren. Und sie konnte fantastisch singen. Sie hatte eine tolle Altstimme.«

Ich muss gegrinst haben, denn er fragt mich: »Ist das etwa deine Stimmlage?«

Ich nicke.

»Klasse«, lächelt er. »Und, was meinst du? Möchtest du heute Abend ein bisschen was singen? Oder spielen?«

»Auf der Bühne?«

Er lacht. »Ja, auf der Bühne. Das Schlagzeug steht parat.«

Ich schüttele den Kopf.

»Warum denn nicht?«

Ich zucke mit den Schultern.

»Hast du schon mal live gespielt? Vor Publikum?«

Ich schüttele wieder den Kopf.

»Na, dann wird es Zeit, findest du nicht?«

Wieder schüttele ich den Kopf, dieses Mal lächelnd.

»Na los. Wir können ja zusammen spielen«, schlägt er vor, steht von seinem Hocker auf und führt mich zur Bühne. »Du kannst dir einen Song aussuchen. Mir ist alles recht.«

»Alles?«, wiederhole ich. Die Musik wird lauter, je näher wir den Boxen kommen.

»So ziemlich alles.«

Wir setzen uns an einen kleinen Tisch links vor der Bühne, auf dem ein »Reserviert«-Schild steht, und er bestellt uns Burger und Pommes und noch eine Cola für mich. Inzwischen kommen immer wieder Leute an unseren Tisch, um zu fragen, wann er singen wird. Manche wünschen sich auch bestimmte Songs.

»Wir besprechen gerade unseren Auftritt«, sagt er und zeigt auf mich. »Das ist Kirby, sie ist Schlagzeugerin und spielt mit mir heute Abend.«

Im Nu sind zwei Stunden vergangen. Wir reden viel, hören den Musikern auf der Bühne zu. Das Publikum ist nicht überkritisch, es scheint jeden halbwegs geglückten Versuch mit Beifall zu belohnen. Aber ich habe trotzdem schreckliche Angst, dass Conrad mich auf die Bühne zwingen könnte. Alle paar Minuten schlägt er einen Song vor, den ich aus allen möglichen Gründen ablehne: weil mir die Botschaft der Lyrics nicht passt, weil kein Schlagzeugsolo drin vorkommt, oder weil er mir einfach nicht gefällt. Aber wenn ich ehrlich bin, will ich gar nicht auftreten, denn ich lehne sogar einige meiner Lieblingssongs ab, etwa »Have You Ever Seen The Rain?« von Creedence Clearwater Revival oder »Good To See You« von Neil Young.

Um Viertel vor elf sagt er: »Komm schon, Kirby, was kann schon groß passieren?« Da beiße ich eben in den sauren Apfel. Conrad schlägt »Small Town« von Pearl Jam vor.

»Meinst du ›Elderly Woman Behind the Counter in a Small Town‹?«, frage ich. Eddie Vedder hat in einem Interview mal gesagt, dass der lange Titel eine Reaktion auf die üblichen Ein-Wort-Titel der Band war.

»Genau«, sagt er. »Kennst du den Song?«

Ich nicke und gehe im Geist den Text durch.

Er verschränkt die Arme, schüttelt den Kopf und sagt, dass er das Lied seit dem Sommer 1995 nicht mehr gespielt hat.

»Dann wäre es jetzt doch passend, oder nicht?«, frage ich.

»Vermutlich«, grinst er und zieht sich den Schirm seiner Mütze tief ins Gesicht, sodass ich seine Augen nicht mehr sehen kann.

Mit klopfendem Herzen betrete ich die Bühne und setze mich hinter das DW-Schlagzeug mit Titan-Glitzerfinish, ein echtes Schmuckstück. Ich spiele mich ein bisschen ein, teste die Pedale und prüfe, wie sich die Sticks in meiner Hand anfühlen. Das Becken verwende ich nicht, genau so, wie es die große Moe immer gemacht hat.

Conrad nimmt das Mikrofon. Das Publikum jubelt, als hätte ein großer Star die Bühne betreten: Alle setzen sich auf, lächeln breiter, klatschen oder pfeifen voller Vorfreude. Er ist hier nicht nur der Chef, sondern auch der Publikumsliebling.

»Guten Abend zusammen«, sagt er. Über die Lautsprecher klingt seine Stimme noch tiefer. Er dreht seine Mütze, sodass der Schirm jetzt hinten ist.

Ein paar Leute rufen seinen Namen, andere wünschen ihm gleichfalls einen guten Abend.

»Heute möchte ich euch die großartige Kirby Rose vorstellen. Sie ist eine talentierte Schlagzeugerin aus St. Louis. Ich kenne sie noch nicht lange«, sagt er und schaut mich an. »Aber sie ist ein tolles Mädchen. Ich mag sie sehr. Und ich weiß, dass ihr sie auch mögen werdet. Heißen wir sie herzlich willkommen im Zelda's.«

Die Leute applaudieren wie verrückt, und ich glaube, gleich in Ohnmacht fallen zu müssen. Ich schwitze schrecklich, und die Scheinwerfer blenden mich. Aufgeregt beobachte ich, wie Conrad in die Bühnenecke schlendert und seine Gitarre aus dem Kasten holt. Sie ist über und über mit Aufklebern bedeckt. Er hängt sie sich um und spielt ein paar Akkorde. Mir wird schwarz vor Augen, aber er kommt auf mich zu und sagt: »Ganz ruhig. Tief durchatmen. Also los, ich führe. Du schaffst das.«

Ich nicke und gehe den Rhythmus des Songs im Kopf durch. Das mache ich immer so, bevor ich spiele.

Dann wird es still im Raum. Alle schauen uns an. Conrad beginnt zu spielen und singt den Text. Er hat einen schönen, vollen Tenor, so ähnlich wie Eddie, aber mit einem ganz eigenen, kratzigen Timbre.

I seem to recognize your face. Haunting, familiar yet I can't seem to place it.

Mir läuft ein Schauder über den Rücken, obwohl es so heiß ist auf der Bühne. Ich spüre den Beat in mir, er ist einfach da, so selbstverständlich wie Conrads Gesang. Plötzlich kommt er zu mir und fordert mich auf zu singen. Ich schüttele den Kopf. Aber er sagt: »Na los, Kirby, ich will dich singen hören! Sing, Mädchen.«

Also singe ich. Ich improvisiere die zweite Stimme, erst zögerlich, dann so kräftig, wie ich schlage. *Well, my God it's been so long. Never dreamed you'd return. But now here you are and here I am.*

Dann schaue ich auf und entdecke sie. Sie steht neben der Bar und schaut zu uns hoch.

»Sie ist hier«, brülle ich, als er wieder neben mir steht.

Er versteht und nickt mir zu. Vielleicht hat er sie ja auch schon gesehen, aber auf einmal merke ich, dass er jetzt viel leidenschaftlicher spielt. Er schließt die Augen, zupft die Gitarre, und ich schlage den Rhythmus. Zusammen singen wir:

Hearts and thoughts they fade away.
Hearts and thoughts they fade, fade away.
Fade away, fade away ...

30

Marian

Dass Kirby Schlagzeug spielen kann, wusste ich natürlich, weil sie im Writers' Room diesen Rap vorgeführt hatte. Aber ich bin trotzdem sehr bewegt, als ich die Bar betrete und sie auf der Bühne am Schlagzeug entdecke, im Scheinwerferlicht, vor echtem Publikum, und mit ihrem *Vater* an ihrer Seite. Das ist ein überwältigendes, fast schon unwirkliches Bild. Ich bin stolz und gleichzeitig erfüllt mit Schmerz.

Da sind sie. Sie haben sich gefunden und singen zusammen das Lied, das er damals so oft für mich gespielt hat. Das war einer meiner Lieblingssongs aus seinem Repertoire. Ich habe mir ihn oft von ihm gewünscht, wenn wir auf dem Futon in seinem Zimmer faulenzten. Er hat das Lied auch an dem Tag im Wald gespielt, an dem das Foto von uns beiden entstand. Jetzt klingt seine Stimme noch besser, reifer. Aber ich habe ihn auch noch nie auf der Bühne erlebt. Er ist in seinem Element. Sein Gitarrenspiel ist perfekt und selbstbewusst – und so verdammt sexy. Ich sehe den Jungen, in den ich mich verliebt habe, und fühle mich wie das Mädchen, das ich einmal war. Die Erinnerungen überfluten mich so heftig, dass mir Kopf und Herz wehtun.

Nach dem letzten, wunderbaren Akkord gibt es stehende Ovationen und begeisterte Pfiffe. Die Leute rufen seinen Namen. Manche wissen auch, wie sie heißt. Ein Mann mit einem schwarzen Filzhut legt die Hände um den Mund und schreit: »Zugabe!« Conrad geht zu Kirby und berät sich mit ihr. Er steht mit dem Rücken zu mir, aber ich kann sehen, dass sie nickt und lächelt und ihm dann etwas zuflüstert. Heute Abend sind sie ein Team, zum ersten Mal überhaupt.

Conrad geht wieder zum Bühnenrand, senkt den Kopf und sagt cool ins Mikrofon: »Okay. Habe ich schon erwähnt, dass sie meine Tochter ist?«

Da gibt es kein Halten mehr. Der Applaus wird immer lauter, und die Leute rufen nach einer Zugabe. Aber Kirby steht auf, verbeugt sich kurz und sagt ganz trocken ins Mikrofon, dass sie leider nicht länger Ausgang hat, sich aber herzlich bedankt. Die Leute lachen. Sie mögen sie. Sie *lieben* sie. *Ich* liebe sie.

Sie entdeckt mich, winkt mir zu und schenkt mir großzügig ein Lächeln. Dann flüstert sie Conrad etwas zu, beide verlassen die Bühne und arbeiten sich zu mir vor. Unterwegs klopfen die Leute ihnen auf die Schulter. Als sie näher kommen, sehe ich, dass sie verschwitzt und außer Atem sind. Dann stehen sie direkt vor mir. Conrad hat sein Bühnenlächeln ausgeknipst, aber er wirkt nicht mehr so feindselig wie heute Nachmittag.

»Wow«, sage ich. »Ihr wart fantastisch!«

»Danke«, erwidert Kirby. Ihre Wangen sind rot, und ihre Augen leuchten. Auf ihrem Gesicht steht die pure Freude. Am liebsten würde ich sie küssen.

Ich möchte auch Conrad küssen. Der Drang ist überwältigend und erschreckend. Obwohl ich es besser weiß, sehe ich ihm in die Augen und sage: »Das hat mich an früher erinnert.«

Er nickt, sagt aber sonst nichts. Dann legt er seinen Arm um Kirbys Schulter. »Sie ist ein Naturtalent«, lobt er und lenkt damit von meinen Worten ab.

»Sonnenklar, von wem sie das hat«, sage ich.

»Ja«, sagt er und wendet sich Kirby zu, sodass die Unterhaltung plötzlich zu einem Privatgespräch zwischen ihm und Kirby wird. »Danke, dass du gekommen bist. Es war klasse.«

»Fand ich auch«, sagt sie voller Stolz und Zuneigung für ihn.

»Komm bald mal wieder vorbei«, sagt er und wischt sich mit dem Handrücken den Schweiß von der Stirn.

»Vielleicht im Sommer, nach dem Schulabschluss?«, fragt sie.

»Jederzeit. Du bist immer willkommen.«

Ich denke daran, wie Kirby und ich uns voneinander verabschiedet haben, als sie nach dem Besuch in New York wieder nach Hause gefahren ist. Aus meinem Mund klang dieser Satz ganz anders. Unser erster Abend in meiner Küche war ganz anders, vorsichtig und zurückhaltend. Conrad ist einfach so anders als ich. Er ist authentisch und ungekünstelt – das habe ich an ihm so geliebt. Es sind zwei Eigenschaften, die mir abgehen, jedenfalls im echten Leben. Nicht unbedingt in den Welten, die ich auf dem Papier erschaffe. Aber seit jenem Sommer ist sowieso alles anders.

Kirby geht zur Bar und wechselt ein paar Worte mit der Barfrau. Die beiden scheinen sich schon angefreundet zu haben. Conrad schaut mich an. Sehr intensiv.

»Ich verabscheue das, was du getan hast«, sagt er. »Aber ich bemühe mich, nicht auch dich zu verabscheuen.«

»Danke«, erwidere ich bewegt.

»Danke, dass du gekommen bist.« Er dreht seine Mütze

wieder um und zieht sie sich tief ins Gesicht. »Ich muss wieder an die Arbeit.«

»Klar«, sage ich.

»Bis dann, Marian«, sagt er und umarmt Kirby herzlich-verschwitzt zum Abschied.

Im Auto auf dem Weg nach Hause ist sie still. Wahrscheinlich muss sie die Ereignisse des Abends erst verdauen. Aber sie lächelt triumphierend, als wäre alles bestens gelaufen. Ich möchte ihre Privatsphäre respektieren, mich auf emotionaler Ebene nicht einmischen, aber gleichzeitig sterbe ich vor Neugier. Ich will wissen, worüber sie mit Conrad geredet hat und was er ihr über sich erzählt hat. Nach einer Weile halte ich es nicht mehr aus und frage sie direkt, ob er verheiratet ist.

Sie schüttelt den Kopf.

»Kinder?«, frage ich zögerlich.

»Nur mich«, sagt sie und guckt aus dem Fenster, während wir aus der Stadt hinausfahren und den Weg in die nördlichen Stadtrandgebiete einschlagen.

»Jedenfalls schön, dass er noch Musik macht«, sage ich, weil mir nichts anderes einfällt, um sie zum Reden zu bringen. Was geht in ihr vor?

»Ja, aber er ist auch Unternehmer«, erwidert sie. »Das Zelda's ist seine Bar. Er hat sie aufgebaut.«

»Ach wirklich? Das ist ja toll.«

»Ja. Er hat vor fünfzehn Jahren mit einem Jazzclub angefangen und die besten Musiker der Stadt eingeladen, alles Freunde von ihm. Erst war der Club ein Geheimtipp, und jetzt ist er eine Legende in Chicago. Heute kommen Musiker aus dem ganzen Land. Jazzmusiker, Rockmusiker, alle möglichen Richtungen.« So begeistert habe ich sie bis jetzt noch nicht erlebt.

»Das überrascht mich nicht«, sage ich, obwohl ich tief im Inneren doch sehr überrascht bin. Wahrscheinlich merkt sie mir das an.

»Er ist nie auf dem College gewesen«, sagt sie. »Aber schau ihn dir an. Er ist total glücklich in seiner Bar. Für ihn ist sie wie ein Zuhause. Wie eine Familie. Auch seine Ex-Frau arbeitet da – und sie sind immer noch befreundet.«

Aha. Wie war ihre Beziehung wohl? Warum haben sie sich getrennt? »Ihr zwei habt fantastisch zusammengespielt«, sage ich.

»Danke«, entgegnet sie. »Hat echt Spaß gemacht.«

Dann gibt es nichts mehr zu sagen. Wir nähern uns Glencoe und biegen in die Maple Hill Road ein. In den Häusern ist es dunkel, nur bei wenigen brennt eine Außenlaterne. Als wir bei unserer Auffahrt angekommen sind, schaut sie mich an. »Weißt du, du hast ihm das Herz gebrochen.«

Ich erstarre. Als ich sie ansehe, liegt ein Schatten auf ihrem Gesicht. »Das hat er dir gesagt?«

»Nicht in diesen Worten. Aber er hat dich wirklich geliebt.«

Ich spüre, dass sie auf seiner Seite steht, und ich kann es ihr nicht verübeln. Ich bin auch auf seiner Seite.

»Und ich finde ...« Sie redet nicht weiter.

»Was denn?« Ich schalte den Motor aus.

»Ach, nichts.« Sie schüttelt den Kopf.

»Du kannst es mir ruhig sagen.« Wahrscheinlich berichtet sie mir gleich, dass er etwas Unangenehmes über mich gesagt hat, etwas Wahres, aber das habe ich verdient.

Doch sie sagt: »Ach, ich weiß nicht, irgendwie glaube ich, er liebt dich noch immer.«

Bevor ich etwas erwidern kann, ist sie schon ausgestiegen und geht aufs Haus zu. Ich folge ihr. Wie gerne würde ich die Zeit zurückdrehen! Ich wäre gern ein bisschen mehr wie sie gewesen, als ich achtzehn war.

Am nächsten Morgen klopft Kirby um kurz vor neun an meine Zimmertür. Sie ist schon angezogen und hat ihren Koffer dabei. Sie hat es eilig, nach Hause zu kommen, weil sie für die Abschlussprüfungen lernen muss. Schnell ziehe ich mir einen Pullover und eine Jogginghose an. Unten erwarten uns meine Eltern.

»Bist du sicher, dass du nicht mehr mit uns frühstücken willst?«, fragt meine Mutter.

»Ich muss echt los, ich muss für meine Prüfungen lernen. Ich will Mathe bestehen, sonst schaffe ich den Abschluss nicht.«

Mein Vater nickt. »Das verstehen wir natürlich.«

»Also«, sagt Kirby. Ihre Stimme klingt jetzt selbstsicherer als bei ihrer Ankunft, so als wäre sie gestern Abend auf der Bühne erwachsen geworden. »Vielen Dank, dass ich euch besuchen durfte. Es war wirklich schön, euch kennenzulernen.«

»Das finden wir auch, Kirby«, sagt mein Dad, umarmt sie und gibt ihr einen Kuss auf die Wange. »Wie schön, dass wir endlich unsere Enkeltochter kennengelernt haben. Wir wissen, dass du eine Familie hast, die dich sehr lieb hat, aber wir möchten auch für dich da sein. Hoffentlich ist das erst der Anfang.« Er schaut meine Mutter an, die halbherzig nickt und nervös an ihrer Perlenkette herumspielt.

Kirby lächelt und sagt dann etwas, das mich überrascht: »Danke, Grandpa.«

Er grinst so fröhlich wie schon lange nicht mehr.

Nach ein paar Sekunden unangenehmer Stille, in denen sich abzeichnet, dass meine Mutter sie nicht zum Abschied umarmen wird, erkläre ich, dass ich Kirby hinausbegleite. Meine Eltern nicken und kapieren auf Anhieb, dass ich mit ihr allein sein will. Ich nehme ihren Koffer, und wir gehen hinaus. Als wir bei ihrem Auto angekommen sind, ist sie wieder still und ernst geworden. Ich sage mir, dass es sicher mit dem Abschied zu tun hat, denn Abschiede sind nun mal immer schwierig, besonders wenn das Verhältnis untereinander noch ganz frisch und zerbrechlich ist. Es braucht einfach Zeit, bis man Vertrauen gefasst und eine echte Bindung zueinander aufgebaut hat, sei es nun in einer neuen Freundschaft oder einer Mutter-Kind-Beziehung, und ich bin bereit, alles dafür zu tun.

»In ein paar Wochen habe ich den Abschluss«, sagt sie.

»Ja?«, frage ich hoffnungsvoll.

»Meine Eltern wollten, dass ich dich einlade. Also: Du bist eingeladen. Aber ich weiß ja, wie viel du zu tun hast mit deiner Serie, und darum ist es total in Ordnung, wenn du nicht kommen ...«

»Ich komme. Ganz bestimmt.«

Sie nickt. »Cool. Ich schreibe dir noch eine SMS mit den Einzelheiten. Oder ich rufe dich an.«

»Das wäre toll«, sage ich.

»Danke, dass du kommst«, sagt sie, obwohl wir beide wissen, dass die Einladung ihr Geschenk an mich ist – nicht andersherum.

Als ich wieder im Haus bin, schenkt sich meine Mutter noch Kaffee nach und füllt dann meinem Vater und mir einen Becher. Daraufhin schlägt sie Eier in eine Schüssel, um Omelettes zu machen. Ich erinnere sie daran, dass mein Flug bald geht und ich noch packen muss.

»Abschlussprüfungen und Drehbücher«, bemerkt mein Dad nachdenklich. »Es hört nie auf.«

»Oder wichtige Prozesse«, lächele ich.

»Also, wie war's gestern Abend?«, fragt meine Mutter betont fröhlich. Als wäre ich mit Kirby bloß ins Kino gegangen.

Ich sehe sie an. Warum kann sie nicht akzeptieren, dass gerade etwas sehr Wichtiges passiert – und dass Kirby jetzt zu uns gehört? Vielleicht fühlt sie sich schuldig wegen der Entscheidung, bei der sie mir damals geholfen hat, und will sich jetzt einreden, dass es doch die richtige war. Oder sie glaubt immer noch, ich sei stigmatisiert, und die Leute könnten schlecht von uns denken. Oder sie befürchtet ganz einfach, dass die Begegnung mit Conrad mich von Neuem aus der Bahn werfen könnte.

»Conrad und Kirby haben sich prima verstanden«, sage ich und erzähle von der Szene, die sich gerade abspielte, als ich die Bar betrat. »Das war sehr berührend. Ich freue mich für die beiden.«

Mein Dad stellt seinen Becher ab und sieht mich an. »Das ist wirklich wunderbar.«

»Ich hätte es ihm viel früher sagen sollen.«

Meine Mutter schüttelt den Kopf, weil sie sich weigert, die Geschichte von dieser Seite zu betrachten.

Ich ignoriere sie und sage zu meinem Dad: »Aber er wird mir wahrscheinlich nie vergeben.«

»Du kannst die Zeit nicht zurückdrehen«, sagt er. »Schau einfach nach vorne. Jetzt tust du das Richtige.«

»Ich versuche es zumindest.«

»Mehr kannst du nicht tun.« Mein Dad umarmt mich so herzlich, wie er vorhin Kirby umarmt hat.

Den ganzen Rückflug über schlafe ich, bin aber trotzdem müde, als ich am späten Nachmittag meine Wohnung betrete. Am Freitag war meine Putzfrau da, darum sind die Räume noch ordentlicher als sonst. Alles ist an seinem Platz. Ich öffne den Kühlschrank, aber es ist nichts zu essen darin – wie immer. Ich habe sowieso keinen Hunger. Ich gehe zu meinem Schreibtisch, und mein Blick fällt auf einen Stapel Drehbücher, die ich eigentlich hatte mitnehmen und im Flugzeug lesen wollen, aber jetzt ist mir überhaupt nicht danach. Kurz denke ich darüber nach, eine Runde im Park zu joggen, aber darauf habe ich auch keine Lust. Ich schalte die Stereoanlage ein, aber die Musik – *jede* Musik – erinnert mich an Conrad und an seinen Gesichtsausdruck, als er begriff, wer Kirby war. Über diesen Blick werde ich nie hinwegkommen. Schließlich nehme ich das Telefon, rufe Peter an und bitte ihn vorbeizukommen. Natürlich sagt er Ja, und dass er sich beeilt. Seine Stimme tröstet mich.

Gegen fünf ist er da. Er kommt direkt aus dem Büro. Anscheinend hat er das ganze Wochenende über gearbeitet. Ich frage mich, ob das irgendwas mit meiner Serie zu tun hat, frage aber nicht danach. Im Moment bin ich zu erschöpft, um mir darüber Sorgen zu machen. Wir setzen uns aufs Sofa, und ich erzähle ihm von meinem Wochenende: von dem Gespräch mit meinem Vater im Park, von Conrads Feindseligkeit und seinem bewegenden Auftritt mit Kirby. Ich erzähle ihm alles – nur nichts von meinen Gefühlen, weil ich nicht weiß, wie ich sie beschreiben soll.

»Das sind ja tolle Entwicklungen«, sagt er und wirkt so befriedigt wie manchmal in einer Sitzung, wenn er eine Lösung für ein Problem gefunden hat. Mir wird bewusst, dass vieles, was in den letzten beiden Tagen passiert ist, Peters Verdienst ist. Er hat mir schließlich klargemacht, dass ich mich der Vergangenheit stellen und aufrichtig sein muss. Weil ich es nicht nur Kirby und Conrad und meinem Vater, sondern auch mir selbst schulde. »Bist du froh, dass du gefahren bist?«

»Ja«, sage ich. »Es war nicht leicht, aber jetzt bin ich froh.«

»Wichtige Sachen sind selten leicht«, bemerkt er, nimmt meine Hand und drückt sie.

»Du hast recht gehabt.«

Peter schüttelt den Kopf, als wollte er sagen, dass es nicht darum geht, wer recht gehabt hat. »Tut mir leid, dass ich dich so unter Druck gesetzt habe. Aber ich hatte wirklich ein Problem mit ... diesen Geheimnissen.«

»Ich weiß. Ich kann das verstehen.«

»Aber jetzt können wir da weitermachen, wo wir aufgehört haben. Ja?«

Ich nicke. Genau das will ich auch.

»Ich habe dich vermisst, Champ.«

»Ich dich auch.« Wir sehen uns an – sehr intensiv –, und dann zieht er mich zu sich heran und küsst mich. Ich murmele eine Entschuldigung, und er flüstert mir ins Ohr, dass er mir verzeiht.

»Ich will mit dir schlafen«, sagt er und berührt meine Brüste erst über und dann unter der Bluse.

»Gehen wir«, sage ich und führe ihn ins Schlafzimmer, wo wir uns schweigend gegenseitig ausziehen. Die ganze Zeit über schauen wir uns in die Augen, unterhalten uns ohne Worte, bis wir beide nackt sind und uns wieder küssen. Er sagt mir, wie schön ich bin und streicht mir mit den Händen über die Hüfte und den Rücken. Dann schiebt er mich sanft ins Bett. Seine Bewegungen sind fließend und selbstsicher. Ich denke an alles, was geschehen ist, seit wir zuletzt miteinander geschlafen haben, ein paar Tage, bevor Kirby an meine Tür geklopft hat. Es fühlt sich an wie eine Ewigkeit.

»Bist du bereit?«, fragt er.

»Ja.« Ich sage ihm, wie sehr ich ihn begehre und brauche und liebe.

Jetzt liegt er auf mir und stützt sich auf die Hände. Gutmütig schüttelt er den Kopf, als wollte er mir sagen, dass ich ihn falsch verstanden habe. »Das meinte ich nicht mit ›bereit‹, Champ. Ich wollte wissen, ob du bereit dazu bist, den nächsten Schritt zu wagen ... Zusammen mit mir?«

Ich starre ihn ungläubig an. Damit habe ich nun wirklich nicht gerechnet. Und daran habe ich in den letzten Tagen und Wochen überhaupt nicht gedacht.

»Was meinst du?«, frage ich, um ganz sicherzugehen.

Er lässt sich mit seinem ganzen Gewicht auf mich fallen und küsst mich. »Ich bin bereit, Champ«, flüstert er mir ins Ohr. »Ich bin bereit, dir den Ring deiner Träume anzustecken. Zu heiraten, ein Kind zu bekommen. Alles, was du willst.«

Ich zittere, als ich mir eine kleine Zeremonie im Familienkreis vorstelle. Mit Aidan und Kirby an unserer Seite. Das ist das Leben, das ich mir immer gewünscht habe. Wir küssen uns so leidenschaftlich wie schon lange nicht mehr – jedenfalls nicht mehr, seit Kirby aufgetaucht ist. Dann schlafen wir miteinander, ganz, ganz langsam. Ich spüre seinen Atem in meinem Ohr und seine Arme fest um meine Schultern. Wir zögern es hinaus, bis wir es beide keine Sekunde länger aushalten und er förmlich in mir explodiert. Leise stöhnt er meinen Namen und flüstert, dass ich bald seine Frau sein werde. Ich sage mir, dass ich die beneidenswerteste Frau auf der Welt bin, und sage ihm, dass ich glückselig bin. Und als ich mit seinem Kopf auf der Brust einschlafe, glaube ich es beinahe selbst.

31

Kirby

Meine Eltern, meine Schwester und Noah beenden gerade das Mittagessen, als ich nach meiner fünfstündigen Fahrt das Haus betrete. Alle freuen sich, mich wiederzusehen, sogar meine Mutter. Ich zwinge mich dazu, mich zu ihnen zu setzen, obwohl ich viel lieber allein wäre.

»Und?«, fragt Charlotte. Meine Mutter steht auf, um mir eine Portion vom Mittagessen anzurichten. »Wie war's?«

»Es war super«, sage ich, finde aber keine Worte, um auszudrücken, *wie* super es war. »Wie ist der Schulball gelaufen?«

Charlotte und Noah tauschen einen Blick und grinsen sich an. »Auch super«, sagt sie. Dann erzählt sie, dass Mr. Tully fünf Leute rausgeschmissen hat, weil sie unanständig getanzt haben, und acht weitere, weil sie Alkohol getrunken haben.

»Hast du Belinda gesehen?« Ich bin einfach neugierig.

»Nur ganz kurz am Anfang. Ihr Kleid war total irre. Sie hat toll ausgesehen. Sie hat sich dann doch für das türkisfarbene entschieden, das sie mit uns zusammen anprobiert hat.«

Ich nicke und tue überrascht. Aber ich bin nicht nur

enttäuscht darüber, dass sie sich nicht anders entschieden hat – sie tut mir auch ein bisschen leid. Sie kann sich nicht gut darin gefühlt haben – egal, wie gut sie ausgesehen haben mag.

Charlotte schiebt ihren Teller mit einem nur halb aufgegessenen Thunfischsalat von sich und fragt: »Und? Hast du ihn kennengelernt? Deinen leiblichen Vater?«

»Ja.« Meine Mutter reicht mir einen Teller Thunfischsalat und eine Schüssel Tomatensuppe.

»Und wie ist er so?« Alle schauen mich erwartungsvoll an.

»Er macht noch immer Musik. Er hat eine Bar namens Zelda's, wo es jeden Abend Live-Musik gibt.« Ich vermeide Blickkontakt zu meinen Eltern, stehe auf, hole mir eine Dose Cola, setze mich wieder hin und nehme einen großen Schluck.

»Du warst in einer Bar?«, fragt meine Mutter. Sie kann einfach nicht anders.

»Ja«, sage ich. »Aber ich habe keinen Alkohol getrunken. Es war auch nicht anders als in den Restaurants in St. Louis. Genau wie in dem Laden auf dem Hill«, sage ich und beziehe mich auf das Restaurant im italienischen Viertel, in dem mein Vater immer erst einen Drink an der Bar nimmt, bevor er zu uns an den Tisch kommt. »Es war alles ganz harmlos, Mom. Glaub mir.«

Sie nickt und betont, sie vertraue mir. Ganz und gar.

Mein Vater, der offenbar gerne vom Thema Conrad wegkommen möchte, fragt: »Und Marians Eltern? Sind sie nett?«

»Ja. Ihren Vater finde ich netter als ihre Mutter. Sie kommt mir ein bisschen wie ein Snob vor. Aber sie ist trotzdem okay.«

Meine Mutter hört das gerne. Vielleicht ist sie froh

darüber, dass mir Snobismus noch auffällt. »Was machen sie beruflich?«

»Sie arbeitet nicht. Er ist Anwalt für Oprah und so weiter. Sie haben viel Geld.«

Meine Eltern nicken, als hätten sie damit schon gerechnet.

»Wie sieht er denn aus?«, will Charlotte wissen. »Dein Dad.«

»Mein Dad sitzt neben mir«, erwidere ich und zeige auf meinen Vater, der mich anlächelt.

Charlotte sagt: »Ja, klar! Du weißt, wen ich meine – deinen leiblichen Vater.«

»Tja, der sieht gut aus. Wie ein echter Rock 'n' Roller«, lache ich. Meine Mutter wirkt schon wieder besorgt. »Keine Sorge, Mom, er ist kein langhaariger, drogenabhänger Rocker aus den Achtzigern. Bloß ein Künstler. Er ist wirklich cool. Und sehr nett.« Ich bin drauf und dran, von unserem gemeinsamen Auftritt zu erzählen, lasse es dann aber doch bleiben, weil ich das erst mal für mich behalten will. Außerdem möchte ich meinen Dad nicht verletzen. Ich finde ja, dass er mehr mit Charlotte gemeinsam hat als mit mir, und ich will nicht, dass ihm das plötzlich auch auffällt. Darum wechsele ich das Thema und sage meiner Mutter etwas Nettes: »Ach übrigens, Mrs. Caldwell fand deine Servietten sehr hübsch.«

»Wirklich?« Plötzlich hellt sich ihre Miene auf.

»Ja. Sie haben ihr sehr gut gefallen. Und sie hat sich auch über den Kuchen gefreut.«

»Habt ihr ihn angeschnitten?«, will sie wissen.

»Nein. Wahrscheinlich wollte sie ihn für später aufheben. Aber sie haben keine Nussallergie.«

Meine Mutter strahlt. Charlotte und Noah erklären, dass sie jetzt losmüssen. Sie sind zu einer Poolparty eingeladen. »Willst du mitkommen?«, fragt Charlotte mit großzügiger Geste. Das macht sie aus Höflichkeit, aber es ist trotzdem nett von ihr.

Ich lehne dankend ab und sage, dass ich müde von der Fahrt bin und lernen muss. Dann gehen die beiden Hand in Hand. Ich muss an Philip denken, will ihn wiedersehen, will ihn küssen.

Ich entschuldige mich, um auspacken zu gehen, aber meine Eltern halten mich zurück. Sie haben etwas mit mir zu besprechen.

Ich richte mich schon auf eine weitere Litanei übers College ein, aber sie wollen über Belinda reden.

»Was ist mit ihr?« Fieberhaft überlege ich, wie viel sie wissen können und wie weit ich irgendwas damit zu tun habe.

»Wir wissen Bescheid über das gestohlene Kleid«, sagt mein Dad. Bevor ich mich dumm stellen kann, fragt er: »Du hast es gewusst, nicht wahr?«

Ich starre ihn ungläubig an. Jetzt soll *ich* deswegen Ärger kriegen? Aber wenn ich lüge, wird alles noch schlimmer. »Ja, ich habe es gewusst. Aber woher wisst ihr es?«

»Die Filialleiterin hat mich angerufen«, erklärt meine Mutter. »Am Sonntagmorgen. Sie hatte in Erinnerung, dass Belinda das Kleid anprobiert hat. Darum fiel der Verdacht auf sie, als es bei der Inventur nicht mehr aufzufinden war. Und dann wollte sie abwarten, ob Belinda das Kleid zum Schulball trägt.«

»Und wieso hat sie ausgerechnet dich angerufen?«, will ich wissen.

»Sie dachte, Belinda sei meine Tochter.«

»Und was hast du darauf gesagt?«

»Dass sie nicht meine Tochter, sondern eine Freundin

der Familie sei. Und dass ich der Sache nachgehen und sie wieder anrufen würde.«

»Und dann?«

»Habe ich Charlotte gefragt, was für ein Kleid Belinda getragen hat. Und Charlotte hat bestätigt, dass es das gesuchte war.«

»Holt die Polizei sie jetzt ab?«, frage ich geschockt.

Meine Mutter sieht meinen Dad an, und der sagt: »Nein. Die Filialleiterin wollte erst die Polizei rufen, aber deine Mutter und ich haben das Kleid bezahlt.«

»Ihr habt *was*?« So etwas hätte ich nie von meinen Eltern erwartet – sie decken eine Straftäterin.

»Sie wollten sie anzeigen«, erzählt mein Dad. »Aber ich habe ihnen gesagt, dass ich das Kleid bezahle und mich um die Angelegenheit kümmere. Dann habe ich Belinda angerufen.«

»Und dann?«

»Dann haben wir sie herübergebeten und mit ihr geredet.«

»Belinda ist jetzt ziemlich fertig«, sagt meine Mutter. »Sie hat eine schwere Zeit durchgemacht, seit ihr Vater die Familie verlassen hat. Und sie haben finanzielle Probleme. Das ist natürlich keine Entschuldigung. Aber wir wollen nicht, dass sie sich die Zukunft verbaut. Wir glauben nämlich, dass sie im Grunde ein anständiges Mädchen ist, aber im Moment ist sie einfach durcheinander.«

»Wie hat sie reagiert?«

»Sie war ziemlich bestürzt. Nicht nur, weil sie erwischt worden ist. Es schien ihr wirklich leidzutun. Sie hat versprochen, uns das Geld zurückzuzahlen, und uns angefleht, ihrer Mutter nichts zu verraten.«

»Und wollt ihr es ihr sagen oder nicht?«

»Wir müssen es ihr sagen«, antwortet mein Dad. »Wenn du so etwas getan hättest, würden wir das auch wissen wollen.«

»Das würde ich aber nicht tun«, sage ich.

»Das wissen wir. Sie hat uns von eurem Streit erzählt. Und warum du nicht zum Schulball gehen wolltest.«

Ich nicke und warte darauf, dass sie mir vorwerfen, dass ich mich ihnen nicht anvertraut habe. Aber meine Mutter sagt: »Das muss dir sehr schwergefallen sein, Kirby.«

Mein Vater nickt. »Ja, die meisten Leute hätten das wohl nicht durchgehalten.«

Beschämt schaue ich auf den Boden, obwohl ich nicht genau weiß, wieso. Wahrscheinlich weil ich diese Art von Aufmerksamkeit nicht gewöhnt bin. Meine Eltern haben mir schon lange nicht mehr gesagt, dass sie stolz auf mich sind. »Ich wollte aber auch nach Chicago«, murmele ich und frage mich, warum ich das Lob nicht einfach annehmen kann.

»Ruf doch gleich mal Belinda an«, schlägt mein Dad vor. »Sie wartet auf dich.«

Kurz darauf stehe ich vor der Tür von Belindas Haus. Dieses Mal klopfe ich an. Sie macht sofort auf und führt mich nach oben in ihr Zimmer. Schweigend setzen wir uns nebeneinander auf ihr Bett. Sie sieht furchtbar aus, so als hätte sie entweder geweint oder ihren Kummer im Alkohol ertränkt oder beides. Ich werfe einen Blick auf die Wand, die über und über mit Gekritzel bedeckt ist – hauptsächlich mit Textzeilen aus seichten Popsongs, zum Beispiel: *Where would we be if we couldn't dream?* Das wäre sogar ein vernünftiges Zitat, wenn sie es nicht ausgerechnet aus einem Jonas-Brothers-Song hätte.

»Meine Eltern haben mir gesagt, was passiert ist«, sage ich, und kaum sind die Worte raus, fängt sie auch schon an zu heulen. Ich umarme sie.

»Es tut mir leid«, schluchzt sie. »Ich habe dich so mies behandelt …«

»Das stimmt«, sage ich und lächele sie an.

»Tut mir leid«, wiederholt sie. »Ich weiß nicht, was mit mir los ist … Ich bin ständig so deprimiert … und ich habe die Nase voll davon, kein Geld und nie was Schickes zum Anziehen zu haben.«

»Ich weiß, Belinda.«

Sie schüttelt den Kopf. »Für dich ist alles anders. Du hast keinen Versager zum Vater – du hast zwei Dads und zwei Moms, und eine davon hat total viel Geld. Charlotte hat mir erzählt, dass du deinen leiblichen Vater kennenlernen wolltest. Und, ist er jetzt ein echter Rockstar?«

Ich zucke mit den Schultern und versuche, alles ein bisschen herunterzuspielen. »Also, cool ist er schon … aber wir können ein anderes Mal darüber reden.«

Sie putzt sich die Nase. »Wahrscheinlich war ich ein bisschen neidisch auf dich. Du erlebst gerade so aufregende Dinge, und du hast Philip. Er findet dich echt toll.«

»Jake findet dich doch auch toll.«

»Nein, der ist wie alle anderen. Er will bloß Sex, mehr nicht.«

»Sie wollen doch alle Sex«, lächele ich, aber ich weiß auch, dass Belinda recht hat – mit mir und Philip ist es anders.

»Und deine Eltern. Ich weiß, dass du sie doof findest, aber sie sind wirklich super!«

Ich lache verächtlich. »Da sind wir wohl verschiedener Meinung.«

»Nein, im Ernst. Ohne deinen Vater hätte man mich in

Handschellen abgeführt. Ich schulde ihm wirklich was. Mehr als die vierhundert Dollar, die er für mich ausgelegt hat. Du hast so ein Glück mit deinen Eltern. Ich habe mir immer solche Eltern wie deine gewünscht.«

Überrascht sehe ich sie an. Das ist ja etwas ganz Neues. Das hat sie bisher noch nie gesagt, wenn ich über meine Eltern hergezogen bin.

»Sie sind vielleicht streng, aber sie wollen dein Bestes«, sagt sie.

»Deine Mutter will doch auch dein Bestes.«

»Ja, aber sie ist nie da. Ich weiß, das ist nicht ihre Schuld, sie muss arbeiten ... Ach, ich weiß nicht. Das ist einfach so doof. Ja, ich habe Mist gebaut, und dafür gibt es keine Entschuldigung ... aber ich ertrage das alles nicht mehr.«

Ich nehme sie noch einmal in die Arme. Warum habe ich nicht gemerkt, dass es meiner besten Freundin so schlecht geht? Na ja, aber geht es uns nicht allen irgendwann mal schlecht? Außer Charlotte vielleicht. Und wer weiß, auch Charlotte hat wahrscheinlich weniger gute Tage.

»Kannst du mir verzeihen, Kirby? Dass ich dich so schlecht behandelt habe?«

»Ja, na klar. Du bist doch meine beste Freundin. Und das bleibst du auch.«

Dann sehe ich ihr in die Augen und sage ihr, dass alles gut werden wird. Wirklich alles, das Leben und die Zukunft und überhaupt. Und zum ersten Mal seit langer Zeit glaube ich tatsächlich selbst daran.

Am Montagmorgen treffe ich Mr. Tully in seinem Büro an und bitte ihn um eine Entschuldigung für den Sportunterricht. »Das heißt, wenn Sie nicht der Meinung sind, dass man im Leben nur mit einer perfekten Badmintontechnik weiterkommt.«

Er lächelt, deutet auf den Besucherstuhl und fragt: »Na, wie läuft die Vorbereitung auf die Matheprüfung?«

»So la-la«, sage ich. »Oder wie heißt ›beschissen‹ auf Französisch?«

Er sieht über meine vulgäre Ausdrucksweise hinweg und auch über meinen Versuch, witzig sein zu wollen. »Wie ich sehe, brauchst du zweiundsiebzig Punkte, um zu bestehen. Meinst du, du schaffst das?«

»Ja«, sage ich lässig. »Klar.«

»Es ist schön, wie zuversichtlich du bist!«

»Ich habe mich ja auch ziemlich verändert.«

»Ach ja? Hat das was mit deiner Reise nach Chicago zu tun? Oder mit deinem neuen Freund?«

Ich sehe ihn an, überrascht und ein wenig beschämt. »Woher wissen Sie das mit Philip?«

»Ach, ich habe ein bisschen bei Facebook spioniert«, gesteht er, und ich denke an die immer verliebteren Nachrichten, die wir gepostet haben.

Ich lächele. »Ja, das mit Philip ist toll, aber verändert habe ich mich wegen meinem leiblichen Vater.«

»Erzähl«, fordert Mr. Tully mich auf, knackt mit den Fingergelenken und beugt sich zu mir nach vorne.

Ich grinse und erzähle alles von Anfang an. Wie gut wir uns verstanden haben und wie toll es ist, mit einem so begabten Musiker verwandt zu sein. Ich erzähle sogar, wie ich mich auf der Bühne gefühlt habe.

Mr. Tully hört gespannt zu, noch aufmerksamer als sonst, und sagt, er wäre gerne dabei gewesen. »Irgendwann erlebe ich dich auf der Bühne. Wenn du der nächste Superstar in dieser Fernsehshow geworden bist.«

Ich verdrehe die Augen.

»Und dann kann ich sagen, dass ich dich schon früher gekannt habe …«

Ich lächele. »Ich besorge Ihnen dann einen Backstage-Pass.«

Er lacht. »Vergiss mich dann bloß nicht.«

Ich lache auch und verspreche ihm, dass ich an ihn denken werde. Wir quatschen noch ein paar Minuten, dann sagt er: »Also, wir müssen uns noch über etwas anderes unterhalten. Nur eine kleine organisatorische Sache …«

Ich schaue ihn geschockt an. »Bitte sagen Sie mir, dass es nicht um Missouri geht.«

»Kirby.«

»O nein, bitte nicht, Mr. Tully!«

Er setzt sich über mein Gejammer hinweg. »Kirby, ich finde wirklich, du solltest es versuchen. Nur ein Semester. Dann kannst du immer noch aufhören oder auf ein anderes College wechseln.«

»Haben meine Eltern Sie darauf angesetzt? Jetzt ist es sowieso zu spät, der Stichtag ist vorbei.«

»Weißt du auch, dass deine Eltern die Anzahlung für dich geleistet haben?«

Das wusste ich nicht. Vermutet habe ich es aber, weil sie das Thema kurz nach dem Stichtag nicht mehr angesprochen haben.

»Schau mal, Kirby. Ich sage dir jetzt meine absolut ehrliche Meinung. Ich finde, du solltest aufs College gehen. Du kannst ja trotzdem Musikerin werden. Aber das College ist eine einmalige Erfahrung, und du solltest es wenigstens ausprobieren. Wenn du eine solide Ausbildung hast, kannst du hinterher immer noch deinen Plan B verfolgen.«

»Warum kann das College denn nicht mein Plan B sein? Und die Musik der Plan A?«

»Das schließt sich ja nicht aus. Denk an R.E.M. und Radiohead.«

Ich verdrehe wieder die Augen.

»Kirby, du könntest es auf die School of Music in Missouri schaffen.« Er nimmt ein paar ausgedruckte Blätter vom Schreibtisch. Oben steht mein Name. Ich überfliege den Rest. *Instrumentalisten sollten ein oder zwei Stücke vorbereiten. Die Auswahl der Stücke soll geeignet sein, sowohl das Ausdrucksvermögen als auch die technischen Fertigkeiten des Kandidaten zu demonstrieren. Perkussionisten sollten sich darauf vorbereiten, mindestens zwei der folgenden Stücke zu spielen: ein Solo/eine Etüde auf Marimba, Xylophon, Vibraphon, Kleiner Trommel oder Pauken oder verschiedene Drumstyles auf dem Schlagzeug (Swing, Rock, Funk, Latin usw.).*

Ich schaue von dem Blatt auf.

»Das schaffst du, Kirby.«

»Sie haben mich doch noch nie spielen gehört«, wende ich ein.

»Aber ich weiß, dass du gut bist.«

Ich antworte nicht.

»Überleg mal, was du bei richtigen Professoren alles lernen könntest.«

»Überlegen Sie sich mal, wie viel sonstigen Müll ich noch lernen müsste.«

»Wissen ist kein Müll.«

Ich verschränke die Arme vor der Brust und gebe mich ärgerlicher, als ich wirklich bin.

»Denk doch einfach mal darüber nach.«

Ich erwidere, dass ich das schon getan habe.

»Dann denk doch noch ein bisschen mehr darüber nach. Bitte. Für mich.«

Ich seufze so ausdrucksvoll ich kann. »Na gut. Aber wirklich nur noch ein bisschen.«

Das ist das Mindeste, was ich für ihn tun kann – denn er hat immer an mich geglaubt, von Anfang an.

An diesem Abend bekomme ich nach dem Essen eine SMS von Conrad. *»Hey, kleine Trommlerin. Was machst du so?«*

Grinsend antworte ich: *»Nicht viel. Lerne für die Prüfungen. Und du?«*

Er schreibt sofort zurück: *»Höre gerade Sly & the Family Stone.* There's a Riot Going On – *tolles Album, falls du es noch nicht kennst. Du würdest es mögen.«*

Ich kenne ein paar Songs von ihnen, zum Beispiel »I Want to Take You Higher«, aber dieses Album habe ich nicht. Darum lade ich es mir gleich bei iTunes herunter. Nachdem ich ein paar Songs gehört habe, schreibe ich ihm: *»Super! Ich liebe ›Poet‹ und ›Family Affair‹. Danke für den Tipp.«*

Eine Sekunde später klingelt das Telefon. Er ist es. Aufgeregt gehe ich ran.

»Hey«, sagt er. »Tolle Musik, oder?«

»Ja, klasse.«

»Ich habe gleich gedacht, die könnte dir gefallen.«

»Absolut.«

»Und, wie läuft's beim Lernen?«

Ich erzähle ihm, dass ich die Matheprüfung einfach nur bestehen will, damit ich den Abschluss schaffe. Er sagt, dass er in Mathe in derselben Situation war.

»Und?«

»Ich habe bestanden«, sagt er. »Mit Hängen und Würgen. Ich bin vielleicht nicht aufs College gegangen, aber wenigstens habe ich den Highschoolabschluss geschafft.«

Ich atme tief durch und stelle ihm die Millionen-Dollar-Frage. »Bereust du, dass du nicht auf dem College warst?«

»Nein«, erwidert er. »Das ist wahrscheinlich die falsche Antwort. Aber das ist die Wahrheit. Allerdings habe ich auch Glück gehabt im Leben.«

»Ich weiß einfach nicht, was ich machen soll«, sage ich.

»Willst du mich um Rat fragen?«

»Nein, eigentlich nicht. Ich habe schon so viele Ratschläge bekommen.«

»Ja, das hab ich mir gedacht. Marian hat dir bestimmt schon ein Loch in den Bauch geredet.«

»Ja, sie findet, ich sollte hingehen. Aber sie hat mich wenigstens nicht dauernd genervt.« Ist das eine willkommene Gelegenheit für ihn, sie zu erwähnen, so wie Marian bei jeder Gelegenheit von ihm redet?

»Und, wie war das Wochenende mit ihr dann noch?«, will er wissen.

»Ich bin ja schon am nächsten Morgen gefahren. Aber es war schön. Wir hatten Spaß zusammen. Sie kommt zu meiner Abschlussfeier, da sehen wir uns bald wieder.«

»Oh. Das ist toll. Für euch beide.«

»Ja. Ich weiß ja, dass du immer im Zelda's sein musst. Und es wäre vielleicht auch komisch zwischen euch beiden ... aber du bist auch herzlich eingeladen.«

»Danke, Kirby. Das ist wirklich nett von dir.«

»Es wäre wahrscheinlich unangehm für dich, oder?«, frage ich, um ihm die Möglichkeit zum Absagen zu geben.

»Ja. Es wäre bestimmt ziemlich seltsam. Aber sag mir doch mal den Termin. Steph kann mich hier vertreten. Vielleicht kann ich ja doch vorbeikommen ...«

»Klar«, sage ich und versuche, mit meiner Freude nicht zu sehr rauszuplatzen. Wahrscheinlich klappt es sowieso nicht, aber wenigstens denkt er darüber nach. »Das wäre echt cool. Aber nur, wenn du es einrichten kannst. Ist ja nicht schlimm, wenn es nicht geht.«

»Okay.«

»Also, ich lerne dann mal weiter«, sage ich.

»Denk dran, die zweite Ableitung beschreibt die Beschleunigung«, sagt er. »Ich habe mir das gemerkt, indem ich an schnelle Autos gedacht habe.«

Ich lache. »Ja, die zweite Ableitung ist die Änderungsrate der Geschwindigkeit. Also Beschleunigung. Wieso weißt du das denn noch?«

»Ach, ich hab mir so viel nutzloses Zeug gemerkt.«

»Dann ist es also wirklich nutzlos?«, frage ich.

»Absolut.«

»Ich hab's gewusst«, grinse ich.

32

Marian

Als ich am Montag ins Büro komme, wartet Alexandre schon auf mich und drückt mir ein Drehbuch in die Hand, das von Janelle geschrieben und von ihm überarbeitet wurde. »Viel Spaß mit unserer Kreuzung aus den *Gilmore Girls* und *Cheers*.«

Ich seufze. »Meinst du das ernst? Werde ich es hassen?«

»Also, lieben wirst du es nicht gerade. Ich bin auf alle Änderungswünsche des Senders eingegangen. Und habe ein paar übertriebene Fünfziger-Jahre-Anspielungen eingestreut, damit sie es kapieren.«

»Aber wir sind immer noch im Programm, oder? Dabei habe ich den Chef noch gar nicht geheiratet ...«

Ich versuche, mein Lächeln hinter meinem Papierstapel zu verstecken, aber er hat es gesehen, weil er sofort sagt: »Verdammt, Caldwell, bist du verlobt?«

»Ja, ich glaub schon«, erwidere ich. »Sag es niemandem. Es ist noch nicht offiziell. Aber wir wissen ja beide, dass Standish seine Meinung niemals ändert.«

Alexandre lächelt. »Vielleicht gibt er uns ja den Neun-Uhr-Sendeplatz zurück.«

»Ja«, lache ich, obwohl ich nervös bin. »Das ist ja wohl das Mindeste.«

An diesem Abend esse ich zusammen mit Jess im Village und erzähle ihr von meinem Wochenende und der Entwicklung mit Peter.

»Zwischen dir und Conrad ist der Funke also nicht übergesprungen?«, fragt sie, vollkommen die Tatsache ignorierend, dass ich mich in Kürze verloben werde.

Ich sehe in die Speisekarte und schüttele den Kopf. »Nein.«

»Schau mir in die Augen, und sag das noch mal.«

Ich blicke sie fest an. »Wenn du mit Funke meinst, dass er mich abgrundtief hasst und ich ihn noch attraktiver finde als früher, dann ist der Funke übergesprungen. Wenn du es anders definierst, nein.«

»Wie attraktiv?«, fragt sie.

»Umwerfend attraktiv.«

»Im Vergleich zu welchem unserer Bekannten?«

»Keine Ahnung.«

»Im Vergleich zu welchem Promi?«

»Er ist eine Kreuzung aus James Franco und Bradley Cooper. Aber noch viel schöner.«

»Du hast also darüber nachgedacht.«

»Ein bisschen. Aber können wir jetzt bitte über Peter reden? Bitte?«

»Ja. Also, gratuliere«, sagt sie, als hätte ich ihr gerade mitgeteilt, dass ich einen Jahresvorrat an Papierservietten gewonnen habe. »Das ist toll.«

»Ja. Diese Woche will er mit mir nach einem Ring schauen.«

»Wie aufregend.«

Ich kneife die Augen zusammen. »Jess! Warum magst du ihn eigentlich nicht?«

»Aber ich mag ihn doch. Ich glaube nur nicht, dass du ihn liebst.«

»Doch! Was an ihm ist denn nicht liebenswert?«

»Dass er liebenswert ist, heißt nicht, dass du ihn automatisch *lieben* musst«, doziert sie. »Und der Fang deines Lebens ist nicht dasselbe wie die Liebe deines Lebens. Das darfst du nicht durcheinanderbringen.«

Ich schüttele den Kopf. Wirklich schade, dass Claudia heute Abend keine Zeit hat. Jess ist wirklich der letzte Mensch, der mir in Beziehungsfragen einen Rat geben sollte.

»Ich kenne den Unterschied. Und Peter ist beides.«

»Wenn du meinst. Aber ich habe noch nie erlebt, dass du so leidenschaftlich von ihm erzählst wie von Conrad.«

»Conrad war meine Jugendliebe. Nichts weiter.«

Sie hebt den Zeigefinger. »Aber er könnte zu mehr werden. Und du hast schon ein Kind mit ihm.«

Ich sage ihr, dass das total abwegig ist, und klappe mit Entschiedenheit die Speisekarte zu.

»Weißt du, was du willst?«, fragt sie.

»Ja«, antworte ich.

»Na, was meinst du?«, fragt Peter. Wir sitzen im Diamond District im Büro seines langjährigen Juweliers Ari Zwacker. Ich habe beschlossen, mich nicht darüber aufzuregen, dass Ari schon Robins Ring entworfen hat – und auch die meisten anderen Schmuckstücke, die sie besitzt. Stattdessen versuche ich, mich auf die wunderbaren Diamanten zu konzentrieren, die jetzt vor mir liegen. Neben jedem liegt ein Schild, das die Farbe, das Gewicht in Karat und die Reinheit angibt. Keiner hat weniger als drei Karat, keiner liegt unter der Reinheit VS1 und der Farbstufe G. Ich verstehe nicht viel von Edelsteinen, aber ich bin mir ziemlich sicher, dass jeder dieser Diamanten mehr kostet, als ich in meinen ersten fünf Berufsjahren verdient habe.

»Sie sind alle zauberhaft«, sage ich. Warum kann Peter mich nicht einfach überraschen? Irgendwann einmal habe ich leider gesagt, ich würde mir gerne meinen Ring selbst aussuchen, weil ich ihn dann ja jeden Tag am Finger haben und ansehen werde, aber es ist irgendwie unromantisch und deprimierend, ein Symbol der Liebe auf bestimmte Qualitätsabstufungen zu reduzieren – vor allem, wenn sich diese Abstufungen hauptsächlich auf Mängel beziehen.

»Welchen findest du am schönsten?«, fragt Peter und schaut mich erwartungsvoll an.

Ich tue so, als müsste ich abwägen, falls es große Preisunterschiede zwischen den Stücken gibt, aber ich habe einen klaren Favoriten – einen fantastischen, vierkarätigen Stein in VVS1- und F-Qualität. Schließlich zeige ich darauf. »Der hier ist traumhaft ... aber eigentlich sind alle wunderschön. Was meinst du?«

Ari nickt und sagt zu Peter: »Wie Sie vorausgesagt haben.« Dann nimmt er den Stein vorsichtig mit einer Pinzette auf, setzt ihn in einen Ring ein und steckt ihn mir an den Finger. Ich starre den Stein ungläubig an. Es ist ganz einfach der schönste Diamant, den ich je gesehen habe, und damit meine ich auch die Schmuckstücke der Hollywoodstars, die ich auf Bildern bewundert habe.

»Gefällt er dir?«, fragt Peter.

Ich schaue ihn an, noch immer sprachlos, und er zwinkert Ari zu. »Ich rufe Sie an.«

Wir verabschieden uns und treten wieder hinaus auf die Forty-seventh Street, wo eine Schar orthodoxer Juden und einige shoppende Paare unterwegs sind.

»Bist du glücklich?«, fragt Peter, als wir auf die Fifth Avenue einbiegen.

»Wahnsinnig«, sage ich und lächele ihn an.

Er beugt sich zu mir herüber und küsst mich so leidenschaftlich, wie er es in der Öffentlichkeit noch nie getan hat. Es ist ein Kuss, der zu einem vierkarätigen, fast lupenreinen Diamanten passt. Ein Kuss, für den ich alles getan hätte an jenem Abend, als ich das erste Mal vom Heiraten sprach. An jenem Abend, als ich Kirby kennenlernte und sich mein ganzes Leben umkrempelte.

Am nächsten Abend besuchen Peter und ich die Geburtstagsparty eines alten Freundes von ihm (und von Robin) im Peninsula. Es ist eine förmliche Feier, die unter dem Motto »Dr. Schiwago« steht. Wir haben die meisten Leute begrüßt und von den vielen verschiedenen Wodkasorten, Lachs- und Kaviarhäppchen probiert, als Robin und ihr Bildhauerfreund auf uns zukommen.

»Na, wann heiratet ihr beiden denn?«, platzt Robin nach den üblichen Höflichkeitsfloskeln heraus.

Peter legt den Arm um meine Taille und schockiert sie. »Bald schon.«

Wie aufs Stichwort reicht uns ein Kellner zwei Gläser Sekt von einem Silbertablett. Robin hebt ihr Glas. »Na dann auf euch beide! Ich freue mich sehr für euch. Ihr seid das perfekte Paar! So perfekt, dass es mich ganz verrückt macht.«

»Danke«, murmele ich, hebe ebenfalls das Glas und nehme einen Schluck.

»Auf eine große, bunte Familie«, sagt Robin und wendet sich ihrem Freund zu, dem sie dann erzählt, wie ungewöhnlich unsere Situation ist, und auch die ganze Geschichte mit Kirby. Als sie fertig ist, fragt sie, bevor jemand etwas sagen kann, ob sie zu unserer Hochzeit kommen darf. »Bitte, bitte, Peter!«

Peter lächelt, schüttelt aber den Kopf und deutet an: Nein, auf keinen Fall.

»Aber Marian hat nichts dagegen, oder?«, fragt sie.

»Absolut nicht«, sage ich und scherze, dass sie auch zu den Flitterwochen eingeladen ist. Dann verlassen sie und ihr Freund uns, und wir gehen auf den Balkon hinaus. Wir schauen auf die Lichter der Fifth Avenue hinunter. Es ist ein klarer, schöner Abend, der gute Laune macht und jeden spüren lässt, wie herrlich es ist, in New York zu sein, am Leben zu sein. Aber in mir dreht sich schon wieder das Gedankenkarussell, wie so oft seit meiner Rückkehr aus Chicago. Peter stellt mir eine Frage, aber sie geht völlig an mir vorbei.

»Hm?«, frage ich.

»Was ist los mit dir, Champ? Du wirkst so abwesend.«

Ich entschuldige mich und erkläre, dass ich an meine Serie gedacht habe – an eine Drehbuchüberarbeitung, mit der ich mich heute beschäftigt habe.

Er sieht mich fragend an. »Bist du vielleicht gerade dabei, auch noch etwas anderes zu überarbeiten?«

Ich schaue ihn nervös an. »Also, ich habe auch ein bisschen über den Ring nachgedacht ...«

»Was ist damit?«

»Ähm ... ich glaube, dass du nicht diesen nehmen solltest. Noch nicht.« Aus den Augenwinkeln sehe ich, wie ein Model Peter anflirtet. Meine Besitzansprüche flammen kurz auf, aber dann konzentriere ich mich wieder auf das Gespräch.

»Warum nicht?«, fragt Peter, trinkt seinen Sekt aus und stellt das Glas auf einen Tisch.

»Ich weiß nicht. Vielleicht ist der Stein zu groß.«

»Er ist nicht zu groß.«

»Aber ich bin mir mit dem Schliff noch nicht ganz sicher. Ich weiß einfach nicht ... ob es wirklich der richtige ist.«

Er verschränkt die Arme. »Du weißt nicht, ob der Stein der richtige ist oder ob *ich* der Richtige bin?«

Ich schlucke und versuche, meine Atmung unter Kontrolle zu bringen. Ist das jetzt eine gute Entscheidung, oder mache ich den nächsten Fehler, den ich jahrelang bereuen werde?

»Peter«, sage ich. »Ich glaube, wir sollten nicht heiraten.«

»Und wieso nicht?« Die Lichter der Stadt spiegeln sich in seinen Augen.

»Weil ... Also, ich bin mir nicht sicher, ob wir uns wirklich lieben. So wie es in einer Ehe sein muss.« Ich denke an meine Unterhaltung mit Jess und gestehe mir ein, dass sie recht gehabt hat.

»Ich bin mir aber sicher«, sagt er so bestimmt, wie er auch sonst durchs Leben geht. Darum ist er ein guter Geschäftsführer. Er ist sich immer sicher und hegt niemals Zweifel über sich selbst.

Ich schüttele den Kopf und unterdrücke meine Tränen. Ich traue mich nicht, ihm zu sagen, dass er nur in die Idee von mir verliebt ist. Genau so, wie es mir mit ihm geht. Jetzt ist mir das klargeworden, vor allem, nachdem wir inzwischen alle Unsicherheiten in Bezug auf Kirby ausgeräumt haben.

»Ich habe einfach kein gutes Gefühl mehr dabei«, sage ich. »Vielleicht war es ja nie gut.«

Ich warte darauf, dass er Emotionen zeigt: Leidenschaft, Wut, irgendwas. Aber er fragt bloß: »Kann ich etwas tun, um dich vom Gegenteil zu überzeugen?«

Ich schüttele den Kopf. Warum versucht er es denn nicht wenigstens? Ich sage: »Das ist schwer zu erklären. Ich fühle mich einfach anders. Verändert.«

»Hat das etwas mit dem letzten Wochenende zu tun?«, will er wissen.

»Nein, nicht direkt«, antworte ich, obwohl ich tief im Inneren weiß, dass es doch so ist. Alles hat mit dem Wochenende zu tun, mit Conrad und damit, dass ich mich meiner Vergangenheit gestellt habe. Ich habe begriffen, was ich einmal besessen und dann weggeworfen habe. Ich möchte so sehr, dass es wieder wie früher wird. Ich möchte eine Beziehung haben, bei der ich nicht ständig das Bedürfnis habe, sie umzuschreiben oder zu entschärfen. Ich will etwas Echtes – selbst wenn das schwierig und kompliziert ist. Das habe ich von Kirby gelernt.

»Ich glaube, ich will nach Hause«, sage ich und stelle mein Glas ab.

Peter sieht mich an. Er ist so beherrscht wie immer und sieht furchtbar gut aus. »Darf ich dich nach Hause begleiten? Oder wenigstens zur Garderobe?« Seine Augen verraten Traurigkeit und Verwirrung, aber er ist und bleibt eben ein Gentleman.

Ich schaue ihm in die Augen. »Ich gehe lieber allein.«

Er nickt, führt mich zum Aufzug, küsst mich sanft auf die Wange und flüstert: »Wiedersehen.«

33

Kirby

Ich habe achtzig Punkte in der Matheprüfung geschafft – ein verdammtes Wunder. Das sind nicht nur acht Punkte mehr als zum Bestehen nötig – das heißt auch, dass ich eine Zwei habe. In meinem ganzen Leben hatte ich noch nie eine Zwei in Mathe. Als ich Mr. Tully die gute Nachricht überbringe, klatscht er mich mit der Hand ab und überreicht mir einen Umschlag. Ich soll ihn jetzt sofort öffnen. Eine Karte ist drin. Darauf steht gedruckt: *Alles ist möglich. Es gibt keine Grenzen.* Darunter hat Mr. Tully geschrieben: *Die Karte habe ich schon vor deiner Prüfung gekauft. Ich wusste, du schaffst es. Weiter so! Dein Freund Mr. Tully.* Ein PS steht auch da: *Musikstudenten sind oft gut in Mathe und umgekehrt. Wenn du verstehst, was ich meine.*

Ich lache und warne ihn vor zu hohen Erwartungen, aber inzwischen kann ich mir vorstellen, das College wenigstens mal auszuprobieren. Was soll schon passieren? Ich denke daran, wie ich an Marians Tür geklingelt habe. Das Risiko war hoch – was, wenn ich mich davon hätte abhalten lassen? Warum sollte ich jetzt nur ans Risiko denken?

»Ich werde dich vermissen«, sagt Mr. Tully.

»Ich komme mal zu Besuch.«

»Das will ich dir auch geraten haben.«

Ich lächele. Gleichzeitig spüre ich eine Traurigkeit in mir – seltsam, die letzten vier Jahre habe ich doch nur daran gedacht, endlich hier rauszukommen.

»Und vergiss dein Versprechen nicht«, sagt er, als die Schulglocke klingelt. Ich muss in die Aula, wo die letzte Versammlung des Schuljahrs stattfindet. Die Schüler meines Jahrgangs, die irgendwas geleistet haben, werden ausgezeichnet.

»Welches Versprechen?«, frage ich. Fängt er jetzt schon wieder mit Missouri an?

»Mein Backstage-Pass.«

»Auf jeden Fall«, lache ich. Vielleicht ist das ja doch nicht so unwahrscheinlich.

Am Abend vor der Abschlussfeier führen meine Eltern mich ins LoRusso's aus, das ist mein Lieblingsrestaurant auf dem Hill. Wir feiern schon vorab mit Charlotte, Belinda, ihrer Mutter und Philip. Heute Abend haben meine Eltern Philip kennengelernt, darum ist es ein bisschen anstrengend, aber er macht seine Sache total gut. Er kann mit Erwachsenen umgehen, ohne sich zu verkrampfen. Belinda hat sich wieder von der Sache mit dem Kleid erholt, obwohl ihre Mutter ihr Stubenarrest auf ewig verpasst hat – oder wenigstens, bis sie meinen Eltern die vierhundert Dollar zurückgezahlt hat. Sie hat ihnen schon fünf Umschläge mit Geldgeschenken für ihren Abschluss übergeben, und ich selbst habe fünfzig Dollar von meinem letzten Lohn beigesteuert – weil ich Belinda etwas Gutes tun will, aber auch, weil es total langweilig ist, wenn sie Hausarrest hat. Jetzt fehlen nur noch siebzig Dollar, dann hat sie es geschafft.

Heute Abend ist meine Mutter die Einzige, die sich komisch verhält. In den letzten Tagen hat sie geputzt wie verrückt, damit das Haus sauber ist, wenn Marian kommt, obwohl die im Hotel übernachtet – im Chase Park Plaza, genau wie meine Mutter vorhergesagt hat. Aber ich habe meiner Mom versichert, dass Marian bestimmt nichts gegen unser Haus hat, sondern uns einfach nicht zur Last fallen möchte. Ich glaube, das ist die Wahrheit. Jedenfalls habe ich mir fest vorgenommen, dass ich mich nicht für unsere Gegend, unser Haus, unsere Familie oder sonst irgendwas, das zu mir gehört, schämen werde.

»Ich möchte einen Toast ausbringen«, sagt mein Dad, und wir heben unsere Colagläser. »Auf Kirby, weil sie die Matheprüfung bestanden hat. Und auf Kirby, Belinda und Philip ... Gratuliere zu eurem Schulabschluss. Viel Glück für eure Zukunftspläne, wie sie auch aussehen mögen!«

Er schaut mir in die Augen und lächelt. Das ist seine Art, mir zu sagen, dass er zu mir steht – egal ob ich aufs College gehen werde oder nicht.

Am nächsten Tag herrscht großes Chaos. Man könnte glauben, jemand heiratet – so viel wird gekocht und geputzt und gebügelt. Außerdem sind alle schrecklich nervös. Sogar Charlotte wirkt verunsichert, als sie in mein Zimmer kommt. Ich schaue von meinem Schlagzeug auf, spiele aber leise weiter. Sie setzt sich auf mein ungemachtes Bett und sagt: »Ich werde dich echt vermissen.«

»Wie kommst du darauf, dass ich weggehe?«

»Mom meint, du ziehst nach New York. Oder nach Chicago.«

»Ach ja?«

»Also, stimmt das?«, fragt sie und bindet sich einen Pferdeschwanz.

Ich lege die Sticks weg und zucke mit den Schultern. »Wer weiß?«

»Du weißt es«, sagt sie. »Du hast doch einen Plan.«

»Okay.« Ich setze mich neben sie aufs Bett. »Ich verrate dir ein kleines Geheimnis.«

Sie beugt sich zu mir hin und lauscht.

»Ich glaube, ich gehe nach Missouri«, sage ich.

Sie grinst und fragt, wer es sonst noch weiß.

»Du bist die Erste. Aber es steht noch nicht fest. Also sag es bitte nicht weiter.«

»Ich verrate nichts. Das heißt, wenn du versprichst, mich nächstes Jahr ganz oft anzurufen und mit mir zu reden.«

»Aber wir reden doch jetzt auch nicht ständig miteinander«, lächele ich.

Sie lacht und gibt zu, dass ich wirklich keine Plaudertasche bin. »Versprichst du's mir trotzdem?«

»Ja«, sage ich. So seltsam das ist: Wahrscheinlich werde ich sie auch ein bisschen vermissen.

Kurz bevor wir gehen müssen, um nicht zu spät zur offiziellen Abschlussveranstaltung zu kommen, ruft Marian mich an und wünscht mir alles Gute. Außerdem will sie unsere Verabredung für später bestätigen.

»Ich werde dich im Publikum suchen. Welche Farbe trägst du?«, frage ich, und meine Mutter tut, als bekäme sie nichts mit.

»Rot«, erwidert Marian stolz, denn ich habe ihr mal gesagt, dass das unsere Schulfarbe ist.

Ich werfe einen Blick auf meine Mutter, die ebenfalls Rot trägt und sage: »Okay, dann entdecke ich dich bestimmt.« Dann frage ich sie, ob sie weiß, wie man zu unserem Haus kommt.

»Ja«, sagt sie. »Mach dir keine Sorgen. Genieß einfach die Veranstaltung. Wir sehen uns dann danach.«

»Okay.« Ich denke an Conrad, der mir gestern Abend gesagt hat, dass er nun doch kommt. Fast erzähle ich es ihr, aber dann kommt mir der Gedanke, dass er vielleicht nicht will, dass sie es weiß, und dass er ihr lieber aus dem Weg gehen würde. Darum verabschiede ich mich bald.

Sofort fragt meine Mutter: »Welche Farbe trägt sie?«

»Äh, Rot. Was für ein Zufall, oder?«

Meine Mutter legt die Stirn in Falten. »Ich hab's gewusst ... Soll ich mich umziehen?«

Sie hat so lange nach dem richtigen Kleid gesucht. Ich lege ihr den Arm um die Schultern und sage: »Nein, Mom. Du solltest dieses Kleid tragen. Es steht dir einfach toll.« Ich schaue sie an und hoffe, dass sie meine Gedanken lesen kann: dass es völlig egal ist, was sie anhat. Dass ich nur eine echte Mutter habe. Und das ist sie.

Wenig später, nachdem meine Eltern und Charlotte mich abgesetzt haben und einen Parkplatz suchen, stehe ich inmitten meiner Klassenkameraden in der Vorhalle der Cathedral Basilica. Ich betrachte die beinahe einhundert Jahre alten Wände. Sie sind mit einem Mosaik geschmückt, auf dem der Namenspatron unserer Stadt abgebildet ist: der heiliggesprochene französische König Ludwig IX. Vorhin im Auto hat meine Mutter doziert, dass die Mosaikarbeiten im Innenraum zu den größten Mosaiken der Welt gehören. Mir ist klar, dass sie Marian nicht nur unsere Familie im besten Licht zeigen will, sondern auch die Stadt und meine Schule. Mir selbst geht es ähnlich, das muss ich zugeben.

Irgendwie schaffen wir es, uns geordnet in Zweierreihen aufzustellen. Die Mädchen tragen weiße Barette und Talare, die Jungen dasselbe in Rot. Die Lehrer sind ebenfalls da, auch sie tragen Barett und Talar. Mr. Tully sieht außergewöhnlich würdig und vor allem gut aus. Dann setzt die Musik ein: eine Einspielung von »Land of Hope and Glory« – das ist unser Einsatz. Alle werden still, sogar die Klassenclowns, und ich spüre eine außergewöhnliche, kollektive Gefühlsaufwallung, ein Zusammengehörigkeitsgefühl, das sich über alle möglichen Cliquen hinweg erstreckt – was ich nie für möglich gehalten hätte. Aber Menschen empfinden vielleicht am ehesten so, wenn sie wissen, dass etwas endgültig seinen Abschluss gefunden hat.

Ich atme tief durch und betrete den kühlen, dunklen Kirchenraum. In die Leute, die sich auf den Bänken drängen, kommt plötzlich Leben, und überall blitzen Fotoapparate auf – was ziemlich ungewohnt ist in einer Kirche. Ich schaue hoch zu der atemberaubenden Decke und höre im Geiste die Stimme meiner Mutter: »Einundvierzig Millionen Glasstücke in mehr als siebentausend Farben.« Als wir uns wieder in Bewegung setzen, entdecke ich erst Marian unter den Gästen, dann meine Familie. Sie sitzen auf verschiedenen Seiten des Ganges, aber so ziemlich in derselben Reihe, darum schaffe ich es nicht, zu allen Blickkontakt aufzunehmen. Stattdessen gucke ich einfach geradeaus und halte die Hände gefaltet, so, wie man es uns gesagt hat. Conrad sehe ich nicht, und ich beschließe, nicht enttäuscht zu sein, wenn er doch nicht auftaucht.

Als die Musik aufhört, setze ich mich ans Ende einer langen Kirchenbank – wir nehmen unsere Plätze in der alphabetischen Reihenfolge unserer Nachnamen ein. Dann blättere ich durch das Programmheft, in dem die Namen der besten Schüler hervorgehoben sind. Ich schließe das Heft wieder, mache die Augen zu und gleite in meine ganz private Gedankenwelt ab, obwohl die

Reden von Father O'Malley und unserer Jahrgangsbesten Gena Rych bestimmt sehr unterhaltsam sind.

Ich denke über meine Geburt und Adoption und meine ersten achtzehn Lebensjahre nach. Ich denke über die letzten paar Monate und meine Reise nach New York und meine Begegnung mit Marian nach. Ich denke über diesen Tag nach – was er meiner Familie bedeutet, die jetzt hinter mir sitzt. Ich denke über alles nach, das passieren musste, damit ich jetzt an diesem Punkt stehe. Ich denke darüber nach, wo meine Reise mich hinführt und wer ich einmal sein möchte.

Und dann werden unsere Namen aufgerufen, einer nach dem anderen. Jeder wird bejubelt, manche etwas lauter und ausgelassener als die anderen, was sicher mit der Beliebtheit der einzelnen Schüler zu tun hat. Als wir uns dem Buchstaben R nähern, fängt mein Herz an zu rasen, so ähnlich wie neulich, als ich mit Conrad auf die Bühne gegangen bin, aber heute ist alles ganz anders. Abgesehen von der letzten Matheprüfung war es eigentlich immer relativ klar, dass ich den Abschluss schaffe, insofern ist es keine Überraschung, dass ich heute hier stehe. Aber ich bin trotzdem stolz – und ziemlich dankbar. Ich bin Marian dankbar, dass sie mich auf die Welt gebracht hat – und mich dann einer Familie übergeben hat, die sich so sehr ein Baby gewünscht hat. Ich bin Conrad dankbar, ob er heute nun hier ist oder nicht, weil er mich sofort akzeptiert hat, ohne großartig Fragen zu stellen. Ich bin meiner kleinen Schwester dankbar, die mir nie das Gefühl gegeben hat, eine Außenseiterin zu sein, obwohl es ihr ohne Weiteres möglich gewesen wäre, gerade weil ich mich selbst als Außenseiterin inszeniert habe. Aber am meisten bin ich meinen Eltern dankbar dafür, dass sie mich lieben und in ihrer Mitte aufgenommen haben.

Ich höre meinen Namen – *Kirby Katherine Rose* –, erhebe mich und schreite die Stufen zum Altar hinauf, wo mir der Direktor unserer Schule meine Abschlussurkunde überreicht. Als ich mich umdrehe, um wieder hinunterzugehen, entdecke ich Conrad, der mich anschaut und verstohlen salutiert. Ich lächele ihn glücklich an und lüfte das Barett.

Seit einer halben Stunde sind wir wieder zu Hause, ich habe meinen Talar gegen ein T-Shirt und eine Jeans vertauscht, und meine Mutter geht mir mit ihrer Nervosität gerade ziemlich auf die Nerven.

»Bist du sicher, dass du kein Kleid anziehen willst?«, fragt sie.

»Ja, Mom, absolut sicher«, gebe ich geduldig zurück. »Können wir jetzt alle einen Gang zurückschalten und wieder normal werden?«

»Kirby hat recht«, ruft mein Dad. Ich ahne schon, dass er Marian ein Loch in den Bauch reden wird.

Gerade hat sich meine Familie im Wohnzimmer versammelt – ganz ungewohnt, denn wir sitzen normalerweise nie im Wohnzimmer –, da klingelt es an der Tür. Ich stehe auf und beiße mir nervös auf die Unterlippe. Mein Leben scheint in letzter Zeit nur noch aus dramatischen Auftritten an Haustüren zu bestehen. Als ich die Tür öffne, steht Marian da, mit einem Riesenstrauß rosafarbener Blumen, der schon in einer Vase steckt. Rosa ist die Farbe, die ich am wenigsten mag, aber ich muss zugeben, dass die Blumen hübsch aussehen.

»Gratuliere«, sagt sie und reicht mir den Strauß, an dem noch eine Karte hängt. »Das war wirklich eine schöne Veranstaltung.«

»Danke«, erwidere ich.

»Ein tolles Haus habt ihr.«

»Danke«, sage ich noch einmal, und meine Nervosität wächst. Ich führe sie ins Wohnzimmer und stelle die Blumen auf einen Beistelltisch, wo sie nicht stören. Dann stelle ich mich mitten in den Raum, sammle mich und mache meine leibliche Mutter und meine Adoptiveltern miteinander bekannt.

»Mom, Dad, das ist Marian Caldwell«, sage ich, genau wie ich es heute früh eingeübt habe. »Marian – das sind meine Mom und mein Dad. Lynn und Art Rose.«

Marian und mein Dad geben sich die Hand, dann ist meine Mom an der Reihe. Sie lächeln, nicken und murmeln Begrüßungen. Es wirkt, als warteten sie auf einen Dolmetscher, weil sie verschiedene Sprachen sprechen.

Charlotte steckt den Kopf ins Zimmer und winkt mir zu. »Ja, und das ist Charlotte, meine Schwester«, sage ich und deute auf sie.

»Hi«, grüßt Charlotte und winkt noch einmal.

»Wie schön, Sie alle kennenzulernen«, sagt Marian.

Mein Dad räuspert sich und plappert drauflos. »Willkommen in St. Louis! Wie schön, dass Sie kommen konnten. Es ist nett von Ihnen, dass Sie den weiten Weg auf sich genommen haben. Wirklich nett. Kirby weiß das zu schätzen. Wir auch. Wir danken Ihnen.«

»Vielen Dank, dass ich dabei sein darf«, erwidert Marian. Dann sieht sie meine Mutter an und sagt: »Das ist wirklich sehr freundlich von Ihnen.«

Ich starre sie an. Alles an ihr – von ihrem Haar bis hin zu ihren Worten – ist elegant und vornehm. Sie trägt schlanke, leichte Peeptoes – meine Mutter dagegen hat plumpe schwarze Lederpumps an den Füßen. Ich verstehe nicht viel von Mode, aber ich finde, Marians Schuhe passen besser zu Rot. Mir wird klar, dass ich alles über solche Dinge wüsste, wäre ich Marians Tochter – dass ich letztlich aber gar kein Interesse daran habe. Ich möchte nicht unter dem Druck stehen, dauernd perfekt zu sein. Meine Eltern verlangen von mir nur, dass ich mein Bestes gebe – das ist wesentlich weniger anstrengend.

»Marian, was möchten Sie trinken?«, fragt mein Dad. »Wein? Bier? Limo? Wasser?«

Sie zögert ein bisschen, dann entscheidet sie sich für Wein.

»Prima!«, sagt mein Dad und will in die Küche gehen. Meine Mom hält ihn am Arm fest.

»Äh, Art. Möchte sie roten oder weißen?«, fragt sie mit einem eingefrorenen Lächeln. Anscheinend schafft sie es nicht, Marian direkt anzusprechen.

»Ach, was Sie gerade da haben«, entgegnet Marian. »Ich trinke beides gern.«

Mein Dad schaut sie verwirrt an, weil er nicht weiß, was er ihr bringen soll. Darum sagt sie schließlich: »Weißwein wäre ganz toll. Vielen Dank.«

Mein Dad nickt und wendet sich an meine Mom. »Liebling? Möchtest du auch weißen?«

Meine Mom bestellt auch einen Weißwein. Dann sieht sie Marian an und zeigt unsicher auf die Couch. »Aber nehmen Sie doch Platz.«

»Danke«, sagt Marian, und die beiden setzen sich nebeneinander. Der Anblick der beiden Frauen in Rot ist wirklich ziemlich seltsam. Ich schaue Charlotte hilfesuchend an. Sie setzt sich auf einen freien Sessel und plappert drauflos, wofür ich ihr sehr dankbar bin. Sie redet über die Zeremonie in der Kirche, darüber, wie gut Mr. Tully ausgesehen hat und wie stolz sie auf mich ist. »Hast du gehört, wie ich deinen Namen gebrüllt habe?«

»Das hat jeder gehört«, lächele ich.

Mein Dad kommt zurück, serviert die Getränke und bemerkt, dass es keine Sitzgelegenheit mehr für ihn gibt.

»Setz dich hierher, Liebling«, sagt meine Mom, rutscht näher zu Marian hin und klopft neben sich aufs Sofa. Jetzt sitzen sie zu dritt nebeneinander, und dieses Bild ist noch unwirklicher. Weiter geht es mit unverfänglichem Smalltalk.

Ich schaue auf mein Handy und entdecke eine SMS von Conrad, den ich im Trubel nach der Feier nicht mehr gesehen habe.

»Gut gemacht, kleine Trommlerin. Bin froh, dass ich da war.«

Ich schreibe zurück: *»Wo bist du?«*

Nachricht von ihm: *»In einem Pub in der Stadt, esse schnell was.«*

Meine Mutter räuspert sich. »Kirby, legst du bitte das Handy weg?«

»Es ist aber wichtig, Mom.«

Schnell schreibe ich: *»Würde dich gern treffen. Komm vorbei, wenn du kannst. Das heißt, wenn du magst.«* Dann tippe ich noch meine Adresse ein. In meiner Eile schreibe ich Eichelberger Street falsch, aber er wird es schon finden. Wenn er will.

»Tut mir leid«, sage ich, lege das Handy weg und tausche einen Blick mit Marian. Sie hebt die Brauen, als ahnte sie, mit wem ich kommuniziere, und ich nicke wie zur Bestätigung. Damit sie vorgewarnt ist, falls er kommt.

Kurz darauf gehen wir alle in die Küche, um zu Mittag zu essen. Dabei kommen wir an einem Kuchen vorbei, der in all seiner Schönheit auf dem Esszimmertisch thront.

Marian bleibt davor stehen. »Was für ein wunderbarer

Kuchen!«, ruft sie, als wüsste sie genau, dass meine Mutter ihn selbst gebacken hat.

Charlotte sagt: »Vor allem die Glasur! Meine Mom kann wirklich toll backen.«

Mein Dad schlägt sich an die Stirn. »O nein, wir haben gar keine Kerzen!«

»Wir brauchen doch keine Kerzen für einen Kuchen zum Schulabschluss«, wende ich ein. Aber mein Dad singt schon krächzend: »Zum Schulabschluss viel Glück.«

»Nein, bitte nicht!«, rufe ich.

»Doch, Art, sing!«, sagt meine Mutter und lächelt. »Kirby hat ihre Musikalität nicht von uns, so viel ist sicher!«

Das ist die erste Bemerkung zum Thema, und alle lachen, als Marian erklärt: »Also, von mir auch nicht.«

Das Eis ist noch nicht gebrochen, aber es schmilzt wenigstens ein bisschen. Wir setzen uns an den Tisch, der schon mit unserem besten Service gedeckt ist. Nachdem mein Dad ein Tischgebet gesprochen hat, schaut er auf und sagt: »Also, ich will jetzt nicht gefühlsduselig werden, aber ...«

»Dann lass es, Dad«, murmele ich.

Er hebt eine Hand und sagt: »Nur eine Sache – das verspreche ich.«

Ich verdrehe die Augen. Er sieht Marian an. »Lynn und ich möchten Ihnen für das größte Geschenk danken, das ein Mensch einem anderen nur machen kann. Wir haben Gott darum angefleht. Und er hat uns Sie – und Kirby – gebracht.« Seine Stimme klingt ganz erstickt, und ich bete zu Gott, dass er nicht anfängt zu heulen. »Kirby und Charlotte sind unsere größten Geschenke.«

»Okay, Dad«, sage ich leise. »Lass uns essen.«

»Ja. Das ist alles!«

Marian atmet tief durch, als überlegte sie sich gerade eine angemessene Antwort, sagt dann aber schnell: »Das freut mich. Es war die schwierigste Entscheidung meines Lebens, aber nachdem ich Sie jetzt kennengelernt habe ... bin ich mir sicher, dass sie richtig war.« Sie wirft mir einen traurigen Blick zu. »Für Kirby jedenfalls. Sie sind eine wunderbare Familie.«

Ich analysiere ihre Worte. Sie werden mich noch lange begleiten. *Für Kirby jedenfalls.* Dann bereut sie es also aus ihrer eigenen Perspektive? Oder will sie einfach nur die beste Formulierung dafür finden, dass sie froh ist, mich weggegeben zu haben? Wie auch immer, ich stelle fest, dass es mir genauso geht. Ich würde nichts an meiner Kindheit ändern wollen.

Da klingelt es an der Tür, und alle schauen auf.

»Ist das Belinda?«, fragt mein Dad.

Ich schüttele den Kopf, weil ich genau weiß, dass sie bei ihren Großeltern ist. »Dann ist es also Philip? Wie nett!«, rät er weiter.

Ich schüttele wieder den Kopf und gehe schnell in den Hausflur, weil ich meinem Dad nicht antworten will. Durch die Scheibe der Haustür sehe ich einen Teil von Conrads Kopf, und mit einem Mal bin ich viel ruhiger. Ich reiße die Tür auf und begrüße ihn fröhlich.

»Hallo«, sagt er, umarmt mich freundlich und reicht mir ein Geschenk, das aussieht wie ein Buch. »Gratuliere.«

»Danke«, erwidere ich. »Das war aber nicht nötig.«

»Ist nur eine Kleinigkeit«, sagt er. »Ich habe dir einen Song geschrieben. Mit einem tollen Beat und einem Schlagzeugsolo. Und ich hoffe, du möchtest ihn diesen Sommer mit mir zusammen spielen.«

»Cool«, rufe ich und lächele so breit, dass mir der Mund wehtut.

Wir sehen uns an, und erst dann denke ich daran, ihn hereinzubitten. »Wir essen gerade. Marian ist auch da.«

»Hab ich mir schon gedacht«, sagt er. »Ich bleibe nicht lang. Aber ich möchte gern deine Familie kennenlernen.«

Ich bin nicht mehr nervös, eher ein bisschen übermütig, und führe ihn in die Küche, wo alle plötzlich verstummen. Charlotte keucht: »O Gott, das ist er?« Als wäre er ein echter Rockstar. Aber für mich ist er ja auch einer.

Ich nicke lächelnd. »Das ist Conrad.« Dann stelle ich ihm meine Mom, meinen Dad und meine Schwester vor.

Alle begrüßen sich, und ich sage: »Marian kennst du ja.« *Seit ihr beiden miteinander geschlafen habt und ich dabei rausgekommen bin.*

»Hallo, Marian«, sagt er. Er ist nicht unbedingt freundlich zu ihr, aber sein Ärger scheint verflogen.

»Hallo, Conrad«, sagt sie und nimmt ihr Weinglas in die Hand. Sie wirkt verschreckt, so wie auch bei unserem ersten Treffen. Mein Vater holt einen Stuhl und quetscht ihn zwischen mich und Charlotte.

»Haben Sie Hunger?«, fragt meine Mom. »Ich mache Ihnen einen Teller zurecht.«

»Nein, vielen Dank«, erwidert er. »Ich habe schon gegessen, und ich kann auch nicht lange bleiben.«

Charlotte sagt: »Wir haben gerade über Kirbys Musikalität gesprochen. Sie muss sie von Ihnen geerbt haben. Sie sind Musiker, oder?«

Conrad nickt bescheiden. »Deine Schwester hat wirklich Talent. Ich würde ja gern behaupten, dass sie es von mir hat.«

»Das kannst du mit Fug und Recht behaupten«, sagt Marian. Dann wendet sie sich an meine Mutter. »Sie hätten sie zusammen auf der Bühne erleben sollen.«

Natürlich habe ich niemandem davon erzählt, und deswegen fragen jetzt alle nach. Marian berichtet, wie toll wir zusammen gespielt haben. Sie meint es wirklich gut, aber meine Mutter wirkt ein bisschen traurig, wahrscheinlich, weil ich es ihr nicht selbst erzählt habe.

»Ich wollte es euch ja sagen«, erkläre ich. »Aber dann kam die Sache mit Belinda dazwischen ...«

Meine Mom nickt, als verstünde sie. Mein Dad geht zum Kühlschrank und bringt Conrad ein kaltes Budweiser. »Ich weiß ja nicht, ob das Ihr Geschmack ist. Aber wenn man schon in St. Louis ist, muss man Budweiser trinken!«

Mit angehaltenem Atem beobachte ich Conrad. Hoffentlich bleibt er noch ein bisschen. Er nimmt das Bier und sagt: »Vielen Dank, Budweiser passt immer.«

Ich atme beruhigt aus und lache – ich weiß auch nicht, wieso. Ich kann einfach nicht mehr aufhören.

»Was ist denn so lustig?«, will Charlotte wissen.

Ich schüttele den Kopf. »Ach, nichts. Aber die Situation ist wirklich komisch. Hebt die Hand, wenn ihr auch findet, dass das wirklich komisch ist.«

Alle heben die Hand, und damit ist das Eis auch offiziell gebrochen.

Nachdem wir den Kuchen meiner Mutter aufgegessen haben (und mein Vater uns zum Singen und zum Posieren für Erinnerungsfotos gezwungen hat), gehen wir ins Wohnzimmer, auch Conrad, der inzwischen das zweite Bier trinkt und nicht mehr alle paar Minuten auf die Uhr sieht. Als mein Dad den Fernseher anmacht, um das Spiel der Cardinals zu verfolgen, kommen er und Conrad (der ein Fan der White Sox ist) ins Gespräch über Baseball. Sie scheinen sich gut zu verstehen, was allerdings umso deutlicher macht, dass meine Mom und Marian sich nichts zu sagen haben. Alle harmlosen Gesprächsthemen sind bereits verbraucht. Da tritt Charlotte auf den Plan und schleppt unsere Familienalben an. »Wollt ihr ein paar Fotos von Kirby als Kind sehen?«, fragt sie und reicht Marian drei dicke Ordner.

»Charlotte!«, protestiere ich. »Die sind doch total langweilig!«

Insgeheim freue ich mich aber, dass Marian Interesse zeigt und meiner Schwester sagt, dass das eine hervorragende Idee sei. Sie öffnet das erste Album und erstarrt. Sie schaut auf meine allerfrühesten Bilder, darunter auch welche, die an dem Tag gemacht wurden, an dem sie mich weggegeben hat. Meine Mutter betrachtet Marian mit angespanntem, fast schon feindseligem Blick, und ich hoffe inständig, dass Marian endlich umblättert. Aber sie blättert nicht um. Sie starrt weiter auf die ersten Bilder und wirkt ziemlich traurig. Schließlich sagt sie: »Conrad, schau mal. Babyfotos von Kirby.«

Er nickt, steht auf, kommt zu ihr herüber und setzt sich neben sie auf die Couch. »Was für ein hübsches Baby«, sagt er, an niemand Bestimmten gerichtet.

Ich bin stolz, weil er stolz ist. Aber ich sage trotzdem: »Okay, jetzt blättert weiter. Ihr habt achtzehn Jahre nachzuholen!«

Endlich blättert Marian um, und meine Mutter setzt sich neben Conrad und erklärt die Fotos. Das war das erste Mal, dass ich gelächelt, mich umgedreht, richtiges Essen zu mir genommen, mich im Bettchen aufgesetzt habe. Als wir uns immer weiter vorarbeiten, wechselt meine Mom den Platz und setzt sich neben Marian. Sie taut langsam auf und erzählt einen Haufen Anekdoten über mich – und Charlotte. Manche sind lustig, manche bloß langweilig. Aber Conrad und Marian wirken überhaupt nicht gelangweilt und stellen meiner Mom viele

Fragen. Sie beantwortet alle, und zwischendurch steuern Charlotte und mein Dad einen Kommentar bei.

Als wir bei meinem ersten Schlagzeug angelangt sind und meine Mom erzählt, wie ich es mir neben das Bett gestellt habe, wird mir ganz komisch zumute. Dann wird mir klar, was ich empfinde: ein Gefühl der Zugehörigkeit. Hier gehöre ich hin, in dieses Haus. Zu meinen Eltern und Charlotte. Zu den Menschen, die alle Geschichten über mich kennen, von Anfang an. Zu den Menschen, die *mich* kennen.

Irgendwann, es geht auf acht Uhr zu, fangen die ersten an zu gähnen. Conrad erklärt, dass er jetzt aufbrechen wird. Mein Dad bietet ihm an, bei uns zu übernachten, aber er lehnt höflich ab und sagt, dass er sehr gerne bei Nacht fährt.

Marian verkündet, dass sie auch gehen wird, und bittet meinen Dad, ihr ein Taxi zu rufen.

»Ich kann dich mitnehmen«, sagt Conrad leise.

»Wirklich?«, fragt Marian überrascht.

»Ja, kein Problem.«

Alle verabschieden sich, Marian holt ihre Handtasche, und mein Vater erklärt ihr, wie sie zurück ins Hotel kommt. Ich gehe schon mal in den Flur und warte auf sie. Hoffentlich kommt niemand von meiner Familie nach. Kurz darauf stehe ich mit Marian und Conrad vor seinem Auto. Es ist noch nicht dunkel, aber es sieht aus, als bekämen wir ein Gewitter. In der Ferne donnert es.

»Also«, sagt Marian nach einigen Sekunden. »Vielen Dank für die Einladung.«

»Ja, danke, Kirby«, fügt Conrad hinzu.

»Es war eine wirklich schöne Feier. Ein schöner Tag«, sagt Marian.

Ich nicke. Irgendwie habe ich einen Kloß im Hals. Ich möchte ihnen so viele Dinge sagen, aber plötzlich fällt mir nichts mehr ein. Das, was ich sagen wollte, ist nur noch ein *Gefühl*.

»Schön, dass ihr beide da wart«, bringe ich schließlich heraus. Wie seltsam, mit den beiden Menschen zusammen zu sein, von denen ich abstamme! Das ist etwas, das die meisten Leute ganz selbstverständlich finden, aber ich hätte nie gedacht, dass ich es jemals erleben würde. Vor allem nicht heute, an einem so wichtigen Tag.

»Wir sind so stolz auf dich«, sagt Marian.

Conrad nickt zustimmend, sieht über ihr »wir« hinweg und fügt sogar hinzu: »Schade, dass es nicht unser Verdienst ist.«

Ich lächele und atme tief durch. Dann umarme ich beide, zuerst Marian, dann Conrad, und irgendwie wird das Ganze bald zu einer vorsichtigen Dreier-Umarmung. Ich unterdrücke die Tränen, die aus dem Nichts zu kommen scheinen, und verabschiede mich ein letztes Mal. Dieses Mal weiß ich aber, dass es kein Abschied für immer sein wird.

Nachdem ich ein paar Schritte nach hinten getreten bin und jetzt vom Schatten unseres Hauses umfangen werde, sehe ich zu, wie die beiden in Conrads Auto steigen. Er stößt zurück und hupt zweimal – einmal für Marian, einmal für sich selbst. Sie winken mir zu. Dann atme ich noch einmal tief durch und gehe wieder ins Haus zu meiner Familie zurück.

34

Marian

Ich kann die Gedanken an die Vergangenheit nicht verdrängen, als ich bei Conrad im Auto sitze. Mehrere Stunden lang waren wir mit Kirby und ihrer Familie zusammen, und das muss ich erst einmal verarbeiten – die bewegende Abschlussfeier, den angespannten Moment, als ich ihre Eltern kennengelernt habe, Conrads unwirkliches Auftauchen, den ganzen Abend, den wir mit Kirbys Kinderfotos und vielen Anekdoten verbracht haben. Für Lynn und Art ist es sicher nicht leicht gewesen, einen so wichtigen Abend mit Fremden zu verbringen, auch wenn wir Kirbys Blutsverwandte sind. *Weil* wir Kirbys Blutsverwandte sind. Ich freue mich für sie und sehe zuversichtlich in die Zukunft, aber es ist auch hart für mich zu begreifen, wie viel ich verpasst habe – und das bekomme ich nicht zurück, egal wie viele Fotos von Kirby ich mir ansehe oder wie viele Geschichten über sie ich zu hören bekomme. Das, was ich gesagt habe, meinte ich aufrichtig – dass ich die beste Entscheidung für *sie* getroffen habe –, aber ich muss zugeben, dass ich trotzdem das Gefühl eines großen Verlustes empfinde. *Was wäre gewesen, wenn?*

In diesem Moment allerdings denke ich an Conrad und nur an Conrad. Diese Erinnerungen habe ich den ganzen Tag über unterdrückt, sogar, als er so nah neben mir stand, dass ich seinen altvertrauten Duft wahrnehmen konnte, aber jetzt kommt alles zu mir zurück, in einer mächtigen Bilderflut, gegen die ich mich nicht wehren kann. Ich muss gegen den Drang ankämpfen, ihm meine Hand auf den Oberschenkel zu legen, so wie früher, wenn wir in seinem schwarzen Mustang herumgefahren sind.

»Fahr ab auf die I-44«, sage ich, von der Wegbeschreibung ablesend, die Art vorhin auf eine Serviette gekritzelt hat. Ich möchte jeden Kilometer, jede Sekunde mit ihm genießen und wünsche mir inständig, Conrad würde ein bisschen langsamer fahren – oder wenigstens das Radio etwas leiser stellen und mit mir reden.

Er nickt. »Okay.«

Verstohlen betrachte ich sein Profil, aber er schaut plötzlich in meine Richtung und ertappt mich dabei.

»Was denn?«, fragt er. In seiner Stimme liegt keine Feindeligkeit, aber auch keine Wärme. Rein gar nichts. Eine Sekunde lang sehne ich mich beinahe nach seinem Zorn zurück.

»Nichts«, sage ich und starre geradeaus auf die Straße. Die Landschaft ist austauschbar, wir könnten uns überall befinden.

Er seufzt, wechselt zweimal den Sender, findet nichts, was ihm gefällt, und stellt das Radio ganz ab. Wir fahren ein paar Minuten, ohne dass jemand etwas sagt, dann mache ich ihn auf die Ausfahrt Vandeventer Avenue aufmerksam.

Er wechselt in die rechte Spur, dann redet er endlich. »Sie ist ein tolles Mädchen.«

»Ja«, erwidere ich. »Ganz wunderbar.«

»Genau wie ihre Familie. Ich mochte alle gern. Art ist wirklich ein netter Typ.«

»Ja, sie hat echt Glück gehabt.«

»Du hast auch Glück gehabt«, sagt er vorwurfsvoll. »Wäre sie in einer anderen Umgebung gelandet …«

Er schüttelt den Kopf. Ich beende seinen Satz. »Dann hättest du mir nie verziehen.«

»Nein«, sagt er.

Ich sage ihm, dass er auf die South Kingshighway abbiegen muss. »Dann hast du mir also verziehen?«

Er atmet tief durch und zuckt die Schultern, als hätte ich ihm gerade eine schwierige philosophische Frage gestellt. »Ich weiß nicht, Marian.«

Ich beiße mir auf die Unterlippe. Ich muss das akzeptieren, genau wie seinen allgemeinen Unwillen, mit mir zu reden. Nach etwa einem Kilometer zeige ich auf mein Hotel. »Da ist es.«

Er nickt und biegt in die Auffahrt ein. Der Parkwärter erscheint.

»In der Lobby gibt es eine Bar«, sage ich verzweifelt. »Möchtest du mir noch auf einen Drink Gesellschaft leisten?«

Er schüttelt den Kopf. »Ich habe eine fünfstündige Fahrt vor mir.«

»Nur einen Drink?«, bitte ich. »Zehn Minuten?«

Er atmet tief ein und wieder aus. »Also gut, einen Drink.«

Ich öffne die Autotür und erkläre dem Parkwärter, dass ich schon eingecheckt habe und mein Freund nur zehn Minuten bleibt. Dann steigen wir aus und gehen durch die leere Lobby des Plaza zum Eau Bistro. An der Bar setzen wir uns nebeneinander. Ich bestelle einen Chardonnay, er ordert ein Stella. Während wir auf die Getränke warten, guckt er starr geradeaus. Nachdem er einen Schluck von seinem Bier genommen hat, dreht er sich zu mir, schaut mir direkt in die Augen und fragt: »Warum hast du es mir nicht gesagt?«

Ich entgegne, dass ich es nicht weiß.

»So ein Quatsch. Natürlich weißt du das.«

»Ich ... ich war einfach noch nicht reif genug ... ich konnte mit solchen Sachen nicht umgehen. Ich musste so viele Entscheidungen treffen, und da erschien es mir am leichtesten, alles geheim zu halten.«

»Du hast es nicht geheim gehalten, du hast gelogen«, sagt er.

Ich nicke. Peter hatte recht – es gibt einen Unterschied zwischen verschweigen und lügen.

»Hattest du Angst, ich würde dich zu einer Abtreibung überreden?«

»Nein.« Ich stelle mein Glas ab, ohne probiert zu haben. »Das war es nicht. Ich hatte eher Angst, du würdest mich von einer Abtreibung abhalten. Und dann, als ich mich selbst dagegen entschieden hatte, dachte ich, du würdest mich überzeugen wollen, sie zu behalten.«

»Ich hätte dich zu gar nichts überredet«, sagt er. Er klingt mehr verwirrt und verletzt als wütend. »Ich hätte dir die Entscheidung überlassen. Das habe ich dir ja auch gesagt, bevor du den Test gemacht hast.«

»Okay. Also vielleicht hatte ich Angst ... dass ich das Kind plötzlich selbst hätte behalten wollen, wenn ich es dir gesagt hätte.«

Er schaut mich völlig verzweifelt an und wirft die Hände in die Luft.

»Ich habe dich geliebt«, sage ich, als würde das alles erklären. Und irgendwie erklärt es tatsächlich vieles.

»Ich hab dich auch geliebt«, sagt er und starrt mir wieder in die Augen.

Ich erwidere seinen Blick. Mir ist ganz schwummrig,

aber nicht nur aus der Nostalgie heraus. Es ist wegen Conrad, weil er jetzt neben mir sitzt.

»Ich hätte dir helfen können«, sagt er leise. »Aber wenigstens hättest du mir die Chance geben sollen, mich zu verabschieden.«

»Ja, ich weiß, du hast recht«, sage ich und denke an jenen Tag zurück. »Aber ich bin froh, dass du die Babyfotos gesehen hast.«

Er schüttelt den Kopf. »Ich rede nicht von Kirby, sondern von dir.«

Als ich mich wieder gefangen habe, sage ich: »Ach.«

»Marian, ich habe immer gewusst, dass wir nicht zusammenbleiben werden. Wir waren einfach zu jung. Und du warst zu gut für mich. Aber ich hätte mir einen anderen Abschied gewünscht.«

Ich schüttele den Kopf. »Ich war nicht zu gut für dich.«

Er nimmt einen Schluck Bier und verdreht die Augen. »Die supertolle Fernsehproduzentin, die kurz davorsteht, eine große Nummer in der Filmbranche zu heiraten.«

Überrascht sehe ich ihn an.

»Kirby hat es mir verraten.«

»Ach, und hat sie dir auch verraten, dass ich mit ihm Schluss gemacht habe?« Da fällt mir ein, dass sie das ja noch gar nicht weiß.

Conrad zuckt mit den Schultern, als wäre es sowieso egal. Es ist ja auch egal.

»Ich bin nicht supertoll«, sage ich leise.

»Du bist ganz oben angekommen.«

Ich sehe ihn an. Wie gerne würde ich meinen Erfolg dagegen eintauschen, noch einmal von vorne anfangen zu dürfen. Ihm die Wahrheit sagen zu können. Aber das würde er mir jetzt sowieso nicht glauben. »Ja, okay, ich bin oben angekommen. Aber du führst das bessere und ehrlichere Leben. Ich habe dich auf der Bühne erlebt. Du liebst deinen Beruf.«

»Bei dir ist es doch genauso«, wendet er ein.

Ich schüttele den Kopf. Ja, das Fernsehen hat mich schon immer fasziniert, aber ich habe zugelassen, dass meine Ziele wichtiger wurden als alles andere. Ich hatte in erster Linie damit zu tun, die Kontrolle zu behalten, aufzusteigen, ein perfektes Leben zu führen – da blieb für meinen Spaß am Schreiben nicht mehr viel Platz.

»Das ist nicht dasselbe. Du wirkst so ... erfüllt.«

»Ich habe auch ein paar Rückschläge hinnehmen müssen. Eine Scheidung. Ein paar Drogengeschichten. Aber im Großen und Ganzen bin ich zufrieden. Bis jetzt.« Er klopft auf den Tisch.

»Willst du Kinder?«, platze ich heraus.

»Ich hab doch eins«, sagt er.

»Du weißt, was ich meine. Willst du noch mehr? Eine eigene Familie?«

»Ja, klar. Wollte ich schon immer. Und du?«

Ich nicke. »Ja. Wenn die äußeren Bedingungen stimmen.«

So wie bei den Roses, denke ich und stelle mir Kirby und ihre Familie vor, in ihrem fröhlichen, liebevollen Heim. »Aber wenn es nicht sein soll, dann kann ich das auch akzeptieren.«

»Du wirst immer Kirby haben«, sagt er.

»Ja, und du auch.«

Er lächelt mich vorsichtig an. »Kaum zu glauben, dass sie das Ergebnis einer einzigen blödsinnigen Sommernacht ist.«

Ich schüttele entschieden den Kopf. »Es war keine *blödsinnige* Nacht.«

»Du weißt, was ich meine. Wir waren doch noch Kinder damals, die von nichts eine Ahnung hatten.«

»Ja, vielleicht. Aber in mancher Hinsicht war ich damals klüger.« Zum Beispiel, weil ich mich aus einem Bauchgefühl heraus auf ihn eingelassen habe. Viele Jahre habe ich das bereut. Ich habe ihn bereut. Ich habe sogar sie bereut. Jetzt ist mir klargeworden, dass unser vermeintlicher Unfall sogar Erlösung und Schönheit in sich birgt. Jetzt habe ich erkannt, dass Kirby meine allergrößte Leistung ist.

Er nimmt einen großen Schluck Bier und lächelt in sich hinein.

»Was ist denn?«, frage ich und erwarte eine tiefsinnige Antwort.

Er schaut mich auf eine Art an, die ich gut kenne – genauso hat er mich damals in Janies Garten angesehen. »Früher warst du vielleicht klüger, aber heute siehst du besser aus.«

Ich lächele verblüfft. Ein Kompliment von ihm habe ich nun wirklich nicht erwartet. »Du aber auch«, sage ich. Mein Magen krampft sich zusammen.

Er hebt die Brauen, signalisiert dem Barkeeper, dass wir bezahlen wollen, und verkündet, dass er jetzt aufbrechen muss. »Wenn ich mit dir trinke, kommen die Erinnerungen an diesen Abend wieder hoch.«

»An diesem Abend hast du Dr-Pepper-Cola getrunken.«

»Wirklich?«

Ich nicke.

»Na, dann reicht es schon, wenn du trinkst. Du hast mich reingelegt.«

Ich merke, dass er scherzt, aber mein Herz klopft trotzdem wie verrückt. »Geh noch nicht«, flüstere ich.

»Ich muss. Aber vielleicht sehen wir uns ja mal wieder. Bei Kirbys Collegeabschluss?«

»Ich glaube nicht, dass sie aufs College gehen wird«, wende ich ein.

»Also, ich glaube, sie geht«, sagt er mit einem Augenzwinkern, als hätte er Informationen, die ich nicht habe. Wahrscheinlich ist es so. »Also, dann bis in vier Jahren?«

Ich nicke, sage aber, dass ich mir schon vorher ein Wiedersehen mit ihm wünsche. Er erwidert, ich wisse ja, wo ich ihn finden könne. Das Zelda's sei an dreihundertfünfundsechzig Tagen im Jahr geöffnet.

Hoffnungsvoll sehe ich ihn an. Das klingt fast wie eine Einladung. »Warum heißt die Bar eigentlich Zelda's?«, frage ich. Wie hieß seine Mutter noch mal? Schade, dass wir jetzt nicht über sie reden können. Schade, dass wir über so vieles jetzt nicht reden können.

»*Der große Gatsby*. Mein Lieblingsbuch«, erklärt er. »F. Scott Fitzgerald hat es Zelda gewidmet.«

»Seiner Frau?«

»Ja. Seiner durchgeknallten Frau, die er ja nicht besonders gut behandelt hat.« Er wirft mir einen bedeutungsvollen Blick zu. »Weißt du, was auf dem Grabstein ihres gemeinsamen Grabes steht? Es ist ein Zitat aus dem Buch ... Ihre Tochter hat es ausgesucht.«

»Nein, weiß ich nicht.«

»Er schließt halb die Augen und rezitiert: »›So regen wir die Ruder, stemmen uns gegen den Strom und treiben doch stetig zurück, dem Vergangenen zu.‹«

Ich schaue ihn wortlos an, und er erwidert meinen Blick mit seinen ausdrucksvollen, blaugrauen Augen.

»Also«, sagt er und legt zwei Geldscheine auf den Tresen. »Jetzt muss ich aber wirklich los.«

»Okay. Aber denk dran ...«

»Woran?« Er erhebt sich, und jetzt steht er so dicht neben mir, dass sich unsere Beine berühren und ich seinen warmen Atem auf meiner Wange spüre.

Ich atme tief ein und sage: »Du kannst vor deinen Problemen wegrennen, aber entkommen kannst du ihnen nicht.«

»Das habe ich schon mal gehört.« Er lächelt, und ich weiß, dass er sich an seine eigenen Worte aus dieser unvergesslichen Nacht erinnert. Ich weiß, dass er sich an alles erinnert.

Er schließt seine Jacke und nickt mir zum Abschied zu. Dann geht er aus der Bar hinaus, und ich spiele im Kopf alles noch einmal von vorne ab: unsere Unterhaltung, den heutigen Tag, die Nacht damals, in der wir unseren perfekten Fehler gemacht haben, dort unter dem Deckenventilator im Schlafzimmer von Janies Eltern. Ich bestelle mir noch ein Glas Wein und spüre plötzlich ein intensives Gefühl von Einsamkeit. Kurz vermisse ich Peter, aber dann wird mir klar, dass ich nicht ihn vermisse, sondern das, was wir zu teilen glaubten. Ich denke an meine Karriere und daran, was ich schreiben will, wenn meine Serie irgendwann aufhört, entweder weil sie abgesetzt wird oder ich beschließe, dass es genug ist.

Ich weiß, dass ich noch eine weitere Geschichte zu erzählen habe. Ich sehe die Hauptfiguren schon vor mir: einen talentierten Musiker und seine temperamentvolle Tochter, und ich sehe auch, wo ihre Reise angefangen hat. Ich weiß nicht, wohin die beiden unterwegs sind oder wohin es sie schließlich verschlagen wird, aber das ist in Ordnung. Hinterher wird genug Zeit sein, um sich darüber klar zu werden. Ich werde genügend Zeit haben, um zu sehen, wohin die Strömung mich treiben wird. Jetzt sitze ich erst einmal in dieser Hotelbar in St. Louis und trinke meinen Wein aus. Das hatte ich nicht geplant – diesen Tag, diesen Moment, diese unwahrscheinlichen Begegnungen mit altvertrauten und bisher unbekannten Menschen. Und doch bin ich voller Seelenfrieden und Gewissheit, dass ich – wenigstens einmal im Leben – genau dort bin, wo ich hingehöre.